黄河恋

王林台——著

远方出版社

图书在版编目（CIP）数据

黄河恋 / 王林台著 . -- 呼和浩特 : 远方出版社，2024.6
ISBN 978-7-5555-1981-2

Ⅰ.①黄… Ⅱ.①王… Ⅲ.①游记—作品集—中国—当代 Ⅳ.① I267.4

中国国家版本馆 CIP 数据核字 (2024) 第 094933 号

黄河恋
HUANGHE LIAN

著　　者	王林台
责任编辑	王　叶
封面设计	李鸣真
摄　　影	王林台
版式设计	王改英
出版发行	远方出版社
社　　址	呼和浩特市乌兰察布东路 666 号　邮编 010010
电　　话	（0471）2236473 总编室　2236460 发行部
经　　销	新华书店
印　　刷	内蒙古爱信达教育印务有限责任公司
开　　本	787 毫米 ×1092 毫米　1/16
字　　数	471 千
印　　张	21.5
版　　次	2024 年 6 月第 1 版
印　　次	2024 年 6 月第 1 次印刷
标准书号	ISBN 978-7-5555-1981-2
定　　价	160.00 元

如发现印装质量问题，请与出版社联系调换

前言

我在2012年之前的20多年里，携同老伴，背着单反相机，游遍祖国各地200多个著名景点，并于2013年出版《锦绣中华全游记》一书。从2015年夏季开始，我又独自一人背包，到黄河发源地、黄河入海口以及黄河上中下游两岸的青海的西宁，甘肃的兰州，宁夏的银川，内蒙古的乌海、巴彦淖尔、包头、呼和浩特、乌兰察布、鄂尔多斯，山西的偏关、河曲，河南的洛阳、郑州、开封，山东的滨州、济南等很多地方走了走。

6年多的时间里，西到青海省青藏高原玛多县巴颜喀拉山北麓的黄河发源地鄂陵湖、扎陵湖、牛头碑山，东到山东省东营市的黄河入海口，我的足迹几乎遍布黄河两岸。虽然自己年逾古稀，一路跌跌撞撞、踉踉跄跄，但是母亲河流经之地处处旖旎的风光、美好的景观和厚重的人文历史积淀，时时愉悦着我的耳目心神。这些美好的东西，时时激发着我的创作激情，使我停不下脚步。黄河两岸的一对姐妹花——准格尔、清水河美丽的田园风光和淳朴的风土人情；黄河发源地浓郁的藏族风情，随处可见的藏羚羊、藏牦牛、藏野马；刘家峡美不胜收的黄河峡谷风光；滚滚黄涛穿兰州城而过的壮美景象以及钢铁稀土之都包头、中国乳都呼和浩特的优美城市风光，洛阳的牡丹和开封的秋菊，胜利油田那像黄河水一样涌出的宝贵石油……所有我到过的地方、看到的东西，我都觉得很美；所有这些地方被母亲河一直哺育着的人民，我都感到格外亲切。

奔流到海不复回的黄河是中华文明的主要发源地，她哺育中华民族5000多年，被国人亲切地称为母亲河。

母亲河黄河从青海省青藏高原的巴颜喀拉山北麓扎曲、卡日曲和约古宗列曲流出后，首先注入玛多县的扎陵湖，从扎陵湖流出后不多久，又注入鄂陵湖。从鄂陵湖流出后，掉头向东，途经青海、四川、甘肃、宁夏、内蒙古、山西、陕西、河南及山东9个省（自治区），在山东省东营市垦利区汇入渤海。途中，黄河离开宁夏向北进入内蒙古高原后，写下了一个长达830公里的巨大"几"字。阿拉善盟、乌海市、巴彦淖尔市、包头市、呼和浩特市、鄂尔多斯市、乌兰察布市等7个盟市，都被美丽富饶的"几字弯"揽入怀中。

簇拥在"几字弯"沿线的内蒙古7个盟市，依靠黄河、阴山、草原、沙漠、森林、历史遗产和民族风情等特色资源，通过开发形成一个天然的文化旅游黄金链条，推动了区域经济的强势发展。在这个黄金链条上，呼和浩特市清水河县是我可爱的家乡，乌兰察布市集宁区是我寒窗三年苦读的地方，鄂尔多斯市准格尔旗是我年过半百后工作和生活的乐土，呼和浩特市是我晚年乐居的地方，包头市是我亲戚聚居的地方。我一生中的绝大部分时间就是在以上这些地方度过的。因此，这几个地方的图文素材最多，在书中描绘的也最多。

我一生中在黄河母亲身边幸福生活的历程以及在黄河流域旅游过程中所见到的许多美的景、美的人、美的事，均使我对黄河母亲产生了深深的依恋之情。所以在整个旅游过程中，我用笔记录了许多，用单反相机拍摄了许多。我将这许多记的东西和拍的东西，整理、编纂成《黄河恋》一书，欲以图文并茂的形式和广大读者分享黄河流域美好的景观、人物和事情，同时也把我平凡的人生经历融入其中。从某种角度上来讲，此书也算是一本自传体游记吧。总之，我要为这些地方高唱一曲深情的赞歌。

作者

2023年12月8日

目录

神奇美丽黄河源 /1

黄河支流湟水河流经西宁和金银滩 /16

四川若尔盖九曲黄河第一弯及甘肃水清谷幽刘家峡 /21

黄河母亲从兰州市区穿过 /25

黄河流经宁夏中卫沙坡头 /30

贺兰山下，中国一道美丽的风景线——黄河青铜峡大峡谷 /36

母亲河身边的塞上明珠银川市 /41

黄河东岸湖山沙城乌海市 /47

黄河母亲亲吻巴彦淖尔市 /54

黄河母亲哺育包头 /62

草原都市呼和浩特 /75

美丽家乡清水河 /136

祖国北疆的璀璨明珠鄂尔多斯 /206

黄河西岸，我的第二家乡魅力准格尔 /227

集宁寒窗三年 /290

黄河大峡谷山西省偏头关一带风光 /302

山西省河曲县西口古渡文笔镇风光 /304

黄河壶口瀑布之游 /309

《西厢记》故事发生地普救寺之游 /311

天下黄河第一楼——鹳雀楼 /315

黄河流经晋陕界龙门口潼关风陵渡 /318

黄河小浪底水利枢纽及洛阳牡丹 /320

黄河南岸的历史名城郑州 /322

畅游古都开封 /324

泉城济南游 /329

神奇黄河入海口　壮美黄河三角洲 /332

神奇美丽黄河源

伫立于滚滚东流的黄河岸边，我总会禁不住动情地问道："亲爱的母亲河，你从哪里来？要到哪里去？"每当这时，耳边总会传来浑厚的声音："君不见黄河之水天上来，奔流到海不复回！""黄河远上白云间，一片孤城万仞山！""天上来"，说明是从高处而来；"万仞山"，则说明是从高山而来。从"天上来"的黄河，在祖国大地上自西向东奔流激荡数千里，义无反顾，最终汇入大海。

2016年7月19日中午，我在包头市郊小把拉盖村参加完侄女贞贞的订婚宴会后，下午5时52分于包头东站登上从呼和浩特发往兰州的2635次列车，与从呼和浩特上车的田永利老师会合，开启了早已在计划中的黄河源之旅。我74岁，他71岁，俩人均已年过古稀；再加目的地又是4600米至4900米的高海拔地带青海省巴颜喀拉山区域，我们就把这次出行称为"黄河源探险游"。7月20日上午9时到达兰州后，我们立即下榻车站附近的新世纪酒店。稍事休息洗漱，便来到街上，打车到刘家峡的黄河峡谷观赏了一番。7月21日早上8时30分从兰州西站乘动车组列车前往西宁。9时30分到站后，直接前往汽车站附近，和其他10人合租了一辆面包车前往玛多。车子于上午11时多从西宁出发，沿214国道前进。行驶51公里到达湟源县城后，停车用午餐。饭后，到旁边的小卖部购买了充足的红景天、葡萄糖、肌苷片，准备途中服用，以抗缺氧造成的高原反应。出湟源前行40公里，便从车窗看到了经幡飘荡、绿草如茵的唐蕃古道日月山。2007年6月15日，我和老伴环青海湖一日游时，曾专程进入景点，行7公里，下坡途经倒淌河县城。出倒淌河，再爬坡7公里，翻越海拔近3600米的青海湖南山垭口。之后或平行，或下坡，前

214国道穿过青藏高原直通玉树市

进35公里,进入共和盆地。出共和后,车子进入茫茫无垠的切吉大草原。据说这一带曾经是古战场。初唐名将薛仁贵奉命西征时,曾与吐蕃军队大战于此。

在这片茫茫无垠的大草原上,在建的共玉高速公路(共和到玉树)和214国道并行向南延伸。此时,车子主要行驶在高速公路上。但由于高速公路还未完全建成,断断续续的;遇到在修的路段,车子就随时驶入并行的214国道。一直到玛多,车子都是这样不断地更换路面。

一路缓上坡80公里,到达河卡。出河卡继续翻山,大约22公里的缓上坡路程进入海拔4400米的河卡山隧道。出隧道后,一路陡下坡到达山脚。之后在平坦的路上前行一会儿,便看到清澈的青根河水在旁边流淌。过青根河桥后,再由盘山路上坡,翻越海拔4500米且很陡峻的鄂拉山口。听说这鄂拉山,古时当地人又称"汉哭山",也有称"大头痛山"或"小头痛山"的。这些名称都在暗示,从内地来的人翻越此山时,是会有严重的高原反应的。

下山后不久,即到达著名的温泉乡。温泉乡位于兴海县南部,藏族人口占此地总人口的95%。地处高寒山区,平均海拔4000米。因为古时此地有温泉,故得此名。这里是214国道前后百公里荒无人烟的补给点,进入果洛、玉树的货车多数须在此处加油、加水、休息和吃饭。从车窗往西北方向望去,只见山坡上布满了大片大片各种形状的五彩经幡。平地上还有几座飞檐翘角的藏式佛寺,两组八塔整齐地排列在佛寺左右。车子穿过街道时,可见两旁还有一些饭店、旅馆和商铺等建筑,可供途经此处的行者和车辆住宿餐饮。

出温泉乡后继续上坡,翻越海拔4400多米的姜路岭。过姜路岭后,进入果洛藏族自治州辖区。从车窗朝外望,渐渐可见到雄鹰在高空展翅飞翔,藏羚羊和藏野驴成群结队地在远处的草原上奔跑。之后,穿过"黄河源头第一镇"的牌坊,再前行一段,便是美丽的青藏高原小镇花石峡了。此时透过车窗眺望,只见稍远处有一座以白为主色调的山,其间点缀着一些绿色,有的地方还覆盖着一层碧绿的草甸,显得生机盎然。此山望上去头朝

青藏高原温泉镇风光

东南,尾部向西北逶迤而去,像一头牦牛俯卧于天地之间。那些陡峭嶙峋的山岩,散落耸立在草甸之中。宛若朵朵绽开的鲜花,在绿草的映衬中,呈现变幻不定的色彩。正是有了这座妙趣横生的山,此地才有了花石峡之美称。旁边的一位本地人介绍,早在1300多年前,这里便是唐蕃古道上的一个古老驿站。当年文成公主和金城公主进藏时都曾在这里停留过,而花石山的藏语意思就是"白色的牦牛"。

出花石峡,车子继续在海拔4200米至4500米间的青藏高原上行驶83公里,到达前往玉树和玛多的十字路口。本来按照田老师的建议,我们计划直接前往玉树,途中观赏神奇接天的巴颜喀拉山口。可一看手表,已是下午7时。此处距巴颜喀拉山口还有120公里,估计到了那里天已黑,什么也看不成。再加此时已很乏困,于是改变主意,决定今夜住在玛多,明天游黄河源。

车子上除我俩要在玛多下车外,其余乘客都是到玉树的。和年轻的藏族司机说明情况后,他立即专程绕道把我俩送到玛多县城玛查里镇的岭·格萨尔文化博览园广场,又原道返回高速公路。听说他们到玉树,还需行驶300多公里的路程。

西宁至玛多有497公里的路程,行驶要6个多小时。我们沿途观赏了不可多得的生物多样性、地质多样性、景物多样性。丰富的自然景观与历史文化,独特的宗教和少数民族风情,使我们大开眼界,真乃愉情悦性也。

玛多镇岭格·萨尔文化博览园

送别了继续前往玉树的司机和游客,我和田老师利用短暂的时间观赏了一下这座久享盛名的博览园。放眼四望,只见主山之上竖有格萨尔赛马称王雕塑,次山之上是珠姆王妃雕塑。两座雕塑遥遥相望,融合了格萨尔集神、英雄、王者为一体的神秘、庄重和威严气派。文化博览园以英雄史诗《格萨尔王传》为主题,主要展现格萨尔一生中的八

珠姆王妃雕塑

个主要阶段：天降神子，迁徙领地，赛马称王，魔国之战，霍岭之战，保卫盐海，门城之战，荣返天界。公园重点突出了"格萨尔赛马称王之地"和"珠姆故乡"两个主题。听说格萨尔赛马称王雕塑是全藏区唯一一座格萨尔赛马称王后坐在宝座上的雕塑，象征着玛多是格萨尔赛马称王的地方。

在玛多县城下榻的扎陵湖商务宾馆

在岭·格萨尔文化博览园观赏一番后，我们来到街上拦了一辆出租车，开始寻找住宿处。行走之中，但见街道两边宾馆挺多，饭馆也不少。

藏族司机昂尕说，当地最好的宾馆是县政府大院对面的玛多宾馆。那里环境优雅，配套齐全，设有高、中档客房，还有餐厅。说话之间，他就把我们拉到门前。谢别昂尕，下车进入宾馆大厅。吧台里面坐着的三位藏族姑娘看到我们，异口同声地对我说："想住宿吗？对不起，我们这儿已客满，请另找别处吧。"漂亮的姑娘说出令我们失望的话，心里总觉得有点儿不是滋味。我们只好拖着疲惫的脚步，悻悻地出来。没走多远，看到路北有一家岭国商务宾馆，便踱了进去。这次没有扑空，热情的藏族女服务员把我们领到四楼一个设备齐全的房间，花360元住下了。稍事休息后，便下楼出去用晚餐。途经宾馆对面的玛多县牧民文化综合服务中心和玛多河源影院时，但见其楼舍高大美观，广场宽阔漂亮，堪称当地牧民休闲娱乐的绝佳去处。走进附近的一家饭馆坐定，藏族女老板便把热腾腾的酥油茶捧到桌上。我们一边喝茶，一边要了一盘手抓羊肉、一瓶青稞酒

玛多县城牧民文化综合服务中心广场

和两碗米饭，大嚼畅饮起来。俩人一手持刀割肉，一手抓肉入口，不时还有一杯美酒入肚，吃得津津有味。席间，还有一位本县干部也在旁边独自用餐。我们一边吃喝，一边和他聊了起来。当谈到明天去河源旅游的事时，他向我们推荐了一位司机，并且马上打电话将人叫到了饭馆。这是一位藏族司机，而且是一位披着红色袈裟的僧人。他说他们众多司机组成一个车队，轮流拉客到两湖一碑游览。今天他已经去了一趟，明天轮不到他了，按次序是轮到一位叫金良的藏族小伙子。我们也让他入席，一边碰杯喝酒，一边商定明天去两湖一碑和巴颜喀拉山口的价钱。最后决定第二天早8时出发，由金良拉我俩去两湖一碑。

因这段路难走，往返价格是1100元。下午返回县城后，由他再拉我们去巴颜喀拉山口，因这段路好走，往返价格是300元。到酒足饭饱之时，第二天的游览事宜也谈妥了，便告别这两位新认识的朋友回到宾馆。当晚入睡前，宾馆的两位女士看到我俩年老而又有疲劳之态，还亲自带我们到外面买了两大袋氧气，以备明天到高海拔的河源两湖一碑之用。

玛多系藏语，意为"黄河源头"。这里地处青藏高原腹地，依偎在巴颜喀拉山的北麓怀抱，是三江源自然保护区核心地带，享有"黄河源头第一县"的美誉。这座海拔4268米的县城，是一座以山岔口为中心而扩散开的小县城。因其境内湖泊众多，听说大小共有4077个，人们又称其为"千湖之县"。又因为海拔高，容易

大群牦牛

让人严重缺氧,七月中下旬早晚已很冷,当地流传着这样一句俗语:"花石峡不吃饭,玛多县不住店。"

舒舒服服睡了一夜,第二天一大早便起来。等我们洗漱完毕,吃过早点,买好中午必备的矿泉水和小吃后,金良也开着越野车来到宾馆门口。上午8时许,我们准时驱车出县城西行,向黄河源头挺进。从车窗向外望,公路两边美丽的玛多大草原,是那样的辽阔。视野之内,紫色的蜜罐花,雪白的馒头花,天蓝的水晶花,金子般的野菊花……不断地从眼前闪过,并迅速向后退去。这天老天爷真是作美,天是那样的湛蓝,万里长空没有一丝云。就连每天接送游客去两湖一碑的藏族司机金良也说,这样的好天气他也很少见到,说我们真是好运气。辽阔的草原上,公路两旁时而就会出现一大群牦牛。金良说,这都是当地牧民家养的。但在这绿草如茵、万紫千红的草原上,却看不见蜂飞蝶舞,听不到蛙鸣蝉叫,荒凉而宁静。有时几声婉转的鸟鸣会打破这份宁静,这就是百灵。浅褐色、长尾巴的百灵不断地从花草丛中飞起又落下,我几次举起单反相机,想捕捉一个它们在碧空绿草间飞翔的瞬间,但始终没有成功。

玛多草原上随处可见的藏野马

在这海拔4300米以上的草原上,因为严重缺氧,所以只长草而不长树。草也长得很稀很矮,贴着地皮。花儿也像是直接从地里钻出来,用她们那俏丽的嘴唇亲吻着地面。由于这片草原地广人稀,原始古朴,所以在公路两旁不时会看到一群群的野生动物或啃草,或游弋,或奔跑。每到这时,金良就会告诉我们,那是黄羊,那是野驴,那是野马……突然间,金良放慢车速,指着路南告诉我们:"看,那里有一群藏野驴正在啃草。"顺着他手指的方向望去,果然见离公路不远处有六七头藏野驴在觅嬉戏。这时金良停下车来,我俩拿着相机来到公路上。没想到那些生灵特别机警,看到有人从车里出来,马上拔腿向远方狂奔起来。我们只好又回到车上。等了一会儿,那些生灵看到路上没人了,又向公路附近慢慢靠来。我们方拉下车窗,就在车上拍摄了几张照片。

由玛多向西行驶近40公里的混凝土公路后,又行驶了一小段沙石路,于8时50分到达黄河源景区大门附近。在景区售票口停车后,金良拿着我俩的身份证去买门票,售票员看了看说，70岁以上老人不要买票了。这样，不仅少花了80元门票钱，管理人员还给了我们每人一个玛多县旅游局制作的绿色手提袋，上面印有如下的文字："黄河之源，千湖之县，格萨尔赛马称王地欢迎您！"里边装有多份介绍景区情况的资料。利用这段时间，我俩走到景区门口靠东的广场上，在一尊书有"黄河源景区"五个红色大字的不规则石碑前留了影，方上车继续前进。从此处开始，车子就完全行进在沙石路上，一路坑坑洼洼的，挺不好走。20分钟后，终于到达鄂陵湖边。从车窗朝南望，清澈的湖水犹如明镜一般，镶嵌在辽阔的大草原上。一股晶莹剔透的湖水从湖边流出来，像一条蓝色的带子曲曲折折飘向草原的东方。看着母亲河这

在黄河源景区入口

与友人在措日尕则山牛头碑前

样苗条的身影，这样舒缓向前延伸的状态，我想到了她年轻时温柔细腻的一面。但当她流过玛多草原，流经黄土高原，一路上不断有无数涓涓细流和滚滚洪涛加入后，就逐渐变得粗犷豪放起来。最后劈山开道，一泻千里，奔流到海不复回。

　　沿湖畔前行8分钟，到达观景台。观景台上卧一巨型顽石，侧面刻有"鄂陵湖"三个红色大字。和我们一同登台观景的，还有从其他地方来的四位年轻男女游客。我们轮流在顽石旁拍照留念后，便先后来到湖边，扶栏观赏。放眼望去，展现在视野之内的鄂陵湖确实是一个蓝色的长湖。偌大的一片湖水，从脚下一直蓝到远远的西南方与天交接之处，方泛出一丝白光。此时在天水交接之处，现出一痕白云，为眼前美景锦上添花。靠东南及东方一带，一缕灰褐色的山线把深蓝的海水和蔚蓝的天空分割开来，让人感到大自然独特的优美氛围。站在海拔4300米的高度观赏黄河源头这美丽的鄂陵湖，总觉得深

位于黄河发源地的鄂陵湖

蓝的湖水在心头荡漾，让人感到无比的亢奋和自豪。

听说位于巴颜喀拉山北麓的鄂陵湖和扎陵湖素有"姊妹湖"之称，是黄河源头两个最大的高原淡水湖泊。由于两湖上游黄河源头的扎曲、约古宗列曲、卡日曲三股水及其余众水都很清澈，又都注入两湖，所以两湖之水皆呈蓝色。古称"柏海"，又叫"查灵海"和"鄂温克巡海"，分别意为"白色的长湖"和"蓝色的长湖"。自古以来，人们眼中看到的大自然中的黄河，一直是一条黄色的河。来到其出发地，方知我们的母亲河的根源竟是这样的清澈而纯净。

和友人伫立观景台观赏鄂陵湖

沿鄂陵湖畔西行一会儿，便看到北面的山脚下有一大片绿色的草滩，草滩上白塔林立，寺庙高耸。金良说，这就是当年松赞干布亲迎文成公主的迎亲滩。公元638年，吐蕃派使者到长安，提出与唐通婚的请求。唐太宗答应和亲，并钦点李道宗持节护送。公主一行来到玛查理（今玛多县城所在地），沿河西行至柏海（原鄂陵湖、扎陵湖总称），同久候于此的松赞干布相会。从那时起，迤逦千里的唐蕃古道，开始流传起一段千古爱情佳话。干戈狼烟的杀伐争战从此不再，雪域高原吟唱起田园牧歌的祥和乐章。唐蕃言和，汉藏携手。血浓于水的亲情从此唱响，一条民族团结之路从此铺开。

迎亲滩上的庙宇全名为措哇尕什则多卡寺，其建筑全部用石头砌成。因为这里早期是堆放石刻嘛呢的地方，所以得名为"多卡"（石堆处）。多卡寺建筑面积为2800平方米，寺院周围的八座白塔也是土石结构。寺内有一道嘛呢石经墙长达公里，上面刻满了佛教"六字箴言"。民间相传，多卡寺嘛呢石堆的创立者与玉树藏族自治州新寨嘛呢石堆的创立者同为一人，是黄河源地区重要的宗教活动场所。多卡寺前停着一辆大卡车，上面装有多匹骏马。金良说，近日扎陵湖畔将举办一次马术比赛，这几匹骏马将被送往比赛场地。

离开迎亲滩及多卡寺，便驱车经其西边从一陡坡盘旋而上，向位于鄂陵湖与扎陵湖之间的措哇尕则山顶峰前进。沿途左右但见五彩经幡到处飘荡，石砌嘛呢堆不时入目。

快到山顶时，在一平坦处停车。下车后仰望，即见到上边一对雄壮的牛角直插蓝天，一个原始的图腾傲首苍穹，那就是黄河源牛头碑。和田老师徒步攀登一段，即到达山顶。

只见牛头碑下有一刻石，上面用汉藏两种文字写有"海拔4610米"的字样。再看附近其他碑刻文字得知，牛头碑是玛多县人民政府于1988年建筑竖立，全名为"华夏之魂河源牛头碑"。碑体总重5.1吨，纯铜铸成。碑身高3米，碑座高2米，宽2.8米。走到附近，只见那对牛角下面的碑座上，用汉藏文字分别刻有中共中央原总书记胡耀邦同志和已故十世班禅大师的题词"黄河源头"字样。碑的背面还刻有玛多县人民政府撰写的碑文，均用铜板铸模镶嵌。总体看上去，碑角插天，碑式别致，字体雄浑，象征着中华民族历经沧桑的悠久历史和勤劳朴实的品质。附近一块竖石上还刻有这样的说明文字："……纪念碑选择了原始图腾崇拜物牛，以其角粗犷、坚韧、有力的造型，象征着中华

从牛头碑山顶西望黄河源头第一湖扎陵湖

民族勤劳智慧、坚韧不屈的性格。2012年上海市黄浦区援助资金40万元，修缮了碑体及汉白玉龙柱、围栏，为长江之尾的上海和黄河上源的玛多架起了一座友谊的桥梁。"牛头碑周围白色的围栏上，挂满了哈达和五色旗，表达了人们对黄河源的崇拜与祝福。在牛头碑附近的围栏旁，我们还看到了由港澳同胞亲手建立的两块香港和澳门回归祖国纪念碑。

此两碑是1997年7月和1999年12月，来自香港、澳门特区民间团体的同胞亲手在此山顶峰修建。黄河源见证了香港和澳门回归祖国这一伟大而神圣的时刻。它们依偎在古朴、雄浑的牛头碑旁，就像两个漂流在外的孩子，终于回到祖国母亲温暖的怀抱。在黄河源的高天厚土之间，无声地诉说着彼此的思念与欢喜之情。伫立牛头碑附近俯瞰，但见鄂陵湖这片蓝色的长湖南北宽而东西窄，状如金钟，水色清澈深蓝。在明媚的阳光照耀下，蓝色的苍穹，碧绿的山峦，皆倒映水中，如明镜一般。湖畔周围的山脚、草坡之上，藏野驴、藏岩羊、藏羚羊不时在视野内显现。移目隔巴彦朗玛山西望，只见"白色的长湖"扎陵湖东西宽而南北窄，形如木鱼。由于此时是站在直线距离10公里以外的地方，远看清澈碧绿之余，还微泛白光，我想"白色的长湖"之名，大概也是由此而得吧。从牛头碑旁欣赏西边的扎陵湖和东边的鄂陵湖，就像两块蓝色的宝镜镶嵌在美丽的草原上。再隔湖水向西远眺，只见巴颜喀拉山群峰插天，峰顶白雪皑皑，真乃壮哉美哉！

从牛头碑山顶向西远眺巴颜喀拉山雪峰

我当时想，就是那些峰顶的雪水流淌下山，形成黄河最上源头的扎曲、约古宗列曲和卡日曲等众多支流，然后注入扎陵湖。

在牛头碑周围观赏眺望尽兴，下得山来沿鄂陵湖畔继续西行。金良说，从这儿到扎陵湖畔，还有42公里的路程，路面全由卵石和沙砾构成，车子行驶在上面，犹如在搓板上滑动,挺不好走。途中观赏鄂陵湖,由于光线明暗的不断变化,湖水也不断呈现出各种不同的美色,来娱悦我们的耳目心神。行着行着,金良指着左手的方向对我俩说:"看,那坡上的石丛中卧着一只旱獭。"顺着他指的方向望过去,果真见那里有一个怪物,棕黄色的茸毛,身子胖乎乎的,头

旱獭

也挺大,眼睛黑黑的。金良说,这旱獭又名哈拉,油性大,一只旱獭能刨两斤油。拿旱獭油烙饼、炸食品,味道都很香美。要是手上烫伤、烧伤或冻伤,抹点儿旱獭油很快就好。其肉也挺爽口好吃,皮毛更是贵重。其针毛整齐光亮,毛绒厚密,弹性和保暖性能特好。如果把旱獭皮仿制成水獭、水貂、紫貂等毛皮,就更贵重了,在国外十分畅销,但是容易传染疾病。

转过一座缓缓起伏的山丘,车子又来到湖边。远远望见前面有三辆车子陷在搓板路上停滞不前,金良便果断向左掉转车头,驶入草坡之上,拓荒前进。草坡之上可看出有两条被车子碾过的痕迹,金良说,之前遇到湖边不能行进的时候,他有时也从这里走。车子在起伏的草坡上艰难而缓慢地行进,我们看到了夹在两湖之间的另一个湖泊——碧波荡漾的茶木错。也不时能看到在草坡上啃草的牦牛、黄羊和藏野马,偶尔还看见几辆装满骏马的大卡车从旁边穿过。忽然,金良停车,掉过头来和我说:"大爷,您瞧,坡下那片平坦的沼泽地上有一只黑颈鹤,这也是黄河源的特有物种。"顺着他手指的方向望去,果然见左下方水边停着一只水鸟。它伸颈抬头,正向前方张望。金良接着说:"大爷,递过您的单反相机来,我替您下去拍几张照片。"金良拿了相机,下车蹑手蹑脚慢慢靠近那只黑颈鹤,边走边拍。赶他十余分钟后返回车上,拍到十多张珍贵的图片。他说,现在全世界共有15种鹤,我国便有9种。其中特有鹤种就是丹顶鹤和黑颈鹤。黑颈鹤冬天在云贵高原过冬,夏季在青藏高原繁育。黑颈鹤不像藏野驴那样机警,防范意识差,不太会保护自己。

这一带从左右窗口望去,两边草地上遍布黑乎乎的大洞,每个洞口都有一个高大的土堆。我好奇地请教金良:"那些接连不断的黑乎乎的大洞是什么建筑?"金良笑着回答:"那些洞是老鼠打下的,不是人类的建筑。"我方恍然大悟,这一带荒无人烟,所以成了老鼠的乐园。它们能够在没有人类干扰的情况下"大显身手",为自己筑起这么多

奇特的居室。

　　车子一会儿来到湖边，继续沿湖西行。北边蓝色的长湖中，各式各样的水鸟或者在天空中上下翻飞，或者在水中游泳嬉戏，非常热闹。行驶到一座小石桥边时，看到这里有一股清澈的湖水从桥下穿过，向南流出。桥洞附近靠南的水面上，海鸥和各种水鸟聚集得非常稠密，犹如一个巨大的水鸟盛会一般。我伫立于这天下黄河第一桥中央，观赏着脚下桥南水禽的盛大集会，眺望着这从扎陵湖南涌出的黄河主流线，缓缓地向南、向东，向鄂陵湖的方向流去。

　　由于扎陵湖一带水丰草美，夏秋就成了鸟类集中栖息飞翔的天堂。听说每年四月，就会有许多斑头雁、棕头鸥、鱼鸥、鸬鹚等鸟儿呼朋引伴，飞来两湖。在湖中或环水岛屿上，建巢栖息，产蛋繁育。到了秋后，又成群结队飞回南方。此时我们看到，在蓝天蓝水之间，不时会有一只或一群棕头鸥，像张着翅膀的白雪公主一样，卖弄着优美的身姿飞起飞落。那众多而可爱的小精灵百

扎陵湖黄河第一桥水面上水鸟云集

玛多县扎陵湖湿地保护与恢复项目牌

灵，也不断欢快地歌唱着掠过湖面，成为一道亮丽的风景线。

　　过了黄河第一桥，登上扎陵湖东南岸一座小山包的顶端，举目向西北方向望去，美丽的扎陵湖便更清晰地展现于视野之内。此时的湖水，波澜不惊，温柔平静，蓝水蓝天，水天相连一色。雁鸥翔集，鸬鹚凫水。欣赏着这微波茫茫的蓝色立体水晶世界，我的胸怀随着变得

无比清爽开阔起来。

相传这座小山包是格萨尔王王妃珠姆娘家加洛村遗址，占地20亩。细心观察，便看见有两处石砌城堡遗址紧紧挨在一起。上面的城堡似正方形，墙体比较厚实，好像曾是人居之处。下面的城堡呈梯形，面积略大，墙体比较单薄，似是畜圈，又像院子。

在黄河源扎陵湖畔格萨尔王王妃珠姆娘家加洛村遗址观光

山顶和山坡到处有经幡飘荡，五彩缤纷。玛尼堆旁，游客和僧人也纷纷来顶礼膜拜。山顶竖有珠姆王妃披甲执戟塑像，看上去英姿飒爽，骁勇善战。其旁边一石池中，插满箭戟，由此可以想见当时人们崇尚武功，征战之繁。此时在山包上游览的，除了我们三人，还有一位摄像师，他不住地支着三脚架摄影。赏罢下山，走到车前。此时正好肚子饿了，于是从车内找出早上备好的当地特色小吃饮料，吃喝了一通。

吃饱喝足后，似乎游兴仍然未尽，就想到了2008年国家三江源头科学考察队来这一带考察后得出的结论："真正的黄河源头是汇入扎陵湖的卡日曲、扎曲、约古宗列曲三曲。这三曲是从玛多西边的邻县曲麻莱县的麻多而来。三曲中由于卡日曲比约古宗列曲长36.54公里，流量也比约古宗列曲多两倍。按照国际上河流正源确定的三个标准，即"河流唯长、流量唯大、与主流方向一致"的标准，同时考虑流域面积、河流发育期及历史习惯，考察队认为，由于三曲中卡日曲最长，流域面积也最大，旱季也不干涸，所以就把它定为黄河正源。"

既然黄河正源卡日曲是从西岸流入扎

玛多县扎陵湖畔唯一可供车辆行驶的石砾搓板路

陵湖的,而我们现在所处的位置正是扎陵湖的东南岸,按说距西岸也没有多远了吧?既然近在咫尺,为何不去观赏一下呢?于是咨询金良:"能否再往西行一段,看看汇入扎陵湖的三曲?"金良说:"我们已把黄河源的龙头景点都观赏了,再往西的路更难行车,大部分游客到此就心满意足地返回了。"于是,我们也只好作罢,驱车踏上返程。返回途中,从山脚竖立的一块广告牌文字得知,这里是扎陵湖国际重要湿地,玛多县政府正在进行一些保护和恢复项目。湿地修复建设项目有观鸟台、宣传牌、界桩等。

经过那块草坡的时候,只见那只胖胖的旱獭刚站起来,望上去一大堆,懒洋洋地拖着沉重的步子,慢腾腾地向南离开。

黄河源头第一大湖扎陵湖畔

快到县城的时候,车子转向南行3公里,到达一座黄河大桥前。下车一看,这里并排有两座大桥。金良说,这就是人们通常所说的黄河第一桥。在我看来,这已是黄河从扎陵湖流出后的第三、第四座桥了。但四座桥之中,这是最大最长的两座。黄河流到这里,水面变得更宽了,所以桥也就建得更长更高了。这座被誉为天下黄河第一桥的玛多黄河大桥,其前身是一座木桥。1966年改建成六孔钢筋混凝土桥梁,宽7米,长89.6米。站立桥头看脚下黄河,清澈碧绿如璞玉,静静东流如处子。我觉得这座通往心灵净地的彩虹,是多么的静谧和安详啊!

玛多县城附近黄河源头第三座大桥

下午4时后,方返回玛多县城。俩人此时已经累得筋疲力尽,但还是按照头天晚上的约定,辞别了金良,找到昨晚那位藏族僧人司机,继续前往100公里外的巴颜喀拉山口。

出发前,我们先到扎陵湖宾馆登记了一个比较舒适的标准间,以便晚上回来能好好地休息一下。

车子驶出玛多县城不远,刚爬

上坡没走几里，星星海便在公路右边展现。果真名副其实，湖泊星罗棋布，多如繁星。司机问我俩是否下去看，我们说不必下去了，就在车上边走边观赏一下吧。星星海周围一带水草肥美，大群大群的牦牛在悠闲地啃草漫步，仿若一幅优美静谧的田园牧歌图画。

巴颜喀拉山北坡时缓时陡，公路在坡上曲折蜿蜒向

巴颜喀拉山口最高峰风光

上延伸，漫长而又遥远。车子快速向上行驶两个小时，终于到达海拔4800多米的山口。"巴颜喀拉"系蒙古语，意为"富饶青色的山"。位于玉树州与玛多县接壤处，为长江、黄河的分水岭。在青海境内延伸750公里，宽100～150公里，最高海拔5369米。巴颜喀拉山口位于山脉中部，自古以来是西宁至玉树的交通要道，有青藏公路通过。山上有的地方终年积雪，分布着古代和现代冰川，形成了许多天然巨型固体冰库。在山口停车观赏，只见高高的路门额蓝底上书有"巴颜喀拉山4824米"的白色字样。周围几座山坡上，五色彩旗飞舞，嘛呢堆触目皆是。穿越山口的宽阔路面上，满是当地牧民路过时撒下的小块五色纸。这些五色纸表达了他们乞求山神赐予吉祥的心愿。

在山口观赏半个小时后开始下山。经过风驰电掣般的两个小时，我们终于在晚上9时回到县城。由于实在是太疲累，路过一家饭店匆匆用了晚餐，便回到宾馆。两个人一进入房间，均和衣倒头便睡。一觉醒来，已是天明。第二天上午7时30分，乘大巴长途跋涉8个小时，返回西宁。

黄河支流湟水河流经西宁和金银滩

2007年6月14日下午4时18分,我们从兰州火车站乘坐T209次新空调特快列车前往西宁,开始了青藏高原的旅程。列车出城后,沿黄河岸边西行一段,从河口进入祁连山峡谷中。不一会儿,黄河离去,它的支流湟水河转而来迎接我们,并一直陪同到我们达西宁。途中,铁道两旁到处是绿油油的庄稼和金灿灿的油菜花,景色十分悦目怡人。

下午7时零4分,列车正点进入青藏高原的东方门户西宁站。下车后,首先赶到售票厅购买6月18日到拉萨的火车票。虽然3至7号5个窗口都是专售前往拉萨方向的车票,但告示牌上已明明白白写着:拉萨方向10天之内的卧铺车票已全部售完。到窗口咨询售票员,得知这几天硬座车票也很难买到。没办法,只好出来先下榻到车站广场西面的车

2007年时的西宁火车站

2016年再到青海省时见到的西宁火车站

站宾馆。宾馆二楼有一家旅行社，经洽谈，商定先参加他们明天组织的青海湖一日游。

经查有关资料得知，西宁古称青唐城、西平郡。后人名其西宁，是取"西陲安宁"之意。现为青海省省会，是国务院确定的西北重要中心城市。西宁市坐落于青海省东部、黄河重要支流湟水河中游河谷盆地，著名的古丝绸之路及唐蕃古道都经过这里。西宁自古就是西北交通要道和军事重地，素有"西海锁钥"和"海藏咽喉"之誉。它是一座世界级高海拔城市，历史文化源远流长，自然资源得天独厚，民俗风情绚丽多彩，是青藏高原上一颗璀璨的明珠。改革开放以来，西宁已成为中国特色魅力城市二百强之一，也是一座优秀的旅游城市。

湟水河流经西宁市区，两岸风光如画

在宾馆稍事休息，便来到外边，到达车站广场前的湟水河桥头。放眼望去，只见湟水河河床宽阔，黄色的河水浩浩荡荡，波涛汹涌向前流去。两岸楼厦林立，比肩接踵，凌波倒影，风景亮丽。

看旁边碑刻得知，湟水河又名西宁河，是黄河上游流经西宁城北的最大支流。水资源总量为25.5亿立方米。此河是青海人民赖以生存的重要基础。全省有近60%的人口、52%的耕地和70%以上的工矿企业分布在湟水河流域，在青海经济发展中起着龙头和中心作用。经旁边的本地人介绍，每当春夏之际，上游群峰大量冰雪消融成水，注入湟水河中。流至西宁时，又有西郊河、北川河、南川河先后注入，遂使河水猛涨，波涛汹涌，成为眼前这个样子。现在流经城区河段，已被列入西宁八景之一。据传在湟水河的哺育下，宋代以前这里的河谷地带就草木丛生，绿树成荫。北宋李远在《青唐录》中描述当时湟水河流域是"宗河（湟水）行其中，夹岸皆羌人居，间以松篁，宛如荆楚"。看样

湟水河流经西宁市区

子，自宋代以来，羌人就开始在此地筑屋而居，繁衍生息。

近十多年来，在快速的城市化和经济增长过程中，西宁市政府带领全市人民，对整个市区湟水河流域的污染问题，精心治理了几年，把原来"水少、水脏、水浑"的劣质情况，变成了现在的"水清、岸绿、景美"。湟水河流到西宁市郊时，自动由黄水变成清水入城。夏秋之际，南川河城区水质清澈见底，河道两旁花红柳绿，风光宜人，清澈的河水为西宁增添了不少灵气，不仅促进了西宁经济的快速发展，人民生活也随之富裕起来，生活环境得到进一步改善。

近几年，西宁还在市区湟水河及其支流北川河流域建成一座湟水河国家湿地公园。进入里面，可见其面积宽广绵长，清流潺潺，芦苇浩浩荡荡，花鲜草绿，树木郁郁葱葱。这里成为市民休闲娱乐的好去处。离开湟水河边，先后到省人民医院、省军区、大十字、市政府、昆仑桥以及青藏铁路大酒店附近漫步游览，方回到宾馆。

经典情歌诞生地——金银滩草原

2007年6月15上午8时许，我们乘坐一家旅行社的大巴，从西宁市车站宾馆出发，畅游了美丽的青海湖。那天，随着大巴车的奔驰，我们经青海湖西岸、北岸，又连续在碧水与蓝天相望、雪峰与草原相映的美景中陶醉两个小时，于下午7时进入金银滩草原。这片辽阔的草原水草更加丰美：牛马遍地，羊群如云朵在绿波中慢慢飘浮。牧人们跃马扬鞭往来奔驰，白色的帐篷像点点帆影，分布于广袤的碧海之中。望着这迷人的草原风光，耳边仿佛响起了西部歌王王洛宾当年

金银滩草原上藏族姑娘萨耶卓玛铜像

在这一带采风时即兴创作的那首《在那遥远的地方》的优美旋律："在那遥远的地方，有位好姑娘，人们走过她的帐房，都要回头留恋地张望……"

这首歌据说是作者于1941年为怀念一位名叫萨耶卓玛的姑娘而写。经查阅有关记载和王洛宾本人的回忆，得知了此歌创作的背景。1937年7月，王洛宾随当时著名导演郑君里率领的一支电影队来到金银滩草原，参与拍摄一部名叫《民族万岁》的纪录片。电影队当时住在当地一位名叫同曲乎的千户家里，他家的三女儿萨耶卓玛是金银滩草原上最漂亮的女孩，被导演看中选为女主演。当时的萨耶卓玛刚刚17岁，长长的发髻梳在脑后，圆圆的小脸好像红红的太阳，一顶藏式白礼帽下面，两只会说话的眼睛特别迷人。当时金银滩上流传着一个说法："青海湖最美的花儿是格桑花，最美的姑娘是萨耶卓玛。"这位纯真美丽的藏族姑娘深深地吸引了王洛宾，所以听说萨耶卓玛被定为女主角后，他就主动请缨出演一位帮卓玛赶羊的助工。剧组拍摄的一组镜头中，王洛宾要和萨耶卓玛同骑一匹马出去放牧。拍摄过程中，天真活泼的卓玛经常打马在草原上狂奔驰骋。一次，正当摄制组抓拍一个重要镜头时，卓玛又突然扬鞭催马奔驰起来，不一会儿便进入草原深处，消失在剧组人员的视野之外。途中，王洛宾怕从马背上摔下来，一直紧紧搂着姑娘的腰。直到日头西落，俩人方慢慢返回。转过一个小山坡，他们下马步行。当俩人相对站立小憩之时，披着晚霞的卓玛姑娘，在王洛宾的眼中显得更加纯洁秀丽。之后卓玛觉察到了王洛宾那炽热的眼神，在略带羞涩之中不由得举起手中的羊鞭，轻轻抽了他一鞭，就飞快地跑开了。王洛宾挨鞭后木然伫立在原地，痴情地望着远去的卓玛，抚摸着被姑娘打过的地方，甜蜜地体味着这终生难忘的一鞭。他后来回忆说："这一鞭子不仅抽在我的身上，更深深地落在了我的心里。"自那以后，在短暂相处的几天中，俩人的关系越来越亲密，有时甚至同坐在一匹小白马上看电影。没多久，随着电影队拍摄任务的完成，王洛宾要离开金银滩草原了。临走那天，卓玛前来送行。她站

在那里不停地向王洛宾挥手,直到看不到他们渐渐远去的驼队为止。这一别后,他们虽然再也无缘相见;但卓玛姑娘那天真活泼、纯洁秀丽的倩影,一直萦绕于王洛宾的脑海中,姑娘抽的他那轻轻的一鞭,更是深深地印在他的心里。正是这轻轻的一鞭,激起了这位西部歌王的音乐创作灵感。他结合哈萨克民歌《羊群里躺着想念你的人》的旋律,连续奋战三个晚上,写出了那首经典的音乐作品。他在歌词中把自己比作一只小羊,愿意让那位心爱的姑娘不断用细细的皮鞭敲打在身上。不仅表达了对萨耶卓玛深深的怀念之情,还把人世间纯洁美好的爱情表达得淋漓尽致。此歌和他在青海、新疆一带创作的《半个月亮爬上来》《达坂城的姑娘》等,均被誉为20世纪经典情歌,名播中外,传唱不衰。想着这些的同时,不由得向那辽阔的草原望去。我想,窗外那洁白的雪峰,湛蓝的湖水,碧绿的牧场,悠闲啃草的牦牛和绵羊,充满了诗情画意。在这样美丽的草原中,肯定会有更多甜蜜的爱情,并引发作者的创作激情,写出传世精品。但此刻那位美丽的姑娘在哪里呢?那星罗棋布的帐篷中,哪一座是姑娘的家呢?……这一连串的问号把我的心情弄得多少有点儿迷惘。

王洛宾在音乐战线辛勤耕耘60多年,创作了大量为人民群众喜闻乐见的歌剧和歌曲,被人们尊称为民谣之父、音乐大师、西部歌王,其名不虚啊。这位音乐大师虽然已于1996年3月14日病逝于新疆,但他留下的那些歌曲将永远是后人宝贵的精神财富。正如歌德所说的那样:"一切都是灰色的,只有人生的金树常青。"现在,因他在这里创作的那首《在那遥远的地方》,金银滩草原已成为国内著名的旅游区。一年四季,络绎不绝的中外游人来到青海湖畔这片美丽的大草原上,就会自然唱起那首动人心弦的情歌,就会想到王洛宾,想到萨耶卓玛,想到甜蜜的爱情。他留下的这棵人生的金树,不但在青藏高原上常青,而且在全国人民心中常青!

四川若尔盖九曲黄河第一弯及甘肃水清谷幽刘家峡

2006年6月30日早晨6时,我和老伴乘长途大巴离开甘南藏族自治州首府合作市,前往四川省西北部阿坝藏族羌族自治州若尔盖。在牦牛成群的甘南大草原和若尔盖大草原上,经过7个小时的长途奔波,于下午1时许进入美丽的若尔盖县城。下榻县政府附近的香巴拉宾馆后吃完午饭,便乘出租车前往县城西南部的唐克镇,游览黄河流域风光。

61公里的路程,一个多小时就到了。到达附近时,就远远望见黄河水犹如仙女的飘带般从天边缓缓飘来,迂回曲折,优雅婉丽。花海、草原、牛羊、飞鸟,在视野范围之内组成一幅和谐美丽的黄河风情图。进入景区,下车观赏,只见就在此处,黄河母亲轻柔地舒展一下身躯,便在若尔盖湿地上画出一道美丽的弧线。这条弧线犹如抒情诗一首,又似水墨画一幅,浑然天成造就了从发源地流出以来最美的第一个大转弯,人称九曲黄河第一弯。观赏着这人间奇景,我心中早已是满满的诗情画意。发源于青海省巴颜喀拉山北麓玛多县的黄河,一路由西北向东南流淌,经过甘肃流到此处,又折向西

在四川省阿坝州若尔盖县人民政府办公大楼前

四川省若尔盖县九曲黄河第一弯美景

耸立在祁连山谷的黄河三峡风景区牌坊

刘家峡水库游船码头

刘家峡水库景区黄河水电博览园和黄河水电博览馆

北,流回甘肃。在这几乎180度的折返中,形成9处弯曲河道,所以被人们称为九曲黄河。黄河流经此处后不久,即进入甘肃玛曲县,继而进入青海循化,不久又第三次流入甘肃省永靖县。经过刘家峡时,当地人筑起一座水库。

2016年7月20日11时10分,我和旅伴田老师从兰州火车站站前广场乘坐出租车,前往刘家峡游览。车子沿黄河之滨一路西行,由河口转向西南进入山谷中。上行不久,即到达一座高大的牌坊前。牌坊上额横书"黄河三峡欢迎您"七个大字,两边立柱上书有一副对联:神奇的黄河三峡,永远的旅游梦境。

穿过牌坊,在丘陵深谷中盘桓绕行75公里,于中午12时40分到达景区。穿过高大的入口牌坊,来到"山海经"广场。经阅读刻石文字得知,位于水电博览园入口处中心位置的山海经广场,广场元素由"方"和"圆"构成,意为方圆在不断地追求完美,赋予广场恒久的生命力。《山海经》是我国先秦时期一部重要的古籍,包含着关于上古地理、历史、神话、天文等方面的诸多内容,是一部上古社会生活的百科全书。其中,大禹治水的故事家喻户晓。传说舜帝派禹治理洪水,他随身带了测量的

黄河水从西方峡谷中滚滚流入刘家峡水库

准绳，登高山，立标识，跑九州，测地形，不顾严寒酷暑，日夜奔走在治水的工地上。他三过家门而不入，历时13年，终于疏通了河流，治好了洪水，安定了九州。大禹治水的故事世代相传，大禹坚定的信念体现了中华民族的勤劳、智慧和勇敢。而这种坚毅不屈、万众一心战胜困难的精神，也值得我们后人继承学习。

经阅览入口宣传牌"黄河三峡景区简介"文字得知，黄河三峡位于甘肃中部西南的永靖县境内，距省城兰州黄河以"S"形流经县域107公里，因穿越炳灵峡、刘家峡、盐锅峡三大峡，故得名黄河三峡。它是国家4A级旅游景区，总面积172平方公里，旅游景点达36处。这里不仅拥有我国十大石窟之一的炳灵寺石窟、亚洲第一座百万千瓦级水电站刘家峡水电站、世界罕见的恐龙足印群化石遗迹的刘家峡恐龙国家地质公园、被誉为天下第一奇观的炳灵丹霞国家地质公园，还有西北地区最大的人工淡水湖炳灵湖、黄河中上游最大的人工湿地太极岛以及灿烂的马家窑文化、齐家文化、辛甸文化遗迹等极具特色的旅游资源。黄河三峡被列为"中国傩文化研究基地""联合国教科文组织民歌考察采录基地"，是全国县域旅游百强县、全国休闲农业与乡村旅游示范县、甘肃省十大旅游景区之一。

来到宽阔的黄河水电博览园广场，我们看到一座书有"黄河水电博览馆"几个大字的宏伟建筑。水电博览馆是博览园的核心组成部分，而黄河水电博览园又是黄河三峡景区的标志性门户。这是目前全国唯一的治水文化主题景区，也是全国唯一的一处水电博览中心。

　　进入里面走马观花一番后，得知黄河水电博览馆是以"黄河情·水电魂·中国梦"作为布展主题，以黄河为宏大的叙事背景，将黄河文化、黄河治理、黄河水电、黄河风光等内容精心编排，运用高科技展现手段，给予游客文化的滋养和精神的洗礼。在这里，黄河文化得到了完美的诠释。博览园周围还有中国刘家峡黄河主题邮局及几座红塔等建筑。再往前走，到达黄河水电博览馆观景平台。隔水西眺，但见对面龙汇山顶的黄河鼓楼妩媚俏丽。

和友人一起观赏刘家峡水库

山下一条大坝，把从巴颜喀拉山长途跋涉而来的黄河水拦腰截住，形成一片高峡平湖，使母亲河的苗条身影顿时变得丰腴富态起来。这片绿水碧波在峡谷中依形就势向上游延伸而去，形成绵延60多公里、宽3公里左右的大峡谷。不览全貌，单是此时视野之内的景致，就使我们觉得美丽无比了。那气势，那风姿，完全可以和我之前游览过的黄河万家寨水库大坝及长江三峡大坝比美。雄伟的大坝、别具一格的水电站、如镜的湖面、荡漾的绿波、拔出水面的秀峰、水中山峰的倩影、各式各样的彩船画舫，这些人类改造自然的杰作，给予我们无限美的享受。很多游客在景区有关人员组织下，正兴致勃勃地登船，准备游览黄河三峡。由于时间关系，我和田老师没有乘船游览，伫立观景台和坝顶观赏尽兴后，即乘车返回兰州。

黄河母亲从兰州市区穿过

2007年6月3日和2016年7月20日,我先后两次前往我国西北地区第二大城市兰州游览,且每次去兰州,都要到黄河南岸滨河东路的大铁桥附近转转。兰州古称金城,位于黄河上游,因盛产优质瓜果,近代又有"瓜果城"之美誉。

站在南岸坝顶上眺望,北岸是树高林密、巍峨美丽的白塔山,脚下是汹汹涌涌、滚滚东流的黄河水,东侧河面上是贯通两岸、横空飞架的大铁桥,它们在视野之内构成一幅壮观迷人的风景画。源远流长的母亲河从西而来,穿过市区,把兰州城分割成狭长的两部分。这一带河床看上去宽阔平坦,河水也浩浩荡荡,汹涌而不澎湃,流得很平稳。水色橙黄橙黄的,泛着丰润的光泽,彰显着母亲河健康的体魄。两岸堤坝顶宽而体高,护送着母亲河经过兰州,离开金城,东流到海,一路滋哺沿途亿万偎依在她身

黄河水从祁连山口流出后,流向兰州市区

白塔山下的兰州市黄河大铁桥

旁的中华儿女。黄河水从青海省的雪山流出后,东行数千里入海,唯一穿城而过的地方就是兰州,可见她对这座城市的钟爱。母亲河流经兰州,给这座城市注入无限活力,使其充满勃勃生机。放眼望去,南北两岸现代化的高楼大厦高低参差,错落林立。沿岸的柏油马路上,车水马龙,人潮涌动。其魅力、气质、风姿完全可以和中原、海滨城市比

从白塔山顶俯瞰黄河水波涛汹涌穿过兰州市区

兰州市黄河岸边车水马龙，热闹非凡

乘羊皮筏子游黄河

肩抗衡。

走到北桥头，仰望白塔山，爱其美景，便从桥头开始攀登观赏。拾级而上，穿林而攀。绿树掩映之中，时见露出朱柱飞檐的寺庙及亭台楼阁建筑群。这些建筑群顺次依山就势而起，一直向上延伸。到达最高处，当年"钟声闻紫塞，塔影漫黄河"的白塔寺便赫然显现面前。进入寺内，仰望高达17米的白塔，那亭亭玉立的美姿秀态令我不住赞叹。从白塔寺跫到附近的旭日阁抚栏游目，南面的皋兰山雄伟挺翠，山下的兰州城英姿勃发，壮阔的母亲河滚滚东流。大铁桥和其他几座桥梁如飞龙般横跨母亲河橙黄色的胸脯之上，显得幽静娴雅，妩媚可亲。

从山上下来，向东遛到游船码头，看到一些乘羊皮筏子漂流的人，也不觉心动。走到河边，此时恰好有一划手把筏子扛到岸上竖起晾晒，便趁机把这种水上交通工具仔细观赏一番，只见它由13个（上下各4个，中间5个）用气充得滚圆滚圆的羊皮球和一个大竹架捆绑而成。划手听说我俩要游河时，又把筏子羊皮球朝下、竹架板向上放入水中，指挥我和老伴穿好救生衣在竹架上坐稳后，他便也坐在筏子前边熟练地划着前行了。在河面上漂流近20分钟，觉得蛮有意思的。

黄河母亲从兰州市区穿过

兰州市黄河第一桥

兰州市黄河母亲雕塑长廊

兰州市白塔山顶的佛塔

划筏的师傅说:"羊皮筏子是一种古老的的渡河运输工具。直到今天,我们还在用它渡河搬运。"

2016年7月20日下午,从刘家峡库区返回兰州后,我和田永利老师再次来到黄河岸边,观赏了"情系母亲河"黄河雕塑长廊。黄河岸边那"仰卧母亲怀中爬一婴儿"的雕塑,向我们形象地表明了中华民族与黄河母亲的密切关系。

黄河流经宁夏中卫沙坡头

  2021年10月10日16时25分，从青铜峡火车站乘坐K41次快速列车出发，前往中卫市。18时零9分，正点到达目的地。下车出站，下榻车站广场西侧的西部大酒店。舒舒服服休息一夜后，第二天上午8时30分，花35元打车到达距市区15公里的沙坡头景区东门。

  进入景区西望，但见其南面巍峨壮观的香山、祁连山余脉重峦叠嶂，北面是腾格里

在宁夏中卫沙坡头景区入口处

沙坡头黄河景区步道和电瓶车道

大沙漠南缘一堵长长的、陡陡的沙坡，中间就是一泻千里、奔流到海不复回的黄河。放眼望去，高山、长河、大漠浑然一体，动静搭配，相得益彰，景色十分雄奇壮观。一块顽石上面刻着"国家AAAAA级旅游景区"字样。

  听说这里曾被中央电视台《体验中国》栏目评为"全国十大最好玩的地方之一"，被《中国地理》杂志评为"中国五大最美的沙漠之一"。再往里走，见提示有电瓶车车道和游客步行道。很多游客在电瓶车黄河东门站排队候车，准备乘坐进入景区。我咨询了身旁一位女性工作人员。她亲切地说，这里分黄河景区和沙漠景区两个部分。如果先到黄河景区游览，可以不坐电瓶车，漫步20分钟就到。于是我们听从了这位姑娘的话，安步当车，向黄河之滨纵深进入。先是看到北岸悬有"天下黄河第一漂"七个大字，又

黄河流经宁夏中卫沙坡头

沙坡头黄河景区坐羊皮筏子漂流的游客

见南侧宽阔的黄河水面上，漂荡着十几只羊皮筏子。每只羊皮筏子上都坐满了人，筏工悠然自得地用桨划筏前进，充满趣味。这个以往被当地人民用来运输人员、物资的水上交通工具，如今成了景区的黄河文化特色体验项目。行进途中，听到船工有时还唱起几嗓子韵味悠长的民歌，让人一下子就有了穿越时空的感觉。沙坡头的羊皮筏子和我前几年在兰州坐过的一样。一边行走，一边观赏，不觉已经来到黄河玻璃桥北桥头。这是国内首座横向跨黄河两岸的3D玻璃桥，是在沙坡头原悬索桥的基础上，将原有的木板更换为钢化玻璃改造而成的。我和老伴饶有兴趣地走上桥头，沿着210米长的桥面由北到南、又由南到北走了个来回。在这干净透明的3D玻璃桥面上漫步行走，欣赏着由高山、长河、

沙坡头黄河玻璃桥下的天下第一漂

游沙坡头黄河玻璃桥

· 31 ·

大漠构成的壮阔景象，它们相互交融撞击而生的视觉火花，使我的心灵着实产生了一种极度兴奋的震撼。

朝玻璃桥前行一段，就见河心出现一组高高的雕塑，名为白马拉缰。马雕前蹄腾空而起，马头高扬，气势不凡。听说此雕塑代表一个美丽的民间传说，讲的是古代中卫人民驯服黄河水的故事。行到快艇码头，见许多游客正买票准备乘快艇游览黄河。已经出发的几艘快艇带着长长的白色波痕在水面上乘风破浪。

到达国际滑沙中心，但见高高的金沙坡上，有无数道深深的滑痕。一些人不停地从沙坡顶端快速滑下，到达坡底，欢乐的笑声响成一片。也有很多游客，从坡底开始，踩着沙窝，吃力地沿着陡峭的沙坡向上攀登。他们上边的头顶，"沙坡头"三个蓝色的大字在金沙中闪耀着光彩。听旁边的一女导游讲，这里是我国最大的天然滑沙场。沙坡高近100米，长约2000米，坡度在60度左右。此时我从下面往上看，已经感到了滑沙的惊险和刺激。那些从坡顶接连不断滑下的游客的惊叫声，就是亲身感受惊险刺激发出来的。听说沙坡头是中国四大响沙之一，游客快速下滑时，滑板和沙粒摩擦，会发出一种鸣钟般的声音，所以有"沙坡鸣钟"之称。

沙坡头连接黄河景区和沙漠景区的沙漠天梯入口

继续西行一会儿，右折上一段短坡，便到达沙漠天梯前。这座天梯供游客免费乘坐，前往沙坡头顶端。乘坐这座由3部电梯组成的中国第一沙漠大扶梯，5分钟就到达顶端。此座全球首部全封闭沙漠大扶梯深藏在沙坡腹中，总长约160米。每部电梯提升高度20米，总提升高度达72米，升高途中稳当、安全。加之两侧墙壁贴满了介绍沙坡头景区的各种图片，对游客短时间内快速了解沙坡头提供了相当有益的帮助。扶梯中间有的地方还安置了几段钢琴键盘结构，使乘客仿佛产生

连接黄河景区和沙漠景区的电动大扶梯

一种优美的旋律在耳边奏响的幻觉。走出沙漠电梯，伫立沙坡高处纵目四望，无数美景涌入视野之内，头顶的蓝天白云，坡下的绿树黄河，青岚似染的远山秀峰，真乃美不胜收。

由沙丘顶端左转上行到较高处下望，就见从东南而来的黄河在稍前方突然来了个近300度的大掉头，又向东往南，继而向北，再向东北方向曲曲弯弯奔流而去。这个大拐弯，被称为宁夏第一弯，紧挨着沙坡头景区西端。再向远处送目，但见大拐弯南面是重峦叠嶂、巍峨雄奇的祁连山余脉香山，北面是沙峰林立、绵延万里的腾格里大沙漠。在这里，黄沙、

沙坡头黄河大转弯

高山、大河、绿洲交相荟萃，似抒情诗，如风情画，美丽无比。

由高处返下沙丘平处，沿北边一标志牌上书写的"沙漠区"箭头指向向东漫步，绵软平坦的沙田布满游人走过后留下的沙窝。南望是陡峭的沙坡，黄涛滚滚的大河，河水两岸大片大片的绿洲，重峦叠嶂的连山；北面断断续续有一些建筑。

众多游客在黄河飞索、黄河蹦极等游乐项目的入口处排起长队，准备痛痛快快玩一回。

在沙坡半坡悬着"天下黄河第一索"的地方，人们乘坐的缆车从索道上跨越黄河，去往南岸，从空中俯视金黄色的沙坡头，俯视那条波涛汹涌的大河，在高空感受粗犷豪放的西北风光，体验居高临下的视觉刺激，其乐无穷也。

继续东行，到达王维观景台。这里塑有唐代大诗人王维挥笔题诗的高大雕像。塑像面北背南，诗人左手捋着胡须，右手握着大笔，正在即兴咏出"大漠孤烟直，长河落日圆"几句名诗。这是王维边塞诗《使至塞上》中的两句。姑且不说这首诗是不是诗人当年在这里所咏，但是看他面对腾格里大沙漠，背着母亲河挥毫泼墨的神态，那"浩瀚沙漠中孤烟直上云霄，黄河边上落日浑圆"的意境，和他当时触景生情的心境是相当契合的。而且观景台周围的景色也是相当美丽的：既有大漠，又有长河，还有绿洲连峰，黄河大拐弯也看得很清楚。登顶一观，真乃心旷神怡也。

王维观景台和稍靠下的"沙坡头"刻字碑周围，游客们争先恐后地拍照留念，热闹非凡。

离开王维观景台，进入其对面的沙坡头黄河文化博物馆、文化创意主题馆和绿色商

沙坡头景区王维观景台

王维观景台一带游人如织

沙坡头风景区快艇码头

品售卖中心参观浏览一番，进一步丰富了游客的黄河文化旅游体验。然后走进特色小吃中心用午餐。坐定之后，要了一盘当地特色美食雪花羊肉、一碗羊杂碎水面、一瓶宁夏红葡萄酒，和老伴香香美美吃喝起来。这雪花羊肉，看上去造型爽亮，吃起来鲜嫩多汁，口感松软；羊杂碎水面入口更是汤香肉烂，肥而不腻。我们一边吃喝，一边不禁好奇地咨询服务人员这些香美食品的做法。她笑着说，雪花羊肉食料以新鲜羊肉为主，再放些鸡胸肉、鸡蛋清和鳜鱼等辅料烹制而成；羊杂碎水面则是先以羊杂碎、萝卜片为主料炖汤，再放入面条，稍加些土酿黄酒煮熟食用。大饱口福之后，方心满意足地走出餐厅。此时看到许多游客正坐上摆渡车准备进入腾格里大沙漠深处玩赏，我和老伴则径直返回西边，乘坐沙漠天梯下行到黄河岸边，继而每人花20元乘坐电瓶车到达景区东门。

在这里，当我再次看到巨石上镌刻的那"天下黄河富宁夏，首富中卫"11个红色大字时，刚才整个上午在景区的所见所闻，便纷至沓来浮现在脑际心头。浩瀚无垠、神秘莫测的腾格里沙漠，波涛汹涌、一泻千里的滚滚黄河，青岚似染、重峦叠嶂的连山秀峰，葱葱郁郁、翠色润眼的绿洲茂林，她们珠联璧合，汇聚一处，造就了沙坡头的雄奇与壮美；她们动静搭配，刚柔相济，奏响一曲声情并茂的山河大漠交响曲。坐羊皮筏子体验天下黄河第一漂的澎湃激情，乘天下黄河第一索跨越黄河的飞天豪爽，漫步黄河玻璃桥的空灵涤荡，沙坡头滑沙的惊险刺激，从黄河之滨乘沙漠天梯直上腾格里大沙漠的心路历程，驼铃声声激起的怀古幽情，王维观景台实地领略"大漠视孤烟直，长河落日圆"的诗情画意，所有以上这些精品景点，都是沙坡头捧送给中外游客的视觉盛宴和心灵大餐，使普天下之人纷纷奔走相告而来，活跃了中卫的经济。为了赐福于中卫人民，黄河母亲奔流到腾格里大沙漠南缘时，突然来了个大拐弯，圈下了一块圣地，造出了一片美景，中卫人民福缘真乃不浅也！这样想着，不觉已是下午1时。

中卫市火车站

正好此时一辆出租车来到身旁停下，于是和老伴立即上车，花35元钱，于下午1时30分返回中卫火车站前西部大酒店。

　　休息10分钟，即离开酒店到达车站广场，乘9路公交车前往中卫南站（高铁站）。掏钱买票，司机笑着说："大爷，坐下吧，不要您买票。"坐下后，我打量一路站点上车的乘客都不买票，心里想，中卫的公交车大概都是免费乘坐吧。途中经过市区，但见街道宽敞，楼厦高耸，车流有序，行人满面春风。特别是街道中心线内树绿花鲜，颜色变幻无穷，尽显美丽都市的富庶繁华风貌。穿过风光旖旎的中卫市区，过了黄河大桥，再西行一段，方到达高铁站。共用时1个小时，北站到南站这段路程，也算是挺远的。下午2时53分，我们乘坐的C8206次列车准时驶出中卫南站，16时零5分，正点到达银川站。

宁夏中卫市高铁站

贺兰山下，中国一道美丽的风景线——
黄河青铜峡大峡谷

2021年10月8日晚10时31分，我和老伴乘2635次快速列车从乌海火车站出发，于9日凌晨2时许正点进入青铜峡站。刚下车来到月台，狂风严寒便扑面袭来。顶风冒寒快步出站，赶紧上了一辆出租车到达事先定好的华都宾馆。稍事洗漱，便上床美美地睡了一觉。早上起床后，发现窗外大风仍然飕飕地刮着。透窗外望，天色也是灰暗混沌一片。知道今天去黄河大峡谷一游的计划无望，就准备在宾馆老老实实待一天再说。好在宾馆给每位住宿者准备的早餐还算不错，八宝粥、稀粥、包子、鸡蛋，吃起来挺上口的。上午在房间瞅瞅手机，看看诗词，把时间打发过去了。中午到宾馆靠南一家名叫青上一品的酒店用餐，品尝了当地美食炒糊饽。这种把羊肉和面条放在锅里翻炒做成的美食，再加入一些调味品，口感和味道均属上乘，香极了。从家走时没有想到来到这里会碰上这样恶劣的天气，穿的衣服有点儿少，所以吃完饭到附近商店每人买了一件绒坎肩子，之后又漫步到火车站转了转。车站不大，站房壁上书有"天下黄河富宁夏，塞上明珠青铜峡"几个大字，宣传栏上也张贴着宣传黄河大峡谷的文字和图片，诸如"黄河金岸，水韵吴忠""青铜峡黄河大峡谷，全力创建国家5A级景区"等。由于火车站建在304

宁夏吴忠青铜峡火车站

在青铜峡享用美食的青上一品酒店

（铝厂）一带，距市区的繁华中心小坝一带很远，加之天气又冷，我们漫步一会儿就回了宾馆。晚上又前往青上一品用餐，吃了条子肉炒锅。这种颜色酱红油亮、汤汁浓香四溢的佳肴，再一次使我们大饱口福。

10日早上，天气晴暖。饭后，宾馆服务员为我们联系了一位出租车司机。于9时出发，前往青铜峡黄河大峡谷游览。20多分钟后，便到达黄河北岸第一个观景台。从这里向近处的西、南、东三个方向游目，只见滚滚黄河冲出峡谷向我们脚下奔流汹涌而来。远望牛首山，那群峰矗立的雄奇景象如大海般波涛翻滚。东南方向雄伟矗立的水利枢纽大坝，也使我感到十分震撼。这座高近43米、长约697米的拦河大坝，气势雄浑，壮观奇美，是集发电、防洪和灌溉为一体的大型水利枢纽工程。这座大型水利枢纽光荣地承担着"塞外江南"宁夏平原万亩良田的灌溉任务。

把水面宽阔、水波橙黄的库区风光观赏尽兴，即驱车穿过高大的108塔牌坊，到达108塔景区东门停车场。司机在车上等待，我和老伴则徒步穿过大门，到达108塔所在山坡下的广场。向北仰望，便见一大片排列成等腰三角形的佛塔。广场靠近塔群的地方，竖有"全国重点文物保护单位一百零八塔"刻字碑，碑后

水波橙黄的库区风光

青铜峡黄河大峡谷108塔景区入口牌坊

置一香炉，香炉后有一池碧水。从左边绕过池水，开始攀坡上行观塔。边攀边数，第一层19座，第二层17座，第三层15座，第四层14座，第五层11座，第六层9座，第七层7座，第八层5座，第九层4座，第十层3座，第十一层3座，第十二层1座，共12层108座。这片佛塔群，坐西面东，依山临水，塔基下曾出土西夏文题记的帛书

和佛祯，从中得知这是建于西夏时期的喇嘛式实心塔群。佛塔依山傍势自下而上，观赏之间，觉得禅味佛意浓浓。佛教教义说人生共有108种烦恼，为消除烦恼，规定贯珠108颗，念佛诵经108遍，晓钟108响。前几年，我去游览山西省五台山菩萨顶时，曾攀登过108级台阶。

108塔中，第一至十一层的107座塔高低一样，比较小；第十二层单独一座比较大。这座塔后有一佛殿，里面供奉着弥勒佛等几位菩萨。我进去捐了钱，拜了佛，即走出。俯瞰东边，黄河水波平浪静地从北流来，向南穿过水利枢纽大坝而去。远处的西岸河边，是大片大片橙黄中夹杂白色的苇荡芦花，稍近一点儿的地方则是成群的绿树水塘。

离开108塔下行到山脚，到邻近观赏了与其自然配置建筑的八大金刚和巨型弥勒佛镀金雕像。接着便到停车场找到司机，驱车前往黄河东岸，途中穿过黄河公路大桥。经过铁路大桥旁边时，购买了船游大峡谷景区门票。到达游船码头入口处，检票员李艳女士认真向我们介绍了乘船游览的详细情况。进入里边后，便开始乘60座豪华游船游览十里长峡风光。

青铜峡黄河大峡谷108塔

贺兰山下、中国一道美丽的风景线——黄河青铜峡大峡谷

　　沿途底蕴深厚的人文遗迹和优美旖旎的自然风光接连不断，令人目不暇接。西岸的贺兰山和东岸的牛首山峰峦对峙，沟壑纵横，景观变幻无穷，妙趣横生，真可谓"十里画廊十里景，十里美景在青铜。"

　　这一带山体岩石裸露，植被稀薄，几乎没有树木。

　　到达大禹文化园，听一位导游讲述了大禹凿开青铜峡的动人民间故事。传说很久之前，牛首山和贺兰山是连接在一起的，时常造成两岸发生洪水灾难。大禹治水经过此地，采五山之灵石，炼制出一把青铜巨斧，劈开青铜峡，使黄河水流畅通无阻，为人民造了福。听了动人的民间传说，望着园内耸立的大禹铜像，不禁肃然起敬。游船刚驶出峡口即返回，但母亲河那奔流不息穿越十里峡谷的滔然浩气将永远激荡在我的胸怀。

青铜峡游船

大禹文化园

　　离船上岸，出游船渡口，驱车直达黄河西岸、青铜峡滨河大道东侧的中华黄河楼

中华黄河楼风光

青铜峡黄河大峡谷美不胜收

前。但见此楼主体建筑突显明清仿古风格，外挑檐悬空临水，顶部设计是具有浓郁地方风格的重檐十字屋脊，屋面铺装金黄色琉璃瓦，看上去十分恢宏大气。此楼被誉为"黄河第一楼"，的确名副其实也。信步登楼进入里边，先后观赏了黄河中国历史文化展览馆、黄河宁夏历史文化展览馆、黄河印象展览馆、黄河文化演艺厅等处。在这些展馆里，全方位领略了中华民族母亲河五千年的灿烂文明，真乃受益匪浅也。"黄河万里绕九曲，千古风流汇一楼。"五千年悠悠岁月，在这里留下了绵延不绝的历史传承。

《水经注》中曾有记载："水光山色之间，山成青铜颜色，所以名曰青铜峡。"这也是青铜峡名称的由来。

返回的时候，我还在想，宁夏贺兰山下的青铜峡黄河大峡谷，是黄河金岸的精华地段。此段峡谷因河而灵，因峡而名，居民又因水而富，加之自然风光秀美、历史遗迹众多、民俗风情独特，不愧火车站标语上说的"塞上明珠"的称号。

领略了黄河金岸、水韵峡谷的独特魅力，又美餐了富有青铜峡风味的烩羊肉，喝了青铜峡美酒，真觉此行不虚也。

我们从青铜峡108塔景区前往游船渡口途中，看到一座黄河大铁桥。司机说，这座铁桥原来跑火车，现在桥面上铺了沥青，成为自行车和人行通道了。

母亲河身边的塞上明珠银川市

说到银川，我和老伴曾经两次走进她的怀抱。第一次是2007年6月1日，第二次是2021年10月11日。

2007年6月1日，我们开始了一次计划中的宁夏、甘肃、新疆、青海、西藏、四川等西部六省区之游，首站就是宁夏银川。

那天中午12时20分，我们乘坐的2635次普快列车准时离开呼和浩特市火车站，沿着阴山南麓敕勒川上的铁道快速向西行驶。

从车窗向外望去，这片在古代被誉为"风吹草低见牛羊"的地方，现在满眼是葱绿茂盛的田园林带、往来奔忙的汽车火车、漂亮繁荣的村镇集市。

下午2时许，驶过鹿城包头，进入地肥水美的河套平原。河套平原和土默川平原由黄河及其支流大黑河冲击而成，是内蒙古自治区重要的粮油基地。过乌拉特前旗后，巍巍阴山渐渐隐到远远的北方，滚滚黄河又不时在一碧万顷的平原上闪现。望着汹涌东流的黄河，我仿佛看见一条条大鲤鱼在浪花中翻腾跳跃。在那一块块葱绿的瓜田中，

银川火车站

又仿佛看见一颗颗圆溜溜的红瓤大西瓜"华来西"展露着笑脸。当列车驶入河套酒业集团驻地陕坝时，我仿佛闻到了"河套老窖"的醇香。别人是因喝美酒而醉，我现在是看到造酒的地方便醉了。微醉之中，不由得倚窗哼起了当地流行的民歌小调《夸河套》。

大佘太的葫芦，西水道的那个瓜，圐圙补隆的烟叶子人人夸。乌梁素海的芦苇，望不到个边。

金黄金黄的大鲤鱼惊动了那个呼市、包头、临河、陕坝、海勃湾、乌达、石嘴山、宁夏，

四个轮轮大卡车一趟一趟地拉。

　　软溜溜的油糕胡麻油来炸,吃上那磴口的华莱士保你不想家。鲜红鲜红的枸杞房顶顶上晒。

　　想喝河套的二锅头,就请你们沿着那柏油马路,开上那桑塔纳,搬上那小媳妇儿,叨叨啦啦、嘻嘻哈哈、亲亲热热,一溜溜顺风到呀么到陕坝。

　　车过陕坝,渐渐转向南行。出磴口后,于下午8时驶入内蒙古西部煤炭工业名城乌海站。乌海市由乌达和海勃湾两个地区组成,地处从内蒙古前往宁夏、青海、甘肃的咽喉要道上,包兰铁路、109国道、110国道三路并行从市区穿过。

　　出乌海后,天色渐渐暗了下来。列车在夜色中沿贺兰山东麓继续南行两个多小时,于晚上10时34分正点到达银川站。下车后,即有一位女同志把我们接到附近的铁道宾馆下榻。

　　位于黄河中上游地区的宁夏回族自治区,是中华民族远古文明的发祥地之一。据考证,早在三万年前,人类就已经在这里繁衍生息。北宋宝元元年(1038年),党项族首领李元昊以这一带为中心建立了大夏国,定都兴庆府(今银川市),史称西夏。到了元代,蒙古灭西夏后,于1287年在这里设宁夏府路,始有宁夏之名,并一直沿用至今。6月2日下午,我们打车到银川市区西部游览了西夏王陵。这片景区占地面积近60平方公里,共有9座历代帝王陵墓,200多座王侯勋戚陪葬墓。陵园西依贺兰山脉,东临银川平原,是我国现存规模最大、地面遗址最完整的帝王陵园之一。走近用于祭祀的献殿,只见八角形台基上建有9间正方形开敞式殿堂。地面铺方砖,中央以花纹砖铺墁,南北两侧为斜坡式踏步。周围

西夏陵

银川火车站周围风光

出土有嫔伽、摩羯、海狮、套兽等装饰性建筑构件。再观赏象征皇宫内城的建筑，平面呈长方形，四面设门，四隅建角阙。墙垣夯土板筑，基宽近4米。墙面敷红墙皮，墙顶出檐覆瓦，檐口饰瓦当、滴水。总体看来，陵园内的所有建筑，当年还是经过精心设计配套的。参观完毕，临走时，再次回望这片孤零零地在贺兰山下黄沙之中矗立千余年的帝王陵墓，当年这些坟墓中的主人们，也不过就是当年茫茫宇宙时空中匆匆闪光的一瞬。

黄河水从青海省巴颜喀拉山北麓流出以后。一路开山劈岭，过关取道，波澜壮阔，气势磅礴。自中卫市沙坡头区南长滩村进入宁夏境内后，便与这里的各族人民产生了特殊的感情，不仅流速逐渐变得舒缓起来，胸怀也变得博大宽阔起来。黄河一路流经中卫、吴忠、银川、石嘴山四市后进入内蒙古，流程长达397公里，使宁夏成为沿黄九省区中唯一一个全境属于黄河流域的省份。在宁夏6.64万平方公里的国土面积中，母亲河就把近5万平方公里直接揽入自己的怀抱，使其受益。这样一来，66%的宁夏人就居住在母亲河身旁，他们所需水资源的90%取自黄河，59%的耕地能用黄河水灌溉。黄河水滋润了宁夏这片美丽富饶的土地，造就了沃野千里，赐福于宁夏各族人民。可以说，宁夏是因黄河而生，又是因黄河而兴，这话非常贴合实际。由于母亲河这种得天独厚的偏爱，因而也就有了"天下黄河富宁夏"的美誉。

在宾馆舒舒服服休息一夜，6月3日清晨起来吃过早点，便乘一路公交车到银川市区游览。大街小巷，充溢着浓郁的民族风情。在短暂的游览中，我们发现，这里有很多商家店铺以"西夏"二字冠名。从这些命名中，也可以稍稍触摸到这个地区的历史演变过程。观赏一会儿美丽的银川风光后，即前往北门附近的旅游汽车站，乘一辆宇通大客车，到沙湖游览。当车子驶入漂亮宽敞的京藏高速公路时，银川平原的美景争

银川闹市一带商厦林立

从高处俯瞰美丽的银川市

先恐后地扑入视野之内。公路两侧一马平川，水塘湖泊闪光耀眼。水稻新绿，小麦、胡麻也满眼碧秀，真乃塞上江南也。

银川市是宁夏回族自治区首府，地处肥美的宁夏平原。东边波涛滚滚的黄河水从南向北奔流而过，流经银川80多公里。银川平原引用黄河水灌溉已经有2000多年的历史。西北气势雄伟的贺兰山脉莽莽苍苍，如万马奔腾，是其天然屏障。河和山一起造就了富饶的银川平原，造就了这块热土地几千年生生不息的人类文明。刚才在银川市区及其周围游览一番，即看到和感受到了历史年轮碾成了多元的文化。中原文化、边塞文化、河套文化、丝路文化、西夏文化等等在这里激荡交融，和谐发展。传说古代有一只凤凰从南方飞来在此筑巢安居，所以宁夏很早就有了"凤凰城"之美誉。

进入景区，到达沙湖北岸，向南望去，湖面浩浩荡荡，碧波荡漾。一丛丛、一簇簇、一片片碧绿鲜嫩、郁郁葱葱的芦苇茂如修竹，升出水面之上，把广阔的湖面点缀得生机勃勃。水面之上，苇丛之隙，游船往来，快艇疾驶。游船和快艇两边，翻起一排排浪花，尾后拖着一条条雪白的波痕。

银川沙湖风光

登上一艘敞篷游轮游湖，船儿一会儿在宽宽的湖面上前行，一会儿钻入芦苇丛中。湖面上不断有丽鸟鸣啾飞过，高空偶尔可见彩色的热气球飘荡。满眼风光美不胜收，满心喜悦无法尽言。老伴高兴地拿出摄像机，不断贪婪地拍摄着眼前美景。

下船上岸，眼前陡然出现一座长长的、高高的沙坡。坡底平缓处，躺着、卧着、站着许多骆驼，有几位游客正骑着骆驼排成一队向坡顶走去。还有些游客正光着脚丫从坡顶嘻嘻哈哈地滑落下来，整座沙坡充满欢乐的气氛。一边观赏，一边走到驼群跟前。我想，刚才乘水上之船游过沙湖之水，现在何不乘这"沙漠之舟"来一趟沙漠之旅呢？于是付了款，和老伴每人骑了一峰骆驼，向上边走去。骆驼那四条细细的小腿下边，四只像牛蹄两瓣的

沙湖之中芦苇丛丛簇簇

脚掌如喇叭一样散开,支撑着庞大的躯体和骑在背上沉重的游人,在软绵绵的流沙中缓缓前行。骑在它背上,觉得十分平稳。

走到坡顶,骆驼驮着我们继续在一片广袤的沙漠中前进。那连绵不断的金黄色沙丘,犹如大海中的波浪翻滚起伏。每座沙丘表面,均显现出被大风梳理过后留下的一条条细细的波纹。骑驼在此中行进,平稳而又轻捷,真有一种水中乘舟之感。向南走了一段,从西边返回沙坡顶端。骑着骆驼伫立坡畔游目,沙海金浪起伏,沙湖碧波荡漾。两者相映成趣,令人深感开怀畅意。一会儿骑驼下坡时,依旧如履平地,平稳如前,这骆驼真不愧为"沙漠之舟"。

从驼背下来,到达码头。乘船返回北岸,登上观鸟塔,观看了一会儿精彩的群鸟嬉戏图。那鹳飞鹤舞、天鹅弄姿、鸭鸟和鸣、苍鹭越空的壮观奇景,着实悦耳目、娱心意,其乐真乃无穷也。

沙湖驼铃响千秋

从观鸟塔下来,向景区门口走去。途中,我们还沉浸在那秀美豪放相融于一体的风景之中。那面积约45平方公里的浩荡湖水和2000多公顷广袤的沙漠连为一体,组成了这里的主体景观。再加上点缀其中的芦苇、飞鸟、游鱼、船艇、缆车、驼队,使我们既领略了粗犷豪放的塞外风光,也欣赏了温柔细腻的江南美景。在这里,江南水乡美景和塞外大漠风光相得益彰,银川确实堪称闪烁在黄河岸边、贺兰山脚下的一颗璀璨的"塞上明珠"!

银川市阿拉善广场

从沙湖回到银川火车站休息两个多小时后,于当晚10时27分,乘坐K915次快速列车,去了金城兰州。

2021年10月11日,我和老伴在上午游览了宁夏中卫沙坡头风景区后,于下午4时零5分,乘动车再次到达银川站。下车出站,只见车站大楼和广场均扩建了,而且扩建

独具特色的银川火车站

了很多。周围的高楼大厦也增加了不少。仔细打量,新火车站站楼建筑漂亮,风格独特。多个连续圆拱支撑起来的站楼主体,使我眼前一亮,这种舒展的造型像一只腾飞的凤凰一样。

向南穿过站前广场来到一排摩天大楼前,映入眼帘的都是各种名称的大酒店,于是信步走入云帆大酒店。下榻第三十二层一间客房内,觉得床铺、卫浴等设备倒也干净齐全。从房间各个窗口鸟瞰下面,火车站及周围高楼大厦、花草林木等诸多美景尽入视野之内。

在房间休息一会儿,晚上7时许,下楼吃饭。看到一家标有宁夏滩羊专吃店的饭馆,便踱了进去。坐定之后,要了一盘手抓滩羊仔和一瓶宁夏美酒,便大嚼大喝起来。羊肉肥瘦相间,不膻不腻,味道鲜美,入口爽滑。

10月12日上午,我们打车到达距银川市区28公里的黄河古渡,游览玩赏了一番。这是一处古老的渡口,清朝康熙皇帝当年就从这里渡过黄河。现在这里已经被开发成一个生态旅游景区,既有儿童游乐专区,又可乘羊皮筏子漂流,既可体验沙海冲浪的刺激,又可玩味黄河古韵等塞外奇景。之后到湿地文化区、沙漠娱乐区、古渡文化区、塞外风情区等处看了看,都各有情趣特色。古渡口乘羊皮筏子漂流的人也挺多,我们登上古渡黄河楼,观看母亲河奔流到海不复回的气势,体验黄河文化的源远流长。渡口周围还设置有黄河祭台、观日台以及康熙渡黄河、昭君出塞和亲雕塑等古迹景观,可以使游客全面领略黄河历史文化的内涵及外延,增强中华儿女的民族自豪感。

黄河东岸湖山沙城乌海市

2017年10月8日，天气晴好。国庆节假日刚过，有点儿闲情逸致，遂起去乌海、宁夏一带转转之心。上午近8时，从呼和浩特火车站乘快速列车出发，一路西行。下午1时15分过巴彦高勒站后，黄河宽阔汹涌的水流出现在铁道北面。然后渐渐变窄、变细，离人远去。此段时间内，铁道两旁基本是大片的戈壁沙漠。1时35分，铁道和远远的黄河一起向南拐了一个90度的大弯。此时，右边出现了几栋高楼大厦，接着左边也出现了类似电厂、洗煤厂等一些建筑。2时许，列车正点到达乌海站。下车出站，站前广场中央那高高的女神立像和4头铁狮立即把我的注意力吸引了过去。听说这两者是乌海市的历史性标志建筑，因而乌海又名狮城。

乌海火车站

经咨询身旁本地人得知，这尊雕塑名曰"黄河明珠"，高达22米，耸立此处已经30年了。再看车站大楼顶端用汉蒙两种文字书写的"乌海"几个字，也挺有特色，呈火焰飞腾状。我想这大概是因乌海又称煤城，寓意煤炭燃烧，火焰升腾，照亮乌海前程。在车站广场观赏逗留一会儿，到对面超市买了些牛奶、果品等，即乘出租车到达海勃湾区信达家园的亲家家，把儿媳给她爸妈捎的东西放下并聊了一会儿后，又乘出租车到达住在乌海湖景区游览。伫立于乌海湖大桥东头放眼望去，只见黄色的湖水海海漫漫，一眼望不到边。雄伟的跨湖大桥如长虹卧波，腾跃水天之间，气势不凡。

站前广场的女神雕塑

海勃湾区信达家园

乌海湖风光

乌海市地处黄河上游，素有"黄河明珠"之美誉。黄河内蒙古段长达840多公里，流经乌海境内100多公里。河水由南向北顺流而下，充足而丰富的水资源，大大地促进了乌海市工农业生产和旅游业的迅猛发展。人说乌海市三山环抱，一水中流，其地貌特征也确是"三山两谷一条河"。东部的桌子山，中部的甘德尔山，西部的五虎山，呈南北走向平行纵列，都是南部的贺兰山向北延伸的余脉。这样，三山中间就形成两条平坦的谷地。黄河水沿甘德尔山西谷北上流经市区，阻断了乌兰布和沙漠东进侵蚀乌海市区的欲望。

司机陈师傅说，乌海湖是黄河水域的一部分，于2013年12月底挖坑截流蓄水而成，总面积约118平方公里，相当于18个杭州西湖那么大，两个半宁夏沙湖拼起来才能抵得上它。之所以名为乌海湖，是因为其位置处于海勃湾区和乌达区之间。他用手指着说："你们看，远远的湖西是浩瀚无垠的阿拉善盟乌兰布和沙漠，东南方向是甘德尔山脉。周围丰富的景观把波平如镜的湖水衬托得美丽无比。"说罢，他招呼我们上车，踩动油门，慢慢驶上桥头，向西而行。陈师傅介绍，连接两岸的乌海湖大桥全长6153米，主桥为七跨矮塔斜拉桥，桥宽37米。双向八车道，车子行驶起来平稳舒畅。陈师傅车开得很慢，从车窗南北两个方向望去，满眼黄涛汹涌，金波粼粼。行着行着，渐渐看见西北方向现出黄涛金沙相接的画面。那片金沙越来越宽，水美沙亮，景色如诗如画。经过十几分钟的行驶,车子驶下西桥头,进入阿拉善盟阿拉善左旗境内。

连接乌海市和阿拉善盟的乌海湖大桥

沿混凝土公路继续向西北方向前进,右边就出现了大片的沙漠,这就是著名的乌兰布和沙漠。蒙古语"乌兰布和"的意思是"红色的公牛"。这片沙漠北至狼山,东临黄河,南至贺兰山麓,西至吉兰泰盐池,横跨阿拉善盟和巴彦淖尔市两地,面积约1万平方公里,是中国八大沙漠之一。

不一会儿,车子行驶一座高大的方形路门前,顶上悬着的"苍天般的阿拉善"七个大红字很是显眼。紧靠下边的额上用汉蒙两种文字书写着一串红字:阿拉善盟乌兰布和生态沙产业示范区。陈师傅说,黄河西岸乌兰布和沙漠东缘这片沙区,原来每年会有将近1亿吨黄沙流入母亲河,造成水中沉沙淤积,抬高河床,到了汛期很容易发生洪涝灾害。为了改变这种状态,2013年11月,阿拉善盟成立了这个生态沙产业示范区,并于2014年2月升级为自治区级示范区。示范区采取政府做主导、企业为主体、广大农牧民群众参与的综合治理模式,有效遏止了沙漠侵蚀黄河的进程。不仅如此,这片沙漠还被打造成了集生态、沙产业、旅游业、商住休闲、农牧民转移转产五位一体的新兴现代绿色示范基地,成为黄河流域又一颗璀璨的明珠。我们停车步行进入里面走马观花一番,但见绿树鲜花亮眼,温室大棚排列,鱼塘溪流遍布。稍远的沙山上,菌草、沙葱生机盎然,葡萄架上满缀的葡萄像珍珠般惹人眼馋垂涎,其中更有鸡鸣鸭凫,羊儿撒欢,房舍田园,居民怡然自乐……所有这一切,都是聪明勤劳的阿拉善人民战胜大自然的成果。

返回乌海湖大桥的时候我还在想，刚才沙漠中那一座座金色的沙山，那一片片镜子般的湖泊，是那样的静谧而美丽。透过这些，再隔湖遥望楼厦林立的乌海市，真乃犹如海市蜃楼一般。向东出大桥后，车子向东南方向驶上甘德尔山半山坡观景台。恰遇今天通往山顶的索道车不开放，只得在附近游览纵情一番。

仰望山顶的成吉思汗雕像，气势雄浑；俯瞰稍远处的乌海湖，烟波浩渺，长桥卧波，山高水阔，美不胜收。奔腾的黄河水，流到此处被截留，汇成了波澜壮阔的乌海湖，使乌海市更加美丽，更加富有灵气，更加充满朝气和活力。水绕城转，城因水活。长久以来，乌海市一直以"煤城"闻名。自乌海湖出现后，这座城市又被赋予了"湖城"的美名。乌海人民自古以来就一直受到被告母亲河哺育的得天独厚的照顾。这里民风淳厚，境内资源丰富，其名乌海，就是说这里是"乌金之海"。

阿拉善盟乌兰布和沙漠生态沙产业示范区

乌海境内不但优质焦煤、煤系高岭土等矿产储量大、品位高、易开采，而且由于水土光热资源丰富，适合种植葡萄，从而赢得"葡萄之乡"的美誉。现在的乌海湖，在黄河海勃湾水利枢纽工程建成后，已经形成一片118平方公里大的生态旅游区。它横贯乌海市南北，涵盖乌兰布和沙漠、乌兰淖尔湖、乌海湖、胡杨岛、兔岛等风景区，与甘德尔山生态文明景区遥相呼应，共同呈现出一片水沙相接、山水相连的壮观景象。生态旅游区内群山错落，河湖密布，自然资源丰富，在黄河两岸形成了集湖泊、岛屿、沙漠、湿地为一体的独具特色的自然景观。现在整个景区内蓝天白云、飞鸟游鱼、碧水金沙、芦荡水漾，展现出一幅融江南水乡之秀色与塞北大漠之雄浑于一体的瑰丽画卷。

经查阅有关资料得知，乌海市政府还将继续以黄河文化为脉络和依托，完善与旅游、文化、娱乐、商务、滨水休闲度假等相关的高端配套服务设施。在沙漠景区开展沙漠越野车、沙漠摩托车、滑沙冲浪等项目，在湖水景区设置皮划艇、脚踏浮筒船、水上飞机、快艇、游船等多种玩赏游乐活动，努力将黄河之景融入现代之城，形成城在水上，水在城中的旖旎美景，使乌海真正成为黄河金腰带上的明珠。美丽的乌海市，原本就具备良好的交通条件，距海勃湾城区以北15公里的现代化飞机场，可以飞到呼和浩特、北京、上海、西安、广州等多地。铁路主干线包兰铁路早已贯穿全境，加之东乌铁路、海老线和乌吉线等多条支线的助力，为人们出门往来带来了极大的方便。四通八达的公路网，将乌海同全国各地紧密地相连起来。乌海湖水利枢纽的建成，使这座城市变得水灵灵的，犹如一位出浴美人一样花枝招展。良好的景观风光和富饶的投资环境不仅招徕国内外大量游客，也吸引了许多海内外商人前来办企兴厂。这样发展下去，美丽的乌海一定会变成内蒙古自治区西部一座充满活力的新兴工业城市，变成黄河流域一颗璀璨的明珠。

在乌海湖一带和市区游玩尽兴后，于晚上6时30分回到亲家家中。亲家老两口用丰盛的晚餐招待了我们。席间，我们开怀畅饮，亲切交谈，互相祝福，度过了一段快乐时光。

前往甘德尔山顶途中

快乐的乌海人

黄河母亲亲吻巴彦淖尔市

"塞外明珠"乌梁素海

滔滔黄河离开乌海市不久,即进入境内。巴彦淖尔系蒙古语,意思是"富饶的湖泊",位于举世闻名的河套平原和乌拉特草原上。黄河在这里绕了一个345公里的大"几字弯"后,就滋润着这块本来身处干旱沙漠中的土地,使其慢慢变得富饶而美丽起来,成为北疆生态屏障最亮丽的组成部分,成为大自然赐予河套人民的一方福地。

2023年7月17日晨,我从呼和浩特乘坐城际列车到达包头站,然后和在那里等候的三弟会合,上了同一列火车西行,前往巴彦淖尔市的乌梁素海和临河黄河河套灌区游览。中午时分到达乌拉特前旗旗府所在地乌拉镇。下车出站,到车站对面的牛牛餐馆享用了正宗的清炖黄河大鲤鱼,畅饮了爽口的金川啤酒。作为黄河特产,这种鲤鱼肉质鲜美细嫩,无论清蒸还是红烧,吃进嘴里,每一口都觉得融合了黄河的波涛和历史。酒足饭饱,我们花40元乘一辆出租车,沿习近平总书记前不久来此视察时走过的路线,前往乌梁素海景区。

作者在乌梁素海景区留影

进入景区里面,伫立于湖边四望,眼前湖光山色美景,顿时尽入胸怀,与刚才享用过的黄河大鲤鱼交融于一体。走上架设在湖中的橙红色木栈道,漫步观赏,只见满湖银光闪闪,水天一色;千顷碧波,万斛珠玑;空水澄鲜,绿芦簇簇;

黄河母亲亲吻巴彦淖尔市

随风拂动的芦苇丛

摩托艇和客轮冲波击浪，往来穿梭；湖水与蒲草相得益彰，蓝天与碧波交相辉映。远望阿力奔草原南端的乌拉山，奇峰耸立，怪石嶙峋；开阔舒展的乌拉特平原，绿田铺向天际；明湖、绿原、峻山，尽在视野之内交汇，景象美不胜收。俯视脚下，眼前那些绿色且高大的芦苇，一大片一小片的满眼皆是，有的靠岸争秀，有的水中显媚，有时大大的一片，几乎罩住整个湖面。偶尔停步倚栏观赏，袅娜的芦枝苇叶在微风的吹拂下，摇头晃脑，发出沙沙的悦耳声响，仿佛奏响一曲明湖交响曲，美妙极了。漫游之中，我还看到许多珍禽候鸟，不停翔集。它们有的在天上飞，有的在水面凫。黑色的野鸭，杂色的鸳鸯，白色的白鹤，还有许多叫不出名字的鸟儿，百色千姿，十分壮观。它们在水中亮翅鸣叫，声色皆美。突然在蓝天碧湖之间，看到一片白色慢慢浮动，浮动到近处一望，旁边的人们顿时欢叫起来："白天鹅！白天鹅！"接着，一大片白天鹅从空中翩翩飞舞而过，在蓝天的映衬下，又别是一番美色。平生第一次看到这么多白天鹅，真感此行不虚啊！听旁边的一位导游介绍说，每年春天黄河开河的时候，总会看到成群结队的白天鹅飞来这里待个十来八天。俗话说，环境好不好，候鸟先知道。乌梁素海地处全球荒漠和半荒漠地带，是为数不多的鸟类迁徙地和繁殖地，加之这里碧波荡漾的湖面、如诗如画的苇丛，自然会使婉转啼鸣的百鸟争着来此嬉戏休养。听说这里已被国家林业部门列为湿地水禽自然保护示范工程项目和自治区湿地水禽自然保护区。

时值盛夏，天气特别炎热。我们走到木栈道旁一处水榭房屋时，由于口渴汗淌，便踱进去，让服务员切了一颗华莱士，大口品尝起来。吃着河套著名的果品，看着窗外芦苇飘拂的湖水，舒心惬意极了。之后，出来继续在木栈道上漫步观赏。只见水中大小、颜色各不相同的鱼儿游来游去，摆尾嬉戏，其乐无穷。听说湖中鱼类资源相当丰富，除盛产我们中午享用过的大鲤鱼外，还有鲫鱼、草鱼、鲢鱼等20多种。看样子，乌梁素海不仅是一个鸟的世界，还是一个鱼的乐园。

　　乌梁素海是内蒙古自治区西部的一大湖泊，旅游资源开发始于1997年，再加上2006年再度大规模开发，景区规模越来越大。其婀娜多姿的自然美、生态美和人文景观美，一步步迈上新的台阶，吸引着海内外许许多多的游客。我四下环顾，只见湖中左转右折的木栈道上，万人攒动，摩肩接踵，扶老携幼，好不热闹。就连我们老弟兄俩，现在也是心醉神迷，乐而忘返。旅游资源的大规模开发，带动了当地经济的全面发展，大大提高了人民群众的生活水平。美丽浩瀚的乌梁素海位于黄河"几字弯"顶部，是黄河流域最大的功能性湿地。它不但通过旅游资源开发，给当地人民生活带来了巨大的红利，而且是河套灌区水利工程的重要组成部分，与黄河灌区的关系也密不可分，承担着黄河水量调节、水质净化、防凌防汛等诸多功能，是农田退水、工业废水和生活污水唯一的承泄渠道，接纳了河套灌区90%以上的农田排水，对于控制土地盐碱化、保护灌区水环境发挥着重要作用。乌梁素海在古代是黄河的一部分，最早的黄河以沿狼山南侧的乌加河为主河道东流，后因地壳隆起，黄河受阻急转南下，冲出一块巨大的洼地，这就是乌梁素海的前身。之后，由于风沙东侵，狼山南侧的洪积扇也不断扩展，致使河床抬高，乌加河被泥沙阻断，河水溢流到洼地，形成了这片河迹湖——乌梁素海，而黄河主流也被迫改道，由南侧东流。随之，芦苇也应运而生。目前乌梁素海湖面面积约293平方公里。近

乌梁素海美景

年来，乌梁素海实施了湖区河口湿地修复和人工湿地的构建工程，生态补水和凌汛分洪补水通道也得到了加固。由于有二黄河、乌加河的及时补水以及长济渠、民复渠等灌溉的尾水补给，乌梁素海的水量任何时候都能保持常态。乌梁素海是黄河母亲改道时馈赠于巴彦淖尔的一份厚重礼物，不仅在游人中间获得了"塞外明珠"之美誉，还使巴彦淖尔人民的生活锦上添花。

在乌梁素海景区醉游两个多小时，方恋恋不舍地乘出租车返回乌拉山镇火车站。之后，于下午5时54分乘K7909次列车前往临河市，晚7时11分正点到站后下榻车站斜对面的君悦酒店。

巴彦淖尔市黄河河套灌区

2023年7月18日上午9时，前往黄河河套文化旅游区游览。这是一座以二黄河为中轴进行开发的开放式公园景区。黄河流域是中华文明最主要的发源地，以巴彦淖尔为中心的黄河大后套是黄河流域的重要组成部分。

进入景区门口，遇到一位名叫曹冲的女工作人员，她向我们介绍了里面的情况。接着，电瓶车司机刘欢便热情把我们拉到总干渠二黄河岸边。我一边观赏着二黄河汹涌向前流去，一边阅读旁边立牌的广告刻字，只见上面写道："河套灌区输水主动脉总干渠，俗称二黄河，即黄河三盛公水利枢纽北岸总干渠。是河套灌区的输水主动脉，也是巴彦淖尔的母亲河。总长230公里，西起三盛公水利枢纽，引黄河水自流入套。一路东奔，横贯整个后套平原。通过干渠、分干渠、支渠等各级纵横的水利工程，滋润千万亩良田，养育着世世代代的河套人民。"二黄河是经第一届全国人民代表大会第二次会议审核通过的新中国兴建的第一批大型水利工程项目之一，于1958年11月15日动工开挖，至1967年四闸建成，历时10年，全线通水。是新中国成立初期，由共产党带领各族劳动人民，克服了后人难以想象的种种艰难困苦，终于兴建完成的宏伟"一首制"引水工程体系。它是在河套大地上，人工再造的一条引水黄河，因而从其建成运行伊始，老百姓就直呼其名为二黄河。其上建有4个现代化大型水利分水枢纽工程。从渠首黄河三盛公枢纽至渠尾三湖河末梢，全长230多公里，流经巴彦淖尔5个旗县区。所谓"一首制"引水工程，就是整个河套灌区，只在黄河上开挖兴建一个总引水口，即三盛公水利枢纽工程，再将灌区过去从黄河上无坝多口自流引水的数十条引黄渠道全部整理合并起来，转接到人工再造的二黄河上。由其中的4个分水枢纽统一进行科学合理的调控分配水量。从此彻底解决了河套地区千百年来所面临的诸多引水难题和发展困境，使得河套灌区一跃成为亚洲最大的平原一首制自流引水灌区和和祖国的"塞北粮仓"。在此基础上，河套灌区又逐步配套完善了七级供水工程体系和七级排水工程体系。其密密麻麻的沟渠纵横体系，宛如人体内的动脉供血体系和静脉回血体系一般，由此造就了世界上首屈一指的拥有七级灌排配套工程体系的大型灌区，确保了祖国北方干旱荒漠化地带中这一片稀有绿洲和民族地区长久持续的稳定繁荣、发展兴盛，铸就了巴彦淖尔社会经济发展的命脉所在。

随着三盛公黄河水利枢纽及总干渠（二黄河）进水闸的建成，河套灌区结束了无坝引水的历史，黄河水通过总干渠实现了全灌区的自主调控，73.7万公顷小麦、杂粮和向日葵等作物获得了旱涝保收。230公里长的河段上，有密如蛛网的七级灌排水渠道十万零三十六条。今天的河套灌区已经成为全国三个超千万亩的特大型灌区之一，成为国家和自治区重要的商品粮油基地，成为名副其实的塞上江南。二黄河是从西面的三盛公黄河水利枢纽引黄河水过来的，最后排水到东边的乌梁素海。二黄河的排水，又不断使乌梁素海显现出勃勃生机。

通过结合湿地保护、恢复工程与生态建设，现在这个二黄河水利风景区已经被精心打造成一个精品景区，展现出黄河文化、草原文化、河套文化、农耕文化等多层次文化氛围，成为独具北疆特色的一处旅游观光休闲度假基地。景区内的景点，以二黄河（总干渠）为轴心，呈带状分布。沿河边走边观赏，分别有黄河生态景观带、总干渠观光休闲带、永济渠观光休闲带，视野之内，时时呈现江南水乡一样的风光。而那随处可见的红柳、胡杨，又明确昭示我们，这里是塞北高原。踱到蒙古大营，大大小小的毡房、大大小小的石羊、道路两侧五颜六色的经幡，纷纷展现在我们面前。在这里，我们品尝了富有河套特色的饮食，观赏了精彩的歌舞表演，方离开演艺广场，走上二黄河铁索大桥。

伫立于桥上，倚栏眺望，只见满满荡荡一河黄水，风平浪静向下游流去。观赏之间，我不由得想到，黄河本来像一个血脉偾张的男子，活力无限，激情满怀，横冲天下，奔流到海不复回。但从三盛公分流的这条二黄河，看上去却特别温顺。它正在河套人民的指挥下，有条不紊地灌溉巴彦淖尔所有的良田，为了这里的瓜果更甜、粮油产量更丰，奉献着自己的力量。忽然耳边仿佛传来了张敏演唱的《妹妹送我到黄河边》的悦耳歌声："妹妹送我到黄河边，

二黄河铁索桥

水灵灵的毛眼眼长长的辫。哥哥这一走，不知三年和五年，俺和妹妹的知心话说也说不完……"

从铁索桥上下来，再到渡口眺望片刻，和三弟合了影，即穿过塞上明珠广场，向黄河水利文化博物馆走去。博物馆坐南朝北，外观造型像一只展翅起飞的鸿雁。进入里面，只见展出有众多文物、古籍、文献和图表，并配有大量文字材料，向我们这些游客讲述着黄河水利文化的历史发展过程。到酒文化广场等场所观赏一番后，我仿佛闻到了河套老窖、河套王等美酒的醇香。黄河广场、黄河观凌塔、黄河渔村、富强村等主要景点，全方位、多层次、多角度展现了几千年来黄河文化的聚集、融合、传承、积淀的历程，充分展现了河套文化兼容并蓄的独特魅力。听工作人员介绍，近年来，景区成功举办了多次全国性的龙舟比赛、公路自行车赛等大型赛事，吸引了全国各地的诸多游客，已经成为巴彦淖尔旅游业的一张亮丽名片。2018年中国黄河旅游大会上，河套旅游区被评为"中国黄河50景"之一。

离开湿地公园，用电话招呼来刚才送我们到这里的司机师傅，开车沿二黄河岸边，驰骋近一个小时，把我们拉到总干渠第二分水枢纽。里面的三位年轻管理人员一边递给我们矿泉水解渴，一边热情地介绍道："总干渠第二分水枢纽位于巴彦淖尔市临河区双河镇境内，是二黄河一首制引水工程

与工作人员合影

体系的重要组成部分，属大型水利枢纽工程。该枢纽1959年由黄委会设计院设计，1960年12月内蒙古黄河工程局开工建设，1961年6月竣工并投入使用，总投资501.7万元。投入使用后的枢纽，由总干渠节制闸、永济干渠进水闸、北边分干渠进水闸、南边分干渠进水闸、泄水渠闸、上游距枢纽5.8公里的黄济干渠进水闸、合济分干渠进水闸、黄羊分干渠进水闸以及8条小直口渠进水闸等水利建筑物组成。承担控制着临河区、杭锦后旗、乌拉特中旗、乌拉特后旗等4个旗县300多万亩农田灌溉配水任务，肩负着黄河分洪防凌、巴彦淖尔市民生活用水、农业供水、生态补水、水力发电、绿化环保、水利景观、科普教育等任务，为巴彦淖尔市的社会经济发展始终提供着重要的水利基础支撑。旁边的水文站和水电站也是枢纽的重要组成部分。枢纽刚建成后，由于有关工程没有按原设计全面施筑，造成运行落差较大。后经多次维修，特别近几年对消力池和闸前铺盖进行了大力的维修加固，闸前采取了高压摆喷灌浆，闸后由二级消能增建为四级消能。闸上500米渠道进行了砼预制衬物，闸下左岸干渠砌石护坡。下面500米采用膜袋整治护岸，目前运

行良好。该枢纽运行40多年来，为河套灌区农牧业生产发展发挥了巨大作用。"

听了三位年轻管理人员的介绍，再仔细观赏这座建筑在二黄河水面上的宏伟水闸，我清楚地了解了枢纽的作用。通过这座分水枢纽，把总干渠（二黄河）的水，公平均匀地分配给河套全境人民，让他们丰衣足食，幸福安全。总的来说，一首制二黄河引水工程体系是河套地区有史以来投资建设规模最为宏大、建设过程最为艰辛、民工干劲最为高涨、产生效益最为可观、带来影响最为深远的一项水利工程。多年以来，二黄河水利枢纽工程体系在维护黄河安澜运行、保障国家粮食安全、改善华北生态环境、促进地方社会经济发展和维护少数民族边疆地区的稳定团结等方面，发挥着润物无声的巨大功用。亲眼观赏了这项造福河套人民的巨大水利枢纽工程，又听了工作人员的详细介绍，我们把眼前这个一首制二黄河引水工程建成后所产生的巨大经济效益以及政治历史作用搞了个一清二楚。谢别管理人员，从闸楼下来，沿总干渠向下游走了一段，回望高高的枢纽建筑，想象着其巨大作用，赞叹不已。拍了几张照片，返回枢纽附近。三个人在一座高高竖立的银白色三角标牌下，逗留良久。仰望标牌顶端立面上镌刻的"惠泽河套"四个大字时，我心中不由赞叹："这个总干渠第二分水枢纽工程，确实是中国共产党领导河套人民建造的一座永久惠民工程。"

总干渠第二分水枢纽

惠泽河套碑

此时，从对面公路上驶来几辆小车子，下来多人，进入枢纽闸楼里面，估计不是领导检查工作，就是外边组团参观。我们则进一步观赏摄影一番后，满意离开。中午吃了羊肉烩茄子，喝了蒙古奶茶。其间，想到坐落在黄河之滨的河套地区，拥有广袤的沙漠、湿地、黄河、绿洲，在这块充满魅力的美丽土地上，美食的故事同样引人入胜。巴彦淖尔不可错过的五大名吃,来此之前便早有耳闻。除了之前介绍的美味黄河大鲤鱼,下面的四种也让人听名就垂涎欲滴:新鲜的羊杂碎汤,色泽鲜美,淳厚香滑;外焦黄酥脆、内鲜嫩多汁的烤全羊,尝一口,草原风情就感受得满满的;手工面皮片薄如纸,搭配上鲜美的肉汤与蔬菜,既简单又美味;生长在黄河滩上的枸杞,因其特殊的生长环境,口感甜美,营养丰富。巴彦淖尔的美食是这片土地深厚历史文化和自然风光的完美结合,每一道美食,都仿佛在诉说着这座城市与黄河的千年情缘。

  吃饱喝好,回酒店途中,三弟买了一个正宗巴盟大西瓜,两个人又吃得不亦乐乎。休息一会儿,乘火车离开美丽的临河,踏上返程之旅。从车窗向外望去,碧绿的河套平原一望无际,灌区之内,闸区纵横。一条条渠道笔直地伸向远方,渠宽岸绿,渠水清清。宽广的平原上,羊群如白云,连片的向日葵向着太阳展示笑脸,在河套大地上格外显眼。河套灌区是巴彦淖尔人民的河套,是黄河母亲哺育的河套,因而巴彦淖尔是一座水灵灵的富饶美丽的城市。真心为河套人点赞。

黄河母亲哺育包头

古代的巍巍阴山脚下，滚滚黄河两岸，曾被诗人描绘成是"天苍苍，野茫茫，风吹草低见牛羊"的"敕勒川"。当时的美丽境况，从诗句中可以想见。而当今的敕勒川，不仅"风吹草低见牛羊"的美景不减，还崛起了一座座像包头、呼和浩特这样拥有数百万人口的美丽城市。

钢铁之城　稀土之城　兵器之城

包头市三鹿广场

包头东站

位于内蒙古自治区首府呼和浩特西140多公里的包头市，是辽阔敕勒川上的一座美丽城市。这座城市随着包钢的建设而兴起，现在已发展成为自治区内最大的工业城市。由于我的姨姨和姑姑等亲戚很早就在包头定居下来，所以从1960年秋季开始，我也就频繁地来到这座城市探亲。及至后来，我的三弟大学毕业后被分配到包头市环保局工作，我的四弟也来到这里经商谋生，我便进一步和包头结下了不解之缘。1953年，中央决定开发包头北部的白云鄂博矿山资源，把建设包钢列为"一五"项目。1956年，经国务院批准确立，包头进一步被列为我国首批13个大中城市之一。1959年10月15日，包钢一号高炉出铁，周恩来总理专程来包头为其剪彩，内蒙古"手无寸铁"的历史宣告结束。从此包头成为以钢铁产业为中心的重工业基地,持续为祖国建设提供着各种原料和能源,被誉为名副其实的"草原钢城"。

包钢厂区炼钢炉钢水光焰翻腾

我曾在一个美丽的夜晚来到包钢炼钢炉旁,欣赏草原钢城的夜景。仰望钢炉的火焰喷向苍穹,映红天空;近观烈焰般的钢水从1000多摄氏度的转炉中倾泻而出的情景,当时觉得十分壮观。据说,现在每天能从这个炼钢转炉中流出150吨钢水,这些钢水大多被铸成钢轨,不断扩大着祖国的铁路网络。

包头不仅有"草原钢城"之美誉,还是国内最大的稀土金属生产基地。市内有占世界储量70%以上的稀土金属资源,而这种资源恰好正是21世纪全球十分重要的功能材料。1992年11月,经国务院批准,在市区南侧的万水泉镇,包头市"包头稀土高新技术产业开发区"正式挂牌成立。这是内蒙古自治区第一个国家级高新区,也是全国53个国

包头钢铁大街昆河中桥雄跨昆都仑河两岸

昆都仑河流经钢铁大街一段碧波荡漾

包头市区建筑

包头市稀土国际大酒店

家级高新区中唯一冠有稀土专业名称的高新区。经过20多年突飞猛进的发展，这个以稀土产业为特色的高新区，现在已成为包头市经济发展的重要增长极。包头也是中国重要的兵器工业基地之一，著名的内蒙古北方重工集团（二机厂）就坐落在青山区的兵工路。2018年3月中旬和7月上旬，我曾两次进入北重集团的北方兵器城参观一番，真算是大开眼界。在园内的林带、草丛和广场上，在金泽池两岸，金戈桥南北，我看到摆放着陆海空各类代表性武器装备40余种。其中有苏联卫国战争时期的火炮，有中华人民共和国十周年大庆时接受过毛主席检阅的"共和国第一炮"，有20世纪60年代多次击落美国U2无人侦察机的红旗Ⅱ号导弹，有在西沙海战立下赫赫战功的双57毫米舰炮，有现代坦克克星120毫米自行反坦克炮，有203毫米牵引炮，还有水陆两用坦克、水陆两用装甲车、69式100毫米坦克、歼5和歼6战机等。

走到兵器城南侧，一辆蒸汽机车很是引人注目。听说在北重这样的军工企业中，各个生产环节的周转、倒运、生产材料的输送、产品的外发，蒸汽机车均起着重要作用。这辆0932号蒸汽机车曾被授予过"先锋号"荣誉称号。

在八一广场中央，瞻仰屹立于那里的我国兵器专家吴运铎雕像时，我肃然起敬。他是新中国兵器工业的开拓者，新中国第一代工人作家，为中国兵工事业做出过杰出的贡献，被誉为中国的"保尔·柯察金"。我读过他写的《把一切献给党》，对青年人很有励志作用。

游览过这座大型火炮主题公园后，我觉得这里确实是一座集爱国主义教育、国防科普教育、军工文化传播、休闲娱乐于一体的兵器文化公园。观赏各式各样的兵器，让人不仅增长了兵器方面的知识，认识了北重，还进一步了解了包头。看样子，包头不仅有鹿，有钢，有稀土，有中国二冶，有美丽的希拉穆仁大草原，还有这么现代化的兵工企业，确实了不起。

兵器城内的"主广场简介"宣传栏中写道："方为做人之本，圆是处世之

兵器城内120毫米自行反坦克炮

兵器城内59式中型坦克

兵器城内歼5教练机

道。"6024平方米的内方外圆广场,彰显出北方重工经营管理之理念。中央主雕高22.14米,形似三只天鹅,正齐心协力托起北方重工司徽直上云霄。基座四面镶嵌的飞字与欢腾跳舞跃起的喷泉南北呼应,展示北方重工人团结进取、争创一流的团队精神和对发展富裕的不懈追求。

"九"同"久",寓意吉祥长远。9根高9米的花岗岩大化柱刻画着关于包头美丽的传说,亦表示包头市所辖9个区县旗。融入区域经济于一体的北方重工,已成为建设经济强市的主力军和高科技现代化的兵器工业主力军。

风光秀美的鹿城包头

包头市的旅游资源向来是很丰富的,所以包头很早就被国家旅游局批准为全国优秀旅游城市之一。中华民族的母亲河黄河从这座城市南部十多公里处流过,哺育着世世代代居住在这里的子民。

从20世纪90年代起,在频频往来于鄂尔多斯和包头的途中,我乘坐的汽车或火车就经常从包头南侧和东侧的黄河大桥上穿过。从车窗向外望去,母亲河就像一条黄色的锦带平铺在碧绿的敕勒川上,让人不由得想到中华民族的源远流长。2017年5月24日上午,我从薛家湾乘长途汽车前往包头。下午1时许,当车子驶过磴口德胜泰黄河大桥后,我专门下车徒步返回大桥中央,观赏黄河流经包头时的壮观景象。黄河此一

黄河水从包头市南侧德胜泰大桥下流淌而过

段,流淌在辽阔的敕勒川平原上。金黄色的身躯看上去舒展而宽广,显得洵洵漫漫,坦坦荡荡。虽汹涌却不澎湃,但那母亲般包容一切的胸怀,那一往无前的气势,还是在我的视野之内显露无遗。北岸不远处有一条黄灌渠,自西向东汹涌而去,哺育着所经之处的中华儿女。靠近北岸的呼包线上,不时有一列火车穿过,有的是运输物资的,有的是输送旅客的。其中,尤以和谐号动车组列车往来最为频繁。因包头是蒙古语"包克图"的谐音,意为"有鹿的地方",所以人们又称包头为"鹿城"。相传在很久以前,这里水草丰美,曾有鹿鸣呦呦,成群出没嬉戏。2012年10月25日上午,我和三舅、三弟等

黄河水穿过包头南侧汹涌东去

利用参加表妹女儿婚礼庆典的空隙，来到包头市建设路与钢铁路交叉口的交通转盘处，登上天外天大酒店最高层的观景台，观赏三鹿广场的三鹿腾飞雕塑。耸立于三鹿广场中心绿岛的三鹿雕塑，状若从绿荫中拔出的三足之鼎，呈现出力与美的视觉感。顶上主体部分的三只金色鹿雕，看上去有互相追逐且向上腾跃之状，鹿角直插云天，鹿蹄奋力攀腾。此情此景，不禁使我想到，此三鹿的形象不正象征着鹿城的东河、青山、昆都仑三区吗？此三区在改革开放的大潮中，不正也像这眼下的三鹿一样，在争先恐后地奋力腾越吗？

2015年5月23日下午，我再次来到三鹿广场。只见那高高的碑身，状如金色的三足之鼎伸向苍穹，顶部三只金色鹿雕的三对前蹄，分别朝三个不同方向凌空向上腾跃。那蓝天白云下奋力争高的体态，不正象征着包头市三区人民积极向上、努力创造美好生活的精神风貌吗？

三鹿广场西北侧的包头市第一工人文化宫，位于三区交会处，是包头市政治文化中心。其外表建筑规模宏大，里面功能、设施完善，科技含量很高，是一处集娱乐、食宿为一体的大型综合娱乐场所，市内的一些大型会议及文艺演出常在这里举行。

2012年10月25日上午，我和三舅、三弟等登上阿尔丁广场西侧一栋高楼的25层观景台。

三鹿广场西北角的第一工人文化宫

包头市钢铁大街风光

快乐的包头人在赛汗塔拉草原

抚栏四望，视野之内的包头市区已是"半城楼房半城绿"。听说全市现有10000平方米以上的公园绿地广场71个，市区绿化率达44%。十多年前包头就已荣获"全国园林绿化先进城市"和"联合国人居中心2002年国际改善居住环境最佳范例奖"，赢得"塞外最美城市"美誉。

在包头市的诸多公园、绿地、广场中，首先应该提到的便是民主路与建设路交叉口南侧的赛汗塔拉公园。我曾数次前往这个公园游览，有时独自一人，有时携亲陪友。赛汗塔拉的蒙古语意为"美丽的草原"，所以园名亦称成吉思汗草原生态园，里面的自然景观也主要是原始草原湿地。据说园内中心地段占地770公顷，是全国乃至亚洲城市中绝无仅有的大面积天然草原。我和三弟于2015年5月23日下午入园游览时，每人花20元钱乘电瓶车绕全园转了一圈，耗时一个多小时，感觉确实很大。辽阔的公园之内，百草丰茂，万木丛生，水美草肥,花香鸟语。其间,鹿鸣呦呦,食野之苹;山鸡候鸟,翻飞嘤鸣;野兔经眼,不时在道路两旁跳来跳去;成群的牛羊,散落绿荫之中;一匹匹骏马,奔驰在草原之上。乘车游园结束,登上高处的敖包山,只见敖包上压满了信徒祭拜后留下的各色哈达,顶上高竖着象征蒙古民族勇武的苏勒德,周围悬挂的彩旗随风飘荡。

敖包又称"鄂博""脑包"等,蒙古语意为"堆子"。内蒙古草原地势平坦,蒙古族牧民便堆石为垒,作为祭祀山神、道路之神之场所。祭敖包一般在农历五月下旬至八月。正式的祭祀活动盛大而热烈,方圆上百里的牧民都要带着祭品赶来。届时由喇嘛主祭,然后喇嘛和牧民一起围绕敖包顺时针转三圈,祈求神灵降福草原,保佑人畜兴旺。祭典结束后,还会举办竞技和文体娱乐活动。青年男女则乘机结识、约会、谈情说爱。

敖包西南方、西方、北方、东北方的下方缓坡上,植满绿、黄两色灌木和草丛,茂盛而稠密。东南方向是一广场,广场东面则是一片广阔无垠的大草原。

2016年10月2日下午,我和老伴、儿子儿媳、孙子孙女、四弟媳、大侄女、侄女婿、侄外孙女、二侄女一行11人再次来此游园时,只见敖包广场东南方增添了一大片蓝色的鼠尾草。我们纷纷进入这片亮丽的风景区内漫步、摄影,侄外孙女汪小桐和孙女王馨冉则兴高采烈地在花丛中追逐、嬉戏。

赛汗塔拉草原蒙古大营风光

从敖包山下来,途中看到园内有两处宽阔的养鹿场。虽然四周均用栅栏围着,但里面鹿的活动场地很大。那些可爱的小精灵,有的在奔跑,有的站着,有的静卧着,有的在槽内觅食饮水,还有的

蒙古大营内的成吉思汗演艺宫

则从栅栏内伸出嘴来，迎接着游客投送的食物。

离开养鹿场，到达一处蒙古包群落。在十多座蒙古包周围的空隙草坪上，我们和一群散养的梅花鹿进行了近距离的接触。当然在我们之前，早已有多位游客和这些鹿儿玩耍了一阵。人们爱抚、喂食、嬉戏，十分珍惜这次认识自然、亲近鹿儿的机会。我和三弟也觉得此次游园有鹿相伴，其乐融融也。

来到民族文化产业园，我们进入蒙古包餐厅用餐。看菜单介绍，这里的特色饮食还真是丰富多样，有烤全羊、烤羊背、烤羊排、烤羊腿、手扒肉、肉肠、血肠、奶茶、炒米、马奶酒等，令人垂涎三尺。我和三弟入座后，要了奶茶、马奶酒和一盘烤羊排、一盘手扒肉，大嚼畅饮一通后，方依依不舍地离开。园中的风情园和成吉思汗宫，演绎着古战场的悲壮。

位于市区中心黄金地段、南临钢铁大街的银河广场，占地面积达10万平方米，也是一处绿意盎然、鲜花烂漫的休闲乐园。我曾和老伴、三弟、儿子、儿媳、孙子等到那里欣赏过夜景。只见在这座市区绿化广场内，绿油油的草坪上点缀着数千盏高低错落的大小橘灯，组成偌大一片如歌如梦的神奇场景，给人一种梦幻迷离的感觉。最激动人心的是，当广场中央那集音乐程控喷泉和激光表演系统于一体的大型水幕电影开演后，3000多个喷头一齐喷射，形成了40多米高、2000多平方米大的光电声色水幕。水幕上所映射出来的情景，把包头市的夜空装点得更加灿烂、绚丽，恍若瑶台仙境一般，美不胜收，

包头市银河广场夜色璀璨

黄河母亲哺育包头

银河广场呦呦鹿鸣

包头市银河广场一角

很是吸引人的眼球。

还有市政大楼对面的阿尔丁广场,也是钢铁大街南侧我经常涉足的地方。这座广场既是包头市所有重大政治、文化活动及盛典举行的地方,又是市民们日常休闲的好去处。那无数只和平鸽与人同乐、与民共舞的美好氛围,使人不禁联想到包头市现在和平、和谐的盛世升平景象。一道彩虹门前,绿地黄花簇拥之中,二龙戏珠铜雕更给整座广场增添了无限的吉祥气氛。

包头市南海湿地公园

2017年10月24日上午,利用参加妻侄女女儿12岁生日庆典的空隙,我同三弟一起,游览了包头市东河区二里半的黄河南海子湿地公园。

包头市阿尔丁广场二龙戏珠景观

阿尔丁广场夜色迷人

上午9时许,我们从包头一宫三鹿广场东乘坐一辆出租车出发,漂亮的女司机驾轻就熟一路向东,40多分钟后即到达景区北门。只见门前有一巨大五彩标志建筑,极具艺术感。经咨询旁边的工作人员,方知这是"南海"二字的抽象草书模型。大门顶端悬有用汉蒙两种文字草书的"南海湿地景区"红色大字。进入里边,穿过树木葱郁、花草遍布的广场,就望见一大片碧水蓝天相接的美好风光。

来到水滨,驻足于书有"生态南海"四个凸体大字的墩台西四下游目,只见此处水域辽阔宽广,碧波荡漾,微涛细浪,浩浩荡荡。彩船画舫,游弋往来;飞舟快艇,击水东西;湖滨水草丰美,天空鸥鹭翔集;北面巍巍青山遥相辉映,南面滚滚黄河汹涌东流……大好风光,争先恐后地扑入视野之内。看园内有关介绍得知,南海湿地公园既是国家AAAA级风景区,又是国家水利风景区,总面积2000公顷,其中水域面积占480公顷。南海湿地景区已经被内蒙古自治区政府批准为省级黄河湿地自然保护区,现在更是成为鹿城独领风骚的旅游景点之一。

广场近水处竖起多杆船帆模型,看上去似有多艘帆船扬帆远航之势。再看其下面墙壁上刻有的"老包头水旱码头"几个大字,联系刚才在船帆模型稍北一块标牌上看到的文字介绍,方知南海古渡是老包头"水旱码头"的桥头堡。其中水码头就是指眼前的南海子码头,这是清朝康熙年间黄河岸边的一个航运吞吐口岸,迄今已经有330多年的历史。道光三十年(1850年),黄河改道,托克托城南的河口镇被水淹没,从此南海子渡口就成为黄河中上游的水运枢纽和皮毛集散地。当年这里千帆林立,舟楫相连,商贾云集,繁盛一时。在这种情况下,老包头在西北地区的经济地位发生了重大变化,经济的繁荣,使南海子渡口扬名天下。苍茫的黄河水见证了历史上南海子渡口曾经"船筏林立"的兴盛以及河

包头市南海湿地公园北大门

包头南海湿地公园船帆模型

水离去的衰落。这一景点,既有对南海历史的追溯与怀想,又预示一个崭新的南海的扬帆启航。

湖水近岸处一簇簇、一片片芦苇拔水而起,犹如出水芙蓉一般。西部高岸有几处亭台楼阁,其红顶粉墙掩映于绿树鲜花之中,倒影入水,风韵大增。此时,美丽的南海湿地公园在我们面前展现出西子般的容颜,那淡妆浓抹总相宜的妩媚风姿,令任何人都会感觉自己眼福不浅。既然她是这样的人见人爱,那么很多来这里游玩过的人给她以"塞外西湖"之美誉,就非常恰如其分了。此时,我的感觉就是这样。虽漫步于包头南海之滨,但看那湖光水色之妩媚、灵秀,又犹如徜徉于杭州西湖断桥之上一般。

这片旖旎的风景是母亲河赐予包头人民的礼物。这里曾是九曲黄河的一段故道,当年改道后就留下这么一大片水以及因水而成的滩头草地。被开辟为旅游景区后,分为水上活动区和湖滨游览区。海内外来此游览的人络绎不绝,与日俱增,使鹿城包头的人气、财气、福气大幅上升。我在观赏之间,感觉整个景区自然美与人工美融为一体,甚至自己也融入里边去了。

此时,有的游客在水上泛舟,有的乘电瓶车环海游览,有的在湖边垂钓,有的漫步于湖滨,有的在

南海湿地水中舞台

水上咖啡厅品尝咖啡,有的在水中舞台上观赏节目。走出景区北门之后,我看到周围酒家饭馆很多,招牌上用图文并茂的形式介绍着为游客提供的南海新鲜美味:野生黄河鲤

包钢厂区风光一角

鱼、黄河鲇鱼、花鲢、白鲢、鲫鱼、草鱼、秀丽白虾等等。看着这些介绍,就不觉垂涎三尺。我想,要不是今天要参加生日宴会,中午一定和三弟去享用一顿南海鲜鱼大餐,再以包头佳酿转龙液和雪鹿啤酒助兴,来个一醉方休。

美丽的南海湿地公园,确实是一个集旅游、观光、生态休闲于一体的好去处。

草原都市呼和浩特

丁香之城呼和浩特

坐落在阴山南麓的呼和浩特,四月桃花芬芳,五月丁香灿烂,七月山丹红艳,八月薰衣草飘香。一年四季鲜花烂漫,花香满城。其中的丁香,花朵美丽雅致,花香馥郁独特。这种清香淡雅的名卉,尤为人们称叹,被赞为塞外青城的群芳之首。

2017年风光明媚的五月,我有幸经常到呼和浩特的大街小巷、广场公园游览漫步。所经所到之处,随时随地都有鲜艳的紫丁香、白丁香入目怡情,随时随地可闻到路旁花丛中浓浓的花香。

中国乳都呼和浩特

内蒙古自然博物馆

小黑河

　　那喜人的花儿常常是一大片一大片的。比如在成吉思汗广场，那大片的丁香花簇拥着成吉思汗骑马铜雕，衬托得这位蒙古族英雄分外英姿勃勃。在美丽的乌素图公园游览时，那大片大片的丁香更是连成长长的两行，和青松白杨一起夹道欢迎我们。放眼前望

草原都市呼和浩特

金隅环球金融中心附近

王昭君和呼和邪单于和亲铜雕

兴安南路南二环立交桥

成吉思汗西街南侧的苏勒德广场

内蒙古美术馆

纯洁素雅的丁香花

向两侧显娇献媚的丁香，紫的艳丽，白的圣洁，加之不时送来浓浓的芬芳，仿佛我这年过古稀的老头也回到了繁花似锦的青年时代，心中感到阵阵激动，甜如饴糖。

听说丁香喜欢阳光，耐寒耐旱，很适合在呼和浩特生长。1986年4月，呼和浩特市人大常委会通过决议，确定丁香为呼市市花。从那以后，呼和浩特人就更加喜欢丁香了。许多的居民区、街道等都以丁香命名，如丁香河畔、丁香水溪、丁香佳园、丁香苑小区、丁香路、丁香渡等。

由于丁香花样迷人，香气浓郁，常常吸引着人们呼朋引伴走出家门观赏。真可谓"呼市丁香甲天下，花开时节动市城"。看着这灿烂的丁香，闻着这醉人的花香，我常常会深深为眼前的美景陶醉，有时也会动情地发出这样的呼声："我以全部激情祝福你，美丽的呼和浩特。祝福呼市人民，永远生活在丁香馥郁之中。"

中国乳都呼和浩特

呼和浩特不仅是风吹丁香香满城，而且乳香也已经飘遍全世界。由于市内伊利和蒙牛两家著名乳业的崛起腾飞，早在2005年秋后，呼和浩特已成为中国名副其实的乳都。以这国内外知名的两大乳业品牌为龙头，加上其余十多家乳品加工企业，呼市现已形成最具活力的乳业产业链条。

2016年国庆节那天，我和家人乘车前往包头途中，在呼市西郊紧挨大青山脚的京藏高速公路南侧，看到竖有一高高的宣传牌，上面醒目地大书"草原和牛"四个字。由此我想到了伊利和蒙牛，这两家企业就是充分利用"草原和牛"大做文章，发展经济，创造财富，拥有了举世瞩目的辉煌业绩，成为呼和浩特两家支柱企业。

2017年5月30日（丁酉年端午节）上午，我从内蒙古大学门前乘79路公交车到达金川宽城，然后转乘64路车继续西行。在距离市区较远的大青山脚下，参观了内蒙古伊利实业集团股份有限公司驻地。站在公路南侧向北望去，蓝天白云之下，巍峨绵亘的大青山向东西两个方向延伸而去。一栋长长的蓝色楼房坐北向南呈弧形背靠山下，显得妩媚秀丽，气魄不凡。走到附近，只见一片椭圆形的大花坛中，有一座粗壮修长的水泥墩台，上刻"内蒙古伊利实业集团股份有限公司"15个乳白色大字。我知道，这是中国唯一一家同时服务于奥运会和世博会的大型民族企业。穿过公路进入院内，就见一头用绿草编缀而成的巨牛伫立于楼门右侧。它在向人们展示，伊利一直是从草原和牛身上谋发展，求效益，创伟业。走进左侧最前端的草原乳文化博物馆，大体了解了伊利乳业发展的整个历程。

集团公司自创立之日起，一直以强劲的实力领跑中国乳业，并以极其稳健的增长态势成为持续发展的乳品行业代表。目前，伊利拥有液态奶、冷饮、奶粉、酸奶和原奶五大事业部，所属企业近百个。旗下有纯牛奶、乳饮料、雪糕、冰激凌、奶粉、奶茶粉、酸奶、奶酪等1000多个产品品种，其中雪糕、冰激凌产销量已连续19年居全国第一，超高温灭菌奶产品销量也连续多年在国内领先，奶粉、奶茶粉从2005年起就跃居全国第一。

作为中国乳业的领跑者，伊利在社会责任和社会公益方面一直走在中国乳品行业前列。截至2011年，伊利集团已累计纳税超过120亿元。在每年出色完成上缴国家利税的同时，还持续对公益事业投入资金，有力地带动了农业产业链发展，为中国商界树立了

坐落在阴山脚下的内蒙古伊利实业集团总部

新的责任标杆,成为推进和谐社会建设的有益补充力量。自2005年11月16日通过全球最高标准的检验后,伊利成为唯一一家服务于2008年北京奥运会的中国乳品公司,并赢得全球友人的赞誉。2009年5月25日,伊利乳业再次成功携手世博,又成为唯一一家符合世博标准,为2010年上海世博会提供乳制品的中国企业,从而再次完美演绎了"中国制造",提高了品牌实力,巩固了其在中国乳品行业的绝对领跑地位。

从这里我还得知,伊利集团在1958年起家时,只是一座规模很小的"呼市回民区合作奶牛场",当时仅有职工117名,奶牛1160头,日产牛奶700千克。经过近60年的发展壮大,到2016年底,营业总收入达到606.09亿元,这确实是一个了不起的业绩。亚洲第一、全球八强的伊利,在"全球织网"的战略下,已经实现国际化布局。

除了伊利,还必须提到的就是呼和浩特第二大乳企蒙牛。2017年6月16日下午3时,我乘车回呼刚出和林县城不久,就见G209国道旁一座路门上彩书"中国乳都核心区·和林格尔"几个大字。下车一看,见还竖着一大宣传牌,牌面以草原骏马为背景,有"为内蒙古喝彩"一行大红字,下面两行黑字是:"2000年9月,蒙牛集团创始人牛根生先生率先提出为内蒙古喝彩。创业第二年,蒙牛就以行业领导者姿态,把目标指向行业的壮大、草原的发展以及全体国民的身心健康。"路旁整齐停放着多辆标名大巴,大概是接送员工上下班的。经看公司大门立柱上的文字得知,这里是"蒙牛乳业集团和林生产基地"。我知道,和伊利一样,蒙牛乳业在国内和国外均有很多生产基地。观赏之中,就觉得有一股夹带着乳香的空气从里边飘出来,心中感到甜滋滋的。紧随伊利之后,蒙牛也是生产纯牛奶、酸奶和乳制品的领头企业之一,和伊利并称"草原乳业双雄"。从1999年成立到2005年,蒙牛已成为中国乳制品营业额第二大的公司。在发展过程中,蒙牛把伊利既看成是竞争对手,又看成是学习榜样。牛根生执业的座右铭是"小胜靠智,大胜靠德"。在他的领导下,蒙牛的品牌口号是:"每一天,为明天。"

由于市政府长期以来对"种养产销"产业链条的统筹精心打造,呼市乳业不断出现着质的提升。到2005年,全市乳牛存栏、鲜奶产量、人均鲜奶占有量和乳品加工企业销售收入4项指标均在全国大中城市中名列前茅。

我从21世纪初到现在的十多年时间里,曾到过神州大地的34个省、自治区、直辖市和特别行政区的很多地方。不管走到哪里,只要进入商店或超市,都会看到伊利、蒙牛的优质乳制品被摆在货架上,笑容满面的购买者络绎不绝。

2005年8月28日上午,中国乳制品工业协会在内蒙古政府礼堂举行的第十一次年会上,为被评为中国优秀乳品企业的伊利、蒙牛、光明等21家企业举行了授牌仪式。当日下午3时,中国乳制品工业协会和中国轻工业联合会在内蒙古博物馆对面的街心花园(新世纪广场)举行了"中国乳都"雕塑揭幕仪式。这座象征着各民族大团结的巨鼎雕塑的落成,标志着呼和浩特中国乳品之都的地位正式形成。全国政协常委、中国轻工业联合会副会长、IDF中国国家委员会主席潘蓓蕾女士在会上说:"中国乳都名副其实。呼和浩

坐落在呼市新世纪广场内的"中国乳都"雕塑

特有着全国最大的两家乳品企业，在全国乃至世界享有盛誉。上至国家领导人，下至黎民百姓都知道伊利和蒙牛。因此，中国乳都的称号理应摘得。"自那以后，乳业更加成为繁荣首府经济、增加农民收入和调整产业结构的主导产业。市政府和相关乳企密切配合，重视优质奶源生产体系的建设，为养而种，大面积种植优质苜蓿草，扩大青贮玉米和饲用玉米种植面积。同时，将奶牛规模化养殖作为提升乳业发展水平的重要抓手。在奶牛养殖场中，实施科学的标准化管理，提高奶牛单产，提高养殖效益。

看到乳都呼和浩特乳业的发展盛况，我不禁伴着歌曲《乳香飘》的旋律和节奏，吟出下面的句子："带着草原的芬芳，带着甜蜜的祝福，呼和浩特乳香飘飘，哎，乳香飘飘。飘过丛山，飘过海洋，飘向全球每个家庭。告诉五湖四海的人们，中国乳都送去的礼物，是多么的美好。"

塞外召城呼和浩特

呼和浩特因市区寺庙林立，早已是闻名遐迩的召城。人们常说"七大召，八小召，七十二个免名召"，就是称誉这种特点的。其中最著名的召庙就是坐落在大南街中段的大召和席勒图召。走进这两召，可见佛像林立，文物丰富多彩，是本地区著名的寺院。

20世纪80年代前期，旧城北门和大南街一带街道狭窄，两侧楼房高耸，商业繁华兴盛，是呼和浩特市民的购物天堂和美食世界。

1960年秋季，当我第一次来到呼和浩特的时候，就曾来到这条街上品尝麦香村的稍麦和大召寺的莜面。那时，大南街的这两种饭食早已美名远扬。20世纪80年代末，呼和浩特旧城和大南街一带进行了大规模改造扩建。街道拓宽了，楼房修高了，初步显现了现代化的气象氛围。2016年以来，呼和浩特玉泉区政府对大北、大南两街以及昭君路沿线两侧建筑，统统进行了整体外立面装修改造，恢复了老归化城明清风格与民族文化相结合的历史原貌。从此，这片承载着呼和浩特浓厚召庙文化底蕴的街区全面升级，成为完美展现塞外古城风貌、展示呼和浩特形象的重要窗口。现在的大南街，大召和席力图召隔街相望。以它们为中心，麦香村、土默特议事厅为重点，表现出了独特的清末民初建筑风格。从旧城北门南行一会儿，传统著名美食店麦香村就会在东侧向你招手。此时，你即可踱入里面，要一盘稍麦，一饱口福。麦香村最早开业于1929年，是由当时大南街"宝和兴"杂货铺掌柜姜明善（山西祁县人）出面牵头开办的。自开业以来，麦香村的稍麦就名声大振，食客们争相前来品赏。清朝乾隆年间，有位叫杨米仁的诗人来此吃了稍麦后，即兴吟出一首《都门竹枝词》进行赞美。其中有两句是这样写的："稍麦馄饨列满盘，新添挂粉好汤圆。"

大南街的麦香村

在麦香村吃饱喝足后来到街上，继续南行片刻，即可见右侧一巨石上，刻有"大召历史文化旅游区"九个大红字。再走几步，就看到一座高大漂亮的牌坊。牌坊外额书有"丰州胜境"，里额刻写"灵泉泻玉"。进入大召寺广场，首先映入眼帘的是紧挨牌坊左右两边的两堵标语牌坊墙。向前送目，就见蒙古族英雄阿拉坦汗铜像耸立于广场中央。阿拉坦汗生于1508年，明朝史籍称俺答汗，明代蒙古右翼土默特三万户首领，系成吉

喷香的麦香村稍麦

思汗17世孙。他一生不仅骁勇善战,军功卓著,还重视农业生产,发展手工业,是明代土默川军事经济发展的开创者之一。1572—1575年,阿拉坦汗仿照元大都体制建城,明朝政府赐名"归化",即今天的呼和浩特。

阿拉坦汗铜像耸立与大召寺广场中央

大召寺修建于明代万历年间,达赖三世、五世曾经驻跸。人们常说,先有大召寺,后有归化城。从历史记载来看,建城与建寺年代确实相差不远。

穿过漂亮的"佛照青城"牌坊,便来到无量寺山门前。此寺是呼和浩特一座大型的藏传佛教寺院,属于格鲁派(黄教)。

大召寺的"召"为藏语,有寺庙之意。汉名原为"弘慈寺",后改为无量寺。因为寺内供奉一座银佛,又称"银佛寺"。此寺由阿拉坦汗于明万历六年(1578年)开始修建,1580年建成,是呼和浩特最早兴建的喇嘛教寺院。

因康熙皇帝在此驻跸过,这里就成了内蒙古少有的不设活佛的寺院。我前来参现时,正好有一个旅游团队在山门前合影留念,人群前举一长条横幅,上书修身养性十六

大召无量寺

无量寺内景

无量寺西侧的释迦八塔楼

大南街的席力图召庙宇

字："虔行净心，勤学笃行。抚艺品思，遵道传承。"进入里面，无量与慈航普度、供人抚摸的转经筒、大殿里厚厚的毛毡、康熙年间的牌位、天王殿、菩萨过殿、九间楼等殿堂设施，均彰显出藏传佛教风味。连在一起的经堂和佛堂，统称为大殿。佛堂正中供奉一尊银铸释迦牟尼佛像，高达2.55米。银佛前面有盘龙通天柱，左右分别是宗喀巴和达赖喇嘛三世、四世铜像。殿内佛像和壁画特色突出，艺术价值很高。特别是那尊银佛，历经400年沧桑变化，至今仍保持得那么完好，令人叹为观止。

大召不仅是一处黄教寺庙、佛教圣地，还是一处旅游胜地。明代历史遗物银佛、龙雕、壁画被誉为大召"三绝"，其工艺水平和观赏价值极高。那金碧辉煌的召庙建筑，康熙皇帝用过的龙凤孔雀伞和他的"万岁龙牌"，乾隆皇帝的鎏金财神等珍贵文物艺术品，以及神秘的恰木舞蹈和佛教音乐，构成了大召独特的召庙文化。无量寺西侧不远处有8座白塔，排列整齐美观。2007年我游览青海西宁塔尔寺八塔时得知，凡藏传佛寺，有八塔设置，有的藏传佛寺，除八塔外，还有一座大白塔。我们现在游览的大召寺就是这样，在其南面隔鄂尔多斯大街就有一座大白塔。

大南街南口鄂尔多斯大街南侧的释迦大白塔

离开八塔广场再向西南走一段，可见西侧有著名的女神大酒店。右转南行，还可品尝到月明楼的地方名吃。走进牛阵食府，用牛肉烹调而成的各种美食令人垂涎三尺。再往南行，小街西边不断出现金顶红墙的寺庙建筑。

从大召无量寺东行，过一条街，就到达席力图召。席力图召是蒙古语，意为"首席"或"法座"；汉名"延寿寺"，为清朝康熙

大南街北口金旺角平民购物城

皇帝御赐。寺庙因四世达赖的老师第一世席力图活佛长期主持此庙而得名，始建于明朝隆庆和万历年间（1567—1619年）。召庙坐北向南。穿过一座漂亮的彩绘红柱木牌楼，展现在面前的是一片飞檐翘角、绿色琉璃瓦盖顶的寺庙建筑群。庙顶脊上置有鎏金钢宝刹、相轮、飞龙和瑞鹿等装饰。山门前蹲铜狮、石狮各一对，看上去气势威武。进入山门，顺次观览了天王殿、碑亭、钟楼、鼓楼、菩提过殿、大雄宝殿等建筑设施。那护佑人间风调雨顺的四大天王，那击鼓迎宾客、敲钟去烦恼的晨钟暮鼓，那主管长寿、健康的药师佛，那藏汉合璧的千人大经堂，那直径3米的鎏金大法轮，使我开了眼界。

整个席力图召从外到内看上去金碧辉煌，色彩亮丽，不愧为大南街一处瑰丽的古典艺术建筑群，被誉为"召城瑰宝"也毫不夸张。华灯初上，这些独具明清特色的古朴建筑在暖色灯光的照射下，使整条街道及两旁建筑显得更加梦幻美丽。

大南街一带，不仅召庙林立，而且也是一处购物天堂。沿街一路向南，一座挨一座

的商店内，肉干奶食、塑料皮革、彩旗灯笼、布料花卉、五金电器、厨具瓷器、日用百货、古玩书画等，应有尽有，任人挑选购买。

观赏第十七届中国·内蒙古草原文化节开幕式

2020年8月8日，第十七届中国·内蒙古草原文化节在呼和浩特市大南街大召寺广场盛大开幕。偌大的广场上，几支由男女组成的秧歌队，踩着铿锵锣鼓的节奏，挥舞着五彩缤纷的扇子，兴高采烈地扭着笑着。特别是那些老年妇女们，甩开胳膊，迈着大步，扭得分外得意带劲儿。广场东边临街一面，搭起一座大舞台。舞台上的大喇叭，不停地播放着内蒙古人民喜爱的歌曲乐声。

上午10时整，开幕式巡游表演和现场狂欢表演盛大开始。由1600多名演艺明星、道德模范和群众代表组成的9支方阵队伍如粉阵红围，依次从玉泉区南茶坊十字路口开始，慢慢向北推进，一路载歌载舞，流光溢彩，涌到开幕式会场所在的大南街大召广场东门路段。街道东侧，观众如山似海，摩肩接踵，跂足伸颈，如醉如痴地欣赏着。据有关人士透露，包括街道两侧观赏的市民及各地游客，总共有6万余人。

参加此次巡游的9支方阵队伍分别是，由内蒙古民族艺术剧院组成的盛装哈达方阵；由民族团结先进个人、道德模范、青城好人、劳动模范、青年志愿者组成的草原楷模方阵；由各少数民族代表组成的民族团结方阵；由内蒙古民族艺术剧院直属乌兰牧骑、赛罕区乌

精彩的杂技表演

文化节演艺方队

乌兰图雅的歌声声唱出草原情

著名歌唱家云飞演唱

兰牧骑、玉泉区乌兰牧骑组成的红色文艺轻骑兵方阵；呼和浩特演艺集团方阵；百人百组方阵；群众文化方阵；由新城区、回民区、赛罕区群众组成的群众代表方阵；由呼斯楞、乌兰图雅、哈琳、李德戈景、云飞、郭津彤组成的明星方阵。

方阵巡游的同时，现场狂欢节目在舞台上下也精彩纷呈。杂技、舞蹈先后登台。云飞演唱的《可惜高得有点儿远》，乌兰图雅演唱的《我站在草原望北京》，万人喝彩。接着，全场跳起了安代舞。整条大街变成了歌的世界、舞的海洋。

本届文化节于8月8日开始，到8月20日结束。不设主会场和分会场，按照"集中、分散、延续"的方式在全区各地开展歌舞、油画、雕塑、书法摄影展等各项活动。突出群众参与、多点互动和盟市联动，通过线上线下同频共振，营造良好文化活动氛围。本届文化节共设定14个项目，包括开幕式、广场消夏演出嘉年华、文艺志愿者云端演出、草原云2020内蒙古民歌大赛、2020内蒙古合唱大赛、"舞动北疆"全区广场舞大赛、八月飞歌云上歌曲大赛暨"来草原嗨歌"活动、"百景百部"短视频大赛、"脱贫攻坚"主题美术书法摄影展、弘扬蒙古马精神主题展、大海道"南海1号"沉船与南宋海贸展览、乌兰牧骑新人新作展示、优秀电影展映、2020内蒙古音乐发展研讨会等。

本届文化节更加凸显人民主体地位，突出草原音乐主线，注重服务保障民生，注重创新驱动发展。观赏完毕，心潮澎湃，不觉吟出下面几个句子：

八月飞歌满呼市，青山南北舞韵浓。
年年草原文化节，第十七届又光临。
首府乳都开幕式，大召广场人潮涌。
载歌载舞大南街，民族服饰艳乾坤。
云飞一曲国手音，满腔满嗓故乡心。
乌兰图雅赛百灵，声声唱出草原情。

呼市维家惠邀请山西省长城新苑晋剧院到厂汗板社区演出

呼和浩特不仅经常有本市各大知名艺术团体的艺术家们在乌兰恰特大剧院等场所为市民奉送视觉盛宴，还不时邀请其他省市的知名艺术家送来心灵快餐。从2020年8月9日晚8时起，受呼和浩特维家惠建材市场有限责任公司之邀，山西省长城新苑晋剧院在团长薛新苑带领下，来到回民区攸攸板镇厂汗板社区，连续进行了5天精彩演出。8月10日晚，国家一级演员、山西省著名晋剧表演艺术家孙红丽女士闪亮登场，主演了晋剧名段《辕门斩子》。剧中，孙红丽扮演杨六郎，扮相英俊潇洒，嗓音浑厚铿锵，一字一腔皆传情，一板一眼尽入行。一举手，一投足，一甩袖，均收放自如，游刃有余。观赏完毕，

呼市维家惠邀请山西省长城新苑晋剧院到厂汗板社区演出

我不禁惊叹：台下一位娇艳美丽的女郎，怎么到了舞台上一下子就变成了一位顶天立地的英雄好汉呢？早就听说，孙红丽女士是晋剧名家丁果仙的得意门生，成名后艺名"十六红"，是三晋大地扮演须生的无冕之王。今晚所见，果然名不虚传。

演出结束后，应观众请求，孙红丽女士卸妆后进行了清唱，唱腔依旧声情并茂，舞台形象娇美。

维家惠建材市场隶属呼和浩特铁路局，我大妹妹的二儿子余二珍是其中负责人之一。就是他提倡邀请了老乡薛新苑为团长的山西晋剧大戏来此演出的。

和山西省著名晋剧表演艺术家孙红丽女士合影

孙红丽饰演杨六郎

团长薛新苑和国家一级演员孙红丽女士合影

维家惠建材市场是一家集建材五金、厨卫洁具、玻璃门业、地板陶瓷、集成吊顶等为一体的大型平价建材综合市场，经营业绩誉满青城。这次为期5天的"送大戏进乡村"活动，旨在经营商业活动的同时，向广大村民提供精神食粮，帮助社区活跃文化生活，营造更好的小康生活氛围。

维家惠在送戏的同时，还组织商户们来到社区，利用晚上开戏前扭秧歌、跳舞唱歌，将整个社区搞得无比红火热闹，喜庆非凡。

和我同乡的薛新苑是一位杰出的晋剧文化人才，他带领的晋剧团队，几十年来，唱遍蒙晋陕，誉满黄河边。这次在厂汗板的五天演出中，晋剧传统名剧《打金枝》《空城计》《下河东》《狸猫换太子》《明公断》等节目精彩纷呈，名家大腕不断登场献艺。台下人头攒动，座无虚席，人们看得兴高采烈，听得入神入迷，掌声连连，赞不绝口。

绿色园林城市呼和浩特

现在的呼和浩特，无论是漫步大街小巷，还是二环三环两侧，满眼都是郁郁葱葱，绿意盎然，有时那柔嫩的绿色，好像要直扑人的心里。市区之内，随时可见大大小小的草坪和公园，供人们读书品茶，赏景聊天。镶嵌在草坪周围的，还有各种各样的鲜花：红色的玫瑰花，黄色的菊花，白紫两色的丁香……姹紫嫣红，五彩缤纷，把一座青城打扮得花枝招展，甚是袅娜娇艳。公园之内小桥流水，绿树假山，美丽无比，使人赏心悦目，流连忘返。

市区内的20多条景观街道，条条平坦整齐，绿化一新。无数漂亮的居民小区，片片绿树成荫，绿草如茵。城市的出口入口，入目都是绿色景观长廊。如意河等环城水系，绿色景观不断提升级别。二环快速路的绿地景观建设，愉悦着行人的耳目心神。巍巍大

新华东街如意河桥一带车水马龙

青山南坡，已建成绵延市区东西的绿色生态屏障，圆了青城人绿色的梦。有时欣赏着满城的绿色，心中的无数绿叶，也好像一簇簇向我周围舒展。

满城的绿色，遍地的鲜花，新鲜的空气，都在悄然改变着呼和浩特的城市面貌和市民生活。市民们运用自己的勤劳智慧，创建出一个美丽的国家级园林城市，让人不出市区即可享受舒心的田园生活。

呼和浩特的好公园也很多，总共有60多座，座座风景美不胜收。这里就介绍一下我经常去的几座有代表性的公园。

内蒙古自治区成立70周年大庆活动主会场

内蒙古自治区成立70周年大庆主会场

内蒙古自治区成立70周年大庆活动主会场，坐落在呼和浩特东郊美丽的保合少镇呼和塔拉草原上。在这片美丽的草原上，为了迎接内蒙古自治区成立70周年大庆，2017年建起一座内蒙古少数民族群众文化体育运动中心。建成后，作为内蒙古自治区成立70周年大庆活动主会场，2017年8月8日下午，那里举行了热烈欢腾的庆祝活动。庆祝活动结束后，就变成了一座名副其实而又具特别纪念意义的美丽公园。

一片茫茫的草原之内，灌木丛生、百草丰茂，稠密的绿草鲜花中那几杆雄伟的苏勒德，看上去直插云天。看台主建筑、标准赛道、马厩等国际赛马标准的所有设施，应有尽有。此外，演艺大厅、搏击馆、马文化博物馆、射箭馆等场馆等，也配套齐全。

呼和浩特东郊呼和塔拉草原上的苏勒德

绿树红花间，矗立着一位手捧酒杯哈达的蒙古族少女雕塑。少女面向西方，欢迎着来自五湖四海的游客。在阴山脚下，左边有一个敖包部落，院子里有八九个蒙古包，上空飘荡着奶茶和羊肉的芳香。人们在文化体育运动中心游赏尽兴后，尽可来这里休闲娱乐，品尝烤全羊、手抓肉等美味，畅饮奶茶、马奶酒等名汤。

手捧美酒哈达的蒙古族少女雕塑

2017年8月8日下午，各族各界人民群众数万人欢聚在这里，载歌载舞，共庆盛会。庆典开始后，在雄壮自强而催人奋进的国歌声中，鲜艳夺目的五星红旗首先在碧草和蓝天间高高升起。接下来，步伐整齐的行进表演、悠扬的长调演唱、热烈激昂的序曲佳音，均反映了草原儿女披荆斩棘、不断进取、热爱生活的精神风貌。内蒙古马业协会奉献的马术表演，使观众眼前仿佛出现了一个万马奔腾的热烈场面。呼市信鸽协会放飞的和平鸽，在蓝天碧草间亮翅群舞，反映了草原人民渴望和平的心愿。二职的"吉祥欢歌"方队，二中和航校的"高举旗帜"方队，土中和十四中的"守望相助"方队，步伐整齐，气势高昂，反映了"亮丽内蒙古"的主题。包头市、呼伦贝尔市、兴安盟、通辽市、赤峰市、锡林郭勒盟、乌兰察布市、鄂尔多斯市、巴彦淖尔市、乌海市、阿拉善盟、呼和浩特市等十二盟市先后献上的具有各地区域特色的表演和歌唱，组成了气势宏大的草原交响曲。十二盟市组成的千人民族服饰表演、库伦旗的千人安代舞表演、乌审旗的千人马头琴演奏，以及阿莉娅等专业舞蹈演员奉献的歌舞，都反映了共筑中国梦的主旋律。

那天整个下午，我和老伴坐在电视机前，目不转睛地看着，会心地笑，心里边十分

内蒙古自治区成立70周年大庆主会场精彩的歌舞表演

高兴。每当看到激动人心之处,就随着现场的观众热烈鼓掌。当看到有我孙子王瀚民参加的二中、航校方队经过主席台前时,我们老两口感到无比的激动和自豪。

呼和浩特敕勒川国家草原自然公园

2022年8月28日下午3时,我同老伴、儿子、儿媳和孙女,驱车前往呼和浩特市新城区大青山前坡,游览了3万亩的敕勒川草原。向东北方向行驶半个小时,到达景区入口处。下车游目环视,但见近处停放着几十辆多座多轮脚蹬游览车,很多游客正在以家庭或各种组合为单位,根据人数的多少,选择车辆进入草原。草原深处,南北各有一处乳白色的蒙古包群落,东边可望见脑包村风景区的楼房及摩天轮等游览设施。

接着,儿子选择了一辆四座八轮车,领上他妈妈、媳妇和女儿进入草原,我则自愿独步徜徉漫步三万亩绿原花野之中一回。

游览之中,芳草无处不牵衣,好花无处不经眼。蒙古冰草、草木樨、斜茎黄芪、青草、蒿草和芨芨等40余种天然牧草,都挤挤攘攘,争高斗碧。加之宿草仙人菊和华北蓝盆花等五彩缤纷的繁花密朵点缀其间,整个草原犹如一幅碧绿为主色调的巨大花毯,覆盖在美轮美奂的敕勒川上,真是美到极致了。草原之内,五彩大道上,一辆辆游览车往来穿梭,载满欢声笑语。坚木栈道中,游客各展风姿,拍照留念。途中还看到,内部及周边建有敕勒川千人会议中心、萨仁湖、那日广场、金银铜包、骑行环线等项目。这些建筑皆造型美观,一处处都像一颗颗白宝石,散落在碧绿的草原上,既有实用价值,又为景区添彩不少。

漫步到草原东北地段,就见阴山脚下,一片明镜般的碧水,显现在绿草鲜花之中。湖边芦苇稠密丰茂,乳白色的蒙古包成群,景观十分美好。此情此景,使我来不觉吟出

下面几个句子:

敕勒川草原东北头，有个美丽的萨仁湖。
茵茵的绿草灿烂的花，浓浓的清香绕湖周。
阴山北耸护着你，乳白色的蒙古包湖中浮。
自从昨天见了你，你的碧波就时时荡漾我心头。
走进旁边的蒙古包，喷香的奶茶喝个透。
来一盘手扒羊肉，喝几杯草原醇香酒。
湖水笑我贪杯，百灵陪唱使我乐悠悠。
吃喝尽兴来到湖畔，眼前水波粼粼绿皱。
啊，亲爱的萨仁湖，
你有青山草原无尽的爱抚，我有蓝天白云亲切的惠顾。
我喜欢你的清纯明净，你欣赏我的拙笨无愁。
愿我们永远成为朋友。

这块新打造的大美所在，通过生态文明建设和草原文化的有机结合，不仅展现了自然生态的草原风光观赏旅游区，也建成了集休闲观光、马术竞技、会议庆典于一体、独具北疆特色的现代服务业示范基地和新型产业集群。

在2022年9月4日这个吉祥和顺的日子里，呼和浩特第二届敕勒川草原文化节暨第二十三届昭君文化节在这片美丽的草原上盛大开幕。

这一天，百灵鸟欢欣鼓舞在蓝天之上盘旋亮嗓，骏马奋蹄奔驰在如锦似绣的花海中，牛羊如珍珠散落在一碧如洗的绿茵上。能歌善舞的艺术家们用舞的柔美歌的悠扬，拉开了两个文化节的帷幕闪亮登场。乌兰图雅引吭高歌的一曲《爱上敕勒川》，唱出了草原人民永远向往美好幸福的交响。那"黄河几字弯、壮美敕勒川"的歌词旋律，从她饱含热情的口中飞出令人耳悦神爽。文化节《歌唱祖国》《和美共融》《守望相助》三个篇章，在"民族团结、携手共向未来"的主旋律中唱遍草原天堂。

青城公园

呼和浩特中山路中段南侧的青城公园，是最早建起的公园。1960年秋季，我第一次到达呼和浩特的时候，就游览了这座公园。当时这个公园除了绿树红花和小桥流水，还有豺狼虎豹、鸣禽飞鸟。可能是后来大青山野生动物园建起了，就把青城公园的飞禽走兽都运了过去，这里也就变成了以湖泊水系、植物景观和游乐设施为特色的休闲娱乐场所了。公园内北部有一直插云天的摩天轮，很多人都喜欢乘坐玩耍观光。看着摩天轮慢慢升高，我想象着坐在里面的人们，一方面可以享受摩天轮高空运行带来的乐趣和刺

青城公园盛开的荷花

激,另一方面亦可居高临下尽情欣赏青城美景。园内的多湖碧水四周,遍布垂钓爱好者,有的悠然自得,大有"太公钓鱼,愿者上钩"之味道。每年七月,青城公园那"接天莲叶无穷碧,映日荷花别样红"的美景,都会招来大量游客。

摩天轮

乌兰夫公园

　　位于呼和浩特新华西街南侧的乌兰夫公园（原植物园内），是一座具有独特风格、以人文景观为内涵、绿色园林为载体、红色旅游为特色的主题公园。从北门进入纪念广场，只见五星红旗在高空中迎风招展。再左转北行几步，一座牌楼门映入眼帘。门额中央书有杨成武将军的亲笔题字"中华骄子"，左右两侧分别题有"民族""精英"字样。穿过牌楼，便见装饰有白玉般围栏的紫红色平台中央，耸立着乌兰夫同志的铜像。离开铜像平台，到达纪念馆门前。门额洁白的牌匾上，杨尚昆同志亲笔题写的"乌兰夫同志纪念馆"8个金字醒目而遒劲有力。随着参观的人流进入序厅，首先触目的是正面碧草鲜花丛中那尊乌兰夫同志汉白玉坐像。坐像左右的墙壁上，分别用汉蒙两种文字书写着下列内容："卓越的民族工作领导人，杰出的无产阶级革命家，党和国家优秀的领导人，久经考验的共产主义战士。"

　　园内的乌兰夫纪念馆有9个展室，共展出160件文物、58件文献资料和305件照片。工作人员采用现代化的声光电技术以及先进的布展材料，把所有展品都珠联璧合在一起，生动形象地陈列在我们面前。观赏之后，我对乌兰夫同志光辉战斗的一生以及内蒙古老

乌兰夫公园爱民湖玉带桥

一代领导群体的伟大业绩,有了一个全面系统的了解。听导游介绍,乌兰夫公园2005年被中宣部、国家发展改革委、国家旅游局联合命名为"全国百家红色旅游经典景区"。

满都海公园

满都海公园坐落在内蒙古自治区人民医院对面、乌兰察布西街南侧,是呼和浩特最大的活水绿地公园,里面有泛碧流翠的小河,有绿波荡漾的平湖,有奇松怪石的假山。河和湖的两岸四周,有浓密的树荫,一团团,一簇簇,连绵不断。园内百花灿烂,万紫千红,红的桃花,白的杏花,紫红的玫瑰,粉白的丁香,都随着季节的变化而盛开。进入园内,放眼望去,佳木繁盛,奇花斗艳,假山叠加,溪流潺潺;粉墙蜿蜒,亭轩散立,长廊环抱,亭阁点缀。所有这些花木、山水、建筑等景观,构成了一个既保留着自然美,又具有了人工美的新型园林。里面那些石桥、廊桥、花坛、观景亭、迎宾广场、羽毛球场、游船码头、玉带桥、运动场地、景观花架、小剧场、曲桥、三叠泉、水韵桃花广场、荷花湾、长廊、儿童活动场、乒乓球活动场等建筑设施,满足着不同年龄、不同文化层次的游客及市民的游乐需求。每逢春夏秋三季,公园可是热闹非凡了:乘船步桥的,谈情说爱的,唱漫瀚调晋剧的,唱通俗流行歌曲的,跳迪斯科探戈的,玩蹦极木

满都海公园

爱民湖

马的，每个人都能在这里找到自己的乐趣。

公园内有两个大型的老年合唱团，有组织有纪律，不论春夏秋冬，常年唱红色歌曲、传统歌曲、声音洪亮；有专业指挥，有电子琴伴奏，是一道亮丽风景线。

草原丝绸之路文化公园

古代丝绸之路架起了中国通往西域、中亚和欧洲的万里通途，而呼和浩特又是草原丝绸之路的重要起点和枢纽城市。国家的"一带一路"倡议中，呼和浩特已被纳入其中。在这种大好形势下，草原丝绸之路文化公园就应运而

晋剧艺术家在满都海公园演唱

盛乐长歌景观区勒勒车轮

"汇通天下"铜雕

丝绸之路公园湖水栈桥风光

生了。此公园北起新华大街，南至滨河北路，西临丁香路，东靠东二环，是呼和浩特南北跨度最大、栽种树木品种最丰富的公园。公园以草原丝绸之路文化为主线，以呼和浩特历代盛景为载体，从北到南分为五大景观区段，占地面积146公顷，总投资4亿元。由于我家就在此公园西边不远处，所以得以经常进入里边观赏。

云中风云景观区位于腾飞南路与滨河北路之间，主要体现秦汉时期草原丝绸之路的云中文化。以流线型绿地、广场和道路组成，体现游牧民族逐草而居的生活方式。里面有一云中记忆广场，广场周边设有秦汉时期历史文化主题雕塑。这里主要通过马镫、勒勒车轮等生活化雕塑小品展示车马文化，展现人们对云中时期文化的记忆。

盛乐长歌景观区南起南二环路，北至学苑东街，包括鄂尔多斯东街南北两部分，这里集中表现了北魏时期的经济文化和自然风貌。南段作为北魏时期盛乐文化的重点展示区，以雕塑小品、景墙等园林手法，集中展现出该时期民族初融下的大繁荣，主要景点有百花广场、盛乐文化雕塑等景观带等。北段主要表现北魏民歌《敕勒歌》中描绘的苍茫辽远的草原自然风光以及游牧民族逐水草而居的生活风貌，主要景点有初融乐章、敕勒风光、香林花语等。

蒙元盛世景观区位于大学东街与学苑东街之间，以展现游牧文化与中原文化结合为主题，以那达慕广场为主要景观节点。在蓝天白云的背景下，错落的蒙古包群落、纵情奔跑的群马组雕显得格外旷远辽阔。

离开蒙古包骏马雕塑广场北行，一条飘逸洁白的哈达造型雕塑特别显眼地舞动在广场上。哈达北边东侧，"青城三娘子"的雕塑也显得英姿飒爽，俊俏清秀。

位于乌兰察布东街和大学东街之间的库库和屯胜景景观区，是以明清时期草原丝绸文化为主线，通过茶马互市、古城新韵、茗茶清苑等景观节点，展现那个时代各族人民的互动生活情景。人工湖内水色清澈透明，回清荡绿。天光云影，徘徊

那达慕广场骏马奔驰

花坛中的青城三娘子雕像

舞动而飘逸的哈达造型

微动。湖面橙黄色木桥蜿蜒曲折，游人络绎不绝。四周近岸水浅处，奇形怪状的巨石疏密有致，为园内增光添彩不少。登上西岸的观光阁游目四望，园内的绿树鲜花，亭台楼阁，四周风格别致、多样的亮楼丽厦，尽入视野之内，好不赏心悦目。北岸有凉亭，有男女在里边谈笑风生。东北角还有一座铜雕，那是呼和浩特明清时代银行的缩影，铜雕所表现的内容是：一位行旅商人正和柜台里面的两位工作人员融通货币。欣赏着这活灵活现的情景，我自然联想到了山西的平遥古城。那里是晋商的重要发祥地，也是古代中国内陆通往大西北的商贸通衢。那时平遥古城"汇通天下"的日升昌票号，被誉为"中国现代银行的鼻祖"。当时的分支票号就遍布包括呼和浩特在内的全国77个城市和商埠重镇。再北行，就见绿茸茸的草坪和宽阔的广场。广场中央一卧石上，刻有"草原丝绸之路文化公园"几个大红字。再往北，就是车水马龙的乌兰察布大街。穿过大街，到达位于新华东街和乌兰察布东街之间的盛世青城景观区。这里的景观布局，展现着现代呼和浩特兼容并蓄、蓬勃发展的草原都市新形象。

走进大黑河军事主题公园

从卓资山流出的大黑河，嘻嘻哈哈穿过呼和浩特城南，东起科尔沁路南端到西部化工大桥一段，一边流淌一边喷洒出珍珠多多。

这座位于赛罕区东二环快速路以东、大黑河南岸的军事公园，占地面积近700亩。

2022年春季以来，我曾乘呼和浩特大黑河休闲旅游专线车，三游大黑河军事主题公园。前两次只看到河畔有一艘大型军舰泊于水中。同年9月5日下午第三次进入后，方对其有了进一步的了解。

从军舰停泊的河畔上行，进入上边一个庞大的院子内时，还看到有飞机、坦克、水陆装甲车、高射炮、喀秋莎大炮、客车车厢、货车车体、内燃机车头等多种军用装备。其中很多武器装备上面，还书有"中国人民解放军空军赠送""中国人民解放军海军赠送""中国人民解放军陆军赠送"等字样。

走到战场景况模拟区，只见这

公园内摆放的装甲车

里是采用场地位移、场景浓缩、情景再现等方式打造的一个微型模拟战场。模拟战场再现了野战战场掘地为壕、垒土为墙、据险固守、殊死拼杀的战场景况。这个区域内还摆放着压制火炮、高射火炮、坦克和装甲车集群、战地医院和后方运输保障等作战要素。深深的战壕两边，散放着多个子弹箱，展现出浓浓的战争现场氛围。和之前我给各位网友博友介绍的花香鸟语、青山绿水的公园不同的是，在这里看到的是大量的军用武器装备。这就使人自然想到了战争，想到这里陈列的飞机坦克大炮，都经过了战争的洗礼。威武的中国人民解放军就是用它们打败了国内外的敌人，换来了我们现在的幸福生活。

来这里观赏两个小时，让人不仅大饱了眼福，还深深地接受了国防文化的熏

军事公园内摆放的飞机

军事公园内摆放的大炮

军事公园内摆放的坦克

陶，进一步增强了国防安全意识。

大黑河郊野公园花海之约

2023年9月3日下午4时，我从住宅小区东门的自然博物馆公交站，乘34路一路南行，到大黑河北岸的郊野公园游览。在呼市质检局站下车后，用手机扫了一辆单车骑行，穿过雄伟的三环高架桥，从北岸西驰到石化大桥桥头。

从大黑河大桥北桥头左拐，进入彩色观光大道，在碧波荡漾的河流陪同下向东骑行。头上是蓝蓝的天、白白的云，左右是点缀着朵朵金花的橙黄色草坡草沟。在芳草野花簇拥之中骑行，一会儿就看到了那一大片马鞭草花海。沿花海南岸边赏边行，那一望无际的紫色花毯从脚下宽宽地向东铺去，壮丽美观。花海中散布着数不清的红男绿女，他们赏花、赞花、叹花、簪花、拍照，其乐无穷。看着这美丽热闹的大花海，我不由得发出感叹："我年八十卿始发，卿是红颜我白发。"

走到马鞭草花海尽头，又一片欧石竹花海迎面而来。同样是紫色，但这种花是球形的。这片花海中也是热闹非凡，丛中尽是赏花人，人面映花花袭人。这两片花海连接在一起，我估计最少也有十里之长。

紫色花海观赏意犹未尽，北行走上观光大道，大道两边停满观光车辆。大道北侧低处，有一小湖，湖面上有几对情侣泛舟垂钓，颇有点儿"太公钓鱼，愿者上钩"的味道。小湖东西侧，花田也不少。除了紫花还有黄花、白花、粉花，最西处还竖一高高的刻有"花海之约"的俏柱，在夕阳霞光的映照下熠熠生辉。

立柱周围，百花怒放，万蕊喷香。鲜花之中，搭建

大黑河马鞭草花园

大黑河郊野公园的格桑花

有纵横交错的木栈道。栈道上游人络绎不绝，都笑微微、乐悠悠的。我想他们大概都是应花海之约而来的。当然，我也是——我应花海之约，今年已经是第三次来这里了。

大黑河化工大桥

有时下行到河边，沿水中堤坝蹀到对岸，观波赏浪，也是一种乐趣。有时在河边无人之处，可以大喊几声，把人类自由、野性、探索的天性释放得淋漓尽致。在大黑河边，在花海之中，享受了两个小时天人合一、物我相融的快乐，在落日熔金、暮云染霞的美好氛围中离开，我是多么的舒心惬意呀！

春度廉政文化公园

春度廉政文化公园坐落于呼和浩特市乌兰察布东街与丰州路交会处的十字路口东南侧，其北门墩台刻有"春度廉政文化公园"8个大红字。有一次，当我这个年逾古稀的老翁正艰难地提起电动车准备登上台阶的时候，被一位20岁左右的姑娘看到了，她赶紧笑盈盈地跑过来帮了一把，我就立刻上去了。我向这位可爱的小姑娘说了声"谢谢"，并拍下了她的倩影，她一边说了声"不客气"，一边就像一只小鸟一样，轻快地飞走了。

听说此园由园艺研究所的树木园改建而成，是一个以廉洁从政和社会主义核心价值观为主题的公园，占地面积12公顷，绿地面积9公顷。公园因唐代王之涣《凉州词》中的诗句"春风不度玉门关"而得名，寓意恰好与原诗句相反，为春风吹来。沿着林荫园路进入里面，首先入目的是分别刻有汉文和蒙古文"廉"字的两块顽石，接着就见绿荫中置有一本竹简形状的书籍《春度廉政文化公园赋》。其旁是一池风景秀丽的荷塘，人称爱莲池。塘畔有一翻开的铜铸书本，页面上刻有宋朝周敦颐《爱莲说》全文浮雕。我想设计者的用意是，警示党政官员在从政时，要养成像莲花那样"出淤泥而不染，濯清涟而不妖"的高洁品

坐落在乌兰察布东街南侧的春度廉政文化公园

园内具有清正廉洁寓意的爱莲池

被誉为"党的好干部、人民的好公仆"的县委书记焦裕禄

质。

在一小广场内，通过诸多方柱上和圆镜下的刻字，形成一片廉政格言组合。比如其中一方柱上书有战国时期韩非子的一段话："诚有功，则虽疏贱必赏；诚有过，则虽近爱必诛。"三块铜镜下刻有这样三句话："以铜为镜，可以正衣冠；以人为镜，可以知得失；以史为镜，可以知兴替。"这些格言，都意在规范人们为官做事的行为。

到达为民园时，见竖有包拯和焦裕禄两尊铜像，并附文字介绍。包拯是古往今来知名度较高的清官。他在为官期间，秉公执法，一身正气，不畏权贵，不徇私情，不仅当时深受人民群众爱戴，而且英名垂范千秋。被誉为"党的好干部，人民的好公仆"的兰考县委书记焦裕禄，身患肝癌，带病工作，

园内具有清正廉洁寓意的爱莲池

鞠躬尽瘁，死而后已，是一位典型的清正廉洁、无私奉献的优秀干部。那些来此游园的为官者看到两位光彩照人的形象，一定会有很大的触动。

园内玉带桥下，清流潺潺，人工湖内，碧波荡漾，林木葱郁，绿意盎然，红叶翩翩，黄花点点，真是集廉政文化和美好景观于一体的地方。人们来此一游，追名逐利的人就会变得淡泊宁静。

美丽的南二环立交

现在的呼和浩特，市内道路四通八达，纵横交错，一条条新建的道路、数百条改造后的小街巷、重新打通续建的断头路、六个出城口、无数座过街天桥和地下通道，大大缓解了市区的交通压力。总投资约200亿，全长65.31公里的环城二环高架快速路（东西南北），全线建有13座立交桥，其中与兴安南路交叉的立交桥最为美丽。

此桥为双苜蓿叶加迂回定向全互通立交，通往各方向的车辆均无须停顿，直行车辆经由南北向主线和东西向主线通行，转向交通分别通过四个右转匝道、两个苜蓿叶匝道和两个半定向匝道解决。它的建成形成一个环形快速路网，形成四通八达的路网结构，大大缓解了呼市城区车辆拥堵问题。南二环快速路建成前，我们从公里湾开车到达呼郊零公里处后，由于西货场一带堵车严重，还得一个多小时到达兴安南路与南二环交会处的居所。南二环快速路建成通车后，我们从零公里仅用十几分钟就能到达。

商业繁华的中山马路

中山路一直是呼和浩特最繁华的商业区。从1960年起，我就认识并开始游览这条马路了。那时的中山马路，除了两侧有一些零星的小商铺，最显眼的就是中段北面那栋三层楼的联营商场。那是当时呼和浩特规模最大、商品最多最全的商场，外地人来到呼市，联营商场是必去的地方。现在进入中山

坐落在中山路与锡林南路交会处的海亮广场大楼

中山路原内蒙古博物馆骏马雕塑

呼和浩特最早的星级酒店昭君大酒店

路，视野之内商厦林立，里面各种货物琳琅满目，应有尽有。

原来的联营商场经过多次扩建改造后，已改名为内蒙古民族商场。除了"不用东奔西走、什么货物都有"的民族商场，沿街各种特色商场比肩接踵林立，使人眼花缭乱，应接不暇。如新亚太商厦、金锐平价家具、天元商厦、满达商场、维多利商厦、维多利购物中心、诚信数码大厦、艾博数码广场、海亮广场、金天帝皮革城、王府井奥莱以及莲七工贸黄金珠宝、欧瑞福黄金珠宝、乾坤金店、九鹏鞋城、百姓眼镜公场、星巴克咖啡、肯德基、德克士、鹊桥大酒店、大天手机城、国美电器等，都是人们购物的好地方。在商场逛得乏困了，可以进入中山马路中段南侧的青城公园赏花观草，戏水垂钓，放松一下心情。

新华大街

新华大街是呼和浩特的一条老街，也是目前市内最现代化的一条大街。从西向东沿街前行，明泽广场、内蒙古医科大学附属医院、内蒙古新华书店、内蒙古国际大酒店、昭君大酒店、内蒙古人民会堂、长乐宫、维多利摩尔城、万达广场、内蒙古博物院、乌兰恰特大剧院、呼和浩特市政府、如意河风景区等各种现代风格的高楼大厦比肩而立，各显亮姿。她们以各自不同的风格和流派，给游人以新颖、大方、舒适的感觉，是一条名副其实的以现代建筑为特色的景观街。乘16路等多路市内公交车到东二环与新华东街交会点西北角的内蒙古博物院站下车后，向北行走片刻，马上就可进入置有一尊大鼎的广场，人们称之为"宝鼎广场"。2017年8月8日晚8时，就在这座广场，中央电视台心连心艺术团与内蒙古各族人民群众欢聚一起，载歌载舞，共同分享自治区成立70周年大庆的喜悦与欢乐。那天，这里上演了一场主题为"守望相助草原情"的大型文艺晚会。国内和区内著名歌唱家阎维文、胡松华、殷秀梅、德德玛、乌兰图雅、陈思思、云飞等纷纷登台献歌，表达了对内蒙古自治区成立70周年的祝贺。晚会开始时，乌审旗玛拉沁马头琴乐团由世界著名马头琴大师齐·宝力高领奏的马头琴合奏《万马奔腾》，激动人心地拉开了演出序幕。接着，86岁高龄的著名歌唱家胡松华的一曲《赞歌》，

从诚信大厦十五楼远眺大青山脚下、新华大街南北风光

表达了对草原儿女70年来奋斗成就的赞美。乌兰图雅的一曲《草原儿女心向党》，声情并茂，唱出了内蒙古各族人民热爱共产党、热爱祖国母亲的心声。云飞、李菲菲合唱的《守望相助》，表达了各族群众守望相助建设美好幸福家园的质朴情愫。陈思思的《同在阳光下》、德德玛的《美丽草原我的家》，唱出了草原儿女热爱家乡的朴实感情。殷秀梅的《不忘初心》，唱出了人民群众矢志不移实现美好理想的崇高信念。听了阎维文演唱的《小白杨》，我感到，自治区刚成立时，确实就像长在祖国北疆的一棵小白杨。经过70年的茁壮成长，现在已变成一棵枝繁叶茂的参天大树，高高耸立在祖国北疆的美丽草原上。斯琴格日乐的《请到蒙古草原来》、内蒙古民族艺术剧院杂技团的杂技《踢碗》等节目，也都很不错。作为尾声的第21个节目，王莹、霍勇共同演唱的《共筑中国梦》，更是激发了自治区乃至全国人民携手并肩、团结一致，把伟大祖国建设得更加繁荣富强的豪情壮志。整场晚会中，宝鼎广场歌声与笑语齐飞，灯火共星月一色。伴着欢快的舞蹈，一首首熟悉的歌曲让人们沉浸在对往事的甜蜜回忆中和对理想的美好憧憬中。

穿过广场，攀上台阶，高台上两座精致美丽、别具一格的现代化建筑清晰完整地呈现在眼前：东边是乌兰恰特（红色剧场），西边是内蒙古博物院。

内蒙古博物院和乌兰恰特

这两座建筑外围大顶就像一只雄鹰张开的两只翅膀，东西高墙之间，留出一片宽阔修长的广场。顺东墙里面前行，可见壁上张贴悬挂着各种大型演出预告，犹以12月份的"恒大翡翠华庭乌兰图雅专场演唱会"及"德国汉堡节日交响乐团音乐会"广告最为醒目。从额上书有"乌兰恰特电影城欢迎您"10个金字的大门进入里面，就觉花香浓郁，

内蒙古博物院新华东街一带风光

新华广场庆祝中华人民共和国成立65周年菊展

绿叶耀眼，一位身着民族服饰的蒙古族姑娘正在电影厅门口热情认真地验票。边走边看，就见走廊内还辟有一块"快乐阳光"专栏，用图文介绍了内蒙古自治区演艺界名人柴慧娟、王雪珂、石香菊、侯佐儒、茹喜连、李晓彦、苏鹏等的从艺简历及所取得的成就。

今天来到乌兰恰特，还算眼福不浅，正赶上举办"阳光宝贝·快乐的歌"中国少年儿童歌曲卡拉OK电视大奖赛2017第三届幼儿歌曲演唱大赛，于是进入全景声影厅A多功能厅观赏一会儿，度过了一段快乐时光。

听说乌兰恰特建筑面积3.06万平方米，里面有一个大剧院，可同时容纳1370多人观赏节目。国内外的大型艺术团体，经常在这里举办演出活动。此外，还有一个多功能厅和三个电影厅。音响、灯光设备和录音棚等均属国际一流，是内蒙古境内规模最大、设备最先进、最齐全的现代化公共文化场所。

2017年8月7日晚，庆祝内蒙古自治区成立70周年文艺晚会就是在乌兰恰特大剧院举行的。整场晚会载歌载舞，精彩纷呈，赞歌飞扬，欢声雷动。在晚会的"旭日东升""亮丽北疆""守望相助"三个篇章中，歌唱家、舞蹈家、演奏家们通过歌声、琴声和舞蹈等艺术形式，热情讴歌了自治区成立70年来取得的累累成果。内蒙古博物院的前身是内蒙古博物馆，位于呼和浩特新华大街与中山路交会处。此馆始建于1957年，是内蒙古自治区成立10周年的献礼项目。博物馆楼顶塑有凌空奔驰的骏马，象征内蒙古的吉祥与腾飞，一直是呼和浩特的一道亮丽风景线。2007年，这里的新馆内蒙古博物院建成后，原馆展出的文物也随之搬迁到这里。此馆从建成之日起，就已成为呼市的标志性建筑之一。博物院周围是一片片碧绿的草坪，馆体右侧广场中央的亭台之上，开辟了自治区成立70周年十二盟市辉煌成就摄影展。这是一座以"草原文化"为主题的博物馆，

内蒙古博物院和乌兰恰特大剧院

馆藏丰富。二层用"远古世界""高原壮阔""地下宝藏""飞天神舟"四项基本陈列，介绍草原文化的生成之地；三楼用"草原雄风""草原天骄""草原风情""草原烽火"四项陈列，展示了草原文化从古代到近代到现代的纵向发展

将军衙署一带美丽的夜景

线条。四楼用"草原日出""风云骑士""草原服饰""苍穹旋律""草原华章""古道遗珍"六项陈列，以亮点聚焦方式呈现草原文化。

维多利摩尔城、万达广场、如意河风景区

位于新华东街与东影南路交会处长乐宫东的维多利摩尔城，是一座12层商业集合主力百货店、国际时尚品牌旗舰店。进入里边，超市、大型餐饮、动感影院、儿童体验中心等游购吃喝玩乐一条龙服务，应有尽有。

如意河西岸的呼市党群服务中心大楼

位于新华东街的万达广场,是大连万达投资50亿元人民币打造的城市综合体,内有大型购物中心、五星级酒店、商业街区等设施,集购物、休闲、娱乐、餐饮于一体。

位于呼和浩特新华大街市政府东侧不远处的如意河景区,清澈的如意河水由北向南流淌而去。西岸不仅有号称亚洲最大的音乐喷泉,还有风景秀丽的河畔休闲设施。一栋栋俏丽的高楼临水而立,犹如捧腹西施,出水芙蓉。

美丽的新华广场

在新华西街南、锡林北路西的交会处,有一座美丽宽敞的广场,叫新华广场。这座广场是呼和浩特最大的中心广场,同时也被公认为美丽青城的窗口和象征。2006年9月27日,在杭州举行的第二届全国特色广场评选中,曾荣获全国"特色文化广场"称号。每当入夜之后,广场无数华灯一起绽放。放眼望去,五光十色,五彩缤纷,灿烂无比。由于夜色十分迷人,"广场华灯"被市民评为青城十景之一。

未修地铁之前,面积22000平方米的广场内,两侧各有一条长长的绿化带。绿化带内绿草灌木结合,不同形状的草坪花坛耀眼喜人。还有一些高大、名贵的树木,如银杏、国槐、丁香等穿插其间,造成草绿、花红、树美的视觉形象,分外赏心悦目。广场北侧还有一片占地面积2600多平方米的音乐旱地喷泉,那近800个喷头一齐喷射的时候,喷出的水柱形状色彩变幻莫测,形成巨大的彩喷大阵,给人以极大的美的享受。

草原都市呼和浩特

新华广场内蒙古国际大酒店一带美

新华广场庆祝中华人民共和国成立65周年菊展

每年秋季的菊花花会，都会吸引许多市民及游人前来观赏，使得广场之内热闹非凡。

广场周围从北开始有昭君大酒店、内蒙古电视台、内蒙古国际大酒店、敕勒歌全羊涮肉、巴彦塔拉饭店、尚华精品酒店、新华书店等，为市民游客来此休闲散步赏玩提供了不少方便。近年以来，新华广场又新建了地下网红街，里面集吃喝玩乐购于一体，是市民和游客的又一处休闲娱乐之地。

成吉思汗大街

成吉思汗大街是呼和浩特市的城市主干道、民族特色街区。西起通道北街，东至二环东路，北接二环北路，南临防风林南路，全长约8公里。整条街道建筑蕴含着民族文化、历史和掌故，并通过一个个景观设施连接起来。这些景观设施很多是采用方圆结合外形框架结构、大蒙古包顶、蒙古帽子形状等，书以云头纹、蒙古文篆体字，有时还配饰传统的吉祥图、雄鹰、骏马浮雕等。用以上这些文化符号，进行重新修饰改造的建筑物，是这条街道的一大特色。

成吉思汗大街蒙古族情侣雕塑

成吉思汗公园

从内蒙古赛马场乘80路公交车东行一段,就到达成吉思汗公园。此公园横跨成吉思汗大街两侧,北临北二环路,南接阿尔泰游乐园。这座"以人为本、以绿为基、以水为线、以史为魂"的经典园林,以成吉思汗的生平事迹为主线贯穿全园,是一处集市民休闲游憩和娱乐运动于一体的具有文化历史内涵的现代城市主题公园。

从成吉思汗大街南侧公交车站下车,右转即进入公园。途中两旁花坛草坪交错显现,怡神悦目。沿着绿树鲜花、彩林红枫掩映之下的园路南行西拐,不一会儿就下坡进入一块深邃的盆地峡谷。两条紫红色的人行道路之间,夹着一池狭长的长满芦苇的水塘。其西面建设大厦等高层建筑及彩林蓝天映入水中,倒影美丽如画。接着,一孔石洞出现在面前。洞顶刻有成吉思汗石像和苏勒德模型,在蓝天碧树的映衬下,看上去气势不凡。进入洞内,但见拱形顶部及两侧内壁上部,绘满蓝天白云。两壁底部则绘满草原滩儿、牛羊骏马。穿过这一条不太长的隧道,就是一段曲曲折折、起伏不平的峡谷奇观。所经之处,各式各样的石柱、石台、石墩、峭岩、陡壁让人眼花缭乱。有时在陡壁下面、石盘中间,还会出现几潭清水。其中那狭长的桃花潭,就会使人触景生情,陡然想起李白的诗句:"桃花潭水深千尺,不及汪伦送我情。"还有那美丽的三叠瀑,就像几绺白丝绸从岩顶分段叠挂下来,分外柔美素雅。翠绿的和被秋色染红的爬山虎等藤萝植物爬满陡壁峭岩,恍若仙境。行走之间,有时得弯腰低头,屈背缩肩。仰望上面,有时豁然开朗,有时则是一线之天。20多分钟后走出狭谷,周围又是一块美丽的盆地。攀到高处向南望去,原来我们已从谷底穿过成吉思汗大街,到达公园的北半部分。

漫步到北园广场,就见自治区成立70周年时建起的一组白色人文雕塑亭亭玉立于蓝天之下、大青山前。经看文字介绍得知,此塑像高12米,基座直径9.5米。其设计理念来自《蒙古秘史》关于阿阑豁阿的记载。

成吉思汗公园成吉思汗石像和苏勒德雕塑

成吉思汗广场

从成吉思汗公园西行,很快就进入成吉思汗广场。

成吉思汗公园北侧园内的母亲雕塑

此广场始建于2007年,是内蒙古自治区成立60周年大庆献礼工程。广场中央,高高的墩台上耸立着蒙古族英雄成吉思汗跃马扬鞭、指点江山的铜像。基座四角置有"龙、虎、狮、鹰"四玺,含成吉思汗是伟大的政治家、杰出的思想家、深沉的战略家、卓越的军事家之寓意。墩台底座座面上刻有下列文字:

"蒙古开国君主,……蒙古乞颜部人,孛尔只斤氏,名铁木真。出生于贵族世家,幼年丧父,部众离散,随寡母度日,历尽艰险。后投克烈部王罕,收拾旧部,恢复实力。凭出色的政治才干,各个击破札木合、王罕等强大贵族集团。灭塔塔尔部和乃蛮部,最终统一蒙古诸部。1206年于斡难河畔召开忽里台大会,建大蒙古国,即大汗位,号成吉思汗。后来创制蒙古文字,颁布大礼撒,建万人怯薛。编制千户,分封九十五功臣,设札鲁忽赤断事官。降伏西北突厥语各

成吉思汗广场六座由牛角演变而来的金塔

成吉思汗广场成吉思汗雕像

部，收服西辽，进攻金国，攻灭西夏，为统一中国奠定了基础。1219年至1223年西征花剌子模，先后破兀提剌耳，不花剌，撒麻耳子，玉龙杰赤等城。占领中亚广大领土，初创横跨亚欧之大帝国，进而沟通了东西文明。1227年夏历7月12日，病逝于哈老徒老营，葬起辇谷。元世祖至元二年（1265）上庙号太祖，三年（1266）追上谥号圣武皇帝。至大二年（1309），加谥法天启运圣武皇帝。"铜像正面设置着由牛角演变而来的六座金塔，寓意为"后来居上"。六座牛角金塔也代表着内蒙古自治区60来年的辉煌成就。广场内花坛鲜艳，草坪嫩绿，树木葱茏。尤其是满园丁香花正在盛开怒放，花香浓郁飘荡，给人一种花气袭人春意浓的清新明快的感觉。

内蒙古赛马场

从成吉思汗广场西门出来，过一条街，再南行一段，便进入内蒙古赛马场大院内。向前仰望，五座蒙古包式连体建筑便呈现面前。中间一座蒙古包顶较大，高达36米，两侧各有的两座较小。正中的大蒙古包顶上，五星红旗迎风飘扬。其下的正面墙壁上，用汉蒙两种文字竖书"内蒙古赛马场"五个金色大字。整个建筑前立面蓝白相间，白大蓝小，看上去素洁壮美，气势雄浑。从建筑左侧进入里面，便是宽敞的赛马场地。途中看到两处养马之棚，共有十多匹良马。它们或抖鬃嘶叫，或昂头踢腿，大有志在赛场之意。赛马场占地面积32万平方米，比赛场地内，分别设有障碍马术场、技巧表演场和标准环形速度赛马跑道，可同时进行比赛活动。跑道呈椭圆形，宽18米，周长2000米，整个赛马场外可供10万人观赏比赛。

赛马场蒙古大营

这是一个大型赛马场，现

草原都市呼和浩特

赛马场蒙古族英雄铜雕

在已成为全世界著名的主要赛场之一。听旁边的工作人员介绍，其规模为全国最大，亚洲第一。场地东侧的主席台和观众台长达275米，就在刚才那5座蒙古包顶连体建筑的背面。

听工作人员介绍，这座庞大的主席台可容纳500人，观礼台更是可容纳7000多人，的确是蒙古族骑手和草原骏马大显身手的好地方。此赛马场自建成到现在，除了经常承办国内外大型马术赛事，自治区马术队也经常在这里表演和训练。外地旅游团队来到呼和浩特后，在旅行社组织下，可以来到这里观赏到内蒙古马术队表演的精彩节目，包括马上体操、乘马斩劈、马上射击、射箭、轻骑赛马、马上技巧等传统

赛马场主席台

内蒙古赛马场五座蒙古包顶的主楼建筑

体育节目。赛马场旁有一座蒙古大营,院内绿色的草坪上有3尊蒙古族武士骑马铜雕,看上去威武雄壮。还有众多蒙古包建筑,游客可进入里面品尝各种特色美食等。

从成吉思汗大街向西漫步,路南可看到几处造型美观的体育场馆建筑,依次是内蒙古体育馆、呼市体育场、呼市游泳馆。

呼和浩特体育场和游泳馆

呼和浩特体育场是2007年自治区成立60周年献礼项目,现为呼和浩特中优足球俱乐部主场。瞻其外观,可明显地看到两个巨型的雄鹰状建筑,同时二层的凸出部分贴以雄鹰图案;外立面添加民族文化符号,达到整体呼应的效果。从体育场框架结构看上去,显得高耸挺拔,很有力度。东西罩棚有18根钢柱悬挑空中,象征成吉思汗的神矛,展示出雄鹰展翅高飞的宏伟气势。

顶部造型看上去就像大雁在碧空展翅翱翔,突出飘逸舞动的气势。这是西北地区规模最大、设备最完善的体育场。里面双层看台上的观众席位,可容纳6万余人。外面南北两侧的停车场,有车位540个。场内有8分道的400米标准跑道,还有跳远、三级跳远、跳高、铅球、铁饼、链球、标枪、撑竿跳高等比赛场地。体育场靠西一街之隔,有一大片快要竣工的建筑,外呈圆顶而美观漂亮。经阅读工地前工程概况说明标牌文字得知,这是呼市体育馆、游泳跳水馆、市体育学校场馆。其中游泳跳水馆为国际A级场馆,可举办游泳、跳水、水球、花游等国际赛事。体育馆为乙级场馆,以冰上项目为主,也可承办篮球、排球、乒乓球、羽毛球等国家级赛事;呼市这座体育场馆的建成,完善了城市功能,提高了城市品位,填补了首府地区大型体育设施建设的空白。

呼和浩特体育场

草原都市呼和浩特

呼和浩特体育中心 游泳跳水馆

苏勒德广场和内蒙古新闻出版广电数字传媒中心

由呼和浩特体育馆继续西行至成吉思汗西街，即可看到隔街东西对称各有一座苏勒德雕塑广场。广场内雕塑高27米，四周耸立着赤老温、博尔木、木华黎、速不合、哲别、者勒蔑、虎必来、博尔忽等人的塑像，象征太平吉祥。苏勒德是蒙古语，意为徽标。其造型是一个铁矛形状。千年前，成吉思汗手持苏勒德征战草原，统一了蒙古各部，登上了蒙古国大汗位，被尊称为成吉思汗。从此，苏勒德作为成吉思汗的军旗或军徽耸立在成吉思汗金顶大帐的顶部。在它的引领下，成吉思汗军队所向披靡，战无不胜。从此，苏勒德成为吉祥物，并被赋予至高无上的地位。

由此再往西行，就可看见新建的内蒙古新闻出版广电数字传媒中心大楼，高高耸立于成吉思汗西街北侧。

美食飘香的呼和浩特

如今，居住在呼和浩特和来呼和浩特办事旅游的人，根本不用愁吃不到美食美

数字传媒中心

味,喝不到美酒美饮。他们既可以尽情享受极富民族特色的奶茶、马奶酒、烤全羊和手扒肉等精美饮食,也可以轻松品尝到传统名吃麦香村的稍麦和大召寺的莜面。呼和浩特是一座美食飘香的城市。在这座城市,无论你走到哪个小区、哪条街道、哪个酒店、哪个角落,都可以品尝到心仪的美饮佳肴。尤其是旧城的牛街、宽巷子、通顺大巷三条美食街,更是值得一去的地方。呼和浩特各饭店用来自草原的绿色羔羊肉做成的羊排、手扒肉香美可口,肥而不腻。

呼和浩特美食烤全羊

手扒羊肉

烤羊排

乌兰察布街风光

坐落在乌兰察布西街内蒙古饭店对面的内蒙古图书馆,是目前内蒙古规模最大、功能最全、设施最先进的一座公共图书馆。从内蒙古饭店门前向南望去,其楼体造型格外引人注目,既突出了民族特色,又融入了现代风格,规模宏大,庄严美丽,不愧是呼和浩特一处璀璨夺目的文化景观。图书馆坐南向北,主体建筑6层,主楼4层。其中书库9层,可藏书300万册。馆内设7个外借窗口,开辟有20多个阅览室,可同时容纳2000人阅览。

坐落在乌兰察布东街北侧的博尔顿广场是一处集住宅、写字楼与商铺为一体的综合社区。大楼内的京广博尔顿宴会厅是举办各种宴会的好地方。2021年1月7日(农历庚子年冬月二十四）中午12时58分，我的堂弟王得升就是在这有酒店五楼的维多利亚厅为儿子王国栋、儿媳刘俊，举办了盛大而喜庆的结婚典礼。我的这位堂弟天生脑瓜聪明，为人谦恭礼让，富有经济头脑，在呼和浩特打拼数十年的实践，证明他创造财富的能力很强。

乌兰察布西街内蒙古图书馆

内蒙古自然博物馆

2018年9月20日，呼和浩特市天空晴朗，秋高气爽。上午9时，我和老伴前往内蒙古自然博物馆参观。这一天是此博物馆建成首次开馆接待游客，又因和我家是近邻，所以老伴先到一步，成为自然博物馆开馆接待的第一位游客。管理人员还因此给她拍了一张纪念照。

乌兰察布东街北侧博尔顿广场

进入一楼的壮美内蒙古展厅，仔细观赏。首先看到门厅两壁一面是"壮美内蒙古"5个大字，下边是一幅内蒙古自治区地图模型；另一面则是通过"大森林、大草原、大水域、大荒漠"12个大字，概括了自治区全域的基本地理特征。继续往里走，大兴安岭原始森林的宏阔场景便展现在人们面前。林木标本粗壮密集，枝繁叶茂，林木间灌木丛生，花草丰美。豺狼虎豹、熊鹿野猪、苍鹰百灵等飞禽走兽标本，生动逼真，活灵活现。有的动物标本在电光手段操纵下，还会出现一些有趣的动作。接着看到的是呼伦贝尔、科尔沁、锡林浩特、乌兰察布、鄂尔多斯五大草原的辽阔壮美风光。蓝天白云之下，科尔沁草原上洁白的羊群，呼伦贝尔草原肥美的水草，锡林郭勒草原上美丽的锡林河，纷纷呈现在眼前。草原上有牛羊骏马、洁白的蒙古包以及正在放牧和挤奶的蒙古族妇女、孩童。乌梁素海上徜徉的水鸟，巴丹吉林暮色中的金色沙漠，奔流到海不复回的九曲黄河……这些大森林、大草原、大沙漠、大河流里的缤纷生命、万象生态，共同演

坐落在兴安南路与南二环快速路立交桥东北处的内蒙古自然博物馆

沙漠骆驼标本

自然博物馆内牧民生活标本

绎着自然与生命的奇迹。这就是祖国北疆的亮丽风景线、壮美内蒙古。

狼是内蒙古大草原上牧民的天敌,一楼展厅还专门介绍了狼的战术。狼在捕猎时很少单独行动,总是分工配合,轮番攻击,而且善于捕捉战机和找到敌人的弱点,下口既猛又狠。

整个一楼展厅,逼真地再现了生机勃勃的草原森林沙漠水域河湖场景。观览过程中,零距离接触大自然,享受了一次自然、人文和科技交互相融的艺术盛宴。

二楼远古内蒙古展厅,介绍了侏罗纪、二叠纪、志留纪、寒武纪、前寒武纪、新生代、白垩纪、三叠纪、石炭纪、泥盆纪、奥陶纪等地质时期,地球及地球上的人类生物发展演化过程,不仅介绍了人类是怎样从远古一步步走来的,也介绍了内蒙古高原的形成轨迹。展厅的介绍中了解到,地球发展演化到中生代

（252亿年至6600万年间，包括在叠纪、侏罗纪和白垩纪3个地质时期）时，逐渐分化成了现在这样的地貌雏形。在介绍内蒙古高原上的燕辽生物群时，眼前出现了肉食性恐龙化石，特别介绍了它的牙齿，还有伊克昭龙、古近纪动物群、始新世哺乳动物群、扎赉诺尔哺乳动物群、河套人使用石器耕作的化石。

三楼的富饶内蒙古展厅，主要展出内蒙古盛产的各类贵重金属矿石、有色金属矿石、非金属矿石、能源矿产、珍贵矿物等标本，介绍了矿产资源的基本知识和内蒙古矿产资源概况及优势，展示了典型矿产开发实例。在谈到我国第一家煤电联营企业伊敏露天煤矿时，重点介绍了露天煤矿和坑口电厂统一经营、同步发展的科学理念，很值得同类企业借鉴。展厅介绍，内蒙古自治区境内现已发现矿物135种，其中稀土、电气石、玛瑙等18种矿产保有资源储量居全国第一位。自治区境内拥有中国最大的世界级铀矿、世界罕见的优质石墨资源、亚洲最大的露天煤矿准格尔黑岱沟露天矿、世界最大的火力发电厂托克托发电有限公司、世界最大的稀土矿山以及中国第一产煤大市鄂尔多斯市、中国最大整装气田苏格里气田、中国第一产煤大县准格尔旗。现在，内蒙古自治区凭着地

草原雄鹰标本

恐龙标本

内蒙古已经发现的135种矿石标本之一部分

下丰富的矿产资源,已逐步形成能源、有色金属、稀土等一系列支柱产业,初步奠定全区现代化矿业发展的基础,作为国家重要的矿产资源大区,为国家和自治区经济发展做出了巨大贡献。

在四楼绿色内蒙古展厅,首先看到了各种历史悠久的蒙医学标本。这里介绍了名医名草药和各种养生常识。我从中得知,草原先民不仅创造了灿烂的草原文明,也发明了很多独特的医术和养生术。比如音乐养生、舞蹈养生、运动养生、饮食养生等养生知识,这些都是草原先民智慧的集中体现,对后人还是很有启迪作用的。展厅还特别介绍了非物质文化遗产蒙医火针疗法,展出了各种火针标本。展厅介绍了来自内蒙古自治区自然界中丰富多样的植物、动物、矿物等蒙药药材,现在已多达2200余种,其中经常用到的就有1342种。接着就看到了在内蒙古的绿色大地上,有广袤肥沃的土地资源。在这块辽阔的沃土上,五谷丰登,六畜兴旺,人民生活富裕美满。

内蒙古自然博物馆馆藏丰富,内容全面,质量优秀,是一处不可多得的好地方。

敕勒川大街

位于呼和浩特东二环东路中段的内蒙古国际会展中心,占地面积6万多平方米,里面空间很大。有关部门经常在这里举办服装展、美食展、车展、丝绸展、绿色农畜产品博览会及年货博览会等。

昭君博物院

2017年10月13日中午,我和老伴离开内蒙古风情园,再次来到大黑河南岸,游览了昭君博物院。在博物院南的广场下车游目，发现广场及周围又进行了大面积的硬化和绿化改造，比前几次来时看到的更加舒展美丽了。广场最南端那块绘有王昭君和呼韩邪单于并排而立的"嫱雲"大影壁不见了，入口那座双阙仿汉重檐楼式大门也不见了。代之而起的是两座造型独特的新建筑——匈奴文化博物馆和昭君文化馆。

走进匈奴文化博物馆，参观了全国首届大型匈奴文化展、昭君出塞展和中国历代和

敕封勒川大街宽敞又漂亮

内蒙古国际会展中心

亲文化展。在一块绿茸茸的草地上，竖立着6尊人像彩塑。美丽的昭君和英俊的单于手牵手站立正中，两旁各有两位蒙古族壮年男子。

再往里走，沿着用条形花岗石铺成的路向北走去。首先映入眼帘的是一座高大的方形牌坊，内竖一尊汉白玉石碑。正面和背面分别用汉蒙两种文字镌刻着董必武同志1963年10月来此参观后的题诗："昭君自有千秋在，胡汉和亲见识高。词客各抒胸臆懑，舞文弄墨总徒劳。"诗中赞颂了王昭君出塞和亲的远见卓识和历史贡献，这是董老的心声，也是我们这一代人共同的心声。

继续北行，就见两侧一对对石羊、石虎等动物模型对称排列。这些动物都和古代匈奴人的生活息息相关，它们千年以来日日夜夜陪伴在昭君墓前。东侧的和亲园旁有一石虎，口中衔一石羊。听旁边的导游介绍，这象征着过去那个时代蒙古民族弱肉强食的生活习俗。

我在观览之中发现，原来的匈奴文化博物馆，现在改建成古代的和亲文化展馆，里面通过图文并茂和声电结合的现代手段，把历代公主的和亲故事一一展现出来，充分揭示民族团结这一深厚的文化底蕴。在展馆内，我还欣赏了罩着轻纱盖头、身着红色婚服的新娘昭君塑像。展馆墙壁上还悬挂着一大张牛皮，上面画着《昭君出塞图》。

原来的和亲馆及和亲园，现在已改建成昭君出塞的5D影院。在这里，我们观赏了真实反映昭君出塞历史的5D数字电影。片长15分钟的节目，通过一些声光电等高科技手段，把昭君出塞的整个历史过程生动地展现了出来。

昭君博物院入口建筑

进入世界首座匈奴历史博物馆，就见里面完全是按照西汉贵族墓规制建筑而成。通过保存较为完整的文化遗产，向中外游客展示中华民族的友好团结。

道路两侧的单于大帐等建筑，都为典型的穹庐式风格。后面的昭君故里等建筑，又均为中式风格。两种建筑风格相得益彰，形成了独特的和亲文化纪念氛围。

匈奴文化博物馆

董老诗碑牌坊后面的石牌坊，里面有一座白色的昭君塑像。塑像看上去高大苗条，面容美丽娴静，极富东方女性的气质。

在紧接着的第三座牌坊内，我有幸欣赏了镌刻着"青冢"二字的石碑。看了左下角的署名，知是乌兰夫同志生前亲笔所书。题刻既表达了内蒙古各族人民对王昭君的无限怀念，也说明了各族人民友谊万代长青。

蒙古族服饰

"青冢"即昭君坟。据说每当到了"凉秋九月，塞外草衰"之际，附近草木枯黄，唯独昭君坟草色仍青，人们便称其为"青冢"。墓道两旁草色青青，并对称分立着许多石羊。

再往北走，便见一方正的大理石底座上，耸立着王昭君和呼韩邪并辔骑马的铜像。两匹马奋蹄抖鬃驰骋向前，

昭君博物院碑廊碑刻

虎嘴含羊羔石像

中国古代四大美人之一的王昭君塑像

王昭君与呼韩邪和亲图

马背上的单于正回过头来,昭君含情倾听,看上去一副亲亲密密、和和美美的样子。这组雕像,很明显是中华各民族亲密无间、和睦相处的缩影,又是中华各民族跃马扬鞭、团结奋进的象征。

王昭君作为一介柔弱女子,能因献身民族团结事业而流芳百世,与当时的自身处境和特定历史条件分不开。汉元帝时,她因天生丽质而被从家乡南郡(现湖北)秭归选入宫中待诏。据说皇帝每次召幸宫女,必先御览画工描摹的美女肖像,选择其中最美者宠之。当时在宫中为宫女画像者是著名画工毛延寿。他特善人物写生,惟妙惟肖,但其人生性贪财,借机常向宫女们索贿。给了钱的,他就笔底添丰韵,变丑为美;不给钱的,就毫端减丽色,变美为丑。宫女们为了争取早日入宫见宠,纷纷倾其所有,讨好毛延寿。唯独昭君貌本天姿国色,又清高正直,不喜逢迎,因而毛延寿就把她画得很丑,致使她"入宫数岁,不得见御"(《后汉书·南匈奴传》)。多年来一直幽闭长门,无缘得到皇恩宠幸。恰值汉元帝竟宁元年,匈奴单于郅支战败被杀后,继任单于呼韩邪入朝面乞和亲,愿

王昭君和呼韩邪单于和亲铜像

为汉婿。元帝正好也想要借和亲羁縻呼韩邪,使边境安宁,便慷慨答应。于是"敕以宫女五人赐之"(《后汉书·南匈奴传》)。昭君得此消息后,暗想已"入宫数岁,不得进御"(《后汉书·南匈奴传》),似此长期待下去,只能落得个一生独宿空房,寂寞老死的结果;奉旨出塞和亲,条件虽然艰苦,语言不通,生活不习惯,但比起在汉,毕竟能争取到做女人最基本的权利。这样左思右想之后,便毫不犹豫地"请掖庭令求行"(《后汉书·南匈奴传》)。"呼韩邪临辞大会,帝召五女以示之。昭君丰容靓饰,光明汉宫,顾影徘徊,竦动左右。帝见大惊,意欲留之,而难于失信,遂与匈奴。"(《后汉书·南匈奴传》)。这段话的意思是,昭君主动请求出塞和亲,得到恩准。到呼韩邪临辞大会那天,元帝召入选出塞的五位宫女上殿与单于相见。王昭君花容月貌,再加精心打扮装束一番,更是鲜丽无双、光耀朝堂,使左右朝臣无不为之心动。汉元帝不看尚可,从御座向下一望,不觉大吃一惊:眼前竟站着一位绝代佳人。再细细品赏,但见她云鬟低翠,粉面绯红,身态苗条,体格风骚。两道黛眉,似蹙非蹙,含情微嗔,十分动人。特别是当元帝看到昭君柳腰轻折,跪拜于御座之前,说完"臣女王嫱见驾"这六个字时,更觉销魂醉魄,不能自持。于是忍不住问道:"汝何时入宫?"当昭君详细奏明入宫时间后,元帝心想:该女入宫这么多年,为何我从未见过?可惜如此丽姝,反送予胡人。想到此处,顿生欲留之意;但转而一想,此事已经决定,临阵换人,觉得不妥。没办法,只好镇定心神,嘱咐了几句。等她们走了之后,便怏怏不乐地拂袖而

牛皮上的《昭君出塞和亲》图

去。一回到后宫,即从画工送来的宫女图中找到昭君像,和刚才见到的本人一对比,相差甚远,原本十分的姿色仅仅画出两三分。元帝大怒,责成有司速速查明真相。后得知是毛延寿所为,便办了他个欺君之罪,处以死刑。此事宋代王安石曾有诗评论:"明妃初出汉宫时,泪湿春风鬓脚垂。低徊顾影无颜色,尚得君王不自持。归来却怪丹青手,入眼平生几时有?意态由来画不成,当时枉杀毛延寿……"

据有关记载,昭君随呼韩邪单于出塞时,匈奴人用接待王姬的礼仪,派毡车百辆相迎。到达胡地后,昭君即被封为宁胡阏氏。这比起在汉宫来,待遇优厚多了。所以王安石曾在《明妃曲》中写道:"汉恩自浅胡恩深,人生乐在相知心。"

昭君和呼韩邪成亲后,过了一年便生一子,取名伊屠牙斯。呼韩邪病死后,其前妻所生长子雕陶莫皋继位。见其后母昭君姿色美丽,就按照匈奴"父死妻其后母"的婚俗,复占为妻。关于此事,《后汉书·南匈奴传》中有这样的记载:"及呼韩邪死,其前阏氏子代立,欲妻之。昭君上书求归,成帝敕令从胡俗,遂复为后单于阏氏焉。"从这段记载可以看出,昭君当时对匈奴这种婚俗一时难以接受,所以上书汉成帝请归。但当成帝敕令她"从胡俗"的时候,她又以民族团结的大局为重,降尊从了胡俗。与新单于成为夫妻后,昭君又生了两个女儿。据有关资料记载,不仅昭君本人一生献身汉匈友

单于大帐

好事业,她的女儿女婿等亲属也曾为民族团结做出过不小贡献。

收回思绪,转过雕像,穿过一个较小的广场,攀登一段苍松茂林掩映的石阶,到达坟顶。抚栏四望,北边的阴山山脉云遮雾绕,巍峨横亘;山脚下一望无际

昭君博物院碑廊碑刻

的敕勒川平原上,阡陌纵横,"黛色朦胧"。虽然已见不到古诗中描绘的那种"风吹草低见牛羊"的景象,但那以绿色的庄稼和金黄的葵花为主色调的新装显示着这块古老土地的勃勃生机。西面的大黑河像昭君的白绸裙带闪光耀眼地飘舞在碧海绿波之间,显得十分婀娜多姿。从坟顶下来,浏览了墓脚西侧的碑林和陵园北墙的碑廊,便向陵园大门走去。

  游赏完毕,清晰的匈奴历史、昭君文化特色、珍贵的文物资料,都清晰地装在了我的脑中。这些历史情景,全面展现出昭君这位伟大历史女性光彩照人的形象。

  昭君博物院是内蒙古自治区重点打造的呼和浩特市首个5A级品牌文化旅游文化风景区,也是内蒙古自治区成立70周年之际,向世界呈上的一张历史文化名片。走到院外广场,忍不不住再次回首观赏,我想,改扩建后的昭君博物院,必将以其更加优美的环境和独特的文化内涵,迎接更多来自国内外的游客。

草原都市呼和浩特

昭君博物院墓道

美丽家乡清水河

　　清水河县位于内蒙古自治区西南部,具有得天独厚的地理优势。奔腾不息的母亲河黄河从其西部边缘顺流南下,隔河相望是一衣带水的姊妹花准格尔旗。雄伟壮观的明长城在其东南部边界蜿蜒盘旋,越墙毗邻的是山西朔州市和偏关县。北邻古勒半几河与和林格尔县相连,西北接土默川平原同托克托县携手。清水河县政府所在地城关镇,距内蒙古自治区首府呼和浩特市110多公里,乘车或开车两个小时即可到达。这个县以黄河为依傍,长城做屏障,四邻为友邦,环境优美和谐。良好的周边环境,使清水河县拥有了天然的发展机遇和条件。纵观全县,基本是丘陵山地。我曾伫立韭菜庄的二路嫣山和北堡乡的老毛台子山游目四望,但见视野之内沟壑纵横,峰峦腾跃,云飞雾绕,分外妩媚多姿。当地人把这种地理形势编成了一句顺口溜:"山大石头多,出门就趴坡。"

从城南祁家沟新村高台俯视清澈的清水河

世世代代生活在这大山深沟里的清水河县人民，祖祖辈辈用他们的勤劳智慧创造着财富，维持着自身生存，奉献于国家和人民。就在这大山、深沟、长城脚下、黄河之滨，在这块山美水美沟美的世居热土之上，劳动人民用自己的双手，不断生产出许许多多人们喜吃爱尝的各种美食和特色产品。

经过县城人民几十年的精心打扮，清水河县政府所在地城关镇现在已经变成了一座美丽富饶、独具魅力的新山城。不仅县府所在地的小镇区域近几十年来变得更美丽更富有；从小镇走出去，到全县各地转转，你会觉得，广大乡村的各方面也取得了突飞猛进的发展，也很美丽，很富有。

清水河县自1995年划归呼和浩特管辖以来，成为市区的南大门。现在G209及G109两条国道纵横全县境内，大准（大同至准格尔旗）铁路和荣乌高速分别横穿东西，四面八方交通十分便利，加上丰富的自然资源和旅游资源，这些都为全县经济发展提供了良好的机遇。生活在这片2800多平方公里土地上的13万各族人民，在县委、县政府领导下，正在充分利用以上几方面的资源优势，凝心聚力，团结一致，建设更加美好的家园，创造更加美好的生活。每当我回到清水河，就会听到亲朋好友自豪地谈到这样的话题。他们说，清水河县除继续发展原先已占优势的煤炭、陶瓷、水泥产业外，还利用并入呼市与伊利、蒙牛乳业集团为邻的有利条件，大力饲养乳牛、肉牛、肉羊饲养业也在全县各地蓬勃发展。此外，高岭

美丽的清水河两岸风光

清粼粼的清水河穿过县城

土、镁合金制造业，柠条、铸件加工业等，也因地制宜，开花结果。

如果你有空去清水河各地转转，你会觉得清水河是一个山清水秀、风景优美、古迹众多的地方。县城西部的老牛湾地质公园，是著名的中国最美十大峡谷之一，也是蒙晋陕黄河大峡谷中最为精彩的一段。北部宏河镇的红河岸边，有美丽的乌兰牧伦草原。东边的石峡口生态风景区，石峡口水库内水光潋滟，碧波荡漾，会使你流连忘返；南部的北堡明长城，更是清水河境内珍贵的名胜古迹。

到清水河县乡下游览，不仅可以欣赏到好山好水好风光，还可以享受到好吃好喝好人情。你可以在热情好客的村民家中品尝到当地特色美食炖羊肉、蘸素糕，或者猪肉粉条炖豆腐、油炸糕，还可以喝到醇香的美酒，保准能大饱口福。

清水河县不仅经济、城乡建设大踏步前进，文化娱乐活动也很吸人眼球。除县城有专业晋剧团经常下乡慰问演出外，乡镇的业余小剧团也很活跃。农民们在春夏秋忙农业、搞副业，春节前就自动组织起来，排练秧歌、晋剧、神池道情等剧目，春节后到附近的村子慰问演出。届时，本村和邻里的亲朋好友聚到一起，一边欣赏扭秧歌、踢鼓子、看唱听戏，一边唠唠家常，其乐无穷也。每年农闲时节，各个乡镇还会邀请山西等地的著名晋剧团或二人台，举办物资交流大会。这样既让乡亲们忙里偷闲放松了的心情，又满足了人们买卖农具、牲畜和农副产品的需求，促进了城乡物资文化交流。单台子乡山神庙每年农历四月初八的庙会，更是吸引着蒙晋陕三省众多的男女老少前来赶赏，常常盛况空前。

美食撒白糖油炸糕

炖羊肉

活力清水河　魅力新山城

山城旧貌变新颜

2015年8月6日，天朗气清，惠风和畅。恰值闲暇无事，顿起回清水河几个地方一游之念。于是上午8时从煤城薛家湾出发，经准旗大路新区，过准兴载重高速公路喇嘛湾黄河大桥，一路顺风驶入清水河县宏河镇境内。右折西行，很快驶上横跨浑河两岸的石壁山大桥。伫立桥头，西望塞外小江南高茂泉窑周围，绿水荡漾，庄稼碧翠，林木茂盛，风光无限美好。40多年前我带领学生在此嫁接果树的情景，历历在目。东眺浑河槽一带，陡立的石壁下，一列长长的运煤火车，正从大准铁路浑河大桥上呼啸而过。过桥上行，穿过夹在庄窝坪旖旎田园中的高等级公路，一会儿就来到了又一座如龙似虹的大桥——清水河大桥北头。

下车小览，发现周围景观更加迷人。公路西边一带修长的绿丛中，竖立着"活力清水河，魅力新山城"10个鲜艳夺目的红色大字。

向路东游目，一座秀丽小城瞬间进入视野之内，这就是清水河县县府所在地城关镇。面对这样一位袅娜丽人，我禁不住贪婪地、动情地观赏打量了一番，只见清水河县高级中学、县府办公大楼、飞翔国际酒店等一大片高楼大厦在绿树鲜花簇拥之中，从桥下向太阳升起的方向一直伸展而去。她北靠金银二滚，南屏平顶秀峰，碧绿的田园为她

平顶山和银滚山温馨怀抱中的清水河县县城

清水河县城西段的飞翔国际酒店

滨河公园对面的民族幼儿园

梳妆打扮,清澈的河水为她洗尘浣容。越看越觉得她真有千般柔情,万种蜜意,活力充沛,魅力无穷啊!车子离开大桥,继续沿109国道前行。一会儿即驶到城南1公里的祁家沟新村高台上。在这个新村,那一排排具有窑洞风格的连体二层居民住宅显得干净、整齐。站在村畔游目北望,小城美景尽收眼底:美丽的金银二滚山前,清澈的清水河两岸,绿树红花掩映之中,红日祥云笼罩之下,高楼林立,大厦比肩,高低参差,疏密有致。恒同、浩翔、飞翔等酒店,更有鹤立鸡群之势。东边的蒙西水泥厂青烟缭绕,西面的清水河大桥白龙腾天。一环、二环、三环等柏油马路上,车水马龙,川流不息。数座造型各异的白色小桥,姿态玲珑地横跨清水悠悠的河面之上,仿佛苏州的小桥流水一般,也给小城平添了几分姿色。整座县城被装点得美轮美奂,花枝招展,风韵动人。我久久地伫立着,如痴如醉地观赏着,不禁暗暗赞叹:"清水河人民了不起,他们用勤劳和智慧的双手,把自己的家园建设得如此美丽宜人。"从这里向下环视全貌,我觉得这座美女般的秀丽小城,不仅体形比原来更加丰腴富态了,身材也比原来更加修长苗条了。

从祁家沟新村的观景台上观赏尽兴后,驱车驶到平顶山下的南沟梁折下,来到东门大桥。伫立桥头,我不禁痴情地观赏起在桥下昼夜不息流淌的这条小河来。

这座县城我是很熟悉的,我在这里读过书,也工作过一段时间。这条小河我也是很熟悉的,我不仅无数次地来过她的身旁,也曾无数次地感受过她清澈的水流。清水河县

城关镇永安大街的浩翔酒店

的县名,也是因为她的清澈如玉、细水长流。记得在此读书的时候,我和一些风华正茂的同学,常常成群结队来到河边,在"水声激激风吹衣"的美好意境中,"当流赤足踏河石",捕捉小鱼蝌蚪,互相泼水嬉戏,其乐无穷也。她是清水河人民的母亲河,长期以来,她用那醇香的乳汁,哺育着清水河人民生活蒸蒸日上,就像芝麻开花节节高。不管是在小城读书的年代,还是在小城工作的日子里,或者办事探亲路过小城,我都要走近这条河,依偎在她的身旁,看看她那清澈如玉的身躯,看看她平平稳稳向前流淌的美姿,听听她那潺潺流淌的声音。水面上的每一丝水雾、每一阵轻风、每一圈波纹、每一个光点,河岸上的每一个行人、每一辆跑车、每一栋新楼、每一座小桥,都是小镇前进奏鸣曲中温馨动人的音符,令我陶醉,使我忘情。

离开东门大桥,即来到滨河公路。沿滨河公路或乘车观赏,或漫步前行,两岸一幢幢风雅别致、造型各异的住宅楼给人耳目一新的感觉。滨河大道靠西一段,北面的飞翔国际酒店、民族幼儿园、嘉华商务宾馆等建筑,或高大亮丽,或幽雅独特,令人赞赏不已。路南临水一面,绵长而宽阔的彩色林带内,不仅红紫黄绿青各种树木丛生,各色鲜艳美丽的花朵也在盛开怒放,白的绽蕊,绿的滴翠,红的飘香,紫的耀眼,幽香袅袅,五彩缤纷,十分耀眼好看。河床之内,两带丰茂稠密的绿草,护着一条曲折流淌的清水,其景象更是令人叹为观止。平顶银滚兰堆翠岫,花草齐腰绿染清河,高楼丽厦争俏比美,小镇人民的生活空间是多么舒心美好啊!

及至进入永安大街游览,又觉风景这边独好。只见街道拓宽了很多,加长了很多。两旁店铺商厦比肩林立,浩翔酒店等建筑又有出类拔萃之势。购物的人群春风满面,笑

清水河水面上架设的彩虹桥

语盈盈。这家门进,那家门出,热闹繁华。打扮得体的女士们来往穿梭,爱在她们的脸颊上刻写出迷人的酒窝,明亮的目光迸发出生活的热情。高跟鞋不时发出"咔咔"得意的着地声。往来的男士们也是西装革履,三个一群,五个一伙,谈笑风生。他们在谈论什么呢?我想他们是在谈论爱情,谈论事业,谈论新生活的幸福甜蜜,谈论怎样把小镇建设得更加富有和美好。这条大街我是非常熟悉的,它一直是小镇的主要街道。长期以来,每当漫步在这条大街上,我总会认真地品读她。读她,使我读出了小镇几十年的历史,读出了小镇踏着时代鼓点前进的足音,读出了小镇日新月异的变迁。

1957年秋季,我考入这里的清水河县第一中学。自那时起,我就和这座小镇结下了不解之缘。清水河县一中成立于1956年秋,当年招了两个初中班,为一班、二班。我考入那年,又招了两个班,为三班和四班。这两个班的学生中,包括从附近的和林县大红城等地招来的20多位。那时的永安大街全是土路,每到下雨,泥泞不堪,行走十分不便。沿大街从东门走到西门,总共用不了20分钟。街道两旁只有一两家饭馆和一两家旅店,商店也不多。当地人经常幽默地说:"谁说小,我们这个镇,南有平顶,北有银滚,东到神池,西至太平,大着呢。"往往逗得人们哈哈大笑。我在这个小镇读了三年初中,后来考到了外面高一级的学校。寒暑假回家返校,小镇还是必经之地。毕业后,我被分配回本县的城乡中小学从教近30年。在这期间,美丽的小镇还是我经常落脚的地方。每次一睹其容,总是喜上眉梢。

1974年春,我被借调回县文化馆工作了一段时间。当时的领导是邬伟,他分配我担任群众文艺组织辅导工作。我经常积极利用自己的文艺特长组织丰富多彩的群众文化艺

清水河县第一中学高中部

术活动，有一年夏天，还带队到集宁市参加乌兰察布盟业余群众文艺会演，取得了很好的成绩。当时，文化馆买回了全县第一台电视机。虽然是黑白的，但人们觉得很新奇，每天晚上城关镇都有很多群众前来观看。我也就每天晚饭后早早来到单位，打开电视机，满足他们的愿望。那年7月，在现在的京都一带建起一座新剧场，为了表示庆祝，县政府请来了大同市晋剧团演出助兴。馆内分派我和另外两位年轻人负责售票。主管此项工作的县委副书记杜仲堂曾几次亲自到文化馆强调，优质戏票绝对不能走后门。那年的农历四月十九日，我的第二个孩子，亲爱的女儿在城关镇雷胡坡出生了，这是家中的一件大喜事。

当时文化馆有一位叫库秉均的同志，可以说是多才多艺，晋剧板胡和小提琴都演奏得很专业，音色好听，水平很高。秋后，我又被调到位于小庙子的县立第二中学教音乐和语文。当时学校的学生和教师数量均很多，工作也比较繁忙。校长包扎根是蒙古族，领导有方，工作能力强，很会调动教职员工的积极性。当时学校的在职教师也均是高文化，高水平，付志强、陈凤山、秦发仁、李月英、曹枝亮等都在该校任教。

近年来，我的二妹在二中对面买了楼房居住。我每次去二妹家的时候，都要经过二中门前。看到曾经工作过的地方，我总是感到无比的亲切。

可以说，从1957年开始，我目睹了整个清水河县日新月异的发展变迁。现在展望这座小镇，永安大街早由狭窄的土路变成了宽阔的柏油马路，街道两旁的商店多了起来，饭馆多了起来，中小学、幼儿园也多了起来，人来人往，车水马龙，一派繁荣富庶的景象。

1990年秋季西渡黄河，到鄂尔多斯的神华准能公司工作后，我每年也至少要回清水河县城关镇一两次，每次也都能发现小镇的新变化。渐渐地，小镇南面沿河两岸又修起了两条宽阔的柏油马路，人们高兴地称其为二环、三环。特别是自2011年以来，小镇人民在当地政府的领导下,进行了轰轰烈烈的旧城和棚户区改造。镇区之内,脚手架林立,起重机高悬,处处可见拆迁工地,时时都有新楼拔起。那些破旧矮小的平房纷纷退出历史舞台,代之而起的新楼大厦争先恐后地耸立于清水河两岸和柏油马路两旁。不仅镇里的干部市民笑容满面地搬进了宽敞明亮、水电方便的新楼,许多乡下的农民也纷纷慷慨解囊,到小镇买了新房,享起清福来。

现在的小镇尽管已经变得很美了,人民的幸福指数也有了大幅度的提高;但镇区内看上去还有许多建设工地,还有许多新楼正在拔高,看样子现在的小镇人民还不满足于眼前的最好,而是以将来的更好为追求目标。他们要继续沿着政府"小而美,小而特,小而精"的发展思路,把城关镇打造成一座更好的"山水园林宜居小城镇"。

吉祥喜庆的元宵节三天狂欢

更值得一提的是,县城每年正月十五为期3天的灯火活动。2015年正月十五的晚上,我从薛家湾专程驱车赶回清水河县城,观赏元宵节盛况。沿109国道直达祁家沟观景台俯瞰,只见整个小镇张灯结彩,火树银花,夜色璀璨迷人。及至从东门进入镇内,首先是锣鼓喧天,震耳欲聋。视野之内,家家大红灯笼高高挂,户户喜气盈门福满堂。永安大街上,每隔不远就有一个光焰冲天的大旺火。一支支秧歌队轮流转着旺火扭秧歌,踩高跷,坐花轿,骑毛驴,舞狮子,踢鼓子,划旱船。众多红男绿女赶着、围着观赏,整条大街上水泄不通。

2018年正月十四、十五、十六这三天,我和三弟相跟着又专程赶回小镇看热闹。

九曲黄河阵前旺火冲天

那满天的五彩缤纷，满街的火树银花，满眼的熊熊旺火，满耳的锣鼓乐声，再次让我乐不思蜀。正月十五上午8时30分，华融生活广场万人攒动。文体广电局表演的"瑞狮送福"，首先拉开了清水河县2018年元宵节文艺会演的序幕。表演者在吉祥喜庆的锣鼓唢呐音乐伴奏下，做出狮子的各种有趣形态和动作，或站立，或爬行，或腾跃，使出各种人们喜闻乐见的招式，非常富有阳刚之气。表演中间，以县委书记云霖琼为首的县级四大班子领导，先后为四只送福雄狮点了睛，披了红，戴了花。这一美举，既给全县人民送来了祝福，也是一种与民同乐的体现。记得前些年，在秧歌高跷队中，有时还可以看到县委书记、县长等领导全副武装上阵，扭着，跳着，笑着，以这种方式与民同乐。舞狮在我国民间流传已久，是一种优秀的传统舞蹈艺术。每逢佳节盛典、集会欢聚之时，人民群众就会举办各种舞狮活动，以增加喜庆热闹的气氛。

接下来林业局表演的骡驮轿娶亲、水务局表演的旱船舞，也很精彩。信用联社的高跷秧歌出场后，全场为之一振。这支由多位男女组成的高跷队，穿着戏剧服饰，分别扮演着古代神话或历史故事中的各种角色形象。他们手舞扇子、手绢或其他道具，大步流星地舞着、扭着，并变换着图案队形。他们的腿上虽然都绑着高高的木跷，但个个步伐轻快，跑跳自如，表演精彩。整个表演过程中，高跷队演员们那优美的姿态，浪漫的风度，俏皮的神情，风趣的演技，不时引起观众的阵阵笑声和掌声。教育系统秧歌队出场后，那些小学生表演的安塞腰鼓，

元宵节教育系统腰鼓表演

元宵节期间的花篮舞表演

秧歌表演

元宵节期间的高跷秧歌表演

生龙活虎，鼓声咚咚，节奏铿锵，令人赞叹。这些小朋友把腰鼓敲得真带劲儿，真喜庆。接着，来自教育系统的两位歌手走上舞台，用甜美的歌喉向全县人民送上了美好的祝福。

演唱刚结束，清水河县晋剧名家李玉仙带领的城关镇秧歌队就闪亮登场了。其表演更为精彩，更具特色。众多漂亮美丽的姑娘媳妇儿们，舞着彩扇，担着花篮，或对舞，或插花，或舒卷，或转圈，舞步轻捷明快，形象光彩照人，犹如仙女下凡一般。和李玉仙一样，我的三妹王荣花也是本县晋剧名家，她们俩都是早些年从村剧团选秀进入县乌兰牧骑的。

韭菜庄和环保局表演的踢鼓子秧歌，场面宏伟壮观，颇具地方特色。那些扮演林冲、武松、杨雄、石秀等梁山好汉的踢鼓男队员舞步粗犷、豪放，表演阳刚、风趣。那些拉花的女郎们，戴凤冠，着彩服，花枝招展，光彩照人。她们一手舞彩扇，一手转彩巾，舞姿飘逸洒脱。天皓表演队的威风锣鼓，犹如春雷阵阵，古色古香，更增添了吉祥喜庆气氛。

旅游局和老牛湾国家地质公园管理局联合演出的彩扇舞，卫生计生系统的福娃秧歌等节目，都是精彩纷呈，热闹非凡，喜气十足。

扭秧歌这种古代劳动人民在田间、地头、场院自我娱乐的舞蹈方式，流传到当今，已经升华为一种自成体系的乡村文化艺术。今天出场表演的十多支秧歌队，所有男女演员都踏着铿锵的锣鼓节奏，和着嘹亮的唢呐乐声，认真娴熟地扭着，摆着，走着，跳着，转着……队形变化也丰富多彩，有时特像"卷白菜"，有时酷似"龙摆尾"，有时成"二龙吐水"状，有时变"十字梅花"形。演员们嬉笑逗趣，尽情地炫技，尽情地欢舞。拥挤的观众不断伸颈、踮脚，看得如醉如痴，入神入迷。整个场内掌声、笑声、锣鼓声融为一体，一片喜庆吉祥，红火热闹。而这种红火热闹、吉祥喜庆的场景氛围，正淋漓尽致地彰显了清水河人民在国泰民安的大好环境中歌舞升平的欢乐心情。

元宵节表演的踢鼓子秧歌

观赏了家乡元宵节夜晚如此吉祥喜庆之气氛，万民欢腾之盛况，兴奋之余，欣然命笔，成小词《鹧鸪天》一首，与所有热爱清水河的人共乐：

平顶山下不夜城，银滚山前月圆明。
永安旺火通天烧，太平灯笼红苍穹。
花车鲜，龙灯明，高跷秧歌过往频。
充街塞巷游村女，锣鼓喧天舞升平。

观晋剧名家谢涛演唱

2018年8月，清水河县第十三届长城旅游文化节期间，清水河县邀请来了山西省太原市晋剧艺术研究院实验一团。8月10日晚，该团在清水河县大剧院演出了传统优秀剧目《三关点帅》。由著名青年晋剧艺术家、国家一级演员、二度梅花奖获得者谢涛饰演杨六郎，国家一级演员贺燕如饰演八千岁。其中谢涛饰演的杨六郎，把一位精忠报国、气宇轩昂的杨家将，完美地呈现于舞台之上。

在《三关点帅》中，国家一级演员于芳饰演穆桂英，国家一级演员王日飞饰演杨宗保，二人均表演得惟妙惟肖。

剧团演出的那天晚上，一直不停地下雨，忽而小忽而大，但我和许多观众一直撑着伞坚持看到演出结束。看罢回到三妹家入睡前，心中有感，吟出下面几个句子：

铙钹铿锵梆子响，板胡韵味更悠长。
名家谢涛亲上场，三关点帅饰六郎。
身材高大意气昂，状态豪美演艺强。
唱腔圆润满激情，嗓音纯正吐芬芳。
唱声飞越平顶山，小镇上空频回荡。
唱声掠过清水河，河水扬波腾细浪。
扮相逼真入戏深，演绎北宋一名将。
举贤任能邦忠臣，刚直不阿国栋梁。
谢涛娇颜已深藏，台上分明杨六郎！

谢涛（左）饰杨六郎，
贺燕如（右）饰八千岁

于芳（右）饰穆桂英，王日飞（左）饰杨宗保

八龙湾水门教书的日子

1966年春,我奉调到西距清水河县城关镇的八龙湾小学工作。

八龙湾小学位于清水河南岸的高台上,风光优美宜人。当地人常说,八龙湾最著名的景观是大龙眼,最有趣的人物是"二瓜把"。闲暇时间到村子里散步,偶尔能碰上二瓜把,和他聊几句,确感其言谈举止幽默风趣。至于大龙眼,又确实是一处风景胜地。那时,清澈的清水河水长流不断,流量也较大。流到学校西面时,从一处陡峭的岩壁上陡然跳下,溅起高高的水柱浪花。周围雨雾弥漫,颇为壮观。夏日傍晚,闲暇时间,我常常和尹其刚、安秀英、李秀、李自清、尹喜荣等男女同事前往大龙眼玩耍。我们从瀑布旁上上下下,观其喷珠溅玉,享受清凉自在。赤脚挽腿戏水,嘻嘻哈哈,说说笑笑,其乐无穷也。当时,学校总共有十多位老师,李秀为校长,尹其刚是教导主任。教书生活丰富多彩,井然有序。城郊村子里的孩子比较调皮,当班主任的老师需要多动脑筋,才能管理好秩序。

那年夏天,"文化大革命"开始,全国各地大中学校的学生开始大串联,而且提倡徒步串联。我们学校老师在校长李秀带领下,也准备随大流徒步到附近转转。选择了一个良辰吉日,午后出发。步行15公里就天黑了,便到宏河北岸的元子湾村住了一夜。第二天大家就都不想徒步行走了,于是乘车到呼和浩特。在呼和浩特停留的一天时间里,我们到当时高干子弟云集的呼二中参观了几个小时。

那时交通还很不方便,人们来往于县城和学校之间,均须步行。

有一段时间,我的一位在县水利局工作的老同学王洪恩常来八龙湾大队下乡工作,有空就喜欢来学校聊天。一天下午聊完后,他说要回县城走一趟。当时因为已是夏天,虽然接近傍晚时分,还是很热。我把他送到大门口后,俩人依依不舍地分手,他扬长而去。没想到这一次和他的分手,竟成了永别。第二天就听到从县城出来的人说,水利局的王洪恩昨天傍晚在八龙湾靠东一段河水中游泳时被淹死了。我听了后,顿时如五雷轰顶,泪水潸然而出。这么一位年轻倜傥的小伙子溘然而逝,识者知者莫不含悲惋惜。后来回城途经洪恩溺水处时,也不无伤感一阵。那池水很清澈,面积也不大。我想洪恩当时定是酷热难耐,看到此池清水,没来得及试一下水之深浅,就贸然下去了,悲哉惜哉!世人啊,无论做什么事,不知水之深浅,千万不要下水呀!

在八龙湾待了一年多,我又被分配到距此10公里的水门小学工作了二年。那时水门是清水河县的一个先进生产队,生产和革命都抓得挺好。虽然只两位老师,但我们和村中干部群众相处得都很和谐。大队支书贺罗生、小队队长三楞等都很热情。我刚进村时还没有成家,乡亲们经常邀我到他们家中吃饭喝酒。节假日期间,还经常送一些粮食肉类资助。在此期间,当然我也是竭尽全力为他们培养子女。学校院子里住着一位名叫贺满旺的老人,当时已年近古稀,老伴去世,儿子丑三也未娶妻。父子俩人相依为命,住

清水河县八龙湾村风光

在一起。同院相处的两年时间里，我们的关系一直很不错。

我是一个音乐爱好者，因此在学生中间组织了一个毛泽东思想宣传队，排练了一些简易的文艺节目，经常背着手风琴带领队员们到附近村庄和城关镇的院落街头演出，颇受观众好评。

1968年春天，正是农业学大寨高潮期间。有一次，县政府组织了30多个人去大寨学习参观，我和贺罗生支书、柴二仁被选在其中。从城关镇出发那天，还是春寒料峭。我们一行40多人乘一辆大型敞篷汽车，沿着坎坷不平的公路，途经韭菜庄、平鲁、朔州、原平、忻州、太原，晚上到达阳泉。本打算在阳泉住一夜，但没找到旅馆。又赶到平定，在一所学校的教室睡了一宿。学校的火炉没有炉筒，但不往外冒烟，我有点儿奇怪。一打听，方知烧的是无烟煤。第二天大清早便出发，经昔阳县城，到达"七沟八梁一面坡"的大寨村。在大寨，我们观赏了长势喜人的梯田庄稼。登上虎头山，观赏了周总理当年来这里时坐过的那块巨石。在村子里，头扎白毛巾的陈永贵和梳着大辫的郭凤莲来到广场迎接并发表讲话，人们争着和他们握手。但由于人太多，十分拥挤，我左挤右挤才和陈永贵、郭凤莲握上了手。那个时候花椒供应很紧张，而山西是盛产花椒的地方。所以，返回时，我们每人都买了很多花椒。我还给我的未婚妻买了几块绿色布料和几件衣服，因为她很喜欢绿色。

那次的大寨行，是我心中永恒的美好回忆。

美丽家乡清水河

1969年春，我在结婚后的第二年离开美丽的水门，回到暖泉公社长沟门小学工作。

黄河东岸美丽的单台子乡

清水河县在黄河身边有3个乡，从北到南依次是喇嘛湾乡、窑沟乡和单台子乡。

先来说说单台子乡。这个乡在县城西南50公里的黄河之滨，早因境内有著名的老牛湾国家地质公园而名播远近。为了方便游客前往老牛湾游览，清水河县政府投资近1.3亿元，于2014年秋季开通了从县城到达单台子及老牛湾景区的三级旅游公路。从县城出发，沿209国道南行，翻越平顶山，20分钟左右即可进入这条公路，向西南方向行驶。途中，但见公路两旁，杨树、海红树、樟子松、油松和旱柳等林木枝繁叶茂，整齐排列。其间，花草灌木争红斗绿。整个行车旅程，30米宽的绿化带让所有游人都觉得美不胜收。快乐行车一个半钟头后，即可到达乡政府所在地单台子村了。

伫立单台子山俯瞰黄河大峡谷太极湾

单台子村窑洞风光

单台子乡卫生院

我因在准格尔旗薛家湾工作,一般是先沿109国道或荣乌高速公路跨过黄河大桥,然后顺黄河之滨前行一段在冯家塔起坡,从刘胡梁煤矿北侧一路上行到山神庙。经深壕子再下一道坡,再翻一道梁,上山转坳即到。站在单台子山四望,可见这个乡南以古长城为界与山西偏关县万家寨为邻,西隔黄河与准格尔旗魏家峁挽手,是一个山大沟深、水清地美的好地方。

说起单台子乡,无论我在清水河工作期间,还是西渡黄河在准格尔旗工作期间,都曾到过多次,每次都会感受到这个地方的淳美与活力。走进单台子村,随时随地可看到一排排精致美观的石头窑洞。乡政府那栋二层办公小楼也是装扮得很漂亮。大门正上方悬挂着国徽,楼顶上五星红旗迎风招展。紧接着是一座人民剧场,这是本地人民群众进行文化娱乐的场所。夏秋交接的农闲时节,他们还要从附近的山西省请来知名的晋剧团在这里演出,并进行物资交流。

过乡政府后不久,先后在单台子卫生院和单台子小学门前停车观赏。单台子卫生院白色的围墙中间开有宽敞的大门,大门周围有几棵高大挺拔、枝繁叶茂的大树。向里望去,正面二十多间红顶白墙的青砖瓦房惹人眼馋。听门口一位工作人员介绍,这虽是一所乡级医院,但里面设备齐全,诊查室、治疗室和药房等功能场所应有尽有,医疗器械也较完备。很多疾病的诊断治疗在这儿就可以进行,不必远赴县城。村民有病,只要给医院打个电话,医生最多半个小时就能到达。单台子小学院内建筑也是几栋红顶白墙的砖瓦房,总体看上去漂亮美观。校门正对的一堵照壁上,书写着"快乐学习、健康成长"八个大红字。教室前面有一个宽阔整洁的篮球场,是学生们锻炼身体的好地方。

村子下面的坡梁平地上,满眼是一片片长势喜人的庄稼。糜谷黍等作物,均已出穗。穗头沉甸甸地垂下来,一派将要丰收的景象。

过单台子村后,一路下坡,向南隔沟望去,明长城在崇山峻岭中越壑跨沟,起梁攀崖,蜿蜒曲折一路西下,向老牛湾延伸而去。在雾霭岚气笼罩之中,显得妩媚雄伟。看样子,马上就要和母亲河黄河握手了。

下到沟底后前行一段,再度起坡。经过石

单台子谷子长势喜人

单台子乡石胡梁村67岁老农正在背运丰收的黄芥

胡梁村时,只见周围山坡峁梁上,庄稼或黄或绿,也是丰收在望。起坡后碰到一位老农,正背着一大捆黄芥从沟坡上走来,健步走向自家的场面。经询问,老人姓赵,今年67岁,看上去身板结实。虽然大汗淋漓,但红光满面,脸上浮现着丰收的喜悦。这一带的村民世世代代生活在这黄河岸边的深山沟壑中,在这深山沟壑的粗犷抚爱中过着幸福的农耕生活。在这里,大山的雄姿,沟壑的深邃,石头的硬朗以及山风山雨山水等各种自然力,都在雕塑着、磨砺着人们独特的性格——山的挺拔倔强,石的硬朗充实,沟的深沉凝重。俗话说"靠山吃山,靠水吃水",大山中随处可见的优质石材,使得这一带走出了许多优秀的石匠。在经济不发达的年代,他们靠一把锤子两只手,叮叮当当凿石头,给人们券窑、垒墙,赚钱谋生度日。他们在这大山中怡然自乐,过着世外桃源般的生活。

单台子乡山大沟深,重峦叠嶂。西北方向和窑沟乡交界处一座最高的山顶上,当地居民400多年前就修起一座山神庙。我想当初人们建庙时肯定是想求山神保佑周围百姓六畜兴旺,五谷丰登;身体健康,生活幸福。自此庙建起后,每年四月初八那天开始,这

每年农历四月初八单台子乡山神庙庙会盛况

清水河县艺术团正在山神庙庙会上演唱

里都要举办为期3天的庙会。庙会期间，除邀请高水平的晋剧团前来助兴，来做买卖的也不少。届时，周围的山头上，人山人海，非常热闹。

2016年5月14日（农历四月初八），我曾专门驱车东渡黄河，前往山神庙观赏庙会。来到山头，再登至最高处观景台俯瞰一番。只见各式各样的小汽车，停满每条公路两旁及所有空地。山神庙红琉璃瓦覆顶的飞来寺门楼牌坊及所有庙宇僧舍，一派金碧辉煌。前来求神拜佛和观光看戏的红男绿女，从庙门口进进出出，十分拥挤。

视野之内人靓车鲜，人车混杂，形成一片美丽独特的风景线。从车牌上的晋、陕、蒙、豫等字样可以读出，庙宇周围有河南、陕西、内蒙古、山西等地的人们。他们携老带幼开着车来到山神庙赶庙会，送油香，敬神，祈求山神保佑全家平安顺遂。

庙院西北角有一戏台，我的同村老乡薛新苑领着他的清水河县晋剧团专程前来助兴演出，生旦净末丑各种角色均演技很高，吸引了不少观赏聆听的人。

到单台子旅游，返回时一定要带一块那里的豆腐。单台子村的豆腐软颤软颤的，吃起来精软味美，和猪羊肉炖在一块儿，不愧是食中上品。此外，单台子的软油糕和海红子，其味之香美，也是名播遐迩。

国家级地质公园老牛湾

因为清水河县老牛湾国家地质公园风光美好,从1998年秋季开始,我已多次前往观赏。最近一次是2017年5月17日。那天下午,我从煤城薛家湾出发,过荣乌高速公路黄河特大桥,一个半小时便到达单台子山老牛湾景区入口处。在停车场停好车后,先沿两边设有栏杆的石梯步道下行到一个观景台,观赏黄河太极湾风光。扶栏远望,只见黄河水从莽莽苍苍的蒙晋丘陵地带劈山斩崖、自北向南奔流而来。行到此处,形成一个接近270度的大回环。其弯曲程度,堪称黄河众多弯弯中之最。在这里,黄金般的洪荒土地与黄河急流相互环抱,构成了酷似周易八卦阴阳鱼的太极图案。因此,人们就给它取了个"太极湾"的名字。此情此景,使我不禁高声喊出了李白的壮丽诗句:"君不见黄河之水天上来,奔流到海不复回!"观毕,到入口处乘一辆电瓶车前往主景区。由于这几天是淡季,开车的女司机就拉着我一个人出发,一会儿便到达黄河岸边。

清水河县老牛湾国家地质公园地处内蒙古高原和黄土高原交接处,总面积约28平方公里,属于国内罕见的多种地貌单元交汇的综合性地质公园。奔腾不息的黄河、山崖沟壑汇聚的峡谷、多种黄土地质景观,构成华北北缘最完整的一套古生代地层系统。再加

天下黄河九十九道弯,最美不过老牛湾

上闻名于世的明代古长城、凝聚人类智慧的古窑洞遗址和丰富多彩的文化历史积淀，共同构成了一幅壮阔绚丽的北国风光画卷。站在堡子前面的河畔观赏，只见隔一条碧水，便是山西省偏关县老牛湾堡。这个堡子建在一个岬角形狭窄高地上。波涛汹涌的黄河水从北向南流到这里时，被这个岬角迎头分成两股清涛，一股向万家塞方向流去，一股涌入杨家川小峡谷，形成一个"丁"字形水系。

在丁字形老牛湾地质公园单台子山入口广场南侧，杨家川水和黄河主河道水把偏关县老牛湾堡从东西两个方向紧紧地拥抱。北侧，西岸准格尔旗和东岸清水河县陡峭的石壁之间，是一大片碧波荡漾、回清倒影的湖水。望着脚下的千顷翡翠，我不禁遐思

美丽家乡清水河

万千:这是天公要饱游人眼而抛下的绿宝石呢,还是仙女翩翩起舞时拖下来的碧罗裙呢?放眼望去,只见宽阔的水面上,游船快艇冲开道道白玉般的波痕,往来穿梭,景色怡情悦神,美到极致。欣赏之间,心有所动,不觉吟出下面的句子:"两水夹一堡,一鸡鸣三县。造化钟神秀,大美老牛湾。"

对面偏关县老牛湾堡所在的那个岬角上面,有一座古老的望河楼高高耸立。看着那经过长久的风剥雨蚀后,仅仅残留着两个小土墩的明长城敌楼和烽火台,一种历史沧桑之感在胸中油然而生。树木杂草掩映之中,还可望见几间当地群众居住的石券窑洞。听说这里还曾是古战场,眼前这些,不觉又引发我一阵阵思古之幽情。人类血战前行的历

清水河老牛湾长城旁老牛铜像

老牛湾长城城楼

史场景，也曾在这里上演。

　　河畔靠南铸有一头奋力耕田的老牛铜像，象征黄河儿女勤苦耕耘的传统美德。铜牛旁边筑有一堵明长城城楼，城楼较高，顶端有垛口。下边有城门洞，游人穿越城门洞上下，不绝如缕。信步登上楼顶，俯视下边，明长城像一条青龙，一头贯到谷底。和黄河握手后，并排前行。位于蒙晋陕黄河大峡谷核心地段的老牛湾景区，是长城和黄河唯一并行的典型地段，是独融黄土文化、黄河文化、长城文化和窑洞文化于一体的特色地质景区。

　　长城旁边的游船码头周围，布满彩船画舫，并不时有一艘或数艘快艇小船驶出返回。驶出和返回的艘艘游船，前面激起朵朵白色的浪花，后边拖着道道白色的波痕，就像千朵万朵莲花在碧绿的水面上盛开一样，煞是迷人。向东北方向望去，全长8公里的杨家川小峡谷，两岸重峦叠嶂，中间一条小溪回清泛碧，串联着长城、古堡、古村、古庙、栈道、码头等，组成一道奇丽独特的风景线。小溪上面也有小舟往来游弋，又是一处集美的所在。

　　东望则见老牛湾古堡紧靠大峡谷悬峭崖壁之上，险峻万分。作为明长城防御系统的屯兵城堡，古堡北端的望河楼（护水楼）也在视野之内，堪称明代建筑风格之精品。宽阔的堡前广场上商贩云集，接送游客的电瓶车上下不绝。广场的东边，一排排石券窑洞错落有致布满山坡上下、道路两旁。窑洞顶上那些醒目的商铺、单位名称广告一个接一个地映入眼帘：李家大院、黄河农家园、李英农家园、福喜园农家乐、牛老三手工米醋、李志清农家饭庄、游客服务站、便民连锁超市、老牛湾购物中心、老牛湾村民服务中心、老牛湾游客服务中心等等。幽静的文清农家院上边还有一个红顶凉亭和一道长长的红色穿廊，供人乘凉聊天。信步走进几家农家乐观赏一番，只见那些图文并茂的食谱上，黄河鲤鱼、黄河鲇鱼、小河虾、农家笨鸡肉、家养小肥羊、清水河豆腐、农家笨鸡蛋等本地绿色食料应有尽有。游客进入这些窑洞，用餐选择也很多。用这些食料烹调而成的黄焖鸡、炖羊肉、羊肉炖豆腐等农家菜，都是极好

不同的天气色调下，不同颜色的老牛湾黄河水

老牛湾堡石头窑洞冬暖夏凉

的下酒菜肴。主食有手工馍、酸米饭、大米饭、蒸莜面、油糕素糕、烧麦饺子、驴肉莜面、鸡肉素糕、羊杂碎、荞面圪坨儿等等，其种类和花样之丰富多彩，足以满足各种不同胃口的游人进食。看了这些，我心中不由愉快地想到，游客来到这里，肯定是能享受到优质的吃、喝、住、游、乐、玩一条龙服务，达到高兴而来，满意而归的目的。

清水河县的窑洞居住文化，在老牛湾这个地方已经表现得淋漓尽致：不仅窑洞是石头券的，院子也是石头铺的，院墙也是石头垒的，台阶也是石头砌的，鸡窝猪圈牛棚也都是石头垒的……一切的建筑都离不开石头。有些窑洞的玻璃窗上还贴有瑰丽的大红剪纸窗花，门额的匾上书有"家和万事兴"等字样。屋檐下的墙壁上垂挂着一串串金黄的玉茭子、耀眼的红辣椒。屋顶上、道路旁，高悬着红红的灯笼。欣赏着这诸多美好的景致，一股股质朴、醇厚的黄河情、乡土味迎面扑来，使我感到神清气爽。

从城楼下来，来到旁边的乘船售票处，花120元买了一张票，徒步穿过城楼门洞，沿

伫立于清水河老牛湾黄河畔

仿长城一侧下行到河底，登上游船开始游览。游船冲波激浪快速前行，两岸悬崖峭壁，苍松翠柏，迅速向后退去。河道时宽时窄，时直时曲。宽处高峡出平湖，窄处长峡碧玉带。真乃幽谷犹如神仙界，水流曲似九回肠。行船之中，仰望四座塔湾，时而可见晋北地区典型的山村景象，直入云天的万顷梯田里，三三两两的农民正在辛勤劳作。

不一会儿，就来到包子塔湾景区。此处弯度，很像刚才在山上看到的太极湾。不同的是，黄河流到此处时，突然掉过头来，转了一个近乎360度的大圆弯，把准格尔旗沿河一块土地切割成类似巨大的包子形状后，方继续向前流去。仔细观赏这包子塔湾，堪称"黄河九曲十八弯"美景之极。几乎四面临水，仰望上去，但见巨石林立，岩壁陡峭，羊肠小道横悬山崖之上，最为惊险。这里是继太极湾之后，又一处大自然神工鬼斧的杰作。

离包子塔湾再前行一会儿，即到达距老牛湾13公里的万家寨水利枢纽工程大坝前。只见这座大坝将从远处奔腾而来的黄河水紧紧锁住，使得水位升高，水面变宽，水色变绿，一直绿到上游数十公里以外。就因为这大坝的一锁，从这里到上游很远的地方，数十公里长的黄河水由黄涛变成了绿波，由滚滚洪流变成了静静处女，并且在坝后峡谷中形成这样一个巨大的湖泊。高峡平湖在晋蒙陕峡谷间绵延数十里，使人世间又增添了美丽的一笔。和上游老牛湾、下城湾、小沙湾等处一样，这一大片的碧绿，同样醉人心魂，美到极致。这些美景的出现，表面看上去是大坝锁河的功劳，实际上却是人类改造

老牛湾黄河畔绝壁陡峭

自然的结果。

　　游船来到大坝前的高峡平湖上,速度放慢。清风徐来,波澜不兴。高瞻碧绿的湖面上空,望见有一连接蒙晋的人行铁索桥。桥的两端固定在黄河两岸高高的峭壁上,有一种飞架凌空之势。听说这是亚洲最大最高的人行吊桥,我当时禁不住惊呼为"天桥"!天桥上有人往来行走,桥身摇摇晃晃的。

　　往返26公里峡谷,实乃26公里画廊。泛舟游览之间,深感山水之美,风光之胜,堪称天下一绝。等到返回游船码头时,这段黄河峡谷的美好风光早已全部装入我的心中,那种感觉,简直是舒心惬意极了。

　　下船攀上村前广场,沿河畔向北漫步过去。西瞰峡谷碧水,东瞻石券窑洞,再加随处可见的贴地喇叭,不时发出甜美的乐音和悦耳的歌曲,真乃乐耳目、娱心意也。再往前行,就见东面岩壁上出现一巨幅浮雕。浮雕题目为"纤夫"。浮雕上那数位纤夫在岸上奋力拉纤拖船前行的情景,表现了在过去的年代,黄河沿岸人民靠河吃河的一种艰苦谋生手段。那情景，可不像尹相杰和于文华在《纤夫的爱》中唱得那么清闲甜美；它所反映出的是黄河儿女那种勤劳勇敢、不屈不挠的奋斗精神。

再往前行，进入一条长达30多米、陡峭下行的石级路。走过这段，接着步入一段较长而平行于岩畔的石板路。这两段路下临绝壁绿水，上接陡坡悬崖，比较险要。为了让游客安全观赏，景区在两段路的临水一面全程安装了牢固的栏杆，并在途中建有几处凉亭，供人休息。路越险，景更美。边走边扶栏游目，碧绿的河水在此处被两岸悬崖峭壁夹成一条长长的绿色飘带，一直飘到很远很远的上游。

观赏尽兴，返回广场，此时已是下午6时。

桦树塌风光妖娆

从清水河县城关镇驱车出发，沿前往老牛湾国家级地质公园的专线旅游公路向西南方向行驶28公里，就可到达一个美丽乡村桦树塌。途中所经之处，特别是进入桦树塌境内后，黑色平整的高等级路面两旁，一个个村庄，在碧树野花和绿色田畴的掩映围绕之中，显现出娇美如画的容颜，使坐在车中的行者心情十分舒畅。

桦树塌也曾经是乡政府和公社政府所在地，有过一段红火热闹的时光。近些年来，这些行政机构虽然已搬迁到别处，但村子里那种幽然静谧的美意仍然毫不减色。由于我的二妹夫多年来一直在桦树塌乡和单台子乡工作，二妹她们全家就一直在桦树塌村安营扎寨。这样，我就经常有机会到这个美丽村庄走走。站在对面的高地上眺望，村子里一

美丽的桦树塌村

桦树塔大戏台

桦树塔村交通方便

排排美观的石券窑洞疏密有致地散落在一道缓坡上,加上一棵棵高大茂密的树木布满村中,整个村庄显得十分惬适袅娜。值得一提的是村子附近公路旁那座名曰"乡村戏台"的文艺活动场所,看上去宽敞而漂亮。每年七、八月农闲季节,村里人都要请来外面的晋剧团,在这座戏台上唱个三天五天。在此期间,许多做买卖的商家都被招来摆摊设点,周围十里八乡的人们也争着前来赶会看戏,届时戏台也就能大显身手一番。

桦树墕虽然山大沟深，但交通相当发达。除了很早就开通的县城至此的公路，近几年来到老牛湾的高等级旅游公路和荣乌高速公路也穿村而过。县城更是每天往村中发一趟班车，村民出门办事、亲情往来、做点儿买卖等，方便多了。

桦树墕村的坡沟峁梁上，不仅良田沃野很多，而且草木繁茂。村民每年除耕种糜谷黍豆和土豆等作物赚钱谋生外，每家每户每年还会养几十只肉羊，喂几口大猪。这样下来，到了秋冬时节，粮食肉类均可获得丰收。肉羊每只一般可杀肉40~100斤，一口大猪也可出肉300斤上下。由于这类猪羊肉均是纯绿色健康食品，城里人就都争着来购买这种肉食，收入是很可观的。

清水河县的米粮川宏河镇

在我的记忆中，清水河县土沟子、王桂窑和一间房村南面那条常年水流不断的河，叫红河。从1960年开始，我和我的同学们就经常乘车穿过架在那条河上的石壁桥，到外地读书。那时，红河北岸的行政区划先后是王桂窑公社、王桂窑乡。近些年来，大概是因为本地经济的不断发展壮大，这里的行政区划改名为宏河镇，但不知红河的"红"改

为"宏"了没有,我现在写这篇文章,姑且还称红河了。

新中国成立后,仅架在这条河上的公路大桥,就升级了两次。最初的石壁桥使用了几年后,为了适应社会发展,又在其靠西一点儿建起一座又宽又高的当阳桥,并在桥东将红河水截住,形成一池碧波荡漾的水库。近年来由于209国道拓宽变成准高速公路,又在原两桥中间建起一座更为高级的石壁山大桥,大大适应了车流量迅猛增大的需要。而在原石壁桥靠西一点儿,又有一座铁路大桥飞架河上。红河之上这众多桥梁的出现,大大方便了当地人民群众的出行及与外地物资的交流。1990年之前,我经常乘车跨过红河公路大桥进入美丽的宏河镇,前往呼和浩特等地。1990年之后,我又经常乘火车跨过红河铁路大桥进入美丽的宏河镇,前往凉城、丰镇、大同等地。

1974年夏天,我在清水河文化馆搞群众文艺辅导。在这段时间内,曾随同当时的县委宣传部部长姜春芳及老同学赵建文,一起下乡到当时王桂窑公社的一间房村工作了一个月。在此期间,我们帮助村里的乔有世组织了一个业余晋剧团。每天晚上,我便利用自己的音乐特长,教剧团成员学唱晋剧平板、二性、流水等唱腔。此外,在休闲时间,我们还组织村民进行丰富多彩的文化活动。下乡工作圆满结束后,生产队赠送我们每人一挂紫皮大蒜。1976年夏天,我和清水河县五七技校的吕达天老师等同事,受邀带领学

运煤专列穿过黄河岔河口铁路大桥

员们到王桂窑公社红河北岸的高茂泉窑村嫁接果树半个月。后来听说这次优秀改良果苗的嫁接成功率很大,为这个号称"塞外小江南"的村庄送上了优质高产的大苹果。

宏河镇红河北岸一带村庄,土地肥沃平坦,又有好水浇灌,交通也很便利,所以历来是清水河县一处米粮川。

2015年7月26日,我又专程驱车去了一趟宏河镇,观赏了这个小镇的新面貌、新变化。那天上午,从薛家湾出发,经准旗大路煤化工基地,过准兴载重高速公路喇嘛湾大桥,东行一会儿,就到达其境内。

从车窗外望,公路两旁绿油油的沃野良畴中,农民们正在辛勤劳作。快进入红河槽时,公路两旁的高楼大厦夹道欢迎我们。下望红河两岸,满川的庄稼浅绿深碧,白花黄蕊,一眼望不到边。在前后脑包村,农业部玉米千亩高产创建示范片庄稼长势喜人。看样子,在内蒙古有关专家指导下,亩产650公斤的宏伟目标一定能够实现。除了玉米,一路经行之处,马铃薯、小杂粮、小杂豆、糜谷黍、莜麦等农作物,把视野之内统统染成一派苍翠碧绿。听说这一带用粗谷加工而成的小香米,口感和营养价值都很好,是本地一大特

一间房村海红果基地

产。很多城里人专程来此买上回去熬稀粥喝，都说味道不错。

路旁的宏河镇便民服务大厅楼房在绿树环绕之中出现时，显得分外妩媚亮眼。行到一间房村时，只见公路北面伫立着一栋栋漂亮的居民别墅。那青砖头戴、白墙金顶的姿容是那样的秀丽悦目。

宏河镇靠西北范四窑子一带，盛产海红果和黄杏儿，是有名的花果之乡。我在喇嘛湾大沙坪五七技校工作时，放暑假回家经常路过那些地方。每当看到树上那很多大的黄杏儿挂满枝头时，总要称个几斤拿回去让家人尝尝。

在黄河和红河交汇处的宏河镇叉河口村，大准电气化铁路一座特大桥雄跨黄河两岸，把准格尔旗和清水河县连接起来，使天堑变通途。整条铁路向东横穿宏河镇全境，再加后来又经过其境的托电铁路专线，大大方便了两岸人员物流的往来。209国道、清喇公路和大准电气化铁路，都经过其境内，各个行政村都通了公路。

2016年11月14日晚央视《新闻联播》结束后，我打开第25频道，准备观看鄂尔多斯新闻节目。结果这天这个频道恰好不是鄂尔多斯新闻，而是呼浩特新闻。听到预报中说将要播出清水河县委书记云霖琼下乡工作、亲自抓精准扶贫的事迹报道，我便好奇地一直把它看完。电视节目中说，2016年11月5日，一个阳光明媚的深秋周末，云霖琼来到209国道旁一间房自然村西梁坡上。她对在场的人们说："未来这里要被打造成全县的海红果基地，通过集体的力量发展海红果产业，带动乡村旅游项目更上一层楼，帮助农民脱贫致富。"报道中说，现在这里规划的2000亩海红果基地，已栽种海红果苗1500亩，

宏河镇一间房村田园风光

清水河县委书记云林琼在一间房村

且长势良好。

这位女县委书记还走进正在建设中的爱心家园中、正在搬迁的移民小区里,向村民嘘寒问暖。云霖琼说:"我们下定决心,要精准发力,精准脱贫,精准步伐。使这里的荒山荒坡变成花果山,鳏寡孤独住进幸福院。移民一步进城,过上城市生活。"在我的记忆中,这是清水河县第一位女县委书记。她既然现在肩上挑着这样一副重担,看样子就一定要带领全县人民一个不落地全都走上温馨富裕的道路。

沿途所见,宏河镇还有多片优质的蔬菜基地,为本地及城关镇居民提供着源源不断的绿色健康食品。

离开一间房村,西行到宏河镇旧剧场门口,看到有一家传统豆腐店。进入里边,见豆腐软颤软颤的,经理乔喜珍也笑靥迎人,于是买了几斤,准备带回家品尝。

美丽的宏河镇,美丽的一间房村,在这片交通便利、和谐富饶的区域内,在这片肥沃的土地上,正滋生着林木旺盛的生命,滋生着满眼苍翠的浓绿,成就着整个红河槽抒情诗般的美景和甜蜜的富裕。

在长沟门和大阳坪度过的时光

从清水河县城关镇出发,沿209国道(清水河至偏关段)向东南方向一路爬坡上行,直达平顶山顶端。视野之内,鲜花耀眼,芳草悦目,美不胜收。接着,小汽车沿着坡顶左弯右曲的路面继续南行,公路两旁碧绿芳香的田园,山红沟碧的美景,继续陪伴着我们。行驶之中,不一会儿就可看见一个个在绿树掩映中的美丽村庄。经曹家沟、刘大城嫣、李朋林山等村庄后,一路下坡到达北堡乡长沟门村。从车窗外望,村内绿树成荫之中微露一孔孔漂亮的窑洞。蓝灰闪亮的荣乌高速公路从村子周围的绿色田园中穿过,向东扬长而去。

1969年春季,我奉调来到这个当时还属暖泉公社的山村小学教书,和老同学王仲海老师搭档。家也同时从小庙子公社水门村搬到了离此4公里以东的阳湾子村。那年农历六月十八日凌晨,杨家川河槽突发几十年不遇的特大洪水。早晨从阳湾子家中起床后来到村子里，发现洪水竟然冲上前村高台上的供销社院内，涌进门市部，把里面的商品全部刮出。听说凶猛的洪水冲到西距阳湾子4公里的长沟门，刘丑等两户七口人不幸遇难。我的同事王仲海一家五口被涌入家中的洪水惊醒后，仓皇失措之际，竟然忘记了襁褓中的小女儿，只和老伴及大女儿、二女儿赶紧抱成一团，托住墙壁，浮出窗外，然后手搬页檐，漂到窑顶上。恰在此时，看见小女儿也被洪水浮了上来，仲海方赶紧探出身子，伸手拉了过来，但不小心从手中滑脱，仲海不顾自危，再次冒险拉了上来。

荣乌高速公路从长沟门村对面穿过

美丽的大阳坪村

刹那间，洪水涌上窑顶，漫过脚面以上。一家人在命悬一线之际，度过了惊恐万分的几分钟。所幸一会儿之后，洪水慢慢退下，一家人才转危为安。

由于杨家川河洪水流到长沟门时来势凶猛，把从北而来的一条小河的洪水压了回去，使河口北面临水的柳树庄村也受到严重冲击，村中包括戚拨拦家人在内的21口人不幸遇难。悲哉痛哉！

杨家川的特大洪水不仅冲垮了长沟门村的许多窑洞，还冲塌了村子里的学校。

秋天开学，县里拨来了救灾款。长沟门开始由仲海老师负责带领券新窑，修新学校。学校临时搬到距长沟门1公里以东的大阳坪村，由我和另一位姓仇的本村老师执教。

在大阳坪教书的一个冬季，是我度过的一段快乐时光。在这些简陋的校舍里，我竭尽全力培养这些农村娃娃，受到家长们的一致好评。大阳坪村村民淳朴、善良、勤劳、热情好客。

村子里从来没有立过学校，这次因洪水而立学，对我这个来自外乡的公立老师生活上照顾无微不至。立冬后杀猪宰羊时，全村人无一例外，家家请我去吃庆祝丰收的杀猪糕。村中的木匠师傅武拴柱老两口，既没有孩子在校读书，也没有杀猪，却也专门把我请去吃炖羊肉蘸素糕，多么炙热的心意啊！

近几年回家乡路过大阳坪，发现这个村子变得更美丽了。村民们白灰勾缝砖头戴的新窑洞散布在一道山坡上，周围有花草树木点缀，村庄下面有一片宽阔的大坪，是村民的粮仓。秋天，金黄和碧绿相间，一派绚丽多彩的景象。绿坪下面荣乌高速穿过，村民们出行方便多了。

一生有缘的阳湾子村

车子沿着大阳坪对面的209国道一路前行，10分钟后便到达北堡乡政府所在地阳湾子村。1965年春，我曾来到阳湾子教独人班，一至四年级语文、数学就一个人承担。校址在粮站靠北几间石券窑洞内。学生不多，一铺大炕上，放着十几张小方桌，学生们就坐在炕上学习。这里民风淳朴，过端午节时，家家户户都把猪肉、粉条、豆腐、馍馍等食品拿来慰问老师，逢时过节还邀请老师到家吃饭。那年夏天，暖泉公社组织革命歌曲大合唱比赛，阳湾子村由我负责组织训练，张凡、王云等村中的活跃分子积极参与。后来到公社政府所在地暖泉参加比赛时，还名列前茅。

那一年，阳湾子水文站要撤走，经和学区主任赵增商量，给学校拨款400元，由我经手买下了他们闲置下的5间大石窑。经过简单的装修，又配置了新的桌椅板凳，秋季就搬

阳湾子旧村风貌

进了宽敞明亮的新校舍。搬入新校舍后,学生增多了,班级由1个班变成了2个,年级也由4个变成了6个。因此上级又调来刘均、刘占义两位老师,并且配备了一位炊事员。

那年我22岁,经过一个夏天,我和村里人的关系变得相当融洽。秋季,经学校炊事员王占元和村民侯保在等的介绍撮合,我和村中一位名叫锁花的美丽姑娘订婚。这位姑娘的家就是我原独人班校院的东邻,岳父岳母勤劳、朴实、善良。三年后的1969年春,我们结婚,相濡以沫,一直到今。从那时起,我就与这个村子结下了终生之缘。

1966年春,我被调到小庙子公社八龙湾小学任教,刘步亮老师接替阳湾子的工作。

近几年到阳湾子,每次都能看到新变化。村子建设得越来越美丽了,人们也变得越来越富裕了。原来我在的时候,村子完全建在河川北面高处的一个向阳弯弯里。我离开后,人们逐步在河川西南的平地上券起了新窑。自从北堡乡政府搬迁到这里后,在前

作者妻子

北堡乡政府所在地阳湾子新村

坪又相继盖起了多幢平房楼房，颇有点儿小城镇的味道了。

现在，209国道和荣乌高速公路分别从南北两个方向平行穿过阳湾子村，人们出门办事方便多了。

大路梁山的烈士纪念碑和毛台子山的寺庙

离开阳湾子村，再上一道长长的缓坡，就到达著名的大路梁山。此时山顶上一座烈士纪念碑就高高耸立眼前，使我们不由自主地下车瞻仰一番。到达山顶，走近人民英雄纪念碑，就看见碑面上镌刻着当年为保卫这片土地而献身的多位革命烈士的名字。根据有关史料记载，1947年7月，贺龙部队新六连与阎锡山十二军在此山对面的双台子山遭遇。双方激战3个多小时，均伤亡惨重。这就是有名的双台子山战斗。1968年7月，当地政府在此为当年在双台子激战中牺牲的八路军战士立碑纪念。自那以来，这里就成为一处著名的爱国主义教育基地，吸引着许多爱国学生及社会人士来此悼念。此时伫立南望，双台子山清晰进入视野之内。望着那两座并立的烽火台，我想象着当年那次战斗的激烈残酷。

大路梁山烈士纪念碑

继续前行，公路弯弯曲曲在山顶岩石环绕中向前盘旋延伸。从车窗向左右望去，视野之内任何时候都是一幅壮观美丽的图画。无论是沟坡上美丽的村庄，还是花草树木田园风光，都能使人不时为之振奋。接近毛台子山时，山更陡，路更险，道路左右的美景对人的诱惑力也更大。仰望上去，山顶一堵墙上"毛台山欢迎您"六个大红字映入眼帘，几

毛台子山寺庙群

美丽家乡清水河

北堡乡毛台子山风光别致美好

处庙宇金顶在太阳照射下熠熠闪光。车子迅速上行转过山坳，在一处平地上停了下来。我们便下车，徒步攀登山顶。进入山门，焚香拜佛后，沿山脊上行。攀到风光独好之处的最高峰后，举目四顾，矫首遐观。但见周围群峰蛰伏，众山苍翠；岗峦腾跃，连峰绝壑；长林古木，岚气升腾。云无心以出岫，鸟欢飞而翩翩。脚下怪石嶙峋的山坡上，野花烂漫，虽然朵儿不大，也可称得上是五颜六色，红的、黄的、白的、粉的……真是应有尽有。微风吹动，星星点点，扑闪于万绿丛中、岩缝山崖，煞是好看。满眼浓绿之中，营盘梁、头道沟、水泉堡等几个熟悉美丽的村庄在山坡峁梁上静卧斗娇，令人眼神久久不肯离开。清水河的山林丘壑之美，在此时此地我真是观赏到了极致。真是一丘一壑尽风流，一草一木显温柔，一石一岩有风情。

醉览了心中久已憧憬的美好风光，体味着这片极乐世界的另一番情致，我方慢慢步行下山，驱车继续前进。

从川峁上到美丽家乡碓臼坪

在蒙晋交界处的红门口外，内蒙古一侧的明长城脚下，静卧着一个美丽的村庄。这个村庄富有谜的神秘、诗的魅力、星的璀璨。她那端庄的容貌和丰富的内涵，像一块磁铁一样，深深地吸引着我们。她有个生动迷人的名字，叫"碓臼坪"。

相传早在明代正统年间，就有山西人迁居到此耕种。当时，村中有人在山下坪中的石头上凿制了一个碓臼，用来捣黄米、吃软糕。从那以后，村子就有了碓臼坪这一美名。碓臼坪西与山西省偏关县水泉堡接壤，南隔明长城与偏关县许家湾、前后南海子为

从明长城顶眺望对面的美丽碓臼

邻,东与北堡村相距10公里,北与北堡乡政府所在地阳湾子村相距20多公里。贯通南北的209国道从西距村子2公里的川峁上穿过,与通往村中的混凝土公路相接,交通十分便利。

碓臼坪背靠青青的山,面对雄伟的明长城。怀前是一道碧绿的坪,坪南是一条长长的河。河的东面直通平鲁朔州,西面直达偏关黄河。这是一条冬天干涸、夏秋偶尔淌水的河。有时上游洪水发来,那满河汹涌澎湃、浊浪排空的惊天动地气势,既使人望而生畏,又催人奋进向前。

1943年农历七月初六,我便出生在这个村庄靠东阳圪楞一间简陋的土窑洞里。在最早的零星记忆中,我曾多次跟随母亲越过长城到附近南海子村的姥娘家躲避战乱,有一次还差点儿踩着地雷。一天晚上,全家人正在吃一顿难得的饺子,突然听见放哨的民兵在门外大声喊:"顽固来了!顽固来了!"听到喊声,我们丢下碗筷赶紧就跑,母亲领着我们翻过边墙跑到后南海子的姥娘家,本以为可以安心度过一夜了,不想刚坐下,就又听见有人喊:"顽固到达边墙上了!"于是赶紧出门再跑,一口气跑到村子东南一条隐蔽的深沟里,方停下来。回头向西北方向望去,果然看见一队一队的顽固军在边墙上走动。

那个年代处在共产党和国民党交兵的拉锯战中,国民党军和八路军常常交替来到村中。国民党来了就是鞭打村民索要粮钱,八路军来了不拿群众一针一线。我清晰地记

碓臼坪糜谷飘香

得,有几次八路军部队来到村里后,身着灰色军装的年轻战士排成整齐的队伍,在我家场面窑的院内操练,边操练边唱着雄壮的军歌:"茴黍黍开花碎纷纷,好男儿要参加八路军……"

新中国成立后,我在这个村中玩耍过,放过牛,读完初级小学。放牛的时候,除了和几位同龄小朋友一起出去,有时还有我的一位二爷爷跟随。在牛儿乖乖吃草的时候,我们一起掏蜜蜂窝吃蜜,捕捉可爱的小昆虫玩耍,其乐无穷也。刚开始念书的时候,入的是私书房,教书先生是刘绳武,挺严格的。书房门口立着一块长长的板子,谁不守规矩,老师就打板子。在书房里,我那位可爱可亲的反乱姑,每天手把手教我写毛笔字。不幸的是,就在那几年,她突然得病去世了。我至今也仍怀念她。

第二年,村里办起了公立小学,县里派来一位高个子的高耀老师。这位老师和蔼可亲,第一节课就教我们唱了一首歌。我记得开头那几句歌词是这样的:"大青山呀数不清的沟,沟沟都是宝贝库。花草树木遮满山呀……"

高耀老师教了我们一年就被调往别处,接着来了一位名叫赵增的老师,他一直教到我们初小四年级毕业。

那时候,我常和同龄的小朋友们一起爬到对面的边墙上,或登临烽火台(我们小时候把它们叫作台墩子)顶端远眺,或进入号称"九窑十八洞"的城楼(我们小时候把它们叫作五只眼楼、四只眼楼和两只眼楼等)里面玩耍。每一次登临和玩耍,都会度过一

作者一家曾生活的窑洞

老父亲和三妹及作者一家人

段极其快乐的时光。有时在城楼里挖掘,可以挖出马骨、人骨以及一些陶瓷碎片。

自从我和同村的小朋友虎城子、锁城子、二帅子于1955年秋天一起考上30里外的暖泉高级小学后,在家乡逗留的时间便越来越少了。但我始终热爱这个生我养我的地方。因为在这个村庄的热土上,留下了我童年时匍匐学步的脚印,散落着我童年时天真烂漫的笑靥。孩提时理想的胚胎,是在那里孕育、发芽的;年轻时事业的种子,也是在那里生根、开花的。

1957年秋季,从暖泉高级小学六年级毕业后,我和锁成子以及北堡的高厚张遵正考入了清水河县中学。那时村中到县城还没有通汽车,在清水河县城关镇以及之后集宁三年的读书生活,往返县城徒步行走了6年。村中距县城有45公里的路程。早晨太阳未升起时出发,到太阳落山后方可到达县城。背着行李长途跋涉一天,特别疲劳。记得有一次,我和锁成子走到距县城20多里的八叉沟村时,突然下起了倾盆大雨,我们很快变成了落汤鸡,赶紧快步走到村中一座庙里避了一会儿,雨停后就又出发了。有一次放假后,我和锁成子从县城回家,傍晚时到达距村中10里的义学湾山,眼看快到家了,结果两个人都饿得走不动了,只好就近到义学湾村住了一宿。

村里的人们农闲时喜欢唱戏,所以在我的记忆中,村里很早就组织起一个剧团。先是唱《小女婿》《走西口》等歌剧、二人台,后来就扩大成为一个晋剧团。每年秋后,几位文艺积极分子就去附近的大同市购回大量的晋剧服装行头,冬天再到邻县山西偏关等专业晋剧团请一位师傅回来,教几出大戏,如《明公断》《八件衣》《夜宿花亭》

等。剧团除了唱戏，还扭秧歌。刚开始是扭普通秧歌，后来就到山西朔州一带请师傅学习扭大秧歌。大秧歌又叫踢鼓秧歌，场面大，有派头。听一些老艺人讲，这种踢鼓秧歌起源于北宋时期。相传当年有一名梁山好汉不幸落入官府手中，其他梁山弟兄便在元宵节那天乔装打扮入城，劫狱将其救出。

为纪念这一英雄壮举，之后每逢元宵节，群众便自发组织起来，扮成梁山好汉，敲锣打鼓，载歌载舞，进行庆祝。年复一年，就形成了这种踢鼓秧歌。踢鼓秧歌队中，有男女两种角色，男角踢鼓，女角拉花。踢鼓男角主要扮演当年的梁山好汉宋江、杨雄、石秀、林冲、武松及阮氏三雄等。开扭后，每一踢鼓男后，都要跟一位拉花女角。队形有时排成一字长蛇，有时二路并进，有时四路对阵穿插，有时多路九曲盘绕，变化多端，错落有致。在锣鼓、号钗、唢呐等节奏铿锵的乐声催动下，踢鼓男踢飞脚、吹胡子、瞪眼睛，表演刚健豪放；拉花女打扮得袅袅娜娜，舞动彩扇手帕，表演飘逸柔美。场面红火热闹，很是吸引观众。

经过一个冬天的精心排练后，第二年正月初一的上午秧歌队就在村中的广场上扭秧歌拜年，下午和晚上在本村庙坪的戏台彩排唱戏。届时村中的男女老少都穿上崭新的衣服前去观看，整个村庄显得非常喜庆热闹。正月初二上午，秧歌队成员化好妆后，剧团全体人员就用驴骡驮着行头服装出发西行，到沿途各村慰问演出了。演出地点从最近的水泉堡、头道沟，到稍远的黄龙池、正泥嫣，最远甚至可到达几十公里外黄河岸边的牛

碓白坪村对面明长城台墩子（烽火台）

碓臼坪前村

觅塔、四座塔等村庄。剧团每当走到一个约好接待唱戏的村口附近，就开始鸣炮开道，敲锣打鼓起来，秧歌队踢着过街场子进村。所到之处，由于场场演出精彩，均受到当地群众的热烈欢迎。村民家家户户用猪肉烩菜软油糕和美酒招待演员，晚上能还睡热炕头。我跟随剧团走了好几次，感到还挺开心快乐的。

记得在那些读书的日子里，每年暑假回到村中，我经常和大人一起出去参加锄地、收割庄稼等田间劳动，不仅亲身体验了"锄禾日当午，汗滴禾下土"的辛劳，还亲眼看到了一些种田能手田间劳作的认真、细致以及他们独到的农耕技术。最使我难忘的是，每当夏秋之际的一段农闲时间，到村西3公里的山西小镇水泉堡赶交流会的盛事。正会那几天，每当午后两点多，村子下面前坪、庙坪和后坪的田间小路上，一碧如洗的绿荫中间，到处是穿着漂亮衣服的红男靓女、大人小孩。他们一群一伙、说说笑笑地相跟着到水泉赶会看戏，成为村中一道亮丽的风景线。到了水泉，除了能欣赏到牛桂英、摇头红、秃手红（四红）、大嘴旦等山西晋剧名家领衔表演的晋剧，还可以和家人或邂逅的亲朋好友喝上几杯，唠唠家常，品尝香喷喷的羊肉滚豆腐等美食。那些年，每年夏秋农闲之际，去赶一趟水泉的交流会，是我最向往的。

以老爷庙壕为界，碓九坪分为前后（东西）两个部分。靠西的部分叫前村，靠东的部分叫后村。我家住在后村的最西较高处，紧靠老爷庙壕和麻地渠子。站在我家的院畔向南眺望，只见明长城像一条长龙向东西两个方向延伸而去，龙背上疏密有致地排列着

碓臼坪后村

大小高低不等的烽火台和城楼。长城向东延伸15公里到达口子上村时,攀上并跨越两座最高的山峰,从远处仰望,特别壮观雄伟。之后,它继续向东北方向蜿蜒而去,途经韭菜庄等地,然后从盆地清新村跃出清水河,进入朔州市平鲁区境内。向西的一头途经军事要塞红门口后,进入山西偏头关(北宋名将杨六郎当年镇守的三关之一),再经清水河单台子等地,到达黄河边,与黄河水一起并行南去。

1963年秋,我从集宁师范学校毕业。从那时起,专业念书阶段结束,教书生涯正式开始,一直到退休为止。

工作期间,我大部分时间在清水河县和准格尔旗两地。退休以后,又经常往返于薛家湾和呼和浩特二城。在外的时候,我总会把"碓臼坪"装在心里,偶尔回乡的时候,我又总会把"碓臼坪"捧到眼前。

装在心里的时候,她总能够引起我许多珍贵甜蜜的回忆,一缕缕怀旧的情愫总能把我带回到几十年前。那里有我淌下的汗水,有我滴下的泪珠;有过我的悲苦,有过我的欢乐;有过我的激情,有过我的忧愁。捧到眼前的时候,我总感觉她碧绿如玉,纯净如水。眼前那青青的山、绿绿的田,总会使我产生一种"情人眼里出西施"的感觉。村子里虽然没有高耸的楼房,没有繁华的街道,可是她毕竟哺育我度过了欢乐的童年,而童年的憧憬每当想起来就觉得很迷人。

碓臼坪,我情思萦绕的故乡。我感谢这块生我养我的热土,我感谢在这块热土上生我养我的人家。

　　至今回想起来,我的父亲在村里确实算是一个不简单的人,一个了不起的人。父母一共生养了我们兄弟姊妹七人,四男三女。母亲出身于书香门第人家,不善田间劳作,因此一家九口人的生存重担就落在了父亲一个人肩上。他在这个村里勤勤恳恳、任劳任怨艰苦劳作一生,把他的七个子女一个个培养成人。在家庭生活极其艰难的情况下,他还把大儿子送去参军,将二儿、三儿送去读书。二儿子在中专毕业参加工作后,又在职攻读完大学中文系全部课程,领取了大学本科毕业证。三儿子内蒙古大学化学系本科毕业后,在包头市环保局做高级工程师至退休。四儿子虽然没有考上大学,但继承了父亲吃苦耐劳的精神,早年就去包头打拼,并成家立业,育有两个可爱的女儿,日子过得也不错。三个女儿也都找了称心如意的对象,子女个个都是好样儿的。在农业合作社和人民公社时期,我们家的生活最为艰难。那时候是靠挣工分分口粮吃饭的,家里就父亲一人劳动,挣的工分很少。这样,每人每年360斤的口粮就按时分不回来,我家年年是缺粮户。那时的余粮户年终分红时是能分到钱的,而缺粮户则一分钱也拿不到。在不得已的情况下,父亲有时就抽农闲时间到包头砍卖饲草,来赚点儿购买油盐、衣服的钱。老人家白天出去劳动,晚上住在我大姨姨家,也够吃苦的了。那时候,我的爷爷、奶奶、大爹等都住在后山(大青山北面)察右中旗铁沙盖东梁一带。我记得连续有那么几年,父亲在每年过年前后就必定去后山一趟,一方面是探亲,一方面为了争取一些亲人的援助。当时还没有汽车,往返都是步行,走一趟近20天。我后来乘汽车沿父亲当年"上后

碓白坪村委会大院

山"走过的路线去过几次察右中旗铁沙盖东梁一带,每次都要感叹老人家当年是怎么熬过来的。

每一个正直的人都热爱自己的家乡,只有热爱自己家乡的人,才能真正热爱自己的祖国,热爱整个生活。越到老年,我越发现,自己心灵深处还有一点儿值得骄傲的东西,那就是我有一个美丽的家乡。

俗话说:"穷日子好哭好闹,富日子好唱好笑。"自打孙强回村当了支书,村子里就闹腾得越来越好,隔三岔五地就组织唱戏。第一次是2009年7月9日(农历己丑年闰五月十七)开始,一连唱了5天。那次唱戏,在外边工作的碓臼坪人大部分回来了。多年不见的乡亲们利用这样的机会聚在一起,说不完,笑不够,畅叙离情别绪,其乐融融。这些从外边回来的乡亲们纷纷慷慨解囊,资助这次盛会。五百,一千,两千,三千,五千,一万,最多的两万以上不等。村委会则杀猪、宰羊、蒸糕、买酒,招待大家。这次之后,每过3年的夏天农闲时节都要唱几天,2012年、2015年都是这样。2015年7月26日(农历六月十一),在碓九坪第三次夏季唱戏的日子里,我又一次驱车东渡黄河赶回去待了一天。上了庙坪下车游目四望,只见这个依山傍坪的村庄,又穿上了新装,绽开了灿烂的面容。整个村庄绿树掩映,百花盛开,一孔孔崭新的窑洞错落有致、层层叠叠布满老爷庙壕东西的山坡坡上。原先的旧窑洞,不仅全部抅上了青石面,而且都用白灰勾了缝,檐上还增添了漂亮的砖头戴。好多人家的大门匾额上,那"幸福之

碓臼坪前门湾绿色满眼的菜园子

家""家和万事兴"等大红刻字,看上去十分亮眼喜人。尤其是村委会门前那两棵高挑茂盛的大树以及身后那几栋白墙黛瓦的平房,在视野之内显得十分优雅而风情万种。

对面的将台背、羊圈峁子、东胡子湾、南坪、门湾和前坪等处,遍地糜黍青青,一片葱绿。清风吹来,空气中散发着甜丝丝、湿润润的泥土香味。眼前的一切,妩媚、温馨、明快,生机盎然。

及至进入村里,走到几户乡亲院内家中串门,只见院中鸡鸭成群,墙外猪羊满圈。房前屋后的桃树,有的喷蕊,有的绽朵,有的结果,脉脉含笑,微风吹来,满院清香。窑洞之内也是今非昔比,别有天地。大立柜、写字台、席梦思、缝纫机、电视机等现代化家具,应有尽有。很多人家,院子里还停着小汽车。这一切,都在向客人展示着主人安居乐业、富裕美满的生活。听着乡亲的热情话语,望着家乡面貌一新的变化,我似乎觉得,家乡人的心正沐浴在一层新的幸福光辉里。他们纷纷说:"党的政策就是好。如今人勤地不懒,年年大增产。家家有余粮,户户有存款。想吃有香的,想喝有辣的,想穿有新的。"看来,他们对"如今"二字格外有感情。生活富裕了,日子美满了,喜悦之情形于言表。

在村中转悠欣赏到中午时分,我应邀到一户乡亲家吃了猪肉烩菜、油炸糕,喝了二锅头,叙了家常。

饭后休息一会儿,到村委会院内观赏了清水河县晋剧团的精彩表演。剧团团长新苑和村医生孙二成见我来了,热情地回办公室提来了椅子,使我心里感到热乎乎的。晚上接受了村委会热情的招待,方依依不舍地返回薛家湾。

这些村容村貌的崭新这化,都是近几年来党和政府新农村建设在村中全面实施的成绩。村里人纷纷说,在这个实施过程中,孙强这后生可跑得欢哩,点点不漏空。他不仅不折不扣地落实上级的指示精神,还不辞辛苦亲自到每一处施工现场监督指导,不放过任何一个细微的环节。对每一户村民家园的整改翻新都高度负责,保证了村里所有工程都高质量完成。村民们说,他回到村里后,还指导大家引进外地优良谷种,使粮食增加了产量,让人们鼓起了钱包。

由于孙强是这样一位受村民信任的人,所以他连续好几次被选为支部书记。孙强的媳妇儿兰芳是我在柏树嘴工作时教过的学生,还是我的老同学贺占厚的女儿。我过去和他接触不多,不太了解他。自2009年7月9日在他支书任上组织唱戏、邀请在外乡亲回村聚会以来,见了几次面。从其言谈举止中,我发现这个后生待人谦虚礼貌,态度平和热情。在最近几年家乡日新月异的发展变化中,作为一个本村人,孙强起到了举足轻重的作用。

那次回到薛家湾后,几度回忆起家乡近几年来的喜人变化,有时在睡梦中还能见到乡亲们亲切的面容。

薛新苑是从碓臼坪村业余晋剧团走出去的杰出戏剧艺术人才,不仅会唱戏,还特别会领戏。他创办组织的长城新苑晋剧团,多少年来,在清水河本县经常送戏下乡,为广大农民提供了丰富的精神文化食粮,推进了农村精神文明建设。他还经常邀请山西晋剧名家孙红丽、谢涛等来城关镇献艺,并和她们成为朋友。他带领的晋剧团唱遍蒙晋两地,红满长城内外,口碑很好。

北堡中学的教书生涯

有一次,我和大哥回碓臼坪看戏结束后,和本村人张厚祥顺河槽驱车而上游览。经阳井上村时,那座大戏台很是吸人眼球。离开阳井上继续东行,马上进入北堡西坪。绿叶鲜花的田园风光,对面山顶的明长城,愉悦着我们的耳目心神。左转弯驱车上行五分钟,到达烈士纪念碑前,下车瞻仰一番。经阅读碑上刻字得知,此纪念碑是中共清水河县委员会和清水河县人民政府于2017年6月所立。碑体正面竖书"革命烈士永垂不朽"八个金字,底座侧面刻有"清水河县革命烈士英名录",共140名。其中有我的三爹王应世和同村的张清河。关于三爹,我后来查阅中华人民共和国内务部1967年2月颁发的有关证件,得知他于1943年参加革命,任共产党碓九坪村公所秘书。1947年5月,在本县三黄水村不幸被敌人杀害,时年27岁。《光荣纪念证》书中说:"查王应世同志在革命斗争中光荣牺牲,他的英勇事迹将永垂不朽。"看着这些英烈的名字,我不由肃立鞠躬,向他

北堡村西梁烈士纪念碑

们默哀致敬。

离开纪念碑一路下坡,穿过高高的村名牌坊,即进入北堡村。这里属于革命老区,民俗风情淳朴敦厚。明长城从对面高山顶蜿蜒穿过,也是一个美丽的村庄。多年不见,这次展现在眼前的容貌,更是变得花枝招展了。现在看上去,虽然由于乡政府搬到了20多公里以北的阳湾子,村里往来的人口明显没有原来那么多了;但窑洞房屋均装饰打扮一新,还建成一条平整宽敞的水泥街道。街道上车辆往来,行人漫步,生机盎然。不时还会看到几位手握画板的大学生,三一伙五一群地穿街而过。他们是来此练习写生的。听说一年四季,均有国内不同大学的美术系学生,来这里练画。这种情况,使我想起了刚才在进村牌坊门额上看到的那几个字:全国写生基地。

1978年秋季后,我奉上级调遣,离开喇嘛湾的县立第三中学回北堡中学教书,三年的时间里,带出了两个初三毕业班。工作虽然繁忙,但想到为山老区教育事业做出了一定的贡献,心里也觉得挺充实、挺有意思。当时老伴在喇嘛湾化肥厂上班,两个孩子还小,由我领回来托父母帮助照看。寒暑假期间,或由我领着孩子去喇嘛湾和老伴团聚,或老伴从喇嘛湾回到碓臼坪一起生活几天,这让我深深感到两地生活的不便。

学校有将近20名老师,相处也挺融洽。其中川峁村的刘五金、老牛婆的潘立冬等当时在学校里挺活跃。可惜这次回来听说刘五金已永远离我们而去了,一种人生无常的滋味便涌上心头。那时这里是乡政府所在地,村中有一所初级中学、一所完全小学,还有

北堡村美丽的田园风光

卫生院、信用社、供销社等诸多单位，挺繁华热闹的。现在这些单位都没有了，中学也撤了。我经过时，总有一种怀旧的感觉。

口子上的明长城四姑娘碑和明长城

离开北堡村10分钟后，到达口子上村。这个村子三面环山，一口向西北方向敞开，成为交通要道。村中一块平整的河滩地上，竖着一座四姑娘纪念碑。此碑为自治区级文物保护单位，碑上刻有"四姑娘千岁千千岁德政碑"11个大字。听村里人讲，这是当地百姓专为清朝康熙皇帝的六女儿和硕恪靖公主（当地百姓称其四公主）立的德政碑。

听河滩那些聊天的村民说，我们这儿上辈子人讲过，尊贵的四公主来到村上后，村中的男女老少都欢呼喜悦，奔走相告，纷纷把自家的好房子腾出来让公主一行人居住，把自家最好的吃喝拿出来让公主一行人品尝。四姑娘住下后，帮助人们开荒种地，连年获得丰收。当地老百姓看到四公主如此深明大义，爱民如子，感动之余，便自动出资出力，竖起这样一尊流芳千古的功德碑。虽然四公主当年在这里住过的窑洞早已不见了踪影，但眼前这块功德碑好像还在不断向人们讲述着当年的故事。

听说经国家传统保护村落发展专家委员会评审认定后，"留住乡愁，记住文脉"全国第三次传统村落名单正式揭晓。全国共有994处，而口子上村和老牛湾堡名列其中。伫立于村中河滩，远望环顾，南面丫角山高耸逶迤。只见明长城蜿蜒曲折，犹如一条长

口子上村明长城之一段

龙飞腾跳跃于深沟大壑之间，绵延起伏于险山奇峰之上。接连不断的烽火台清晰可见，城楼垛口参差能辨。传说在明朝宣德年间，朝廷把丫角山确定为大同镇和山西镇的分界点，并在山顶上修筑了界墩。山上长城先后由王玺和赵彦所修。向北而望，迎面的正壕山顶上，还有一段保存完好的石砌长城。

口子上的明长城，也很富有特色。这段明长城为南北走向，山顶上有一座石砌的瞭望台，古韵悠悠。村子南北两段的明长城，是由山西平鲁亥子峁村出山西，进入内蒙古清水河县石灰窑村，而后上攀到口子上村东山。这是山西省偏关县与内蒙古清水河县交界处的一座最高的山，海拔1832米，也叫白羊岭山。长城从这里跨山而过，后沿清水河、偏关县交界处经北堡、碓臼坪、水泉堡一路西下，到老牛湾和黄河会合。

1978—1981年，我在北堡中学教书期间，每天晨练都要从北堡跑到口子上，之后再返回北堡。往返8公里的行程，丫角山上的明长城是我的忠实伴侣。

红色革命老区北堡老牛坡

提起老牛坡，当然很熟悉了。它是距我家乡碓臼坪以东15公里的一个美丽山村。我在北堡中学教书时，有多个学生来自这个村。那时候，有位名叫潘立冬的年轻教师曾和我一块儿工作过。

近年来听说，老牛坡村将被建设成为全区党员干部培训教育示范基地和全区爱国主义教育基地，并要投入大量资金，修建有关场所。

离开北堡后驶入河槽，十多分钟便到达老牛坡。下车四望，村子面貌果真和前两次

老牛坡党支部大院

来时大不相同,这里已经完全变成一个标准的红色旅游景点了。漂亮的柏油马路南面,建起一座全由高级釉面砖铺砌的宽大广场。广场正面墙上,鲜艳的党旗雕塑熠熠闪光。左边建有廊亭,上面悬有老子名言等国学标语。右边建有石券窑洞四合院,外墙上的红匾书有"老牛坡编村村公所旧址""老牛坡党支部旧址"等。看着这些,我想象着当年潘密等革命前辈在这些窑洞里,策划组织群众抗击日军的情景。进入里面,是一个宽敞的窑洞四合院落,窑洞墙壁和窗台上悬挂摆放着犁、楼、斗、架子等传统农耕用具、量具和驮运工具。

柏油马路北面,是现在的老牛坡党支部和村委会办公处。石券窑洞灰瓦盖顶,也显得别具一格。院内东边的一排窑洞里,开设有老牛坡党支部展馆。通过图片和文字,介绍了潘密投身革命、立志报国的个人简历和在他的策划组织下,红色党支部应运而生的过程以及这个党支部在当时产生的重要影响和巨大作用。馆内墙壁上开辟有"新中国成立前部分参军参战老兵及民兵"肖像宣传栏。旁边的说明文字介绍了在革命战争年代,这些仁人志士勇敢投身革命、为解放事业做出巨大贡献的丰功伟绩。

紧挨墙东,也建有一大广场。广场南向开口,东、北、西围起一道青砖垒砌、白灰勾缝的微型长城。东西城墙从地面缓缓向北升起,北面正墙连接东西,达到最高,并在顶部中段耸起一座城楼。整座长城顶部两侧垛口上插满了红旗,看上去相当壮观。北段长城下面的正墙之上,是一座老牛坡村庄微型浮雕,窑洞、田园、长城、道路、城楼、山坡、沟壑等,都显示得很清晰。北面城楼左侧有一组高举武器、呐喊怒吼的八路军铜

红色老牛坡党旗广场

像群。那气势、那形象，我想就是意在表现当年在老牛坡党支部组织发动下，长城内外蒙晋边民振臂一呼，揭竿而起，投入抗日战斗的勃勃雄姿。

来到村东，看到在鲜花环绕中书有"红色老牛坡"五个红色大字的标牌，不禁想到，这些鲜花就是被当年革命先烈的鲜血染成的。人民政府在老牛坡开辟这块红色纪念基地，介绍先烈们的英雄事迹，展示他们的革命风范，赞美他们那灿烂的生命境界，意在弘扬他们光辉的革命精神，唤起后人的红色记忆，点燃后人的革命激情，使后人能够铭记革命历史，继往开来，永葆革命风采，永远追随这种革命精神，为把自己的生活变得更加幸福美满，为把亲爱的祖国建设得更加繁荣强盛做出积极的贡献！

院内墙上装钉着几块宣传栏，其中一块题名为"燎原的星火，光辉的历程"。下面具体介绍了两项内容："老牛坡革命史""老牛坡大事记"。我便先把"老牛婆革命史"细细看了一遍。看后得知，老牛坡这个党支部是1937年抗日的烽火中，5月至10月间，在共产党员潘密领导下建立的中共党支部，是呼和浩特市第一个农村党支部。从那时起，红色革命老区就成了老牛坡的代名词。从那时起，老牛坡经历了血与火的洗礼，成为一片红色热土。

著名的黑瓷产地窑沟乡

清水河县黄河东岸的窑沟乡，从县城出发，沿109国道向西南方向行驶35公里，即可到达。

近几年来，荣乌高速公路也已横贯境内。从乡政府门前的109国道西行几分钟，就可见两座大桥一高一低，犹如两条长龙卧波，使准格尔旗和清水河县这对孪生姐妹亲密地拉起手来，共同走向幸福之路。

快乐的侯家圪洞人

清水河县窑沟乡政府大院

这里的乡政府办公场所是改革开放以后新建起来的，原来的乡政府所在地在附近东南方向的窑沟村。从这里的新址沿109国道东行大约1000米右拐上坡，即可到达。进入村中放眼四望，用黑色大缸和坛坛罐罐垒砌的檐台、院墙、猪羊圈舍，触目皆是。就连林立的烟囱也大部分用大缸套了起来，视野之内简直是一个黑瓷缸罐的世界。

窑沟乡自古以来优质耐火黏土储量就很大。聪明的窑沟人很早就把这种黏土当作宝贝，用来烧制各式各样的黑瓷制品，外售赚钱谋生。20世纪末，这里的瓷砖曾被选为亚运会指定产品，花盆曾专供人民大会堂所需，工艺陶瓷更是唱红广交会。由于有过这样的辉煌阶段，黑瓷产业又在全乡遍地开花，窑沟乡由此获得"塞外瓷都"之美誉。不仅是陶瓷，窑沟煤的储量也很大，而且质优品高。这些宝贵的自然资源在窑沟人手里得到了充分的利用，温暖了远远近近成千上万人的家庭生活。

有一次，我从窑沟乡政府新址前驱车下一段坡，经过黄河岸边的大沙湾。沿河畔行驶一段，右转上坡到达侯家圪洞，碰到一位村民，我们聊了一会儿。言谈之中，他的脸上溢出满满的幸福感。从这里的高处向南眺望，在茂盛的谷田下边，汹涌澎湃的黄河水在峡谷中左弯右拐向前流去，一泻千里。离开侯家圪洞下到河边，继续右转北行，向小缸房半崮子一带驶去。及至达城嘴河边，一位名叫贾建平的小伙子说："你们已经超过小缸房了。"于是由他亲自带路，领我们原路返回，上坡到达小缸房及以上一里路的胶泥圪崂转悠了一会儿。从这里向西北方远眺铁砣也和陈嘴，觉得这两个崮梁上的村庄和眼前的小缸房一样，既幽静又美丽，是当地人民宜居之所。小缸房以前曾是乡政府所在地，现在合并到了窑沟乡。村子里居民住宅皆为石券窑洞，依形就势而建。从高处向下

从窑沟乡侯家圪洞眺望大沙湾黄河峡谷风光

俯视，林立的烟囱从窑顶上拔地而起，高高耸立，也是一道特别的风景线。

返回经过半崀子村时，我想到了当年这个村子的铁姑娘队。她们在队长刘改过的带领下，曾为改变当地贫穷落后面貌战天斗地，美名远扬。

我在黄河东岸的下城湾教书五年半

从窑沟乡政府新址沿109国道西行几分钟，就看到"老牛湾景区"标牌。至此左拐前行，从车窗向右边望去，发现母亲河黄河一直陪伴着我们到达美丽的下城湾。此段时间内我眼中的黄河，已不是黄涛汹涌，而是碧波荡漾——由于下游万家寨水利枢纽大坝的拦截，这里变成了一片高峡平湖。

从小沙湾开始，途经的柳清河、宽滩、冯家塔一带，河道时宽时窄，一碧到底。在宽滩黄河鱼垂钓场，我们停车下到河畔鱼塘，一边试几竿钓了钓鱼，一边欣赏了此处黄河那个100多度的大转弯。离开河岸来到路边的鱼馆，尝了尝黄河鱼，又喝了几杯凉啤提了提神。就在这个鱼塘边的碧水中，原来可是有过一个繁华美丽的村庄。村中曾经有过一座窑沟乡第二大陶瓷厂，生产的优质黑瓷畅销国内外。

到达下城湾后，站到原清水河县第四中学校舍前的崖畔上俯瞰，下边也已变成一片宽阔绵长的湖水。水面浮光跃金，静影沉璧，舟楫往来，水鸟翔集。东岸的清水河县和西岸的准格尔旗各经营着一个游船码头，接送游客到下游的太极湾、老牛湾和万家寨水利枢纽游览。对面西岸铺满黑色煤屑的坡壁上，可见拉煤车辆不断进进出出，那里是著

黄河岸边下城湾村风光

名的城坡煤矿。

1985年春到1990年夏，我曾在这个村的清水河县第四中学工作五年半。那时这个地方可算是很热闹了。河底住满居民和煤矿职工家属，还有一座发电厂和一片煤矿机关工作区。中梁上平坦之地有一所中学、一所小学和一座私营陶瓷厂。最上梁还有一座大型煤矿，拉煤车辆白天黑夜接连不断。学校当时有20多名老师、几百名学生。我主要教语文，

窑沟乡柳青河一带黄河峡谷风光

兼代音乐，并在英语教师紧缺的情况下，代了一段时间的英语课。刚开始，送出去一个职业班，后来又送出去两个初三毕业班。在母亲河身边工作的那段日子里，心情是舒畅的，生活也是温馨的。那时，万家寨水利枢纽还没有开建，站在学校南畔，就可以看到下面的黄河水波涛汹涌澎湃，向前奔流不息。煤矿的发电厂把黄河水抽上来，输入学校庞大的水窖里，既能食用，又能灌溉。所以我们教师家属住的窑洞门前，每家每户都开辟了一片小菜园。菜园内，黄瓜、茄子、豆角、西红柿等蔬菜种得很全，基本解决了夏秋食用问题。利用这里水草饲料之便利条件，我和其他同事一样，饲养着鸡兔鸭等小动物。每家每年喂一口大肥猪，过大雪节气后杀掉，能出300多斤肉。这些黄河边的教书先生们，生活过得还是挺有滋有味的。

由于学校就在黄河岸边高处，每年春夏秋三季的晚上或闲暇时间，我和家人经常到河边漫步。村子靠北一段，黄河两岸绝壁陡立，高达万仞。行走在绝壁和河水之间狭窄的公路上，仰视上边的峭崖，总感其森然欲搏人，令人毛骨悚然。

这一带的黄河两岸煤炭储量很大，所以煤矿很多。仅国营煤矿，河东的清水河县就有城湾梁和刘胡梁两座，河西的准格尔有城坡和黑岱沟多座。这些煤矿煤质优，产量大，自治区首府呼和浩特及全国各地来此拉煤的车辆非常多。为了方便运煤车辆通行，这里很早就建起一座黄河特大桥。桥起后，当时的伊克昭盟还派了一支武警中队在西桥头扎营驻守。那些年，这座大桥上的拉煤车辆昼夜往来穿梭，络绎不绝。

在下城湾工作期间，守卫黄河大桥的伊盟武警中队和稍后不远处的宽滩耐火厂，经常邀请我和杨来觅老师利用晚上时间去给战士和工人辅导语文和数学课。武警中队的潘队长和耐火厂的张厂长对我俩都很热情，每次讲完课后，总会招待我们。特别是武警中队的潘队长，每次吃过晚饭后回校舍的时候，他总要旋转探照灯，照着我们穿过大桥，

攀上绝壁,直到看不见为止,这使我俩非常感动。遗憾的是,我的好搭档杨来觅老师在后来一次黄河发洪水时,因进入河中捞一件东西,不幸溺水而亡。他的离去,使我们全校老师都很悲痛。杨老师生在城湾河黄河边,听说10岁就能横渡到对岸,然后再返回原处,不但识水性,而且游技很高。可那次进入水中,却再也没有出来。水深难测,不可不慎也!

下城湾隔一道梁的刘胡梁煤矿,是清水河县县办主煤矿,那几年产量大,效益也颇高,曾经是县内一个经济增长点。

1990年夏,我申请调入准格尔煤炭工业司。在下城湾黄河母亲身旁的五年半时间,成了我心中永久的美好回忆。

水旱码头喇嘛湾

清水河县喇嘛湾镇位于县城西北50公里处,黄河东岸、凤凰山下,是一个山清水秀的好地方。由于汹涌澎湃的黄河水从其怀前流过,呼准公路、清喇公路、沿黄公路、准兴重载高速公路等纵横交错穿越其境内,水陆运输四通八达。其地理位置恰好又处于呼和浩特、包头、鄂尔多斯金三角腹地,所以自古以来就有"水旱码头"之称。

关于喇嘛湾,我从1963年秋季参加工作后,就常常听到在这座小镇工作的同事们谈

喇嘛湾镇曹家湾黄河峡谷风光

其之美。及至1975年春被调到这个镇的大沙坪中专和县第三中学工作了三四年后,更是目睹并亲身体验了她那娇美的容颜及其丰富的内涵。1990年秋季西渡黄河到准格尔煤田工作后,每当到呼市或清水河出差办事,也是经常有幸经过她的身旁,看到她那娇美的姿容,总是感到无限的亲切和迷恋。

早些年乘车到喇嘛湾,只有一条路。这条路从城关镇出发,翻过小庙子梁,经庄窝坪过石壁(当阳)桥,在土沟子村靠上左转向西进入荆棘柠条丛生的四野沙钵。在这片漫漫沙漠中行驶较长一段时间后,方可下坡进入白泥窑子沟,继而到达目的地。后来随着社会的不断发展进步,相继修通了途经喇嘛湾的呼准公路、沿黄公路、209国道、准兴重载高速公路等康庄大道,人们便可以从不同方向进入这座美丽的水岸小镇了。依托这样的区位优势,小镇的运输业得到了迅猛发展。

2016年9月12日,我专程驱车顺沿黄河公路北上,再一次欣赏了喇嘛湾美景。

那天上午8时,从薛家湾出发,进109国道,过小沙湾黄河大桥,经清水河县窑沟乡上城湾村驶入黄河岸边。然后右拐顺沿黄河公路一路北行,不一会儿即到达喇嘛湾镇的下塔。记得这个下塔村原来有一座水泥厂,看样子现在已经不生产了。工厂建筑人去房空,无所作为地待在黄河岸边。到达曹家湾后,只见绿树掩映,房屋翻新,红色的房顶耀眼闪光。攀上路北高地南望,只见美丽的村庄内,五星红旗在村委会房顶上空高高飘扬。村南的平地上,大片绿色的菜园和庄稼愉悦眼神。那一片绿色南面,则是波涛汹涌的母亲河在不舍昼夜地向前流淌。

离曹家湾,经榆树湾、龟上,一会儿就到达喇嘛湾镇乔河畔。这一带由于是蒙晋陕黄河大峡谷起点,河床宽敞,水流汹涌但不澎湃。两岸岩壁虽然不高,但皆呈红色。在阳光照耀下,灿烂鲜艳,亮红的岩壁和金黄的河水相映生辉,景色美不胜收。再加这些村镇都紧靠黄河岸边,绿树红岩掩映之中,红顶白墙的民居显得妖娆多姿。车子行驶在这条近15公里的公路上,让人感觉犹如徜徉在一条五彩缤纷的画廊中一般。

在小镇的前营子,我看到了原来的清水河县第三中学校园建筑,觉得熟悉又亲切。20世纪70年代,我曾在这里待过一年多,担任初中语文教师。那时学校有几十位老师和1000多名学生,办得热火朝天的。向下望去,校园

黄河岸边美丽的喇嘛湾镇

建筑红顶橙墙,紧邻黄河,自然条件十分优越。听说这所学校现在已改为清水河县民族中学了。喇嘛湾镇教育卫生事业一直以来就搞得不错,除民族中学外,还有喇嘛湾镇第一小学等多所小学,方便少年儿童就近上学。那所镇中心卫生院也办得挺好,医疗器械和医护人员配置都是高层次、高质量。我在喇嘛湾镇工作的几年时间里,曾经到过境内好多个村庄。每到一处,这些地方都会向我显露出他们各自独特的美。南壕赖一带葱葱郁郁的林木,喇嘛湾、榆树湾、曹家湾、樊山沟、贾浪沟等地溢香的花果,都使我流连迷恋。

喇嘛湾的海红子,历来就很出名。记得1958年冬天在清水河县中学读书时,学校就给每个同学分配下十多斤喇嘛湾冻海红,让我们白吃攒果籽儿,准备在全县范围内大面积种植。

镇内有一条兴义街,是当地最繁华的一条商业街。进入里边前,先欣赏一下牌楼大门两旁大红漆柱上那一副对联,就会感到这里的商户们高尚文雅的职业道德:市场内全无铜臭,交易中留有书香。

水旱码头喇嘛湾

及至进入街道里边,看到两旁那国际领先的4G手机店、中国电信、中国网通、中国移动、中国联通、清水河县喇嘛湾通信分公司等招牌,我就想到了小镇通信事业的可喜发达程度。沿街前行,两旁面皮、凉粉、碗托、冷饮、麻花、麻叶、月饼、白面、大米、鸭脖王以及聚福楼、金岁蛋糕屋、高档豪华的喜宴城、包办酒席的大酒店等招牌不断入目亮眼,干洗、理发、桌球世界等门面也纷至沓来,还有百货商店、铝塑门窗、艺鑫家具、床上用

喇嘛湾商业金街兴义街

品等也让我看得眼花缭乱。笑容满面的购物人群,琳琅满目的各类商品,都彰显出喇嘛湾繁荣昌盛的崭新面貌。

转完兴义街返回,我进了一家鸭脖店。坐定之后,漂亮的女服务员给我端上来一盘鸭肠炒饭、一盘鸭脖、两瓶啤酒。酣畅地吃喝了一通,方到别处游玩。为了从各个方向、各个角度全面观赏喇嘛湾的美景,我曾攀上镇东的凤凰山俯瞰南望,还曾驱车于西岸准格尔旗近水高处,向东游目,我也曾久久伫立于准兴重载高速公路黄河特大桥东西桥头,向南北远眺。但不管从哪个方向观赏,她都是那样的风情万种,光彩照人。

有时在喇嘛湾镇区观赏尽兴后,便驱车进入白泥窑子沟游览一番。20世纪70年代,这条沟内驻有果丹皮厂、发电厂、化肥厂等多家企业。这些工厂总共有工人数千,曾经有几年非常红火热闹。高音喇叭播放的优美歌曲响彻全沟,往来拉货的车辆络绎不绝。

美丽的喇嘛湾,在你怀抱中的三年,是舒心的三年。

北堡乡暖泉之旅

2015年9月7日,我用了整整一天的时间,乘车前往清水河县北堡乡的暖泉、柏树嘴一带游览了一番。那里曾是我学习、工作和生活多年的地方,这次前往,也算是故地重游吧。

美丽山村柏树嘴

到达暖泉村对面的双台子山顶后,右转西行,前往柏树嘴村。这条我非常熟悉的崎岖山道,现在已变成了平展的混凝土公路。由于路况很好,不到20分钟的时间,就从车窗看到,美丽的柏树嘴村像一片绿色的树叶,静静地仰卧在大山腹部的一个小山坳里。

车子一会儿就下坡进入村里,在一块平坦的院落内停了下来。从车内走出,村子里满如、李五、二筛子老两口等熟人迎上来热情寒暄问询。定下神来,我才发现,这个院子,这三间窑洞,是多么的眼熟啊!这就是我40年前曾经住过的地方。那时候,过冬时,这三间窑洞特别冷,但我和老伴仍坚持在里边住了3个多月。

1970年秋至1974年春天,我从长沟门小学调到这里工作了三年半。刚来时是初级小学,第二年开始,按照县教育局和暖泉公社的计划安排,在上面靠近山顶的地方建起六七间窑洞,扩展为高级小学。当时的老师有我和贾道治,还有李珍、李树禄等五六位老师,并雇了炊事员。新窑洞建起后,我和贾道治两家人就搬到了上面的新家居住。那时候周边的正湾、道峁沟、老榆树庄窝、腰栅嘴子、杏树峁、安根楼、黄家梁等村庄的学龄儿童都来这里读小学,学生也挺多的。

二筛子老两口热情邀我回家坐了一会儿,喝茶聊天中,我们谈到了村子里40多年来的人事变迁,谈到了我走后村子里发生过的一些重要事情。当年的老年人李狗祥、孙吉祥、

美丽的柏树嘴村

李根禅等都已去世，就连我的老同学贺占厚也先我一步走了。村里的年轻人都到外边闯荡去了。聊了一会儿，我就辞谢出来——听说原来靠近山顶的学校现在变成了饲养场，但还是想去看看。

按照二筛子所指位置走到那里一看，学校已经面目全非，一点儿原来的模样也没有了。离开后的40多年时间里，周围又建起好多窑洞，显得十分拥挤。

面对眼前这个破烂的饲养场，我想到了她40年前的繁华热闹。那时，100多名天真活泼的小学生，每天背着书包欢蹦乱跳地早来晚归。窑洞里书声琅琅，校园内笑语盈盈，歌声悦耳。从这些窑洞里走出去的学生中，王世忠、孙桂花等成了公立学校教师，温耀、贺建国等成了国家公务人员，许多人都很有出息。就是在这所学校的一孔窑洞里，我的儿子于1971年农历腊月十一的凌晨出生了。当时为了安全起见，不仅请来了村里著名的接生婆——李珍老师的母亲，我的两位老同学李旺珍和贺占厚还连夜往返奔波15公里，到暖泉请来了从内蒙古医院来的两位知名医生。可等这两位医生到达后，儿子已顺利出生。

当时还是农业合作化的人民公社时代，村里给我和贾道治等几位从外面来的老师各安排了几亩自留地。我们在这些地里种上各种蔬菜，每年收成还不错。我和贾道治两家每年还能各喂养一口200斤左右的大猪，这也算是农村教师生活中的一点乐事。

当地的大小队干部和村民勤劳朴实，对我们这些从外地来的教师很友好，在生活上给予了尽可能多的帮助。大队的支书李琦、队长贺来等，经常在节假日来到学校，给老师们送来一些慰问品。有时还从生产队买些猪羊肉和老师们"打平火"，喝烧酒，唠嗑聊天。这种"打平火"的会餐方式，和现在流行的ＡＡ制聚餐差不多。一伙志同道合的人集体杀一口猪或宰一只羊，把肉全部炖到锅里。肉快熟时，再蒸上一大盆素糕。肉烂糕熟后，一大碗香肉便放到了每个人面前。人们便围坐在一起，大嚼畅饮起来，常常是觥筹交错，起坐喧哗，通宵达旦。

那时的山村，一般吃的是旱井水。家家打一眼旱井，夏季

我的老同学李旺珍

李旺珍家院外的大杏树

雨涝之时，把雨水收集到里边，能饮用几个月。旱井的水用完后，就得赶上骡子到下面很深的沟里去驮泉水。到达一眼清泉边，须得先把两只高达一米左右的椭圆柱形木桶灌满水，再绑到一个架子的两头，然后弯腰用肩膀扛到备有鞍子的骡背上。两桶水足有150多斤，要放到高大的骡背上，相当费力气。刚开始时有点儿不得要领，一下扛不起来。后来干得多了，也就熟练了，便能很轻松地扛起来放到骡背上那时在乡村小学工作，既没有电，也没有煤气。照明用煤油灯，做饭取暖则须烧煤和荒柴。春夏秋三季天暖的时候，我和老伴常利用闲暇时间到附近的山坡上掏焦蒿、砍圪针，以备烧饭之用。冬天就得提前准备好足量的大炭，用来取暖。当时，西距学校十多公里的山西省麦虎村有一座煤矿。有时，我们利用节假日从生产队赶上一两头驴骡，自己去那座煤矿驮几驮；有时就直接向村民们购买他们驮回的煤炭。

那时，柏树嘴村还没有通公交车。我们到暖泉公社办事，或回县城开会，或探亲访友，都得翻山越岭步行跋涉，挺艰苦的。有时带上儿子去30里以外的岳母家，还得到生产队借一头骡子或毛驴，让老伴和儿子骑上，以减轻疲劳。

1974年春天，在回暖泉学区开会期间，恰遇县文化馆馆长邬伟也在那儿下乡。他看到我手风琴拉得很熟练，回县后和教育局商量，就把我借调到文化馆了。自那以后，我就依依不舍地离开了可爱的柏树嘴村。

虽然艰苦，但现在回忆起在柏树嘴村那段将近四年的工作和生活，觉得还是很富有诗意的。

美丽的暖泉，也是我学习和工作过的地方

2015年9月7日下午，离开柏树嘴，就直接驱车前往暖泉村。经过双台子山时，我想到了当年在这个山顶发生的那场激烈战争。从双台子山顶北望，一条灰白色的混凝土公路像一条飘带一样，绕过眼前的两座烽火台旁，从一道长长的绿坡中间缓缓垂到沟底。接着又从对面的沟坡升起，穿过满坡窑洞和平房的暖泉村趴梁上山，顺山顶蜿蜒远去，直奔大路梁顶峰。我知道，从柏树嘴经暖泉到大路梁山的这条公路，是近年来社会主义新农村建设中的杰作。俯视下面那条东西横贯的深沟，从东边的沟掌开始，毛台子、桦

美丽的北堡乡暖泉村

树湾、暖泉、沙草湾、杜家沟等熟悉的村庄，历历在目。她们像一颗颗绿色珍珠，静静地散落沟底，非常妩媚悦目。

眺望东方沟底毛台子村对面坡上那条白色小路，我想到了我和同伴们在暖泉和县城读书时多次从那里上上下下的艰难。自从我们同村的四位小伙伴考入暖泉小学，之后在外读书的八年时间里，每次假日回家返校，往返步行都要经过那条小道。

车子从山顶一溜风顺坡向沟底行驶，公路两旁长势喜人的绿色庄稼夹道欢迎着我们。尤其是那些沉甸甸的谷穗，在微风吹拂下摇头晃脑的，看样子对我们的到来也是特别高兴。车子上坡穿村而过的时候，我觉得还有很多的窑洞和房屋似曾相识。乡政府、卫生院等建筑均已人去楼空，昔日的繁华热闹也消失得无影无踪。满眼的窑洞大多已经闲置，只有少数的几孔有人居住。

在我的记忆中，暖泉为革命老区。新中国成立后，先是清水河县第三区政府住址，继而改为乡政府，又改为人民公社政府多年，改革开放后又恢复成乡政府所在地。麻雀虽小，五脏俱全。那个年代里，村子里政府机关、学校、医院等单位应有尽有，十分繁华热闹。只是因为近年来国家城市化进程迅速加快，农村人口大量外流，北堡和暖泉两乡合并为一，乡政府也搬到了交通便利的阳湾子，村庄才变得这样幽静冷清。到达高处的学校旧址时，不由停车转悠观赏一番。这里众多的窑洞房屋，勾起了我许多美好的回忆。顶上的平房曾是学生的教室和教师的办公室，下面的窑洞是学生的宿舍和教师的住宅。当年我的大舅牛铁城跨出校门后就来到这所学校工作，一待就是几十年，对山老区教育事业发展做出了卓越的贡献。他无论是担任校长还是学区主任，都一直住在这里。当年，校址上曾有一座庙。移庙券窑后，他就住入里边。记得刚住入那年过春节时，大舅贴了这样一副对联："请出庙里神，搬进牛铁城。"人们看后，都说挺幽默的。

暖泉这个地方，对我的人生有着重要的影响。在我一生中，有三年半是在这里度过的，其中二年在读书，一年半在教书。1955年秋季，我和同村的陆振国、孙其业、张俊峰一起考入这里的高级小学读书。当时学校的校长是我的大舅牛铁城，老师有贺云飞、李海泉、陈世伟等人。他们都是刚从师范学校毕业不久的年轻老师，才华横溢，教学能力颇佳。这样，我们就在这所学校念完五年级、六年级，接受了两年良好的教育。1957年秋天，高一班内的20多名学生中，我和一个村的张俊峰以及北堡村的高厚和张遵正，总共4人考入了清水河县第一中学。

因为村子下边靠后一点儿的沟里，一年四季都有一股涌流不息的暖泉，所以这个村子就有了暖泉之名。在暖泉念书的两年时间里，夏秋时节，我和同学们经常来到泉边，或畅饮几口甘甜的泉水解渴，或捧起几掬清爽的泉水散热，其乐无穷也。常记我们同村的四位小伙伴，每逢假日回家时，徒步从暖泉出发，经沟内那眼涓涓流淌的清泉旁，过桦树湾村怀前，在美丽的毛台子村对面起坡，翻一道崄，下一道沟，再从营盘梁村对面起一道长坡，攀上义学湾山顶；稍事眺望休息，然后下坡过沟回到村里。一路上，我们

李培花两口子正在院内菜园子劳作

遇到平地或下坡就跑跑跳跳,或捉迷藏,或逮昆虫,有时甚至还到农田里拔几个萝卜啃啃,摘几把豆角吃吃,多么天真无邪,多么开心畅快啊!可惜的是,现在我们不仅老了,有两位已先行一步走了,人生无常啊!

1963年,师范毕业后,我又被分配到暖泉小学教书一年半。那时,这里是公社政府所在地,除政府机关外,这条美丽的山沟内,还有学校、医院等各种服务单位,挺热闹的。学校除了原有的几位老教师,还有高岱、赵敬璧等几位年轻人。我和高、赵二人年龄相近,也很合得来。平时我们努力教书育人,闲暇时间经常相跟上和医院的杨树旺、王德等年轻医生玩耍、喝酒、谈论人生。高岱老师是卓资山县人,为人聪明,口齿伶俐。在暖泉待了几年,就调回卓资山了,至今再没有见面。

在这里度过的一年半教书日子,也是有滋有味的。

可以说,我的大舅退休前基本都是在暖泉度过的,所以我在读书期间和工作之后,凡到这里,基本是他家的常客。舅舅和妗子对我很好,在我读小学和初中时,经常拿出5块或10块的人民币资助(那时他每月的工资也就40元左右),这是让我们家非常感激的。大舅在这个小山村把他的三个女儿和三个儿子都培养成才,并且孩子们也都找上了不错的配偶和理想的工作。他的三个女儿出嫁时,我都被委托为送亲贵宾,可见他和我的亲近关系。

可惜这次我来到暖泉的时候,二位老人早已因病去世。睹屋思人,我非常怀念他们。

离开暖泉后,驱车翻过大路梁,到达乡政府所在地阳湾子村。和司机吃了两碗炖羊肉,喝了两瓶啤酒,便沿荣乌高速公路返回薛家湾。

农家乐花开杨家窑

东距清水河县城关镇10公里的杨家窑村,有好几家农家乐。一次,我到韭菜庄、盆地青等地游览完毕经过这里时,又渴又饿,下车便径直走进临街的一家窑洞农家饭馆。看到桌子上放着一颗刚切开的红瓤大西瓜,没有打招呼便捧在手中狼吞虎咽起来。女老板看着我这个样子,站在一旁妩媚地笑着。她叫张海英,看上去30多岁的样子,五官端正,泼辣大方。我和司机小韩一边吃西瓜,一边点了两碗炖羊肉、一盘炒鸡蛋以及凉拌黄瓜、撒白糖西红柿、雪鹿啤酒等。

张海英告诉我们,现在杨家窑村因为离县城仅有10公里,所以县里人经常利用双休日或其他节假日携朋结侣来这里休闲转悠。他们来了吃点儿我们自产的绿色鸡羊肉、油糕莜面,临走时还带点儿鸡蛋等土特产回去,所以村里农家乐的生意都挺红火。她说,前几天还有北京大学的老两口来村里玩了一天,在她家吃喝住宿,临走时挺高兴的。

吃饱喝足来到院子仔细端详,满眼的黄瓜、柿子、豆角等蔬菜在绿荫间向我们绽露笑脸,眨着眼睛。鸡鸭等家禽也在笼中向我们伸头探脑,呱呱鸣叫,好一派和谐的农家乐园图。

谢别海英夫妇,北行游览漫步,来到一座戏台前。戏台两侧金黄的柱壁上那副红字对联挺有意思:"戏里乾坤大,人间岁月长。"

驱车驶出村外,但见村子周围绿树环绕,良田沃野葱绿悦目。马铃薯花俏丽洁白,油菜籽蕊金黄灿烂。好一个美丽的杨家窑,此行不虚呀!离开村子一会儿,便看到北方不远处的蒙西水泥厂。越过一碧如洗的玉米田望去,绿树掩映之中,厂房建筑那浅红色的圆顶、天蓝色的柱楼、洁白色的墙壁,在蓝天白云之下,竟是那样使人舒心开怀。

杨家窑窑洞农家乐老板张海英把香喷喷的炖羊肉捧到食客面前

祖国北疆的璀璨明珠鄂尔多斯

在祖国的北疆，内蒙古自治区西南部，有一片辽阔的大草原。在这片大草原腹地，有一座美丽的城市，她的名字叫鄂尔多斯。这里有悠久的历史，灿烂的文化，丰富的自然资源，优美的自然风光，更有勤劳善良的各族人民。这片古老而神奇的土地处在九曲黄河和万里长城的温馨怀抱中，不仅有碧草如茵的茫茫草原，还有金沙似浪的毛乌素和库布其两大沙漠。据史书记载，明朝天顺年间（1457—1464年），鄂尔多斯部落把成吉思汗陵寝移到此处。此后的几百年中，均按时举行祭典。久而久之，这个地方就被称为鄂尔多斯（意为很多宫殿）了。清朝初期，政府为了加强对蒙古各部的统治，推行盟旗制度，把鄂尔多斯的6个旗组成一个盟。又因当时各旗的行政长官（札萨克）在达拉特旗王爱召会盟，就正式命名为伊克昭（大庙）盟。2001年2月26日，经国务院批准，撤销伊克昭盟设立鄂尔多斯市。

鄂尔多斯草原美如画

关于鄂尔多斯的美丽与富饶，我早在内蒙古自治区清水河县工作时就有耳闻。及至1990年秋季跨过黄河，调到鄂尔多斯市准格尔旗工作，更是目睹了她的美丽富饶以及日新月异的发展。我惊喜地发现，在这块神奇的土地上，不仅能看到"蓝蓝的天上白云飘，白云下面马儿跑"的妩媚自然风光，还能看到不断有财富滚滚奔涌而出的壮观喜人景象。整个鄂尔多斯就像一个巨大的聚宝盆，盆盖下面到处都是乌金堆积，油气升腾，稀土、高岭土储量令人吃惊。"风吹草低见牛羊"的丰美草原上，羊绒产量也不可小觑。我国是全球第一产绒大国，年产羊绒8000～10000吨。单鄂尔多斯年产量就达5300多吨，占全国总产绒量的一半多。现已探明，鄂尔多斯煤储量达1496亿吨，天然气储量达

能歌善舞的蒙古族姑娘

鄂尔多斯大草原风光

鄂尔多斯市康巴什新区美丽的乌兰木伦湖

雄伟美丽的乌兰木伦河大桥

1880亿立方米,稀土、高岭土储量占全国的1/2。

改革开放以来,不仅鄂尔多斯的羊绒衫早已温暖了全世界,优质的煤炭和天然气也照亮了五湖四海。与之相应的是,丰富的羊、煤、土、气资源也给鄂尔多斯人换来了幸福、快乐和享受,使他们真正扬眉吐气了。现在,鄂尔多斯市已成为一座国家级文明城市。域内人民安居乐业,和谐稳定,生活蒸蒸日上,一派太平盛世景象。

现在的鄂尔多斯市,不仅经济日盛日隆,人民生活日美日甜,旅游事业也日兴日旺。生活富裕起来的鄂尔多斯人,热情地接待着来自五湖四海的客人。他们把客人迎进奶茶飘香的蒙古包,献上洁白的哈达和醇香的马奶酒;他们陪客人骑马逛草原,聆听醉人的牧歌,体味"天苍苍,野茫茫,风吹草低见牛羊"那种优美的意境;他们把客人领到准格尔旗的黄河大峡谷,乘船观赏"天下黄河九十九道弯"的奇异风光;他们把客人领进成吉思汗赛马场,观赏那独具风格的那达慕大会……作为一名旅游爱好者,又是一名鄂尔多斯人,我对鄂尔多斯的美好风光,同样情有独钟。我曾泛舟黄河大峡谷,骑驼游行走库布齐沙漠,到过成吉思汗陵,观赏过那达慕大会,不管到哪里游览,每次都是流连忘返,几度回首。

成吉思汗陵之旅

鄂尔多斯的成吉思汗陵园,我已去过多次,有时是专门去游览,有时是观赏那达慕大会时顺便去参观。最早的一次是在1997年10月12日，我们准格尔煤田第一中学语文教研组一行4人，利用到东胜市参加内蒙古自治区中学语文教学与素质教育研讨会的机会，抽空饱览了一番。

那天早上乘车从东胜出发，过伊金霍洛旗政府所在地阿勒腾席热镇后不久，首先观赏了著名旅游点红海。司机指着波光粼粼的湖水说："红海大鲤鱼色美味香，在周围享有盛名。"之后，汽车穿过辽阔美丽的甘德利草原，到达陵园门口。穿过顶额上镌有"成吉思汗陵"五个金色大字的高大牌楼，便是耸立着成吉思汗纵马驰骋铜像的广场。

攀着青松翠柏簇拥的混凝土台阶而上，走过长长的一段路后，三座互相连通的蒙古包式陵宫就矗立眼前。一边观赏，一边穿过花草争艳的草坪，向陵宫走去，只见三个蒙古包顶全用金黄色琉璃瓦覆盖。金黄色的包顶中间，镶嵌着蔚蓝色的云钩。这既是天宇的颜色，又采用了蒙古族的传统图案。墙壁大部分是白色的，其寓意是纯洁、高尚。整座建筑看上去规模宏大，别具一格。

进入正殿，一尊高达5米的成吉思汗塑像映入眼帘。塑像由汉白玉雕制而成，戴着盔，穿着甲，神态威严，豪气十足，体现出这位蒙古族英雄的戎马生涯。在后面的寝宫，看到有三座较小的蒙古包，全用黄缎子覆盖，里边分别安放着成吉思汗和三位夫人以及胞弟的灵柩。西殿也有三座小型蒙古包，分别供奉着弓箭、鎏金银马鞍和宝日温都尔（神奶桶）。六座蒙古包和大殿东边的珍藏白室（商更斡尔阁）以及成吉思汗的骟圆白骏共同组成陵之内的八白室。漫步到东殿，看到也有一座蒙古包，里边

成吉思汗陵园风光

成吉思汗陵园旁的敖包

成吉思汗铜像

安放着成吉思汗的四儿子拖雷及其夫人伊喜哈图的灵柩。因为他们夫妇生育了蒙哥和忽必烈两位大汗,所以受到如此殊遇。在正殿东西的长廊两侧,有一幅幅大型壁画。这些壁画生动展现了成吉思汗当年南征北战的场面,也描绘了忽必烈统一全国后,各行各业的兴隆盛况。

12世纪末到13世纪初,铁木真率领居住在鄂嫩河、克鲁伦河和土拉河三河源头的蒙古部落,征服了其他部落,建立了统一的蒙古汗国。1206年,他在斡难河(今鄂嫩河)边召开宗亲大会,被推举为全蒙古的大汗,号成吉思汗。此后,成吉思汗率领蒙古铁骑长期对南方和西方进行征伐。1218年消灭占据天山南北以及中亚地区的西辽。1219年,他率领20万大军继续西征。历时5年,横扫亚欧两洲,直达东欧和伊朗北部。1226年,成吉思汗再次进攻西夏,次年灭之。他本人也在这次战役中病逝,享年66岁。

相传1226年成吉思汗征讨西夏途经此地时,恰逢雨过天晴,天上彩虹悬挂,翠鸟歌唱;地上碧海绿涛,河淖如镜。他驻马欣赏,陶醉其中,不知不觉,手中的银柄蟒鞭落地,随从要去捡,他不让,并说:"这是长生天的意思啊!此地头枕黄河,身卧草原,手握天柄,眼望苍天,真是景色秀丽的风水宝地啊。"说罢即兴立马吟诗一首:

花角金鹿栖息之所,戴胜鸟儿孵化之乡。
衰落王朝振兴之地,白发吾翁享乐之邦。

吟毕,部下会其意,一齐动手拣来10万块石头,堆成一座大大的敖包。他随即给敖包起名曰阿拉坦甘德利敖包,把这个地方叫作伊金霍洛。

第二年,成吉思汗的灵车经过这里时,被敖包挡住去路,无论如何也不肯再向前行。丧仪官念了祝词,灵车方又启动。人们据此认为,这是成吉思汗的灵魂已在此地居留了。于是,其四子拖雷决定留下一架金鞍、一把宝剑,以及陪同主人征战一生的战神乌金"苏鲁德"等遗物在此处安葬,并指派答尔罕500户作为终身传世守陵人。

从陵宫正殿出来,到西南方的祭坛焚香叩头祭拜了这位蒙古族英雄。听说祭拜一方面可以表达对他的崇敬之情,另一方面亦可得到他在天之灵的保佑,使自己的事业获

鄂尔多斯大草原风光

得成功。离开祭坛,来到陵宫前面靠东的山头祭拜了敖包。祭毕,我们每人均把在路上拣的一块干净的石头添加到敖包上。听说当年成吉思汗部下用10万块石头堆起了眼前这座敖包,现在看上去远远没有10万块石头。看样子,当年的那座敖包已变成了脚下的山包,眼前的敖包是后人又堆叠起来的。在陵宫游览观赏近2个小时,并租用相机在各个景点前拍了照,留了影。

鄂尔多斯草原上的那达慕大会

2013年7月18日上午,我和老伴从薛家湾从长途汽车站出发,经东胜、康巴什,过乌兰木伦河,到达鄂尔多斯市伊金霍洛旗成吉思汗陵园赛马场,观赏了盛大的草原那达慕大会开幕式盛况。

开幕式前,站在观礼台向下望去,只见整座赛马场宽敞开阔,绿草茵茵,四周彩旗飘扬。碧绿的草地上,几座披红挂绿的蒙古包周围,到处是身着彩色民族服装的男男女女。他们三一群五一伙的,有的骑着马奔驰,有的站着嬉戏聊天。南面稍远一点儿的地方,竖着几块大型广告牌,在蓝天白云碧草的背景上,书写着"文化成陵""魅力成陵""和谐成陵""吉祥草原"等红色大字。远处的草场上,还有几十匹毛色或白或红的骏马在悠闲地啃草,几头高大的白驼一动不动地站立在那里。

顺着台阶下行到赛马场内,穿过马道,进入草坪。回头仰望,只见观礼台高大的蓝色顶棚前檐上,横书着"第九届成吉思汗旅游文化周暨成吉思汗那达慕大会"22个红色大字,非常显眼。

成吉思汗陵那达慕大会开幕式上的歌舞表演

"欢腾的鄂尔多斯"实景歌舞表演

上午10时整,那达慕大会开幕仪式在鄂尔多斯市旅游局局长的主持下正式开始。有关领导发表讲话后,"欢腾的鄂尔多斯"实景歌舞表演便在绿茵茵的赛马场上开始了。霎时,在旋律奔放、节奏悠扬的音乐声中,数百名身着彩色民族服饰的演员载歌载舞起来。碧草绿茵之上,舞步飞旋,彩衣笑靥翻腾;苍天大地之间,歌声飞扬,祥云瑞气激荡,场面壮观美丽,气势雄伟宏大。男演员时而大甩手迈步,时而双手撑腰移动,时而扬鞭走马,时而腾跃跳踏……那挺拔豪迈的造型、轻捷洒脱的舞步,跳出了蒙古族男儿剽悍勇敢、矫健有力的阳光之美。女演员也毫不逊色,她们时而抖肩翻手,时而甩手下腰,时而挤奶梳辫,时而旋转跪地……那娇艳袅娜的造型、欢快轻盈的舞步,跳出了蒙古族姑娘热情开朗、风姿绰约的阴柔之美。

整个演出过程中,时而男女合舞,时而众女翩跹,时而群男弄姿,绚丽多彩,高潮迭起。整场歌舞演出自始至终充满着热烈欢腾的气氛,洋溢着明快清新的情调,演绎出了纯朴祥和的草原风情。优美的舞姿,动听的音乐,饱含激情的场面,热情奔放的主旋律,更是表现了鄂尔多斯蒙古族人民纯朴热情、剽悍勇敢的性格和热爱生活、追求美好的情操。

《鄂尔多斯婚礼》实景表演

当然,开幕式上最精彩的节目还要数《鄂尔多斯婚礼》实景表演。这场实景演出以其独特的民族特色、浓郁的生活气息、悠扬的歌舞形式和热烈隆重的场面,表达了这片土地上的人们对美好生活的追求,彰显了他们那粗犷、豪爽、善良的性格。

《鄂尔多斯婚礼》实景演出从结婚那一天下午申时(15时)男方到女家迎亲开始。只见赛马场内一座装饰一新的蒙古包周围,有好多身着漂亮蒙古袍的红男绿女。他们或是在包外谈笑风生，或是包里包外进进出出。这座蒙古包正是新郎的家，东家正设盛宴招待请来的乐师、歌手以及以大宾、伴郎、祝颂人等为首的娶亲代表。宴罢日暮，鼓乐声起，迎亲的人们来到禄马下面，祭过圣主成吉思汗。此时，披弓挂剑的新郎被众人簇拥着走了过来。只见他身着红绸长袍，腰扎金黄腰带，脚登高统马靴，看上去英俊潇洒，喜上眉梢。他在领头人和祝颂人的陪同下，走到蒙古包前象征勇敢的玛尼宏杆下，和祝颂人及众宾客唱起迎亲歌："成吉思汗传下来的婚礼，是草原上最欢乐的时候。抬出那肥壮的牛羊，摆上那丰美的奶食，让我们纵情欢乐，幸福万年长。"唱罢，由众亲朋宾客组成的迎亲队伍便跃马扬鞭向新娘家奔驰而去。

《鄂尔多斯婚礼》的迎亲马队

《鄂尔多斯婚礼》演示中的迎亲场景

到达新娘住地后，浩浩荡荡的迎亲马队先绕浩特周围快跑一圈，正要在新娘家的蒙古包前下马时，欢聚在新娘家的亲朋好友迎了上来。迎亲的祝颂人还未来得及下马（正准备下马），他手捧的哈达就被新娘家一名厨师用烧火棍接了过去。此时，女方家的蒙古包包门紧闭，新娘的伴娘和亲友们在包外围成一个半月形圈子，做出拒娶的样子，还用一条丝带将迎亲者挡住。只听旁边的观众悄悄说，这叫"彩带隔门"。祝颂人见状，便向女方家客气地问道："今天是黄道吉日，我们是按婚约来娶亲的。你们是嫌我们来的人多，还是因为错过了时辰？"话音刚落，伴娘和女友们马上反唇相讥，用歌声问道："什么象征着洁白纯洁？什么标志着幸福荣华？这样的礼物是什么？你可把它带到姑娘的家？"歌声刚落，祝颂人马上用歌声答唱道："清晨是纯洁白净的鲜奶，正午酿

鄂尔多斯婚礼喜庆又浪漫

得更加甘甜。晚上变成醇香的酥油，这珍贵的礼品全部带来。"姑娘们又唱问道："千里草原上远近驰名，奔腾飞跃神速如鹰。为接娶美丽的姑娘，你们可曾带它来临？"祝颂人马上唱答道："成吉思汗圣主的马群里，挑选的白玉色宝马驹。驰骋蓝天云间的千里马，现已牵引到这里。"双方这样一唱一答，情趣横生。最终，伴娘见祝颂人对答如流，方收起彩带，打开包门，把新郎和迎亲队伍请进蒙古包。

进包后，祝颂人拿出送给女方的首饰和衣物，让新娘父母过目，并且敬上奶酒和全羊。之后，新娘家摆设盛大的婚宴招待迎亲的人。因为此宴结束后，新娘就要出嫁，所以也叫"离娘宴"。宴席中，新郎官先轮流向各位宾客敬酒，接受女方家亲戚赠送的衣服佩饰并穿上。蒙古包内男女老少围坐一堂，杯盏交错，歌声不绝，直到深夜。当年长客人走后，一位少女端上一根羊颈骨，要新郎从中掰断。为戏弄新郎及考验他的腕力和智慧，伴娘早已偷偷把一根红柳棍插入羊颈骨里。当新郎识破伎俩，终于把羊颈骨折断时，他便当众与新娘分着吃了，以示全心全意的爱情像羊颈骨一样紧紧相扣。

第二天，新娘将要离开家时，依依不舍，泪如雨下，似乎很伤心。听说这是鄂尔多斯婚礼中的"哭嫁"习俗。这时，只见祝颂人开始领着新郎"抢亲"，接着就见陪亲的姑娘和女友们一齐把新娘团团围住，进行"阻嫁"。男方见左右劝说无效，干脆挤进人群中奋力"抢夺"新娘。这样你抢我阻，场景十分热闹，演出达到高潮。当然，最后的"赢家"还是男方。

男方"抢"亲成功后，接下来就是新娘亲人们依依惜别。此时，送行的人们唱起送亲歌。伴随着歌声，伴娘用红纱为新娘蒙上头，穿上桃红色的蒙古袍，扎上宽阔的绿腰带，登上长筒的黑马靴，打扮得分外娇娆健美。在悠扬的礼赞声中，蒙着红纱的新娘

祖国北疆的璀璨明珠鄂尔多斯

由两位胞兄陪着，缓缓穿过人群上了一匹红马。绕自家蒙古包一圈后，在伴娘的陪同下，和娶亲马队一起，向新郎家走去。一路上，新娘总是走得很慢，故意落在后面，生怕走快了被人笑话。途中，娶亲人和送亲者均快

能歌善舞的鄂尔多斯女郎

马扬鞭，尽情驰骋，相互追逐嬉戏，争先恐后，最后还是娶亲者先到达蒙古包前。

新娘下马后，为了今后日子兴旺，先到蒙古包前的玛尼宏杆下进行"跳火"仪式。只见新娘拉着新郎从两堆火另一端递过来的鞭梢，从火中间走过去。听说这象征二人爱情坚定不渝，隐含纯洁避邪，日子越过越红火之意。接着进入蒙古包内，只听得祝颂人大声问新郎父母："新媳妇蒙头盖脸，能不能见到人露面？"新郎父母回答"能"后，就见婆婆揭开了儿媳妇儿头上的红纱。新娘一一拜过公婆和亲戚长辈。接着是公婆向儿媳赠送礼物，并给她取了新名。不一会儿，全羊喜宴开始。首先是向女方家来送亲的贵宾献上羊背子，这个礼仪看上去相当盛大，接着听到的是《全羊赞》的吟咏诵读声。之后，宾客们便开始尽情地大嚼大饮了。席间，新郎手执铜壶，新娘手端放有银碗的酒盘向宾客一一敬酒。只见被敬者一饮而尽，并纷纷祝一对新人幸福。婚礼渐渐进入高潮，丰盛的喜宴，醇香的美酒，悦耳的歌声，翩翩的舞姿，觥筹交错，直到天明。第二天早晨，新郎新娘举行送客酒宴。娘家来送亲的每人畅饮三杯后，跃马扬鞭，踏上归程。

整场演出通过载歌载舞的形式，精彩演绎了鄂尔多斯婚礼的全过程。场面热烈欢快，喜庆诙谐，品格高雅，演技高超，让人大饱了眼福、耳福和心福。

康巴什新区的历史文化气息

鄂尔多斯市府所在地康巴什是一座美丽的新兴城市，康巴什系蒙古语，意思是"卓越的老师"。走进康巴什新区，你会看到许多造型独特的建筑。车子依次经过市中心广场最南端的巨型人造景观湖、铜鼎广场后，在绿化广场停下。谢别司机，我一边向北漫步，一边游目观赏。

看到四周那四座奇特的建筑物时，便不由驻足了。首先是那藏古纳今的博物馆，

远看很像北京的鸟巢,近观则更像一块饱经风霜的大磐石。久久端详着那古铜色的金属外表,仿佛看到了鄂尔多斯草原那古老沧桑的草原文明、悠久丰厚的文化底蕴。整座建筑气势雄浑,风格庄严,我仿佛嗅到了浓郁的历史气息,又不由感叹现代科技的无所不能。那作为知识宝库的图书馆,在博物馆稍南一点儿,远看很像一台正在拉开的手风琴,近观则是三本精装书的立体造型。另一侧的两座建筑是鄂尔多斯大剧院和文化艺术中心,看上去外部造型也各有特色。鄂尔多斯大剧院的两座建筑很像蒙古族男女的两顶头饰,而文化艺术中心则筑成了天圆地方状。

继续漫步观赏,座座建筑造型新颖独特,风格匠心独具。那入口会堂呈蒙古包状的会展中心、金马鞍状的体育中心,都将现代建筑艺术与地域风格相结合,使这座城市独具活力,风景更加亮丽多姿。听说自2009年以来,广场周围的七大文化建筑,不仅多次举办过各种国际文化活动,而且成为平时开展各项群众文娱活动的场所。

走过绿化广场继续北行,远远就望见了成吉思汗雕塑广场。这座广场和刚才走过的铜鼎广场、绿化广场都坐落在康巴什新区南北中轴线上,长2.5公里,宽0.2公里。从南面的草坪进入广场,首先就见两匹骏马铜雕后蹄蹬地,前蹄腾起,相对而立,跃入空中,似作嘶鸣状。这组名为"天驹行空"的铜雕,是伴随成吉思汗征战一生的双骏形象,看上去不仅志在千里,且有凌云之势,这分明是鄂尔多斯人民开拓进取、实现跨越的精神象征。穿过马路,攀上台阶,草原母亲和海纳百川两组铜雕就显现面前。

左边的草原母亲铜雕,成吉思汗和母亲居中,右侧站立两个儿子,左侧站立一儿一女,女儿靠近母亲。母亲端坐在巨石上,手握捆在一起的五支箭举到胸前,正在给五个儿女讲《蒙古秘史》中五支箭的故事。她谆谆教诲儿女们要像这捆在一起的五支箭一样,紧紧团结在一起,才能成就大事。听了这个故事,成吉思汗明白了"聚之群鸟,胜

鄂尔多斯图书馆和博物馆建筑风格独具风情

于散之猛虎"的道理。他之所以能够成就伟业，就是因为从这个故事中所汲取了团结力量的源泉。

踱到右边的海纳百川铜雕前，只见成吉思汗和丘处机居中，右侧立穆斯林父子正在议事，左侧的耶律楚材正与另一位

康巴什新区的鄂尔多斯大剧院和文化艺术中心

在谈论，前方一位书记员正在聆听记录着每一次重要的决策命令。这些人中包括畏兀儿人塔塔统阿、财神爷震海等，都是来自当时各民族的贤才智囊，他们帮助成吉思汗开拓疆土、创建伟业，体现了成吉思汗海纳百川、善于网罗天下仁人志士的大度情怀。

离开海纳百川组雕，转到后边的一代天骄前仔细观赏。但见这组铜雕上面以一座大蒙古包为背景，显现了浓郁的草原氛围，也突出了成吉思汗是草原人民的儿子的构思。接着通过八个故事情节表现了成吉思汗从出生到称汗的整个人生历程。

随后右行，先后观赏了闻名世界组雕、天驹行空、海纳百川、草原母亲、一代天

美丽的康巴什

骄、闻名世界这五组铜塑。从南向北望去，浩浩荡荡，生机勃勃，雄伟壮观，气势不凡。雕像群以天驹行空打头，既突出了蒙古族是马背民族的特点，也显现了成吉思汗金戈铁马创建伟业的生命历程。

在鄂尔多斯观赏第十届全国少数民族传统体育运动会

2015年8月9日下午，由国家民委和国家体育总局主办、内蒙古自治区人民政府承办的中华人民共和国第十届少数民族传统体育运动会在鄂尔多斯市体育中心体育场隆重开幕。此次运动会，是以民族传统体育竞技作为内容的全国性大型体育赛事。作为一个鄂尔多斯人，能够在自己家门口观看到这样一次大型的体育盛会，我和所有的鄂尔多斯人一样，自然感到十分骄傲、自豪和欢欣鼓舞。所以那天上午就和老伴、儿子、孙子驱车经过东胜，赶到开幕式所在地鄂尔多斯市康巴什。所经之地，无论在东胜各个街区，还是在康巴什的乌兰木伦湖畔和成吉思汗广场，到处都充溢着浓郁的节日气氛，随处可见"相聚内蒙古、共圆中国梦"的宣传语。

此次运动会，来自全国31个省（自治区、直辖市）、新疆生产建设兵团、解放军代表团等共34个代表团的6240名运动员，将参加17个竞赛项目和178个表演项目的比赛。此次运动会的竞赛项目不仅丰富多彩，而且很富特色。听说有花炮、珍珠球、木球、蹴球、毽球、龙舟、独竹漂、秋千、射弩、陀螺、押加、高脚竞速、板鞋竞速、少数民族武术、民族式摔跤、马术、民族健身操等17个项目。

9日下午观赏完隆重的开幕式，我们到伊金霍洛旗府所在地阿勒腾席热镇舒舒服服住了一宿。10日上午，就近到伊金霍洛旗赛马场观看了马术比赛。那精彩的民族赛马、走马比赛场面，确实十分震撼。10日下午，细雨绵绵。运动员们依次骑着马进入赛马场，进行了各具风格和特色的马术表演。内蒙古、新疆、西藏等地的骑手们的马上技艺尤为精彩绝伦，特别是当藏族女骑手在飞奔的马背上经过主席台前时，让所有观众赞叹不已。10日傍晚，我们乘车回到了薛家湾。我想，全国各代表队的民族体育健儿们，在以后的十多天里，不但会在各个项目的比赛中大展身手，而且在比赛的整个过程中，还会进一步加强各民族间的友谊和团结。

康巴什草原丝路小镇——康镇

2018年6月27日下午4时，天气稍凉快点儿了，侄女贞贞便带领我和老伴去康巴什康镇参观。从她在神华康城C区的居所出来后，乘公交车北行西拐一段，再步行片刻，即到达目的地。下车北行，在景区门口的草坪中，看见一组雄风翩翩的骏马铜雕，东北方向那高大的摩天轮也很是吸人眼球。

听说位于康巴什北部的民族团结园,占地308万平方米。康镇就是民族团结园内的核心景区,景区总面积4.6万平方米。

小镇入口是一座古色古香的城楼式建筑。长长的城墙上建有三座城楼,中间一座较大,两边的较小。中间城楼下面正门额上有汉蒙双语"康镇"刻字,下边两侧门框则是一副对联:草原丝路水丰物盛尽铺锦绣春风里,塞上康镇大美所致共展和谐画卷中。加上左边"丝路明珠"、右边"多彩康镇"等的陪衬,营造出一种先声夺人的感觉。

进入城门里边,先登上彩旗飘飘的门楼城墙。抚栏游目四方,康巴什城区美景,康镇里面古风民俗建筑,摩肩接踵的游人,尽入视野之内。下楼游览,但见镇内绿树红花,小桥流水,亭台楼阁,曲栏幽槛。所看到的景物,不仅有鄂尔多斯地区诸多非物质文化遗产、民俗文化、人文音乐、手工艺品、美食佳酿等展示,草原丝绸之路上晋、陕、甘、宁等地的民俗风情、餐饮文化等也频繁出现在视野之内。里边的民族文化交流中心、鄂尔多斯美食文化体验区、风格古朴的小院落、红绸飘拂的绣楼、特色民俗客栈、文化精品酒店、鄂尔多斯院子、关中民俗市集、悠悠度假区、互市街等,有的使人游得开心,有的使人购得满意,有的使人乐得逍遥,有的使人吃得满足,有的使人住得舒服,都让人流连忘返。

在鄂尔多斯院子,看到人们喝着浓浓的奶茶,吃着香喷喷的炖羊肉,唱着蒙古族长调短歌和漫瀚调,浓烈的草原风味扑面而来。当走过挂满大红灯笼的陕西院子和关中民俗市集时,婉转高亢的秦腔振荡了我们的耳鼓膜,肉夹馍、羊肉泡馍的香味也使人垂涎三尺。走到那座可展示各大派系戏曲的戏台时,栋柱上那副幽默风趣的对联吸引了我:看文戏看武戏看文看武做戏,观今人观古人观今观古看人。

整座戏台宽敞高大,所演出的各种戏曲,确也能够"震古铭今"。

看着互市街前那尊商圣范蠡的铜像,我想这也能够启发商贾们学好生意经的。这座

草原丝路小镇康镇大门

康巴什草原丝路小镇风光如画

康镇，展现多种珍肴美味，汇聚各地特色建筑，风景如诗如画，的确是一处独具特色的草原丝路民族文化交流与交融的旅游度假小镇。

走出镇区的时候，我不禁想，这座丝路文化旅游区康镇的建成，又给美丽的新城康巴什增添了一座城市后花园，使其锦上添花。

民族团结主题公园

在康镇游玩尽兴往回返的时候，三人徒步向民族团结主题公园走去。走着走着，远远就望见多根红色大柱竖于绿树红花之中，景色好不美丽壮观。及至进入里面，只见这些大柱根根顶天立地，呈圆形整齐排列于广场之内，圆心则是绿色的草地。这些立柱柱身是红色，柱顶和柱底小部分为黄色。而红色和黄色，在我们中华民族这个大家庭中，一直被看作是吉祥、喜庆和高贵的象征。我好奇地站在圆心的绿地旁数了一下，正好是56根。听场内工作人员介绍，这56根红色大柱，是56根民族团结柱，都是从北京天安门广场移过来的。根根都是13.6米高，寓意平等、团结、和谐的56个民族。欣赏着这座美丽的广场，觉得她既彰显出美丽中华的多彩繁荣，又透露出浓郁的草原风情。

据说这座主题公园，建在康巴什成吉思汗广场中心景观轴线延伸线北端，占地面积290多公顷。欣赏尽兴，沿着民族团结路漫步南行，走出民族团结门，来到公路上，打出

祖国北疆的璀璨明珠鄂尔多斯

康巴什民族团结广场的56根民族团结大柱

租车返回神华康城C区。

鄂尔多斯音乐喷泉

2018年6月27日晚饭后,侄女贞贞与她的公婆老倪老两口陪我和老伴来到乌兰木伦景观湖区,观赏了鄂尔多斯市康巴什新区亚洲第一高喷泉夜色。

这处著名的景观湖区是2008年以后,在乌兰木伦河流经康巴什市区11公里的宽阔河面上建起的。除了这段美丽的人工湖,稍后还建起五座跨湖大桥和一处亚洲最大的景观瀑布。从那以后,乌兰木伦河(红色的河)的观赏和实用功能进一步完善,成为一条造福当地居民和中外游客的幸福之河。湖区景点除音乐喷泉和南岸瀑布外,还有群马雕塑、水上娱乐区、长达3000多米的雕塑壁画艺术走廊等。

2015年8月9日上午,我和老伴、儿子、孙子来康巴什观看第十届全国少数民族传统体育运动会时,曾来这片景观湖区游览。当时这里游人云集,广场音乐喷泉每隔几分钟就喷珠吐雾一番。在阳光照耀下,喷出的雨雾彩虹频现,激起的排排玉柱直插蓝天。广场上的数十匹骏马雕塑,犹如披着洁白的轻纱奋蹄奔驰,场景震心撼扉。

这次来到这里,正赶上精彩的喷泉表演,只见随着一首激越奔放的歌曲的响起,成千上万个喷头一齐喷射,数千盏水下灯光不断添光换彩,音乐喷泉开始了精彩的表演。顿时,雾影与灯彩交融悬挂于天地之间,不断变换着形体和色彩,有时犹如擎天的玉柱,有时犹如涌动的画卷。特别是那出类拔萃的主喷,有时喷出的水柱高达180多米,

乌兰木伦景观湖区喷泉夜色

有时甚至直上苍穹200多米,不愧为亚洲第一高喷泉。整个表演过程中,灯光水影交相辉映,光芒四射。婉转悠扬的歌声,摧动着几十种水型,不断组合成多种变幻莫测、绚丽多彩的美妙景观。我的眼睛紧盯着对面那颀长宽阔的水幕,如醉如痴地欣赏着上面层出不穷的奇特画面:有时是绿草地上的白色蒙古包,有时是腾空翻越的中华巨龙,有时是风吹草低见牛羊的敕勒川,有时是成吉思汗陵园的宏伟轮廓……沿湖长长的水幕景观带内,同一时间内每隔几分钟就会喷射出一大排高而长的水雾彩柱,蓝色的,绿色的,红色的,橙色的,白色的……一切悦耳目、娱心神的好颜色都会在水幕上展现。透过那变幻不定、五彩缤纷的神奇水形,对岸几十栋高俏亮丽的楼厦外立面上,绚丽的五彩显示屏也是尽情展示着自己不断变换的美丽容颜。她们的倩影一起映入水中,水面上流金荡银,朦胧迷人,美不胜收。甚至在下游较远处的乌兰木伦河大桥上,也频频出现几处蒙古包顶状的五彩图案,煞是耀眼。从晚上8时开始,广场上每播放一首歌音乐喷泉就表演一次,大约在10时结束。每次表演都是精彩纷呈,令人眼花缭乱,其氛围既淋漓酣畅,又激越奔放。磅礴的气势,绚丽的风采,集声光水色于一体的一个个镜头,真可谓气冲霄汉,蔚为大观,场场引得观者不停欢呼喝彩,真乃一个"水韵小江南,七彩康巴什"。我先在广场高处的观景平台上观赏了一会儿,后来在倪姓亲家陪同下,索性走下台阶,到达湖边一览美景。回望广场,有成千上万人前来观看。

这包含有无限风光、诸多灵气的音乐喷泉表演,每晚都给观众奉献一场特别震撼、美妙的视听盛宴,使得这里成为康巴什晚上最热闹的地方,为这座美丽的草原新城增添了无穷的魅力。

2009年8月18日,第十一届亚洲艺术节在鄂尔多斯市开幕。开幕式上献给与会者的第一个精彩节目,就是这个音乐喷泉表演。大家观赏了这美轮美奂的瀑布喷泉、激光水幕音乐喷泉、大规模广场音乐喷泉、高达209米的亚洲第一高喷后,都赞不绝口。

鄂尔多斯婚庆园

2018年6月28日上午,我离开侄女家前往鄂尔多斯火车站途中,在鄂尔多斯婚庆文化园南门站下车,进入园内观赏一番。此文化园位于康巴什新区城市绿化走廊,是一个展示鄂尔多斯传统蒙古族婚礼以及中国传统婚礼和爱情文化的公园。

观赏之中,只见在满园象征爱情的鲜艳玫瑰花簇拥之中,多组表现蒙古族婚礼全过程的主题雕塑很是亮眼。当然,还有象征我国民俗婚礼和爱情文化的抽象性和参与性雕塑、十二生肖雕塑、化蝶雕塑等,也很吸人眼球。还有结婚1周年至80周年纪念名称雕塑,也常使人驻足。其中的15周年水晶婚、25周年银婚、50周年金婚等雕塑,使我久久驻足观赏。这些有趣的婚龄文化雕塑,引起了我对自己几十年婚姻生活的美好回忆。是啊,到2019年,我和老伴结婚就50周年了。这个金婚的年份,是得好好纪念一下。

细观慢赏,那13座主题雕塑挺有意思。这些雕塑依次介绍了蒙古族婚礼的整个流程:喜迎宾客,分辫出嫁,祭天娶亲,路途点火,锅灶之礼,闭门迎亲,求名问庚,惜别父母,送亲路上,圣火洗礼,拜见公婆,奶茶飘香,婚礼大典。每一组雕塑都有简单的文字介绍。例如,婚礼大典看上去是整个流程中最热闹的环节:送亲队伍到达男方家后,双方亲人欢聚一堂,举行婚礼

婚庆园内的爱情箴言

婚庆园内象征甜蜜爱情的玫瑰花处处盛开

大典。在欢快的民歌联唱中,人们跳起筷子舞,盅子舞、顶碗舞等鄂尔多斯经典民间舞蹈,成为鄂尔多斯民间艺术的大殿堂,充分展示出歌海舞乡的无限魅力。

观赏那组惜别父母雕塑时,只见离别父母那刻,气氛一片宁静,空气似乎也在默默地为出嫁的姑娘祈祷。姑娘穿着新娘服饰,跪拜在父母面前。心爱的女儿就要离开,慈祥的父母以眷恋的泪花为女儿送行,祝福女儿永远幸福。女儿带着父母无微不至的爱,恋恋不舍地踏上遥远的人生之途。

分辫出嫁组雕,初升的太阳普照辽阔的草原,新娘父母手捧哈达,邀请梳头父母为女儿分辫。在一片祝福声中,梳头父亲用新郎佩带的象牙筷子,把新娘的头发从正中分

开,梳头母亲沾上放入鲜奶的水梳为新娘梳头,并戴上头戴。姑娘的单辫被分开,是当新娘的重要标志。

在这座颇具特色的婚庆文化园内,爱情雕塑陈列于步道两侧。每组雕塑周围,草树凝碧,百花流芳,以玫瑰花为主,还植有牡丹花等诸多姹紫嫣红的鲜花,再配以一些婚礼和纪念方面的建筑小品和构筑物,使得满园气氛柔和美丽而多姿多彩,与爱情婚姻的主题水乳交融。

婚庆园立有三组灯饰,造型精致美观,颜色丰富多彩,既给人强烈的视觉冲击,又象征着甜蜜爱情的纯洁。在园内,我漫步在夫妻恩爱的比翼双飞广场,徜徉于永结同心

婚庆园水景区寓有相爱的人柔情似水、花好月圆、永结同心之义

的银河鹊桥和心心相印的同心锁广场，穿过五彩纷呈的彩虹门，伫立于爱情文化景观墙前……无论走到哪里，一种情切切、意绵绵的爱情文化氛围总是不断扑面而来。

"两情若是久长时，又岂在朝朝暮暮""燕尔新婚正妙年，亲朋争说好姻缘""珠联璧合情如蜜，海誓山盟石比坚"……爱情文化景观墙和喜联广场这些爱情箴言和对联，都是字字入情，句句铭心。

自南门入园起，就有一股清流迂回曲折伴随其间。园林中心那一池碧水中竖起的高圆大红同心结，我想，正是象征着相爱的人柔情像水一样清淳、爱心会一生永结、婚姻会一世花好月圆。

从婚庆文化园北门出来，回味刚才欣赏到的情景。那碧树花丛中13组比真人还大的主题雕塑，假山奇石、小桥流水等景观，为人们展现了一场宏伟震撼的鄂尔多斯蒙古族婚礼场面，简直是一幅独具特色、绚丽多彩、内容丰富的蒙古族风情画卷。

因为鄂尔多斯传统婚礼举世闻名，2005年5月20日，该民俗经国务院批准，列入第一批国家级非物质文化遗产名录。

黄河西岸，我的第二家乡魅力准格尔

准能人和准旗人携手并肩创辉煌

20世纪90年代初期，国家能源战略西移的春风吹醒了准格尔旗，一个名为准格尔煤炭工业公司的特大型综合能源企业，进驻这片热土。他们在一个名叫薛家湾的小村镇，大手笔投资92亿元人民币，开建国家"八五"重点工程准格尔煤田。1990年伊始，全国各地英才贤能闻讯纷纷涌入矿区。我也随着这一高潮西渡黄河，来到这家公司的职工子弟中学担任音乐教师。同年秋天，儿子和女儿双双被招工，分别进入准格尔煤炭工业公司的公用事业处和铁路处工作。

准格尔旗地处内蒙古自治区西南部，鄂尔多斯高原东端。黄河水环绕其北、东、南边缘滚滚流淌，明长城蜿蜒东来，在魏家峁与黄河水携手南行。其地下蕴藏有无穷无尽的宝藏，仅煤炭储量就达544亿吨，是母亲河边一个"物华天宝、人杰地灵"的好地方。

1990年7月17日，准格尔煤田上马的号角吹响，黑岱沟露天矿、坑口发电厂、大准铁路煤炭运输线等三项主体工程全面开工。万余名准能人在准旗人的大力协同下，开始了

国家能源集团准能集团办公大楼

远眺黑岱沟露天煤矿洗煤场

轰轰烈烈的煤田建设开采运动。他们要把地下储藏的乌金挖掘出来,变成强国富民的财富。身处这种热火朝天的氛围中,作为一个文学爱好者,我曾咏出这样的句子歌唱那些英雄的创业者:

> 准煤矿工,风流倜傥,踏破荒原,创造辉煌。
> 黄土地贮藏着我们的理想,黑岱沟是大显身手的好地方。
> 把微笑系在大电铲的臂膊,把信念融进挖掘机的歌唱。
> 让青春和煤块一起燃烧,让生命像太阳石一样放光。

到1997年11月,装机容量2台10万千瓦国产发电机组的坑口发电厂,年生产能力3000万吨原煤的黑岱沟露天煤矿及选煤厂,正线全长264公里、年运输能力7000万吨的大准电气化铁路煤炭专运线,全部建成并投入试运行。在此期间,为了使投产后原煤生产能力与市场需求水平相匹配,公司还投入重金从国外引进当时世界最先进的采掘运输工具倒斗铲及辅助设备。在那些年轰轰烈烈、热火朝天的矿区开发建设中,我培训的准煤一中铜管乐队也显得十分繁忙,经常应邀参加各个单位项目竣工投产的剪彩演奏活动。在小乐队一次又一次激越奋进的鼓号声中,我有机会亲历了准格尔煤田从开工建设到建成投产的全过程,也亲历了准能人一步又一步跨越飞腾、直奔小康的豪迈雄风。

1999年4月,准煤公司划归神华管理并更名为"神华准格尔能源有限责任公司"后,正式投入生产。2001年3月,在庆祝神华准格尔能源有限公司成立大会上,中国著名音乐家瞿弦和率领中国煤矿文工团来到薛家湾进行慰问演出。很多国内外享有盛名的歌手纷纷登台献艺,他们的歌声大大鼓舞了建设者们的奉献热情和雄心壮志。

投产后，准能人首先瞄准"中国第一、世界一流"的奋斗目标，在迎接市场经济挑战的进程中，以"用准格尔绿色煤炭，还世界碧水蓝天"的品牌形象，赢得了用户，开辟了国内外广大市场，形成了长期而稳定的电煤销售渠道。这样一来，公司连年产销两旺，收益递增。2002年更是一举销售1018万吨，成为内蒙古自治区首家煤炭产量超千万吨的企业。到2005年，煤炭产销直达2300万吨，利润突破11亿元，上缴利税6.5亿元，创造出了中国能源企业的辉煌业绩，成为内蒙古自治区境内大型的集煤炭开采、坑口发电、铁路运输为一体的综合性能源企业。生产、经营、经济效益的快速增长，给公司插上了腾飞的翅膀。之后，准能人充分利用地域优势和"绿色环保煤炭"品牌效应，继续做大做强煤炭主业，以多种形式扩展煤炭生产运销能力，提高经济效益。这

作者组建的薛家湾地区第一支铜管乐队部分队员合影

准能集团干电厂风光

准格尔能源集团文化中心

黄河大峡谷准格尔旗城坡煤矿风光

样一路下来，不仅使公司员工生活水平犹如芝麻开花节节高，而且上缴国家利税也年年增加，同时也大大推动了准格尔旗地方经济的发展。

准格尔煤田上马的一声炮响，炸开了煤炭资源久久重锁深闭的大门。从此，地下的乌金宝藏变成源源不绝的财富，不断地井喷式涌出，滚滚流入政府的账户和人民的钱柜里。在这种大好形势下，全旗经济如虎添翼，迅速腾飞崛起。准旗人民，团结一致，紧紧抓住国家新一轮经济快速增长期到来的机遇，依托资源、地域优势，趁势建成亿吨级煤炭、五百万千瓦级电力、五百万吨级煤化工、百万吨级高载能四大基地，快速提升了经济实力，大步流星向全国百强县行列迈进。

在煤炭市场日益向好的情况下，准格尔旗的经济发展可谓"春风得意马蹄疾"，效益一路快速攀升。到2005年底，准格尔旗已攀上全国百强县第89位。这一荣耀性的结果使全旗各族人民更加欢欣鼓舞，兴奋不已。他们决心再接再厉，继续努力奋斗，攀上更新更高的台阶。到2010年，全旗煤炭产量超亿吨。在2011年出炉的全国百强县名单中，准格尔旗又前移到第12位。此时的准格尔旗已成为鄂尔多斯市经济发展最稳定、增长速度最快的旗之一，为整个鄂尔多斯市的经济发展带来强劲的动力。

经济强势发展的同时，自然形成了国内一流的交通网络。全长1820公里的荣乌（山东荣成到内蒙古乌海）高速公路和全长265公里的准兴（准格尔旗到兴和）载重高速公路，一南一北横穿东西。呼大（呼和浩特到准旗大饭铺）高速和薛魏（薛家湾到魏家峁）公路纵贯南北。东起大路镇、全长674公里的沿黄（黄河）高等级公路，为准旗人西出包头、临河、乌海、银川等地提供了更加方便快捷的通道。这些公路加上从旗府所在地薛家湾通往9个苏木乡镇、109个自然村的多条油路，组成一个密集的四通八达的公路网。公路之外，还有准朔（准格尔旗至朔州）、巴准（包神铁路巴图塔站至准格尔旗）、大准（大同至准格尔旗）、准东（准格尔旗至东胜）、呼准（呼和浩特至准格尔旗）等多条铁路入境准格尔旗，与公路网络纵横交错，极大地方便了人们的出行和煤炭运销。2017年12月31日，呼准鄂（呼和浩特至准格尔旗至鄂尔多斯）铁路客运专线正式贯通运营，更给准旗人民的出行提供了便利。那天，我特意去大路新区乘坐了有史以来从准格尔开往呼和浩特的第一趟客运火车，体会了乘火车前往呼和浩特的快意。据我所知，准格尔旗是目前为止国内高速公路和铁路过境最多的一个旗县。面对如此优越的交通条件，准旗人自豪幸福之色溢于言表。他们常常向外人夸："我们现在是出门水泥路，出村柏油路，出旗坐火车、走高速。"

准格尔旗不但地下宝藏丰富，而且地面旅游资源也灿如繁星。目前，全旗范围内已形成一河一城一峡"（黄河、长城、黄河峡谷）"一塔一岩一文"（包子塔、砒砂岩、漫瀚文化）"一沙一地一带"（库布齐沙漠、黄河湿地、砒砂岩带）"一王一召一曲"（油松王、准格尔召、蛮汉调）的资源主体。

以下，就让我给大家把准格尔旗的美景一一数来。

美丽的薛家湾

随着准格尔煤田建设的深入发展和准格尔旗政府驻地的迁入，薛家湾这个在1990年前还只有几十户人家的小山村，现在已变成一座拥有十多万人口的现代化煤城了。目

薛家湾煤海明珠塔

前，这座煤城在准旗人民的梳妆打扮下，正以她自己特有的魅力在鄂尔多斯高原上独领风骚。她在源源不断地把光和热输送到全球各地的同时，自己也出脱得一天比一天漂亮妩媚了。

自20世纪90年代初准格尔煤田上马投建开始，全国各地许多具有卓识慧眼的商家厂家就纷纷来到薛家湾投资创业。他们建厂房，筑商厦，积极加入城镇建设的行列。

我从1990年秋季调入准格尔工作并定居下来，至今已经29个年头。人们常说："三十年河东，三十年河西。"到2019年，就是三十年河西了。可以说，我到薛家湾工作和薛家湾建城是同一年。我亲眼看着薛家湾由一个藏在深山无人识的村姑，逐步变成一位花枝招展的大家闺秀。现在的旗府小镇，无论是腾飞桥东的准能生活区，还是腾飞桥西的准旗市政区，鳞次栉比的高楼大厦代替了原来的矮屋土房，纵横交错的柏油马路代替了原来的泥土沙道。各种各样的高档小汽车喜气洋洋地往来穿梭。穿着高跟皮鞋的摩登女郎神采飞扬地逛来逛去。绿树、草坪、花坛、公园随处可见；饭店、商场随时可去。塔哈拉川河南岸的南山公园和北岸的北山公园，以及腾飞桥东的友谊公园，都是人们休闲娱乐的好去处。它们的地势有高有低，优势互补。三个公园在绿树成荫、花团锦簇之中，亭台楼阁时现，曲栏回廊通幽。我常常进入园内到处漫步，时见小桥流水、喷泉假山，觉得犹如置身苏州园林一般。

煤海明珠塔近景

南山公园

银钻广场倒影入水

春、夏、秋三季的良宵佳夜，我常常进入友谊公园，在锣鼓乐曲声中和众多市民扭扭秧歌跳跳舞，总是觉得乐趣无穷。

早晨，许多老年人漫步到友谊公园，或在整洁宽敞的广场上击剑、跳舞、打太极拳；或在体育器械上揉腿、甩臂、舒腰扩胸。园内有几处漂亮的彩色长廊，人们在节假日或茶余饭后，经常聚在这里聊天、唱歌、下棋，其乐融融。友谊公园内花坛草坪遍布，林木茂盛，绿色的爬山虎爬满墙壁彩廊。海棠、刺槐、圆柏、白蜡、山桃、李子、垂榆、珍珠梅、龙爪槐等植物，在广场四周郁郁葱葱，风光美好无限。

我也常常攀上南山公园，尽兴尽致地观赏每一个景点。那位于山顶广场中央的圆形玉柱喷泉喷珠吐玉时，有时会映现出一道美丽的七彩长虹，使观者不由自主地喝彩叫好。被誉为"煤海明珠"的高俏景观塔，在园内是鹤立鸡群的标志性建筑。那"孔雀开屏"的树根雕塑，看上去果真像一只漂亮的孔雀展开彩屏欢迎着来此的每一位游客。靠南一处绿叶鲜花环绕的场地中央，有一尊怀抱婴儿的母亲雕塑。观赏这尊雕塑就会想到，我们每一个人都像这个婴儿一样，是在慈母的怀抱中接受哺育长大的。母爱是伟大的，慈母的哺育之恩是一定要报答的。

母亲雕塑东南方开辟有一块国防教育基地，展放着两门高炮和一架歼5飞机，附近还设有几处国防知识专栏。专栏上有两句话我们应当时时牢记："天下虽安，忘战必危。天下兴亡，匹夫有责。"是啊，保卫现在的和平幸福生活，不仅需有高、精、尖的武器，还必须经常保持居安思危的思想意识。

我经常伫立园区北畔俯视镇区的芳姿丽容，每次总会有一种非常亲切的感觉。清清的河水两岸，对面火车站的运煤专列长鸣气笛进进出出。东边国华、准能电厂冷却塔的

塔哈拉川南岸边夜色迷人

蒸汽腾腾升起,西边塔哈拉川高速公路大桥如白龙腾空,上面车辆川流不息。旗中心医院、旗府办公大楼、准能办公大楼、生力国际大酒店、凯旋门大酒店、生力购物中心等标志性建筑雄姿英发,亭亭玉立。鲜花绿树掩映之中,数不清的靓楼丽厦摩肩接踵,争俏比美……喜游醉眼到兴奋之时,那种"此景只应天上有、人间能得几回逢"的感觉总会油然而生。

美丽的北山公园,是我晨练漫步经常去的地方。公园里春、夏、秋三季的碧草、绿树、鲜花和青松等,不仅赏心悦目,而且香气袭人。特别是那些花儿,种类繁多,姹紫嫣红,各具风格,在人们面前争奇斗艳,显娇献媚。像桃杏花、马兰花、丁香花、玫瑰花、格桑花、月季花、大出其其等,有的像贵妃醉脸,有的像黛玉蹙眉,有的像美人含笑,有的像西施捧腹……千娇百媚,各领风骚。更为奇者,在鲜花碧草之中随处可见一些宣传孝道的标牌。一牌书写一语,并画有一图配合,新颖醒目。诸如:"父母的零花钱不能少""陪父母看一场老电影""带父母参观你工作的地方""给父母说说自己的事情""支持单身父母再婚""经常带爱人子女回家"等。图下为字,字下有一个大红"孝"字,也是一道亮丽的风景线。从2016年开始,公园的东西两头,又竖起了高高的"社会主义核心价值观主题公园"园名牌。之后,人们在公园中漫步时,就经常可以见到"富强,民主,文明,和谐;自由,平等,公正,法治;爱国,敬业,诚信,友善"24个大字。这体现社会主义核心价值观内容的24个大字,以红牌白字醒目显眼的方式,掩映在绿树鲜花之中,净化升华着每一个游园人的心灵。园内还有"优秀志愿者事迹展"以及"学习雷锋、奉献他人、提升自己"等广告栏,也分别以图文并茂的形式宣传实践社会主义核心价值观过程中涌现的先进人物事迹。园内景观看点除原来那些宣传传统孝道的标牌外,还新添了图文并茂的"新二十四孝图"。诸如"母亲哺育我,我报慈母恩""家庭和睦,互相礼让""婚姻情感,关心体谅""和颜顺语,态度安详"等。

我常常进入旗府办公大楼对面的准格尔广场漫步。广场宽敞舒展,高高的五星

薛家湾北山社会主义核心价值观主题公园

红旗迎风飘扬。正南面建有一座时尚的舞台,东南角竖起一台电子大屏幕。茶余饭后,闲暇时光,人们三一群、五一伙,或在广场上悠闲地散步,或在电子屏幕下驻足观赏。广场上有时还会有一对对情侣相依相偎,情切切意绵绵地甜言蜜语。这座广场一年四季经常举办大型群众活动和文艺表演。各机关单位也经常来到这里,向群众宣传国家有关方针政策。特别是每年正月十五,幸福的准旗人连续三天在这里耍花车、坐花轿、扭秧歌、踩高跷、唱山曲儿、游九曲黄河阵,表演者与观赏者摩肩接踵,热闹非凡。

薛家湾有一条兴源步行街,是本地一条商业金街。街道两旁的店铺比肩接踵,商品琳琅满目,品种齐全质优,是人们购物的好去处。这是一条放心消费示范街。街道中间东西一长排标牌上书写的数十条金句,诠释了本街所有商户的经营理念:"诚信经营,公平竞争;自由选择,自主消费;自由流动,平等交换。"街道内还有多家"十日内无理由退换实体店",人们尽可以到这条步行街放心地消费。工作一天乏困了的人们,来这个地方唱唱歌、跳跳舞,放松一下,是非常惬意的。这栋楼里有烤吧、酒吧及音乐会馆等供市民们吃喝玩乐的地方。

从兴源步行街西口走出,就是薛家湾中心繁华地段。这里不仅有当地最早最著名的商业楼、万人裤业等购物点,还有唱歌跳舞等娱乐场所。再往西走走,穿过卖肉一条街,进入兴隆市场平民购物处和万通商城麻辣烫串聚卖点,你会发现这里又是一处吃购小天堂。

薛家湾每年夏秋之际都要举办物资交流大会,请来外面的知名晋剧团和二人台进行十天八日的演出。晋剧团一般是从山西省请来的,其中著名晋剧表演艺术家胡嫦娥那班戏来的次数最多,演唱也很出色。20世纪90年代我第一次欣赏胡嫦娥的演唱后,就被她那精彩的演技和悦耳的唱腔所吸引,即兴吟出小诗一首以赞:

> 月中嫦娥艳煤城，带来云间第一歌。
> 樱桃暂破啭黄鹂，莲步乍移舞银河。
> 有板有眼节律清，字正腔圆美意多。
> 一曲未尽人已醉，余音绕耳乐心窝。

2018年7月14日晚，国家一级演员、梅花奖获得者、山西省著名晋剧表演艺术家胡嫦娥女士，率团莅临薛家湾演出《穆桂英挂帅》。胡嫦娥饰演穆桂英，演出精彩纷呈。我当晚观赏了整场演出，觉得这位艺术家饰演的穆桂英英姿飒爽，形神及唱念做打均很精到，深受感染，遂又吟出一首小诗以赞：

> 嫦娥扮演穆桂英，飒爽英姿巾帼雄。
> 唱腔浑厚动天地，念白铿锵感苍穹。
> 举步挥袖如行云，一颦一笑皆传神。
> 国难当头接帅印，鼓角声中思绪纷。
> 精忠报国杨门心，不让须眉女将承。
> 声情并茂入戏深，台上嫦娥真桂英。

每年春节前后的两个多月，薛家湾就会被市民们装扮得十分美丽。从腊月十五以后，各式各样的大红灯笼就挂满全镇大街小巷。除夕夜，镇内各大广场和公共场所，大中小型、五彩缤纷的花灯处处闪光耀眼。这种花团锦簇、流光溢彩的富贵吉祥场景，能一直延续到第二年二月初二。我就用下边这首小诗来概括一下这种盛况吧：

> 火树银楼不夜城，薛家湾湾显娇容。
> 矿区路路展彩屏，市政街街挂红灯。
> 煤海明珠披靓妆，塔哈拉川满河星。
> 万民笑脸映苍穹，斗酒相逢醉太平。

横穿镇中心而过的塔哈拉川河经过治理后，在中心河道上形成一条2公里长的景观带。景观河内清水长流，碧波荡漾。两岸内壁两排漂亮的霓虹灯排列整齐，岸上各具特色的高层建筑比肩林立。我常常在晚饭后来到景观带北岸，沿河畔徜徉徘徊，但见上下河槽华灯映水，丽楼倒影，景色扑朔迷离。有时皓月当空，微风徐来，眼前更是金波漫涌，银浪轻翻，五彩缤纷的光点满河跳跃。这种花明月满、柔风拂面的享受，使我更觉神清气爽。近几年来，在春、夏、秋三季，水面上还可见彩船画舫载客往来游弋，有关单位还会在端午节组织划龙舟比赛。

在迅速发展和颇为独特的区域经济推动下，鄂尔多斯草原上矗立起薛家湾这样一座妩媚骄人的现代化新兴煤城，确实使我和每一个准旗人感到骄傲和自豪。

作为一名普通的中学教师，我在薛家湾这座美丽富饶的太阳城生活了近30年，也确实是度过了一段快乐的时光。刚开始，我作为一名专职中学音乐教师，积极筹划组织起本地区第一支铜管乐队。这支乐队在我的带领下，从20世纪90年代准格尔煤田开建初期起就积极参加各种文艺演出和开业剪彩活动，对活跃薛家湾地区的文化娱乐氛围起到了应有的作用。在那期间，我曾先后数次前往北京、天津等地，买回长号、圆号、小号、黑管、长笛、萨克斯、巴力顿等铜管乐器，同时对乐队进行严格专业的训练，大大增强了演奏实力。每次出外演奏，都能保质保量完成演奏任务，获得上级领导和有关单位的好评。后来准能一中换了校长，我也评上了中学高级语文教师。在退休前的一段时间里，担任了几年语文教学工作。在此期间，我认真辅导学生提高语文基础知识和阅读写作能力。我本人是一名文学爱好者，曾背诵过大量古今中外著名诗赋，所以在教学中经常教育学生，看到好的诗文要尽量背下来，永远熟记心中。"百鸟在林，不如一鸟在手"嘛！

1998年5月，我在语文教师任上提前退休，但办理手续后，继续工作到放暑假。秋季，准旗薛家湾镇教办主任王吉厚也退了下来，在河南湾苏计沟盖楼办起私立的育龙中学，聘请我和卢添贵、赵越、王桂兰、尹三明、王德生等多名准能公司退休老教师到校任教。那年冬季，赵越老师的老伴突然走失，我们全校师生帮他寻找了两三天，最后于11月7日傍晚在电厂对面一

准格尔旗第十中学

师生欢聚

准格尔旗黄河大峡谷包子塔风光

块玉米地内找到了遗体。赵越老师当时很悲伤,我们众人立即帮他找了一辆敞篷汽车,把他老伴的遗体拉回准能医院。

回到家中,天已黑下来。女儿突然来电话,说她妈已到她家,让我也去南区喝羊杂碎。我随即骑了一辆自行车向南区奔驰而去。不想刚顺着公路骑到桃园里东侧,碰到了一名叫林国忠的醉汉。他开着车不走该走的右侧马路,直接向我骑行的左侧快速冲上来。我当时根本来不及躲避,就被他撞飞到车盖上,又重重地摔到左侧的人行道上,我当时就昏了过去。等到醒来时,已经被卢添贵老师及我儿子等人抬到我家对面的安吉祥家中。这次车祸,也算我人生中的一难吧。幸运的是,这次摔到地上是面部向下。虽然5颗重要的门牙全部被撞掉,但眼睛和脑部没有受伤,住了半个月医院就痊愈了。

随着经济迅猛的发展,准格尔旗的教育事业也出现了强劲的势头。由于各级领导及广大教育工作者在工作中大胆创新,扎实工作,全旗办学条件得到极大改善和提高,基础教育、职业教育、成人教育等呈现出全面协调可持续发展状态,涌现出了旗一中、世纪中学、民族中学、三中、九中、十中、职中等教学设备和师资队伍双优的好学校。这些学校不仅升学率年年在鄂尔多斯市名列前茅,学生的素质品质也得到了良好发展。

人们都记得,准格尔经济是从薛家湾起飞,准格尔进入百强是从这里起步的。可以这样打个比方,薛家湾现在是盛开在鄂尔多斯大草原上的一朵名贵的鲜花。再加上她的两朵姐妹花——旧旗府所在地沙圪堵镇和新开发的大路工业园区,我相信她们都会是这片热土上永不凋谢、永远怒放的名花。

准格尔旗凭借经济快速迅猛发展的强劲东风,医疗卫生事业也得到极大的发展。

现在全旗有直属医疗卫生单位7个，乡村基层卫生院14所，村卫生室近140个，民办医院也不少。各级医院中的医护人员，不但医技高超，而且服务热忱。广大人民群众的一般疾病，基本不出本旗就能得到很好的治疗。近几年政府又推行了"先看病、后付费"政策，市民、农民都参加了合作医疗保险，大病报销率达80%以上，极大地减轻了人民的经济负担，提高了生活质量。为了提高全旗人民群众健康水平，旗政府还出资定期给老年人进行免费体检，深得广大人民群众好评。

薛家湾西郊美丽乡村王青塔

距薛家湾镇西10公里左右城乡接合部的王青塔村，现在已经成为一个红火热闹的现代化新农村。进入村中，首先看到的是一栋栋崭新的平房和楼厦，农家院和各种超市触目皆是。中午时分步入任意一家农家院，里边都是窗明几净，桌椅整齐，饭香扑面而来。村中的人们说，这些农家院主要经营本地杀猪糕、炖羊肉、猪骨头烩酸菜等本地特色菜，每天来吃饭的人还不少。

离一农家院，向北穿过铁路桥洞西行不久，就可见公路南边有很多温室大棚。我曾参观过其中的10个，由10户人家承包。除6号大棚种油桃、10号大棚种小瓜和西瓜外，其余8个全是种草莓。进入王福祥和张四女老两口的9号大棚，从棚口向里望去，地面上一色碧绿，从脚下一直铺展到大棚的另一头。满眼绿色之中，一颗颗草莓向我崭露着红润晶莹的笑脸。从近处仔细观赏，一株株莓蔓爬满一条条垅起的畦梁，在一片片圆圆的叶子下面，布满了一串串鲜红而小巧玲珑的莓果。这莓果似珍珠，像红豆，耀人眼目，惹人垂涎。看着眼前这香气袭人的美景，我不禁随口吟出了下面几个句子：

万绿丛中万点红，万缕清香直撩人。
喜看农家笑开颜，乐杀乾坤一衰翁。

美丽的王青塔村

王青塔村民王虎斌正在自己的大棚内培植草莓

王青塔村民窦兰柱和他饲养的非洲雁

王福祥老两口高兴地告诉我 他们是去年在政府帮助下承包的 婳已卖了两茬，每茬能卖个几千元，收入很不错，真感谢党和政府的好政策。

在窦兰柱承包的7号大棚，除了看到里面的草莓长势喜人，他还在外面养着40多只非洲雁，白色居多，也有黑色和杂色的。他说，这些非洲雁很能下蛋，肉质也不错。每颗蛋能卖4元，每斤肉价值45元，养非洲雁每年进账一万多元，再加上草莓收入，全家的生活水平大大提高了。

王虎斌的4号大棚外墙迎客一面，绘画亮眼醒目，除绘有顾客采摘的喜气场景外，还注明棚主是王虎斌，棚内种植着草莓，品种是"红颜九九"，风味甜酸适口。这种绘画宣传使前来采摘的人一目了然，效果显而易见。

我曾到过准格尔旗境内五家尧等许多农村，放眼望去，温室种植到处开花。这些都是在政府积极引导帮助下，让农民广开致富门路的积极途径。草莓油桃、瓜果蔬菜的广泛种植，不仅增加了广大农民的经济收入，对全旗经济发展的促进作用也不可小觑。

百里长川内的璀璨明珠——明清古镇十里长滩

由于我本身已在煤城薛家湾工作和居住20多年，所以准格尔旗境内的许多地方我都去走了走。尤其是靠近煤城的西口古道百里长川一带，更是去过多次。通过反复的观赏游览，我感觉十里长滩、海子塔、巴润哈岱和白大路四个村庄，确实是闪耀在这道川里的四颗璀璨明星。

2016年10月17日下午，有点儿闲情逸致，便又去这几个地方转了转。

那天从薛家湾驱车出发后，沿109国道一路西行半个小时，便看见路旁高高竖着醒目的广告牌。绿色草原背景的广告牌上写的是:"百里长川百里景,西口古道西口风,薛家湾镇百里长川欢迎您。"看着这些,我知道车子很快就要驶入西口古道百里长川了,而且很快就会欣赏到那道长川的崭新面貌了。

须臾之间,车子就从海子塔大桥东端左拐下坡,驶入美丽百里长川的长白线公路。长白线南起长滩、北至白大路一段,是准格尔旗百里长川西口文化旅游线路主干道。旧时的西口之路就是从此通过的。一路南行,黑黝光亮、平展宽阔的大道两旁,青砖黛瓦起伏、屋脊檐牙交错的仿古民居,不断从视野之中闪过。这些将晋北民居特色和本地住宅风格相互融合的崭新建筑,在绿树田园环绕之中、紫气祥云笼罩之下,显得尤为清雅别致。是啊,近年来,"乡风文明大行动"在准格尔旗大地上全面同步推进,使十里长川旧貌换新颜,处处盛开幸福花。

清代古镇十里长滩

沿长白线南行一会儿,就见长滩入口处新竖起一座高大漂亮的牌坊。牌坊正面横额上书有"长滩"两个大红字,两边立柱上是一副红字对联:回溯古镇花开花落,静瞻长川云卷云舒。透过坊门,首先吸引我们眼球的就是长滩煤矿那群宏伟的建筑。进入坊门,回首瞻仰,牌坊里面额上"西口古镇"四个大红字立即映入眼帘,两旁立柱上那副红色对联也很新颖:马蹄云中古道,鸡声山里人家。牌坊上的对联和横额红字,马上把我的思绪引回到前些年游览河曲县西口古渡的时候。当年那些为生活所迫,从那个古渡

十里长滩进村大门

古色古香的十里长滩明清风格街道

漂过黄河的晋北、河曲男儿，在走西口途中，曾把这里作为重要的休息驿站（有关当年西口难民把这里作为重要驿站，并且辛勤开发建设十里长滩的详情，我已在前几年出版的《锦绣中华全游记》一书中详细记述）。

穿过牌楼，来到街口，眼前顿觉豁然一亮，视野之内的景观已和上次来时大不一样，用青石板铺就的街道两旁，店铺门面都变成了新的模样。墙壁都由一色儿的青砖垒砌，屋顶全为黛瓦铺盖。每栋店铺的檐下都整齐垂挂着三个一串的大红灯笼，加之那大红色的雕花门框窗棂，整体望过去，满街的古色古香，仿佛到了江南水乡周庄、同里古镇一般。沿街边走边看，王俊娥门市部、谢治国糖酒副食超市、杨四女碗托等招牌，一个接着一个，而且均为仿清仿古制作，看上去风格别致，使人顿生一种思古之幽情。行走之间，见很多人从这些商铺进进出出，或购物，或吃喝，十分繁华热闹。

当年那些走西口过来的晋北、河曲人，后来有很多在十里长滩定居下来。在长期的生产生活过程中，他们把口里的农耕文化、建筑文化、饮食文化、服饰文化、民俗文化等一起带了过来，慢慢地与游牧文化融合，使这里成为准格尔旗民族习俗最为讲究的地方。

我在小镇街道上转悠时，随处可见准格尔旗十里长香小杂粮产业专业合作社的名牌产品"十里长香"小杂粮出售点。仔细看去，各个摊位上出售的小杂粮有糜米、八宝米、高粱米、绿豆、豇豆、黄豆、扁豆等近20个品种。听内蒙古兴农绿色产业协会会长兼该合作社理事长杨建军先生介绍，早在清康熙年间，晋北、河曲走西口来这里开荒定居的人们，就从家乡带来了这些小杂粮优质种子，并播种在了这块各民族世代繁衍生息的肥沃土地上。我们现在在街面上出售的有机小杂粮，都是精选自黄土高原丘陵山区和黄河灌区的乡村田野、农家田园。这些优质小杂粮，就是汉族农耕文化和蒙古族游牧文化相互交融的产物。杨会长还说："每年我们都会把当地农民收获的优质五谷杂粮、瓜果蔬菜、家畜、家禽、肉蛋和窑洞蘑菇等收集回来，通过精选装箱，以我们独创并获得专利的十里长香绿色品牌形象销往全国各地，大大增加了农民的收入。"他还说，"我们的合作社在2011年12月就被农业农村部授予'国家农民合作社示范社'称号。"

继续沿街南行，两旁各种酒家、饭店、特色小吃店等招牌不断映入眼帘，阵阵香气扑鼻而入。但怎么找也看不到上次来时所见的"好日子"大酒店，也看不到刘水英女士开的本地猪羊鸡肉百货副食门市部。进入这些酒家饭店观赏品尝，只见荞面圪团儿、碗托儿、米凉粉、炖羊肉、腌猪肉、油炸糕、糕圐圙、米窝窝、摊黄儿、马蹄酥、长豆面、糖麻叶儿、麻花、月饼等各种各样的特色小吃琳琅满目，味香色鲜。还有像每年正月十五的闹元宵活动、二月初二的九曲灯游会、四月初八的娘娘庙会等，十里长滩人也都搞得热火朝天。在这些民俗文化活动中，还常有山西的晋剧、二人台和鄂尔

杨四女碗托店

清代古刹正觉寺

多斯的漫瀚调、蒙古民歌等文艺节目助兴，引得周围十里八村的乡亲们都来观赏，盛况非常。

从小镇街道中段东转，到达正觉寺。只见这座供奉吕祖神像的寺庙飞檐翘角，雕梁画栋，壮观气派。经看庙碑刻字得知，此寺初建于清代康熙六年（1616年），至今已有395年的历史。那时十里长滩便经常有庙会、集市、骡马大会（牲畜交易市场）举行。2011年，有社会人士捐资百万，将寺庙进行了扩建，不仅重塑了吕祖金身，而且把山门、观音殿、钟鼓楼、禅堂等翻修一新。进入当院穿心殿，端坐正中的弥勒佛首先笑嘻嘻地迎接了我们，两侧的四大天王威风凛凛，显得森严肃然。长滩村的正觉寺和娘娘庙自清代建成以来，每年都会招来大量虔诚的香客。尤其是每年农历四月初八举办的庙会，场面甚是热闹。

长滩千年古榆树

  正觉寺院内的旧戏台不见了,代之而起的是一座下有盘龙大柱、顶为二龙戏珠的新剧场,看上去宽敞明亮,高大宏伟。请来山西晋剧院的大戏,也能施展开。正观赏间,一辆黑色小车开了进来。司机见我观赏,就自豪地介绍自己叫刘永华,和我认识的杨建军是同乡同学,这戏台就是他设计建造的,问我怎么样,我说挺好的。

  从寺院出来,见其旁边高处建有一座烈士塔。登览的阶梯底部两侧,各书四个大字,分别是"教育当代""垂训后世"。烈士塔周围有红花黄蕊掩映,苍松翠柏呵护,显得庄严肃穆。举步拾级而上,从塔身周围四望,长滩美景便尽收视野之内。经阅读亭内准格尔旗人民政府镌刻碑文,得知建此烈士塔之缘由:"十里长滩,旅蒙商镇。民国二十九年,国民党河曲县长朱五美到此立流亡县衙,历时八年。清查共产党,对抗解放区。民国三十六年腊月,长滩解放,建立汉蒙游击政权。朱纠集残部反扑,长滩人民誓死捍卫,巩固红色政权。今逢中国共产党成立90周年,为铭记长滩革命英烈,故勒石立碑,以砺后人。"

  2018年10月2日下午,我和准格尔旗著名摄影家李根万、著名文化人士杨建军、文化馆原馆长老刘同志等9人专程前往准格尔旗福路塔,游览了大型秦文化墓葬遗址。

西口古道上的璀璨明珠海子塔、巴润哈岱、白大路

  十里长滩白大路,家家户户乐悠悠。巴润哈岱海子塔,处处盛开幸福花。

  准格尔旗薛家湾镇的海子塔,也是准格尔旗百里长川中西口古道上一个美丽的村

黄河西岸，我的第二家乡魅力准格尔

海子塔薛家湾镇农耕文化博物馆

庄。河曲一带人渡过黄河走西口，这里是一段必经之路。走西口的人常常经过这里，就把晋北河曲一带的农耕文化、饮食文化、住宅文化等一起带了过来。进村后和村民聊天中，大多数人都说，他们祖上是从河曲过来的。近年来，村里的人们拆旧居，建新宅，买新家具，一片片灰砖起墙、青瓦盖顶、窗明几净的新房在村中出现。村民们喜气洋洋地说："党的政策就是好。我们拆旧房、盖新房的时候，所需资金政府补贴一部分，自己拿一部分。"言语之间，充满对党和政府的感激之情。进入村民家中，房子从外到里一簇簇儿新，家家屋内安装有户户通、机顶盒，收看电视节目已不成问题。这次海子塔的新村建设，与当年的西口文化相融，使村庄再现了晋北文化的魅力。

我有一次到达海子塔村贺家湾社，村民刘桃女正在自家大门口站着，便受邀到她家坐了一会儿。四合头的大院干干净净、整整齐齐，屋内一进两开，三间大房窗明几净，大沙发、大床铺，均宽敞舒适，电视机等有序摆放，和城里人没有什么两样。恰遇刘桃女的亲家母过来串门，儿媳妇也正忙着做家务。聊天中，刘桃女乐呵呵地说："共产党的政策就是好，帮助我们住上了这样漂亮的大瓦房！"说话之间，脸上的皱纹舒展开来，露出幸福灿烂的笑容。我请她们三人坐到沙发上，举起相机把这段快乐场景拍摄了下来。

巴润哈岱（西黑岱）

一天上午，我驱车前往巴润哈岱村游览，展现在眼前的那大片大片蓝色的鼠尾草和紫色的马鞭草令人心旷神怡。车子返回巴润哈岱窑头梁下车观赏时，就见一座四合院内，一名少妇正从车上往屋内搬运装修器材。等她从屋内出来时，我便大声向她喊道：

巴润哈岱的鼠尾草夺人眼球

"小媳妇,请掉过头来,我给你拍个照。"听到喊声,她马上转过身来站好。青春的脸庞像红苹果一样,在朝阳的照耀下显出美丽动人的光彩。我迅速举起相机,拍下这美好的一瞬。她告诉我,她叫刘秀莲,正忙着把自己的房子装修得更舒适漂亮一些。接着,我又走进张建英、田兰女夫妇家,屋内整洁、温馨,装修现代代。我请这老两口坐到一幅全家福下面的沙发上,给他们拍了一张合影。

张建英、田兰女夫妇

68岁的刘水泉老汉,久久站在自己新居的红漆大门前,乐悠悠地反复打量着。近几年来,在社会主义新农村建设中,巴润哈岱村村民原来的土坯房都变成了青砖新瓦房。街道和院落也进行了硬化,并配备了相应的环保设施。每家每户大门额上都有"家和万事兴"或"幸福之家"的红漆大字,洁白的墙壁上那一个个大红福字也很是显眼。刘水泉高兴地和我说:"我是看准了,党的政策就是好。现在我们村是人勤地不懒,年年大增产;户户有余粮,家家有存款。人们都住上了新房,屋子里摆上了大立柜、写字台、电视机,大门外还停着小汽车。"说完他哈哈大笑起来。这笑声使人听着振奋、喜悦。这哪里是他一个人的笑声,这分明是全村人的笑声,是全国亿万群众拥护党的政策的共同心声!在场的另一位村民接着说:"如今我们想吃有香的,想喝有辣的甜的,想穿有新的,想娱乐就娱乐,还有文化室。"是啊,如今广大农民富裕了,随之而来的,就是对文化娱乐的需求。而国家的好政策,已经满足了他们的这种需求。

白大路

"不走那个大路呀哎个哟哟小路上来,为看亲亲哎个哟哟溜红崖。不走那个大路呀哎个哟哟小路上来,麻撅撅扎烂大底子鞋……"从这两段传统歌唱白大路的漫瀚调歌词来看,位于百里长川西口古道上的白大路,虽然历史上早就是晋陕蒙商贸往来的交通要道,但一直以来却只是一条红泥土路,每当雨后人车难行。面对这种情况,村民们就在红泥土上面铺上了一层白色的碎石子儿。由于此路上行人和车辆往来频繁,久而久之,碎石子路就被碾压成白石灰路了。人们也就慢慢改称此路为白大路,路旁的村庄也就随

白大路村湖光潋滟,田园丰美

之有了白大路之名。

近几年来,我在前往水镜湖、尔圪壕等地游览途中,经常路过白大路村。有一次停车观赏,但见一条平展宽阔的柏油路盖住了原来的白大路,逶迤从村前经过,车辆行人往来不绝。听路旁的村民介绍,这条康庄大道是2013年建成的。站在路畔环视周围,美丽的白大路村由一栋栋漂亮的楼房组成。三层的居民住宅楼旁边,还有一栋白大路村党员群众活动中心大楼,卫生室、图书室、文化活动室、红白理事会等应有尽有。楼前的空地上,竖有几块广告牌。走近观阅上面文字,就见每三字一句,觉得挺有意思,不由读出声来:"宅基地,依法批;守规划,不占道。盖房舍,先申报……"这些读起来朗朗上口的三字村规民约,体现了白大路文明兴村的新风貌、新气象。

路南的川地,满眼是绿油油的庄稼。沟壑田野,道路两旁,到处都可看到郁郁葱葱的树林。昔日"十道山梁九道红"的白大路,现在已是十道山梁十道绿。有位村民在和我们聊天时说:"别的村有的能靠煤矿挖煤赚钱,有的能拿到征地费。我们村就靠在全村的荒山秃岭上植树造林致富,樟子松、油松、丁香、红玫瑰、紫玫瑰等,凡是能长起来、能卖钱的我们都种。其中杏树最多,有两万多亩。再就是靠苗木繁育来增加收入,拿林草这个产业来致富。我们从外地引进各种优良树种,在山地中搞苗圃,育树苗,成活率很高。"

美稷小镇沙圪堵风光

我从1990年秋季西跨黄河到达薛家湾的准格尔煤田工作后,多次乘长途汽车到沙圪堵游览过。在游湖路入口处,气势不凡的二少爷纪念馆富丽堂皇。阅读碑刻的二少爷简介文字,观看两侧用浮雕和文字介绍他一生的杰出事件,知道了这位被称为"二少爷"的奇子俊,确实是准格尔旗一位值得推崇纪念的少年英雄。而这样一位少年奇杰,却不幸英年早逝,令人痛哉惜哉!

美丽的美稷民俗风情园

二少爷纪念馆附近的美稷民俗风情园竖立的六尊华表底部,镌刻着图文《美稷民俗风情园记》,详细介绍了公园情况及沙圪堵的历史:沙圪堵汉代属西河郡美稷县,西汉时为西河郡属国都尉治所,东汉时为南匈奴单于庭,因盛产黍稷而得名美稷。又因安置南匈奴而被载入史册,成为农耕文明和游牧文明的交融之地。

沙圪堵清代属鄂尔多斯左翼前旗。康熙三十六年(1697年)开放边禁后,因汉族垦种荒田,春出秋归,路经纳林川,沙圪堵出现车马大店。到清末全面放垦,汉民大量定居,沙圪堵已名噪晋陕蒙,成为西口驿站。

民国六年(1917年)九月初一,准格尔旗东协理代理札萨克那森达赖在沙圪堵兴建的商铺头道街开市，沙圪堵自此易名那公镇。规定每月逢一日集贸日，成为绥晋陕三省交界商贸重镇。

1948年5月，准格尔旗解放，在沙圪堵成立旗临时自治政务委员会。之后，沙圪堵一直是全旗政治、经济、文化中心，各项事业得到持续健康发展。至1999年8月旗人民政府移驻薛家湾前，一直是旗府驻地。

沙圪堵镇于1999年10月设立自治区级开发区内蒙古沙圪堵经济技术开发区，2006年1月更名为内蒙古准格尔经济开发区。沙圪堵依托老街，拓展新区，招商引资，吸纳财富，焕发新生。园内九曲黄河阵旁，有一巨型金黄佛脚模型，寓意是教诲世人要步步行善。处于中心位置的龙头景观月秀湖碧波荡漾，回清倒影，湖面中心的月园岛上有一美稷亭，看上去亭亭玉立，凌波映水，煞是迷人。湖心岛上布满绿树鲜花，奇石怪木，也被装点得分外妩媚袅娜。

坐落在纳林川（皇甫川）上的沙圪堵镇，因盛产糜、黍而得名美稷城。近年来不仅糜黍产量不减，煤炭、高岭土等丰富的矿产资源以及海红果、山杏儿、准格尔山羊等林牧业特产，使得工业也得到迅猛发展，因而又有了"内蒙古准格尔经济开发区"之美称。资源优势和良好的投资环境，使得一些大企业、大厂家不断进驻。环城游览中，我看见建起的那一座座厂房楼厦，给城镇增添了一道道亮丽的风景线，不仅使城镇空间不断扩大，变得越来越好，也给市民提供了不少就业机会。

看到高耸的伊东集团大楼，更感到这个以煤为主业兼有多种经营的集团公司确实能

沙圪堵美稷民俗风情园内的月秀湖

大佛脚

量不小。途中经过内蒙古腾丰杏仁露有限公司时,虽未停车,但我想到了这个公司出产的海红果汁也挺有名气。

翼飞房地产、沙圪堵镇鑫鑫富民社区综合服务中心、准格尔旗第一中学、准格尔旗人民医院等建筑,不断从眼前闪过。一路下来,我心中已得出一个结论:在这里,不但水、电、路、通信等基础设施应有尽有,功能完善,医疗、教育、文化等社会事业也发展迅猛。

内蒙古高原杏仁露有限公司

沙圪堵镇盛世东海假日酒店前的街道上设有高原露广场,广场内高高竖起的广告牌上张贴着形象代言人的照片,还有这样一句话:"高原露,高出天然好味道。"司机说,这个公司前些年已搬迁到一个新的地方了,离这里还有一段较长的路程。于是我们便驱车前往,十多分钟后到达。公司大门酷似半个杏仁之状,看上去别致美观。左框下方悬挂一金色牌匾,上书"2014年国家农业综合开发'一县一特'产业发展试点项目实施单位"字样,右框下方对应的一块牌匾上书有"内蒙古高原杏仁露有限公司"12个大字。

我向站在门口的保安郭双喜说明参观的来意后,他热情地领我进入里面,向右穿过院内绿色的草坪林带,来到一栋漂亮的二层楼房前。楼顶上那用汉蒙两种文字书写的"高原露,中国有机杏仁露"10个大字,在蓝天下熠熠生辉。进入楼门,首先是温馨舒适的接待室。吧台前的三盆鲜花喜笑颜开,一簇绿枝显示公司的绿色品牌;"杏花烂漫迎佳客,高原露香醉游人"的对联,说明公司的好客和产品的好味道;正墙高处"诚信赢天下"的牌匾,则彰显了公司的经营理念。

二楼走廊还有几块牌匾,图文也很引人注目。接着,老郭还领我参观了两个生产车间。看着那复杂而精密的机器以及科学的生产流水线,我不禁想,我们平常喜欢畅饮的醉香杏仁露,就是在这里制成,然后销售到国内外,给五湖四海人民的餐饮生活增添着精彩的一品。经过阅读有关文字说明,得知内蒙古高原杏仁露有限公司于2003年10月在准格尔旗沙圪堵镇成立,主要生产具有高原品质、自然好味的高原杏仁露。其前身为

1987年建设的国家"星火计划"项目准格尔旗国营果品加工厂。公司于2011年建成年产5万吨的杏仁露生产线项目,引进美国原装全自动整箱打检机、台湾易拉罐灌装封口机、自动装箱机等先进设备。公司占地面积12万平方米,建筑面积2万平方米,总资产达2.78亿元。

内蒙古高原杏仁露有限公司大门

经过十多年的拼搏发展,公司和产品获得社会各界的广泛认可和赞誉,成为全国乡镇企业创名牌重点企业,中国营养健康食品信誉保证单位,内蒙古创新型星火龙头企业、民营科技企业、农牧业和林业产业化重点龙头企业,农牧业产业化经营三十佳自治区级龙头产业,2015年首届内蒙古

高原露制作车间之一

企业成长百强,鄂尔多斯市质量管理先进单位,首届非公有制经济创新创业大会优秀企业,准格尔旗非公有制企业创新创业大会优秀中小企业。

公司作为鄂尔多斯市绿色产业助力经济转型升级企业,曾登上央视《新闻联播》。杏仁露被评为内蒙古名牌和"名优特"产品,获得第二届中国国际林业产业博览会暨第四届中国义乌国际森林产品博览会优质奖;有机杏仁露曾荣获第十届中国国际农产品交易会金奖;高原露品牌被评为中国林业产业诚信企业品牌;"准立"和"高原露"商标成为内蒙古著名商标。

公司重视技术研发,与中国农业大学食品工程与营养科学学院签订长期技术合作协议。以当地的小果类为原料,以中国农业大学为技术依托,经准格尔旗果品研发中心为平台,采用国内先进的鲜榨工艺和萃取技术,研发出了"准立""高原露"牌系列饮品。其中酸杏汤、冰糖海红饮料的成功研发,填补了自治区果汁饮料的一项空白,有机杏仁露成为全国首款获得有机食品认证的杏仁露品牌。

为了实现办企业、绿山头和富百姓的多赢目标，公司大力培育杏林资源，发展杏加工产业，将企业自身发展、地区产业转型、农业产业化升级融为一体。公司已成功举办三届鄂尔多斯市"高原露"杏花节，并在准格尔旗率先提出建设"211"工程原料基地（2000亩育苗基地、1万亩杏林博览园、100万亩杏林原料基地）。采用公司加基地，基地连农户，以龙头企业拉动，全社会参与，政府资助的产业化经营模式进行建设。截至2014年底，全旗杏林面积已达到85万亩。"211"工程全部建成，辐射带动全旗9个乡镇（苏木）的3.5万户果农，户均增收2000元以上。

大路煤化工工业园区

从旗府所在地薛家湾镇舞韵广场乘免费公交车，沿快速通道行驶20公里，即可到达地处库布齐沙漠尾端的大路工业园区。园区所在的大路镇，是准格尔旗三大美镇之中的后起之秀。比起沙圪堵、薛家湾来，更显得年轻而富有生气。

工业园区于2005年启动规划建设，2010年被列入内蒙古自治区打造的以呼包鄂为核心的沿黄经济带，之后，便在这个经济带中率先崛起、发展、突破、前进。2011年以后，煤炭市场渐觉疲软，旗内煤炭销量和价格大不如前，前瞻性、预见性强的准旗人，

大路煤化工基地百合巨业大楼

应变能力也是超强的。他们原先是把煤炭从地下挖出来后，经过洗煤厂初选，直接通过火车、汽车等运输工具拉运到国内外市场上出售，现在看到完全靠这种销售方式有点儿不太好使了，马上就来了个"转型发展"。对外销售的仍然还是煤，但已不是直接销售煤块煤面，而是通过一些科技手段，把煤块煤面转变成煤制油、煤制气、甲醇、二甲醚、烯烃等清洁能源继续出售。其实对于原煤市场疲软这种情况的出现，准旗人也是早有准备的。在此之前，他们就在省级开发区沙圪堵和该园区为国内外商家投资创业搭建起最好的平台，不断引进诸多项目、企业和资金，大大促进了经济的跨越和转型发展。现在，他们更是高呼着"凝心聚力、转型发展、创新创业、再铸辉煌"的口号，阔步前进。我坚信，准旗人既能创造往日的奇迹，也定能再铸明天的辉煌。这个工业园区是按照"九全一体化"理念，循序渐进、滚动开发建设的一座大型煤炭循环经济示范基地。现在这里主要有煤制油、煤制醇醚为龙头的两大产业链。

大路工业园区位于呼包鄂金三角和蒙晋陕能源富集地区的核心地带，东临黄河，地势一马平川，风景天然优美独特。建设者把规划建设的87平方公里土地，开辟为一区三基地。北部20平方公里重点为产学研基地、金融商务区和为企业配套的生活服务区；南部35平方公里为煤制油、甲醇、二甲醚、烯烃产业基地；东部15平方公里为精细化工及三废综合利用产业基地；西部17平方公里为煤制天然气及下游深加工产业基地。目前已有伊泰集团、伊东集团、久泰能源有限公司、易高能源有限公司、中海油和中电投等近20家大型企业进驻。总共投资建设的19个项目中，现在建成投产的项目已有4个：伊泰集团一期年产16万吨煤基合成油项目和锦化机一期年产1万吨大型压力容器制造项目；久泰能源有限公司年产100万吨甲醇项目，年产10万吨二甲醚项目；易高能源有限公司年产20万吨甲醇项目。其余15个项目也正在加紧建设中。此外，中海油煤制天然气、中电投煤制烯烃等6个项目也正在开展前期工作。

2017年6月8日，内蒙古伊泰煤制油有限责任公司年产200万吨煤炭间接液化示范项目，在大路工业园区南工业基地开工建设，预计在2020年底建成投产。主要产品是柴油，年产144万吨。其他产品为年产40万吨的石脑油，16万吨的LPG，10万吨的LPG。这是经国家核准的自治区"十三五"示范建设项目，能在此落地启动，也是鄂尔多斯全体人民的一件大喜事。

2017年9月15日，北控鄂尔多斯40亿立方米煤制天然气项目在大路工业园区落户。此项目作为准格尔旗承担的三项国家级煤转化项目之一，填补了当地煤制天然气产业的空白，初步形成了煤制油、煤制甲醇、煤制烯烃、煤制天然气的现代煤化工产业链。项目建成后，必将为准旗培育现代煤化工产业集群、加快产业结构调整注入新动力，为全旗经济社会发展构筑新支撑。

目前，园区能源化工新材料等多个项目正在加快推进。到现在为止，北控40亿立方米煤制气，伊泰200万吨煤制油，国电投80万吨煤制烯烃，久泰60万吨烯烃，易高24万吨

内蒙古伊泰煤制油有限责任公司厂区

乙二醇，五个大型煤化工项目全部开复工。大路工业园区目前承担国家级煤化工试验示范项目共5个，总投资达1335.8亿元，2017年已开工3个。另有煤电铝重大产业项目4个，总投资376亿元。其中，蒙西到天津南电力通道配套电源点投资230亿元，神华50万吨氧化铝投资54.6亿元，大唐50万吨氧化铝投资72亿元，中铝20万吨氧化铝投资20亿元。

　　大路工业园区每落户一家企业，每投资一个项目，都是栽下了一棵摇钱树。所有的摇钱树汇聚在一起，就成了一座外观琳琅满目、内藏真金白银的聚宝盆，不仅推动了当地经济发展，提高了人民生活水平，还为国家做出了更大贡献。

　　观赏了美丽的花草树木景观，走访烟囱林立的企业厂房，了解了其丰富的内涵，我方明白。

　　2017年12月31日，首辆从准格尔旗开往呼和浩特的动车组列车，从大路高铁火车站开出。这对于大路的经济腾飞又起到了强有力的促进作用。

交通要道杨市圪咀

　　准格尔旗大路镇的杨市圪咀自古以来就是连接蒙晋的交通要道，我曾多次到过和路过。2017年5月16日下午，当我再次偷闲到达这个村子的时候，发现她的面容变得更加灿烂明媚了。街道两旁的旧房不见了，代之而起的全是青砖黛瓦的平房或楼房。这些房屋排列整齐美观，高低错落有致，临街一面全是红门红框红窗棂，窗上玻璃亮晶晶。

　　由于很早就有一条国道从村子中间穿过，所以国道两边的旅馆、饭店、修理铺、加油站等如雨后春笋般应运而生。之后，国道就变成了街道。因为人们在开店铺时，街道留得很宽，所以虽然往来车辆很多，安全性也还是比较高的。随着社会的不断发展，杨市圪咀也变得越来越繁华，人们的幸福指数也随着变得越来越高。在煤城薛家湾和大路新区还没出现之前，杨市圪咀曾是准格尔旗除沙圪堵以外第二个繁华之地。

　　在杨市圪咀的所有建筑中，海洋加油站和东孔兑幼儿园分外显眼。特别是幼儿园，外表美观漂亮，且富有童话色彩。听村民介绍，其内部设备和师资力量也均属上乘。村民就近把幼儿送到这个地方学习成长，是一个很方便很不错的选择。

正在街道两旁兴致勃勃观赏之时，忽然从瑞发建材门市部院内，传来了悠扬的乐器演奏声和歌唱声。循声走过去一看，原来是准格尔旗漫瀚调艺术展演中心的艺术家们，乘坐流动演出车到来了。他们这是庆祝内蒙古自治区成立70周年草原文艺天天演文化下乡活动。听那位像是带队的女同志讲，这是他们今年第一次下乡演出，在杨市圪咀的演出是今天的第二场。随后，随后，还从车上取下许多小红塑料凳，分发给台下的观众。

等到台下观众聚得多了，台上的演出也开始了。第一个节目是舞蹈。在悠扬轻快的伴奏下，身着彩色靓妆的男女演员载歌载舞起来，舞台上顿时充满了

准格尔旗漫瀚调艺术展演中心为杨市圪咀村民送来精彩的文艺节目

杨市圪咀街道旁漂亮的商铺

热烈欢快的气氛。接下来的男女山曲儿对唱、女声独唱、马头琴二重奏等节目，精彩纷呈，个个动人心弦。特别是那段表达爱情纯洁美好的漫瀚调《打鱼划划》，男女两位演员深情的对唱，引起了在场观众的强烈共鸣。那位在全国范围内也颇有名气的女歌手的独唱，音色舒展优美，饱含深情，不同凡响。突然，她那低垂的头高高扬起，眼睛闪烁出奇异的光彩，歌声也随之变得浑厚响亮起来。听着她这带有浓厚抒情色彩引喉高歌，我和全场观众都不觉精神为之一振，使劲儿鼓起掌来。还有那很有节奏的马头琴声，如同骏马在草原上奔腾的蹄声一般，使听众如醉如痴。

罗曼·罗兰曾说过，时代之魂，透过音乐有所表现。今天舞台上的歌声、琴声、乐声，不仅表现了准格尔旗人热情、活泼和开朗的天性，也表现了在内蒙古自治区成立70周年大庆来临之际，准格尔旗人民欢欣鼓舞、积极进取的精神面貌和性格特征。

这次来杨市圪咀，深感眼福不浅，不仅观赏了别样美丽的新农村面貌，还观赏了准旗漫瀚调艺术团的精彩表演。

黄河水绕着准格尔旗流

蒙晋陕黄河大峡谷是中国最美十大峡谷之一,它北起内蒙古自治区准格尔旗和托克托县交界处,流经内蒙古、山西、陕西三省区27个市县,最后从山西省河津市龙门口冲出峡谷。全长700多公里,传说是古代大禹治水时用刀斧劈开的。沿途两岸峭壁争美,奇峰竞秀,泉流瀑飞,花草鲜美,自然风光如画,人文古迹荟萃,被誉为"北国小三峡"。

黄河这条从"天上"奔流而来的圣洁之水,刚进入大峡谷便把鄂尔多斯高原东部美丽富饶的准格尔旗环抱于怀中。先绕着其境内的库布齐沙漠北部边缘东流一段,接着便掉头顺着其东部边缘长驱南下,过境190多公里,世世代代用她那香甜的乳汁哺育着岸边的儿女们。

作为一个旅游爱好者,我非常喜欢蒙晋陕黄河大峡谷风光,曾数次前往峡谷中的几个河段观光。那二过龙门口、二游壶口瀑布、三下老牛湾和包子塔的情景,已在心中留下永不消退的美好回忆。这些经历,我在2013年出版的《锦绣中华全游记》一书中已有详细记载。这里所记环绕准格尔旗190多公里的峡谷风光,堪称整个大峡谷中最为经典优美的一段,确实是人们休闲娱乐的一个好去处。

1999年10月3日,天朗气清,惠风和畅,准格尔旗育龙中学一行十几位老师,泛舟畅游了黄河蒙晋陕大峡谷准格尔旗小沙湾至万家寨一段,饱览了秀色风光。

上午8时30分,漂亮的中巴满载着欢声笑语,披着金灿灿的阳光,从鄂尔多斯高原的

连接蒙晋的荣乌高速公路黄河特大桥

煤炭基地薛家湾镇出发，沿着平展宽阔的混凝土公路风驰电掣。不到一个小时，便把我们带到了母亲河边。

伫立渡口眺望，这里的峡谷风光就先声夺人把我们深深吸引住了：呈现在眼前的是一派清澈透明、回清倒影的绿色。那碧波荡漾的河水，好像一幅在微风中抖动的锦缎；那粼粼闪光的水波，又极像仙女撒下的碎金细银。此时，我真恨自己文学功底浅薄，竟找不出一个恰当的词语来描绘这绝妙的景观。朱自清先生曾把轻轻涌动的梅雨潭水比作"跳动的初恋的少女的心"，苏东坡曾把美丽的西湖水比作"淡妆浓抹总相宜"的西施，那么，这正焕发着青春光泽的母亲河的水，我该把她比作什么呢？我要把她比作亮丽皎洁、凝脂滑腻的东方美人杨玉环，因为她太迷人了；我还要把她比作刚刚倾入杯中、泛着泡沫、飘着醇香的兰陵美酒，因为她太醉人了。

这片碧波荡漾的高峡平湖，是由于下游不远处万家寨水利枢纽工程大坝的兴起造就的，是人类改造大自然的成绩。

碧湖两岸是高耸陡立的峭壁悬崖，如刀劈斧削一般，森然欲搏人。那突兀的岩石峥嵘嶙峋，千姿百态，或如猛兽奇鬼，或似人身猴头，或像雄鸡报晓，或肖虎啸空谷……形态奇特，震撼心扉。西岸绝壁下、碧水边，是一大片准格尔煤田净水厂厂房建筑。黄河水被净化处理后，通过管道输送至薛家湾镇区，供工人和市民饮用。

2009年12月，全长831米的109国道小沙湾黄河大桥在这里建成通车。这座预应力混凝土高墩大跨连续钢构桥，最大桥高达105米，最大墩高达100米，当时号称黄河全流最高第一桥。

2015年底，全长1277米的荣乌高速公路小沙湾黄河大桥又在此处建成通车。这座双塔双索面预应力混凝土斜拉桥，在高度和长度上都远远超过了距其下游300米的109国道黄河大桥，成为内蒙古自治区及华北地区主跨最长的斜拉桥，被誉为"内蒙古第一斜拉桥"。

这两座大桥的先后建成通车，犹如两条长龙一高一低横卧碧波之上，不仅使两岸的清水河县和准格尔旗在此处亲密地挽起手来，更给这段本来就很美的峡谷增添了无限魅力。

欣赏了一会儿，大家登上豪华游轮，顺流而下，向万家寨方向前

荣乌高速黄河大桥往来车辆络绎不绝

进。经过黄河刚进入峡谷后的内蒙古一段，西岸是国家大型能源基地和漫瀚调之乡准格尔旗，东岸是盛产陶瓷、紫皮大蒜和优质小米的清水河县。

　　游轮在这灵山秀水中慢慢前行，犹如行进在图画中一般，不知不觉中，已经来到准格尔旗城坡一带。只见这里绝壁陡立，悬崖直峭，水流湍急，波涛汹涌。从游船甲板向西望去，悬崖半腰有一大型煤矿，煤堆成山。运煤车辆在绝壁间的公路上穿梭往来，络绎不绝。绝壁前方的平顶上就是著名的城坡小镇。这里因煤而富，因煤而名，商业繁华，人民富庶。因地势险要，易守难攻，这里曾是古代金时肃州军事重镇。现在遗址犹存，文物珍奇。城坡对岸是清水河县著名的黑瓷产地宽滩和煤矿下城湾一带，我曾在这里的清水河县第四中学工作过一段时间，闲暇时间，经常到城坡一带游玩。因那时这里还不通长途载客班车，我和同事们到呼和浩特办事时，总是会到城坡煤矿请煤场的师傅们，帮助搭一辆拉煤的顺风车。

　　离城坡前行一会儿，有几位本地的老师触景生情，饶有兴致地对唱起了准格尔漫瀚调：

打鱼划划渡口船，妹妹坐船哥哥搬。
钱风风刮得浪花花翻，坐船容易搬船难。
…………

万家寨水利枢纽大坝

位于黄河大峡谷准格尔旗段的神华准能公司净水厂

君不见黄河之水天上来，奔流到海不复回

这动人的漫瀚小调和眼前的美景水乳般交融在一起，在美丽的黄河大峡谷上空飘荡回旋着。游船在弯弯曲曲的水面上稳稳前行，又有一位准格尔旗籍的男老师即兴唱了起来："你知道天下黄河几十几道弯？几十几道弯弯里几十几条船？几十几条船上几十几根杆？几十几个艄公（哎嗨哟哟）把船来搬？"

他的唱音刚落，也是一位准格尔旗籍的女教师就紧接着对了起来："我知道天下黄河九十九道弯，九十九道弯弯里九十九条船。九十九条船上九十九根杆，九十九个艄公（哎嗨哟哟）把船来搬。"

两位唱罢，大家报以热烈的掌声。

游轮驶过城坡继续前行，沿途弯愈多，壁愈陡，景愈奇，连续驶过几处岸岩伸入河面的急弯后，在一处绝壁陡立的尖角处转了一个近乎360度的大弯。在这个弧形的犹如人把胳膊圈起来的弯子里行驶一会儿，又来了一个90度的转弯向前驶去。船上有人说，这个近乎"n"字形的河湾叫太极湾。湾内的绝壁上有老君岩、长寿石、古栈道和天然太极图等景观。由于这里风光奇美，后来，我又曾几次登临清水河县单台子山观景台，俯瞰这太极湾。那河流曲似九回肠的碧水湾湾，确实是太迷人了。

老牛湾、包子塔、万家寨

离开太极湾前行不久，美丽的老牛湾便渐渐来到眼前。凝眸前视，果见前方河谷转弯更多更急。此种情景，使我顿时想起了当地流传的那首民谣："天下黄河九十九道湾，最神奇的是老牛湾。"转过一个弯后，主河道与其东边杨家川小峡谷中间一个尖而高的岬角出现在视野之内。渐渐地，就看见了那岬角上高高的古城堡。向西望去，内蒙

老牛湾美景

黄河西岸，我的第二家乡魅力准格尔

老牛湾游船码头

古准格尔旗一侧峭壁绝立，惊险万状。移目东岸北侧，内蒙古清水河县老牛湾堡的窑洞历历在目。环顾周围，万里长城犹如一条苍龙跨越丛山峻岭从东蜿蜒而来，上面的敌楼和烽火台皆清晰可见。

只见偏关县老牛湾那个岬角，把迎头冲来的万顷碧波分成两股清涛，一股向万家寨方向流去，一股涌入杨家川小峡谷，形成两水夹一堡的优美奇观。再往远看，对岸准格尔旗峭壁下的水面回清倒影，上游的平湖碧波荡漾。游船快艇冲开道道白玉般的波痕，往来穿梭。景色令人回肠荡气，怡情悦神，美到极致。欣赏之间，心有所动，不觉吟出下面的句子："两水夹一堡，一鸡鸣三县。造化钟神秀，大美老牛湾。"

观览之中，有位老师好奇地问："你们说这里为什么叫作老牛湾？"我当即说："这一带流传的一首民歌可回答这个问题：九曲黄河十八弯，神牛犁河到偏关。明灯一亮受惊吓，转身犁出个老牛湾。"

离开鸡鸣三县的老牛湾，继续前行一会儿，又一处类似太极湾的奇景出现了。所不同的是，河水流到此处时，突然掉过头来，转了一个近乎360度的大圆弯，把准格尔旗沿河一块土地切割成类似一个大包子的形状后，方向前流去。仔细观赏这包子塔湾，几乎四面临水，但见巨石林立，崖壁陡峭，羊肠小道横悬山岩之上，险峻异常。和刚才的太极湾一样，这里又是一处大自然神工鬼斧的杰作。2011年以后，我又先后两次登上偏关县万家寨辛庄窝观景台，观赏了美丽的包子塔：一次是万家寨水库蓄水期，那绿塔红岩碧水的湾湾令人心花怒放；一次是万家寨水库放水期，那绿塔红岩黄水的湾湾又给人另一番情趣。

离开包子塔后不久，到达万家寨水利枢纽工程大坝前。离船上岸，伫立大坝仰望。但见蓝天明净高爽，白云浅淡悠闲。回首身后，峡谷两岸峭壁高耸，浩浩荡荡的河水像一块巨大的绿宝石镶嵌在峡谷之中。俯视坝底，蓄积的河水像两条白龙从两道闸门冲腾而出，在不远的前方溅起两团像巨大肥皂泡似的水雾，显现出美丽的七彩霓虹。

万家寨水利枢纽工程是一座梯级电站，位于内蒙古自治区和山西省交界处的黄河大峡谷中。其左岸是山西省偏关县，右岸是内蒙古准格尔旗。该工程自1993年由水利部、山西省和内蒙古共同投资兴建以来，已于1997年9月底下闸蓄水，11月28日第一台机组开始并网发电。到2000年6台水轮发电机组全部安装好后，年均发电量将达到27.5亿千瓦·时。每年还可分别向山西太原、大同及内蒙古的准格尔旗供水14亿立方米，对解决山西、内蒙古两省能源基地缺水问题以及改善华北地区电网运行条件起到关键作用。

沿大坝从南岸到达北岸，再上一长段陡坡，在万家寨镇的街道上和大部队会合了。据传明代蓟辽总督万世德曾在此修筑寨堡，从那以后，这里就一直名为万家寨。从这里的制高点向黄河水流方向眺望，前方20多公里外的山丛中就是著名的偏头关。偏头关、雁门关、宁武关在历史上统称为"三关"，北宋名将杨继业及其子女杨六郎等曾在此镇守拒辽。

黄河大峡谷西岸的魏家峁镇

黄河大峡谷中的精彩景观包子塔和万家寨一段，位于准格尔旗魏家峁镇和偏关县万家寨镇交界处。从万家寨镇出来，乘车驶入河槽，穿过大坝靠南的黄河大桥，左拐右拐上一道山坡，即到达准格尔旗魏家峁镇。

在镇东下车，就见一座电厂的两座冷却塔高高耸立。冷却塔怀前的牌匾上的字清晰可见：中国华能北方魏家峁煤电有限责任公司。旁边竖着的牌匾上还有"煤为基础，电为核心""和谐煤电，动力百年"等字样。

在和从电厂走出来的一位工人聊天中得知，此公司隶属中国华能集团，是华能北方联合电力公司首家煤电一体化项目。电厂规划四期将建成7200MW超临界间接空冷机组，并配套建成年产1200万吨煤炭的露天煤矿。

位于旗府所在地薛家湾东南方向的魏家峁村，在薛家湾还名不见经传的时候，就早已是连接蒙晋的交通要道了。随着著名的万家寨水利枢纽工程的兴建，一条连接内蒙古呼和浩特和山西省太原市的高等级公路薛魏线又穿村而过，使村子里的人们出门办事更加方便。由于公路从村中穿过，随形就势，公路也就成了街道。沿街道向西北方向行走，两旁的店铺接连不断映入眼帘。

黄河西岸，我的第二家乡魅力准格尔

转而向北，踱进一条巷子，两边民宅楼房整齐林立，漂亮美观。民宅以东，隔一空旷地区，一簇崭新的楼房矗立于黄河岸边。走近一看，原来是新建成的魏家峁小学。小学校舍崭新，校园幽静。校门口

远眺魏家峁镇风光

左边紫色的水泥墩台上，书有"准格尔旗魏家峁小学"9个黄色大字。墩台左边竖着的橙红色标牌上，从左往右依次为本校的校训、校风、教风、学风四项内容——校训是温馨快乐，自信幸福；校风是爱校爱友，求实创新；教风是启迪智慧，增强自信；学风是合作进取，好学会学。西楼顶端悬挂"温馨中生活、快乐中学习、自信中体验、幸福中成长"16个大红字；东楼楼顶悬挂"尊重孩子天性、营造温馨校园、成就幸福人生"18个大红字。进入里面，两楼中间正对大门竖一高高的钟楼，顶上有"魏家峁小学"5个大红字。和一位教师聊天中得知，此校始建于1963年，其前身是一所全日制中小学，已有49年的历史。1995年中小学分家后，更名为魏家峁中心小学。现在全校共有教学班15个，教职工59名，学生600多名，住校生250多名。

魏家峁小学

参观了崭新整洁的校舍,阅读了有关校风教风的训导文字,聆听了这位老师的介绍,觉得这是一所很不错的学校。孩子被送到这里后,不但可以获得丰富而有用的知识,而且能够使身心得到健康发展。

魏家峁优越的地缘位置,改变了村民种田的单一劳作模式,拓宽了他们的谋生出路。公路从村中穿过,使汽车修理、旅馆、饭店、文化服务等行业应运而生。把地下的宝藏挖掘出来,并使其变成财富,也大大增加了人们的收入。九曲黄河从村东峡谷中奔腾而过,造就了天下奇观包子塔,开发旅游资源也使人们的生活芝麻开花节节高。

是啊,要使自己活下去,而且要尽量活得更好,就不仅需要自己在主观上努力奋斗,还需要充分借助和利用好周围的自然资源和良好机遇。看样子魏家峁人已经做到了这一点。

观赏包子塔湾风光

1999年10月3日那次,我和准格尔旗育龙中学的同仁们一起,乘游轮走水路游览了小沙湾到万家寨一段的黄河大峡谷。其间,从水上观赏了准格尔旗包子塔湾风光。

后来我又先后两次登上山西省偏关县辛庄窝山,从其对面观赏了包子塔湾的奇观壮景。记得当时远眺黄河水从古老沧桑的蒙晋丘陵地带劈山斩崖奔流而来的情景,我不禁高声诵出了李白的诗句:"君不见黄河之水天上来,奔流到海不复回!"

2017年5月23日上午,我驱车进入包子塔,从包子塔内部观赏了包子塔风光。这次真是有点儿"不识包子塔真面目,只因身在包子塔中"的感觉。我们的车子沿薛魏线向东南方向行驶,到达魏家峁镇附近的双敖包村时,左拐进入包子塔旅游专线,向东北方向下行。专线两旁绿树红花掩映,村庄煤矿入眼,风光大好。

下午1时30分,当我登上途中第一个观景点太极湾观景台时,包子塔部分美景已进入眼底。只见那绿缎带似的黄河水由南突然绕向东,缓缓地向东、向东北、向东南、向南、向西、南向西、向西北、向西缠绕回来,然后再向西南、向南、向东南、向东北、向东、向南绕过去。这样左缠右绕的结果,把河西准格尔旗和河东偏关县的土地,打造成两个大小略异、犬牙交错的包子形状。而缠绕这两个包子的黄河水,从高处俯瞰下去,就像一个绿色的大"S",静静地躺在悬崖峭壁和绿色翠微之中。此真乃天地之大美,乾坤之一绝。奇哉妙哉!美哉壮哉!观赏到醉眼蒙眬之际,我真感叹大自然造物之神奇。此种只应天上有的美景,到对面高高的辛庄窝观景台或乘直升机俯瞰最为理想。我这次本打算乘直升机观赏一番,但后来到游客中心咨询,大门紧锁,询问别的游客,得到的回答是:"五一假期那几天有,现在暂时没有直升机。"

继续下行,登上豹子回头观景台,眼下景色也很开阔。这里看得到的绿缎似的河水长且宽,中间嵌入西岸峭壁中,两边等腰伸向东北和东南方向,犹如一个"V"字形,将

黄河西岸，我的第二家乡魅力准格尔

包子塔景区入口大门

对岸偏关县一个美丽的村庄环抱其中。

在古老的石头寨旁边停车后，开始步行游览。寨子旁边整齐地停放着多辆黄顶电瓶车，看样子还没有派上用场。往前便是一排窑洞式的游客中心，门口有几位游客在咨询。伫立于对面的窑洞四合院屋顶向上望去，视野之内便出现一座偌大的石头建筑博物馆。一排排石券窑洞鳞次栉比布满山坡，一堵堵石垒墙壁横在眼前，一条条石铺道路纵横交错，一层层石砌台阶步步拔高，一处处石铺院落平展宽阔。整个寨子看上去就是一个石头的世界。窑洞檐下挂着多盏大红灯笼，垂着串串金黄的玉茭和火红的辣椒。四合院窑顶上置有遮阳的大伞和休息的坐椅，院子里摆放着多张餐桌和几盘石磨。

走下四合院窑顶，登上石砌台阶，酒坊、油坊、豆腐坊等石头建筑景观一一进入眼帘。油坊的檐台上放有多只大缸，院畔还有瓷坛瓷盆瓷罐，我想这些都是应该准备盛油、盛酒用的。从玻璃窗望进去，油坊内那高大的木制油梁时刻为榨油做准备。在漫瀚调之家的三孔窑洞旁，还挂有一对用红树条编制的大篓子。这三孔窑洞前有一处大院落，旅游旺季或节假日期间，游人多云集于此。届时，漫瀚调之乡准格尔旗的著名歌手会来这个院子献唱。高亢悠扬的歌声与醉人心魄的峡谷美景交融，不仅给峡谷增添了艺术气息，还给游客带来更为甜美的享受。

继续下行，进入沿河栈道，徒步扶栏观赏。栈道紧贴千仞绝壁顶端边缘临水而建，向下望去，禁不住心惊胆战、毛骨悚然。但那在两岸深深峭壁下迂回曲折的碧波绿涛，又紧紧吸引着每个人的眼球，使人们欲罢不能，都壮着胆子且观且行。此处真可谓一步

包子塔高峡平湖好风光

一景,景景迷人。行到包子塔最东临水一侧,仰望绝壁之上,有几组二层临水窑洞。那大红色的门框窗棂,使窑洞显得古色古香、富丽堂皇。这些河景窑洞内设有套房和标间,可供在这里过夜的游客度过一个舒畅的良宵。从窑洞前的河畔扶栏向下望,只见绿波荡漾的水面中心,有一漂浮式游船码头。游人沿栈道下到谷底,走过长长的水面浮桥到达码头,就可泛舟南北碧流,游览老牛湾、万家寨、四分子等多处峡谷美景。

从河底返回上面,到达古代兵寨崔成寨遗址,但见寨墙寨门完整无损,里面的石屋极具风情。观毕继续上行到石头寨,阅读了准格尔旗文化旅游投资有限公司在游客中心前的两块标牌上的文字,从中可以看出,游客来到这里,可以得到很好的住宿餐饮服务。住宿的地方有窑洞四合院套房和标间、农家小院、河景套房和标间,吃喝的地方有窑洞四合院餐厅、嵌入式窑洞东餐厅、嵌入式窑洞西餐厅。进入这些餐厅,能品尝到40元一份实惠美味的自助餐:四热菜、一汤、三凉菜。当然,还有美酒佳饮助兴,让你吃喝得香香美美。景区内配有游船、电瓶车和直升机等交通工具,可以把游客运送到景区内任何一个地方。此外,游客还可以欣赏到高空走钢丝真人秀,晚上那热烈的篝火晚会也会让人流连忘返。

由于景区还在建设中,配套设施还不完善,且不是节假日,除观赏到壮美的自然景观外,其他的都没有享受到。等景区正常运转起来后,我想自己一定还会再来。

黄河西岸，我的第二家乡魅力准格尔

观龙口镇风光，游娘娘滩太子滩，大口小占鸡鸣三省景区行

2012年6月4日和2014年10月17日，我曾两次去内蒙古准旗龙口镇和山西河曲西口古渡游览。第一次正值夏季。那天上午8时，我们驱车从薛家湾出发，在美丽的鄂尔多斯高原上向南奔驰一个半小时后，便到达黄河大峡谷准格尔旗段最南端的龙口镇。下车小转，只见这个坐落在黄河北岸双峰山间的美丽小镇内绿树鲜花掩映，高楼林立，马路纵横，商铺比肩，民宅争美。街道上的人络绎不绝，小轿车穿梭往来，一派繁华热闹景象。的确是一个风光优美、商业兴盛的好地方。祥和嘉园等居民小区，美观漂亮，绿树掩映。楼前高高的广告牌上书着"美丽乡村农民建，乡村美丽惠农民"，折射出当代农民在党和政府领导下，亲手建设美好家园的精神风貌。龙口镇政府大楼门前，绿树成荫，鲜花怒放，五星红旗迎风飘扬。走下台阶，是一片宽阔舒展的广场。广场内草坪如茵，花坛似锦。广场两边被大块绿色主宰，再加各色鲜花陪衬，使无数高低错落的楼房显得分外妩媚迷人。广场旁边那座高大的"龙口镇"牌坊，飞檐翘角，红瓦彩饰，宛若一位仙子。

由于上游万家寨水利枢纽和龙口水利枢纽的先后建成，奔腾咆哮的黄河水经过两

大占西口古渡曾经把许多逃难贫民渡过黄河

龙口水利枢纽大坝波光粼粼

座大坝进入镇区怀前时，在宽敞平坦的河床上不仅流速变得平稳悠闲起来，颜色也一碧如玉。千百年来，母亲河不仅一直用她那甘甜的乳汁哺育着这里的人民，也给这里的灵山圣土平添不少妩媚、几多神韵。这样一座美丽的小镇，多少年来，一直被人们誉为"塞外小江南""山水第一镇"。怪不得我2012年6月4日到黄河对岸的河曲县府所在地文笔镇游览西口古渡时，一位当地市民感慨地说："我们堂堂一个文笔县城，竟还比不上准格尔旗一个小小的龙口镇。"

驱车到达河滨，北顾镇区周围，满眼是绿油油的庄稼，美丽的田园风光尽收视野之内。南望对岸，和龙口镇一衣带水的河曲县城文笔镇秀色可餐。宽阔的河水中央，清流素湍之中，涌出一座碧绿的小岛。岛上树木掩映之中，一座古色古香的殿宇临水而立，

犹如蓬莱仙境一般。司机告诉我:"那就是著名的娘娘滩。距此上游不远处的河水中,有一座小岛名叫太子滩。如果登上对面河曲县的香山顶上俯瞰,太子滩和娘娘滩就好像两块碧绿的翡翠,突起于波静如练的河面之上。"

本想从这儿渡水过去到娘娘滩游览,但左等右等不见船到来,只好原路返回镇区。继而驾车向东驶过碧流和丽楼相拥中的沿河公路,从美丽的榆树湾南拐,穿过连通蒙晋的黄河龙口大桥。进入山西省河曲县境内后,右转向西继续一路奔驰。行到距河曲县城文笔镇7.5公里的楼子营乡河湾村时,看到路北树一牌匾,上书"娘娘滩度假村欢迎您"。我和司机开玩笑说:"既然人家欢迎,咱们就下去看看。"说完,便右转下坡,向北直达景区。

在娘娘滩农家饭店前的广场停车后,一位年过花甲的老者迎了上来。他把我们领到一间简陋的办公室内坐下,一边劝茶,一边与我们聊起来。我问他贵姓,他说姓李。他还说,娘娘滩的人家都姓李,没外姓。当我问原因时,他便饶有兴趣地介绍起来——

当年汉初高祖刘邦驾崩后,吕后专权,将薄妃贬到匈奴云中州。为使已身怀六甲的薄妃免受进一步的迫害,李广、李文、李功三位将军率领几十名剽悍武士保护其秘密出宫。行到黄河岸边时,望到河水中心有两个翠绿的小岛,隐蔽性挺好,风光也极美,就渡过去住了下来。不久,汉文帝刘恒在岛上出生。薄妃怕吕后知道后,迫害儿子,就把他藏到上游不远处的另一座小岛上。八年后,吕后病死。汉开国大臣太尉周勃、右丞相陈平等伺机统兵入宫,将吕氏家族无论少长斩尽杀绝,迎接刘恒回朝登基继承皇位,史

娘娘滩圣母殿

称汉文帝。当年刘恒登上帝位后,其母薄妃理所当然成了皇太后。汉文帝念及李广兄弟三人保其母子脱险之功,遂下旨赐岛上乡民姓李,一直延续至今。自那以后,人们就把薄妃当初避难时先到之岛叫作娘娘滩(现属河曲管),后来藏儿子之岛称为太子滩(现属准旗管)。

说着,这位汉朝飞将军李广的后代,还自豪地诵出一首顺口溜:

九曲黄河十八弯,传奇莫过娘娘滩。
历经沧桑数千年,依然盘踞河中间。
将军后代守岛上,牢记圣命代代传。
拜得薄后圣母殿,福佑百姓美名传。

聊天间,看到桌上放有两本新书,便顺手拿来翻看。一本是由著名作家二月河作序,河曲县图书馆馆长刘喜才专著的长篇小说《娘娘滩传奇》,另一本是刘喜才和张家口著名散文作家席满华合作改编的同名影视文学剧本。看样子,河曲人是想通过这些文学作品让更多的人了解娘娘滩的神奇传说,了解母亲河边这片热土丰厚的文化历史底蕴。

在屋里聊了一会儿,老李领我们来到河边,登上一叶扁舟。亲自掌舵,向娘娘滩划去。下船上岸,沿碎石子铺就的环岛小路漫步。只见四面绿水环绕,波静如练。中间地势平坦而稍稍凸起。芦丛随风披拂,疏林翠蔓如画。鲜花灼灼,芳草萋萋。渐行渐见良田美畴之内,茂盛的黍稷片片碧绿,长势良好。再往前走,则见"暧暧远人村,依依墟里烟。"同时也听到"狗吠深巷中",鸡鸣庭院间。再往里走,就见"榆柳荫后檐,桃李罗堂前"的村落中,人来人往,谈笑劳作,男女老少,并"怡然自乐",真乃一处世外桃源也。

途中看见一处古建筑废墟,老李说,这就是当年为薄太后所建圣殿遗址。走到小岛北端,刚才在北岸望到的那座砖石结构的古代祠堂便赫然在目。进入里边观赏,几尊塑像俨然肃立,几幅壁画也清晰可观。从这些画面中,可以看出有些是描写当年薄后在岛上生活情景的。

在娘娘滩观赏尽兴后，返回渡口，乘小舟向太子滩驶去。虽是逆水上行，但水面无风，犹如在琉璃上滑行一般。"不觉船移，微动涟漪"，一会儿便到达目的地。

舍舟登滩，但见清流环抱之中，视野之内，"喧鸟覆春洲，杂英满芳甸"。芳草鲜美，绿树成荫；温泉汩汩，鸟语花香；大河上下，碧澄如练。在这座面积约108亩的滩涂上，看不到任何建筑和开发迹象，唯见多处今人耕耘的地块。滩涂上游部分低平，下游部分北平坦而南突兀拔起。听说此滩自古以来一直在大河中心迎风接浪而屹然挺立，实为奇事。老李告诉我们："娘娘滩和太子滩虽然只高出水面几米，但历代以来无论洪水有多么大，也没有把它们淹没。当地人用这样一首顺口溜来形容这种神奇现象：'娘娘滩，太子滩，水长它长两只船。'"

欣赏母亲河中这一美丽岛屿的时候，我不禁联想到自己曾游览过的湘江橘子洲和长江鹦鹉洲。太子滩和它们一样，也具有美好的内涵和外延。

由于刚才听老李讲了娘娘滩、太子滩名称的由来，现在又观赏了两滩的美好景致，时空仿佛倒回到了两千多年前。眼前这种"花枝草蔓眼中开，小白长红越女腮"的亮景，使我想到当年薄太后往来两滩之间给太子喂奶进食、抚养其长大成人的情景，也想到了从这个美丽的岛上走出去的汉文帝刘恒开辟汉代几十年太平盛世的美谈。

慢慢地，那烂漫点缀的鲜花在我的眼中幻化成了太后的丽容笑靥，那随风摇曳的柳叶幻化成了薄妃的笼烟细眉，那茵茵铺展的绿草也幻化成了薄妃的碧纱萝裙。此时此刻，真有一种"缥缈见梨花淡妆，依稀闻兰麝余香"的感觉。美景和传说"唤起思量，待不思量，怎不思量"？

近观龙口镇黄河太子滩风光

我思量薄姬当年贵人落难，飘零到此，在岛上喜育皇子，几经艰辛，抚养成人，登上皇位。听说在两岛上隐居期间，她经常为民看病，并以圣德教化两岸民众，使他们安居乐业。文帝即位后，"宽仁恭俭，专务以德化民"，从谏纳善，革除弊政，以致邦内富庶，刑罚不用；四海升平，兆民欢欣，开辟了近50年的文景盛世。岛上胡汉乡亲感太后文帝恩德，建起圣母祠以纪念。自那以后，两滩历代均有人居住，现在娘娘滩上还有二三十户人家呢。

我平生喜读文学历史，知道以上故事只是传说，与史实不符。按有关资料记载，薄姬在宫中生下文帝后即失宠，和吕后遭遇相同。所以刘邦死后吕后虽然专权，也只是对高帝生前宠妃戚夫人等百般摧残折磨。不但没有对薄姬进行迫害，还让她随儿子刘恒到封国代地（今山西太原）当了代王太后。至于薄姬母子在太原期间是否到过这里，史籍中还没有找到有关记载，需继续考证。在长期的历史发展中，当地居民可能就是根据这段史实附会出以上故事来，在此基础上，又衍生出许多趣闻逸事，给眼前的娘娘滩、太子滩罩上了一层神秘的色彩。薄太后作为一位贤惠的母亲，在黄河母亲的怀抱中，培养出一位贤德的皇帝，开辟了国泰民安的文景盛世。这样的皇帝，这样的盛世，正是古往今来所有老百姓所期盼的。这就奠定了这个历史传说具有强盛生命力的基础，得以流传至今。而这个故事发生在黄河的滩涂上，就又赋予黄河作为母亲河更深的含义。

游毕下岛，乘舟返回。

到达娘娘滩农家饭店广场后，老李告诉我们，如果登上南面高处的罗圈堡，娘娘

龙口镇小占村美丽的田园风光

滩、太子滩及龙口镇等处美景,将一览无遗。于是我们和他握手道别,沿公路右转前行。五分钟后,又左转上山。到达山顶,眼前一片平坦,庄稼黄绿相间,且有农民在其间劳作。沿着田园中间的混凝土便道前行片刻,进入堡内。罗圈堡四围城墙破败,豁口甚多。从西口进入,之后左转,从北豁口出去,到达高崖之畔。

向北下望远眺,只见一河碧流之中,近处的娘娘滩和稍远处的太子滩静卧在那里,引人无限遐思。对岸的龙口镇被绿树掩映,田园楼厦妩媚,一派现代化风貌。

驱车前往河曲县文笔镇途中,我想起那两座"花红水绿纷烂漫,百鸟翻飞啭碧空"的丽滩,心有所感,不觉吟出几句小诗:"波心涌出两蓬莱,娘娘太子旧亭台。以德化民传千载,大河碧涛圣母怀。"

龙口镇大口小占行

2012年6月12日上午8时,我独自一人背包出发,乘长途客车前往准格尔旗龙口镇大口小占一带游览。汽车驶出薛家湾镇区后,沿着盘绕在沟梁起伏的县级公路行驶一个半小时,到达龙口镇政府所在地马栅村。本打算从镇内租车到大口小占,但打听了一下,当地没有出租车。正在为难之时,一位骑摩托车的青年经过,在我面前不远处停下。经协商,小伙子欣然同意用摩托车带我到大口小占游览。他到附近一家理发馆办妥一件事后,我们便于9时50分出发了。车子顺着黄河之滨的混凝土公路行驶半个小时,于10时20分到达小占村。

把摩托车停到路边,步行走到河畔,便见旁边竖立一块标志牌。高高的牌子正反两面都有"蒙晋陕三省界碑"字样。上边的文字是这样的:"2013年,在蒙晋陕三省的交

黄河岸边鸡鸣三省蒙晋陕界碑

界处，内蒙古自治区民政厅、山西省民政厅、陕西省民政厅，共同立三省地界碑。"在这里，我切身感受到了"一脚踏三省"的豪迈。此处紧邻黄河，群山环绕，风景优美。目光越过河水，河曲县城近在咫尺，心胸顿觉无限开阔。

　　离开三省界碑，到美丽的小占村小观一番即返回，溯黄河而上。沿途看到当地政府在路旁竖起多个标牌，介绍着所经之地的风物地貌和历史遗迹。

　　到大占后，见黄河岸边还有一座护宁寺。此寺占地面积宽敞，外观古色古香。旧称关帝庙，始建于康熙十八年（1679年）。2009年2月12日破土扩建重修，占地面积880平方米，建筑面积430平方米。正殿是崇宁殿，东耳殿是龙王庙，西耳殿是河神庙。东殿是观音殿，西殿是地藏殿。南面两侧是钟鼓楼，庙门外正南是戏台。2009年农历七月竣工，并恢复每年农历五月十三的传统古庙会。

　　19世纪三四十年代，大口这里就是一个繁华的渡口。当时，这里除水上交通外，陆上还有车马大店、庙宇、油坊，商业发展繁荣。大口古渡在历史上发挥着蒙晋陕三省物资集散交流的重要作用。

　　这里是全市海拔最低处，盛产瓜果。清咸丰年间，山西遭年馑，山西人走西口，到内蒙古逃荒，就是从河曲西口古渡进入鄂尔多斯的。其路线是沙圪堵、纳林、马场壕、新民堡、王爱召、树林召、大树湾，然后到达包头等地。马栅是晋西北人经河曲入蒙的必经之道。这里曾是明朝末年通商易马的集市，因而有马栅之名，现在仍然是蒙晋交往的商埠前沿。

　　从小占到马栅途中，一路历史遗迹频现，奇特地貌亮眼，村社静谧美观。公路黄河之间，良田沃川之内，瓜苗绿蔓伸展，蔬菜油碧新鲜，庄稼长势喜人，一派河川盛世太平景象。

小占莲花辿之旅

　　2020年7月24日上午，天朗气清，惠风和畅。我与友人重游了准格尔旗龙口镇这一带黄河岸边秀丽的景点。我们分乘4辆电瓶车，首先驶上隶属陕西省府谷县管辖的高地观景台，观赏了准格尔旗小占一带黄河岸边的莲花辿。向下望去，偌大一片低洼地区形成的丹霞地貌地质公园（莲花辿），看着让人大开眼界：岩层地貌以红色白色相间组成，裸露于地表，层层叠叠，峰峦交错，沟壑相映，非常壮观。这种特有的自然风光在当地被称作"五花肉"。

　　这种莲花辿地貌，在差异风化、重力崩塌、流水溶蚀、风力侵蚀等综合作用下形成宝塔状、针状、柱状、峰林状等各种形态，有的像动物，有的像怪兽。低的数人高，高的可达百米。这种观赏价值很高的风景地貌，是名副其实的丹霞地貌地质公园。在《河曲县志》中记载河曲十二景之一的"大辿峰莲"，就是指莲花辿。据传说，莲花辿的得名来自康熙。康熙在平定噶尔丹叛乱时曾驻足此处，被展现在眼前的五彩斑斓状若莲花

黄河西岸，我的第二家乡魅力准格尔

黄河岸边 莲花础中的小占村

的地貌所吸引，得知此处尚无名称，于是赐名莲花础。

尽兴观赏莲花础后，驱车下行到黄河岸边，冒着炎日奋力登上陡峭高峻、独秀黄河岸边的险峰极顶。游目四望，顿觉天地无限宽广。思绪被飞鸟接引到那高高的天际，诗情也随黄河水流到那遥远的地方。而那只伫立山顶的中华大红雄鸡，正振翅伸颈长鸣，把中华民族的最强音传遍世界。

游玩尽兴，返回大口。休息室内金黄的煮玉米、红瓤的大西瓜、香气袭人的凉碗托儿，再次向我们绽开了笑脸，大家不由又海吃狂吞了一番。

黄河南岸的米粮川十二连城

游库布齐沙漠

我曾多次驱车前往蒙晋陕黄河大峡谷北端起始处准格尔旗十二连城乡黑圪崂湾村，进入浩瀚的库布齐沙漠神泉旅游景区游览。先是到沙海冲浪区，和许多游客一起乘车冲浪。当司机加大油门，驾驶车子在连绵起伏的沙丘上狂飙飞奔时，那种惊险、刺激和欢乐交替袭人的感觉，确实使我感到惊心动魄。到滑沙区和骑驼区，欣赏孩子们从陡峭而高耸的沙坡顶端迅速滑到坡底，骑着骆驼逛逛大漠，又是一番乐趣。从黑圪崂湾驱车西行，不一会儿就会看到美丽而神奇的湿地景观芦苇，浩浩荡荡惹人眼馋。

骑着骆驼逛库布齐沙漠

醇香的巨合滩黄河大鲤鱼

再向西北方向行驶一会儿，经过到处是鱼塘的巨合滩，就进入准格尔旗最北边，十二连城乡黄河岸边肥沃的冲积平原。这片美丽的黄灌区，绿草如茵，芦叶飘香，不仅粮食产量高，黄河鲤鱼也闻名遐迩，誉满煤城，是一处富饶的鱼米之乡。这样优美的亲水环境，养育出了著名的黄河大鲤鱼，吸引着许多中外食客争相赶来品尝。

车子驶入乡政府所在地柴登村，我们走进张贵手指巨合滩活鱼馆，享受了一顿味美可口的鲜鱼餐。

十二连城古城遗址

在十二连城乡政府所在地柴登村东北侧不远处，有个脑包湾村。离村北行直达黄河岸边的过程中，只见黄河以南的广大范围内，碧绿的田园中间，纵横交错着一条条、一堵堵田埂似的墙垣和土丘。这些墙垣和土丘上面长满了杂草、小树、柠条等植物。从它们那质地的坚硬程度和颜色的斑驳情况可知，这里经历了悠久的风雨侵蚀。据《元和郡县志》及《隋书·长孙晟列传》等史籍记载，这里是古十二连城旧址。十二连城，顾名思义，就是十二座城池连在一起，原为隋唐胜州榆林城，始建于隋文帝开皇三年（公元583年）。这里曾出土隋唐时的3件铜箭镞、1件铁铤铜镞等文物。又相传北宋杨门女将来到这里时，修建了相连的十二座城池。当时每位女将守卫一座，固若金汤。我看着这些残存的遗址，仿佛也看到了北宋时期以佘太君、穆桂英为首的杨门女将精忠报国、英勇厮杀于战场的壮烈场面。靠近黄河的一段古城城墙遗址，高出水面很多。长满柠条的墙

黄河水流经十二连城脑包湾遗址

顶上，竖着两座当地政府用混凝土筑起的古迹名称碑。

站在古城遗址凝望，黄河水哗哗哗地汹涌东流，似乎向我讲述着这里1000多年来所发生的一切。

在柴登小镇十二连城乡政府办公大楼门前，有座广场很是引人注目。广场中央的五星红旗迎风招展，草坪花坛新鲜亮丽。广场东西两边各摆放着6只用混凝土灌制的、过去农村用来盛粮食的"斗"的模型。每只斗里面均满装象征粮食的细石子，外边的四面均刻写着一个大大的"丰"字。其中东边第二、第三、第四、第五只斗的里边一面顺次刻着"六畜兴旺"4个大字，西边的斗上也同样刻有与之对称的"五谷丰登"4个大字。表达了十二连城乡的人民期盼年年岁岁风调雨顺、五谷丰登、六畜兴旺的美好愿景。

及至到达东不拉村时，公路两旁又是一番亮丽景象：近处树木成荫，水草丰美；远处田园油绿，清渠纵横。在和路边一位村民攀谈时，他说："从这里往北望，一直到黄河岸边，有数千亩盐碱地，世世代代不能种庄稼。可是自从去年清华大学华清农业开发公司的一批能人来到这里后，盐碱地上不能种庄稼的情况被彻底改变了。他们指导村民改良土壤，开通渠道，通过以水洗盐洗碱的科学方法改造盐碱地。并在改造后的盐碱地上试种水稻，获得了成功。

"我们现在正逐年扩大水稻种植范围，十二连城乡沿河一带的盐碱地很快就会变成米粮川了。听他们说，这里地理位置在北纬35度左右，自然气候适合种水稻。加上盐碱滩均为生地，无杂质，无污染。如果把灌溉问题解决了，连年种植水稻不但有利于土壤的改良，而且能大大增加农民的经济收入。我们现在经常吃的从其他地方运来的大米均为酸

十二连城乡政府门前美丽宽阔的广场

性，而这块盐碱地上产出的大米却为碱性（碱米），这是名副其实的保健粮食。农民种植，公司进行技术指导并负责销售，可收到很好的经济效益。"村民的一席话，竟使我发出这样的感慨：眼前这片世世代代碌碌无为的盐碱地，在改革开放的大潮中，也得为当地群众的幸福生活拿出些东西，做出些贡献了。

美丽富饶的五家尧

柴登往西再行30多公里，便进入五家尧村。迎面而来的是一排排崭新别致的五层别墅式民居，纵横交错、四通八达的柏油马路贯穿全村。绿树掩映的五家尧农村社区服务中心大楼、休闲广场、文化广场、农资产品加工园依次进入视野。再看那座长而高的连体商业楼，里面经销的各种商品以及生活服务设施，凡村民所需，应有尽有。五家尧餐饮管理有限公司、五家尧农业科技示范园、五家尧农贸物流市场、农牧民培训服务中心、五家尧科技园、办公大楼、中心小学、地膜厂、百禽园、敬老院、幼儿园、供气站等配套服务齐全。五家尧村的温室大棚，在全旗范围内是很有名气的。我们走到路北的几栋大棚观赏一番，确实大开眼界。大棚的小路两旁，棚与棚间狭长低洼的土地上，一颗颗大西瓜向人们崭露笑脸。

几栋大棚旁，村民范三、高秀英夫妇正乐

十二连城乡五家尧村别墅式民居

呵呵地把一颗颗西瓜装到车上,准备拉到外面出售。经交谈得知,夫妇俩今年卖西瓜已收入6000多元。他们共有9个大棚,里面以种植草莓为主,还种着西瓜、香瓜、豆角、西红柿等瓜果蔬菜,每年纯收入十多万元。装好车后,他们夫妇还专门把我领到种有豆角和西红柿的两个大棚看了看。他们说,今年的头茬豆角、西红柿已售完,这是二茬。我看那两个大棚内的豆角和西红柿新苗都在茁壮成长,节节拔高,西红柿的新苗长得更高一些。

兴胜店村的农家乐

离开五家尧村,驱车向西,经董三尧子村后行不多远,到达兴胜店村鲁金良、王秀莲家小院前。鲁金良不在家,王秀莲打开红漆大门和我们交谈。她家小院内,几间正房坐北向南,青砖砌壁,宽敞漂亮。西面和南面均有厢房,院内鲜花盛开。

东边砖砌围墙中间开有大门,大门对正是一大片瓜田,瓜田内触目皆是成熟的大西瓜。从王秀莲脸上洋溢着的笑容就能看出,在这一处恬静幽雅的小院中,住的是一户幸福美满的人家。在村民邬虎的引导下,我们继续到村中游览。首先来到一座绿树掩映的四合小院前,技艺高超的镂花门楼以及门楼上那高高翘起的飞檐斗拱和门额上醒目的"觅乡愁农家乐 三勇家"9个红色大字,一下子就抓住了我的眼球,使我不由自主停下脚步。此院北、西、南三面青砖瓦房围拢,大门东开。正房向东的墙壁上醒目地书写着中国公民践行社会主义核心价值观的二十四字箴言:"富强,民主,文明,和谐;自由,平等,公正,法治;爱国,敬业,诚信,友善。"农家院的主人张三勇到山东办事去了,他的母亲贺兰弟来到大门口迎接我们。这位老人布满皱纹的脸庞,焕发出红润的光泽。她热情地把我让进干净整洁、草绿花红的院内,领我依次参观了南厢的客房,正房的卧室、客厅和厨房,窗明几净,舒适宽敞。客房内配有电视和设备齐全的卫生间。厨师闫拴柱正把各种肉食蔬菜拿入厨房,给客人准备午饭。

兴盛店村张三勇家觅乡愁农家院

从三勇家出来,北行又顺次参观了村中西边的几处农家院。单看名字就感觉乡情浓郁,亲情洋溢。

兴胜店村位于十二连城乡西部,黄河一级支流——呼斯太河东岸,是呼斯太河的自流灌溉区。村民在落实"爱我家乡文明行、乡风文明大行动"中,不等不靠,积极行动,争取了率先建设,坐上了"头碰子"(第一批),不但全面实施了"水电路信房,社教文卫商",还配套实施了环境整治、棚圈建设、污水收集、绿化美化等工程。如今的兴胜店产业发展了,村庄整洁了,房子讲究了,群众的精神文化生活丰富了,农民的生活更加红火了。

在兴胜店、五家尧度过了几个小时的美好时光后,方依依不舍地离开。那久久散不去的草莓香味,使我心情非常愉快。

准格尔召寺庙群、纳日松油松王、布尔陶亥苏木水镜湖

在准格尔旗最西的一个乡准格尔召,有一处美丽的寺庙群,是鄂尔多斯现存最大的藏传佛教格鲁派寺庙建筑群,1985年被定为国家二级文物保护单位、内蒙古自治区重

从高高的观景台上眺望布尔陶亥水镜湖

点文物古迹保护单位。众多寺庙殿堂鳞次栉比，雕梁画栋，金顶碧瓦，飞檐斗拱，翘角凌空，异彩纷呈。其规模宏大，建筑风格各异，布局严整，整体看上去气势雄浑，做工精巧。殿内雕像多姿多态，经堂、佛殿、六臂殿、千佛殿、观音庙、五道庙、舍利独宫、大常署、二常署、白塔等宗教设施，融汉族、蒙古族和藏族建筑艺术为一体。木刻、砖雕、绘画等，均以花鸟、人物、故事为主，细致逼真，布局精巧，是研究鄂尔多斯政治、经济、文化、宗教、民俗的活化石。

准格尔召寺庙群一角

准格尔旗纳日松镇高岗上的千年神树油松王

在准格尔旗纳日松镇一座高高的山岗上，有一棵千年古松，人称油松王。油松王景区入口处的松王寺内三殿并立。松王殿居中，左为药师殿，右为观音殿。

此松在1997年被中国林科院命名为"中国第一松"，1992年被内蒙古自治区人民政府列为第三批重点文物保护单位。因油松王年代久远，备受尊崇，早有神奇的传说，所以群众称之为"神树"。树下东、西、南三侧各建松王庙、药王庙、三皇庙等古建筑，常年经声不绝，香火不断。从碑前瞻望，就见一棵高大雄伟、枝叶繁茂的大松树直插云天。听景区一位工作人员介绍，中国林科院有关专家于1979年来到此处后，通过钻取年轮得知，这棵大松树为北宋神宗熙宁年间天然落种而生，当时推断树龄是893岁，迄今（至2015年）又过了36年，已经929岁了。

专家认为，这是目前为止发现的中国最古老的油松，当时就直呼其为"油松王"。其中一位还即兴赋诗曰："大兴安岭群林无首，准格尔旗一树称王。"

准格尔旗水镜湖生态风情度假区，是一个很不错的游览休闲之处。其景区特点为水清岩红且坐落大漠之中，风情之美，令人向往。从湖边高处的观景台向下望去，湖区水面呈现一个巨大的弯月形,湖水为深蓝色。湖滨是红白相间而以红为主色调的砒砂岩结构岩壁,高出湖面许多。前去游览一趟,乐而忘返。

尔圪壕嘎查

驱车从薛家湾出发向西南行驶,到巴润哈岱村后,转向西北奔驰一会儿,远远就可望见一座颇具特色的村标。

穿过村门再前行一会儿,一座敖包就出现在视野之内。这座敖包以其独特的魅力吸引了我,使我想到了有关它的种种动人的传说。敖包在蒙古语中是"堆"的意思,它是由石块和砖头垒成的堆积物。

走进嘎查,首先见到的是一组石碾和石磨。这是过去人们碾米磨面的工具,现在早已有现代化的机器代替了它们。在郝氏农家院门前停车后,恰好有四五辆轿车从院子里开了出来。我想他们这是上午游览了美丽的嘎查风光,中午在这里吃饱喝好后,要心满意足地打道回府了。接着,我也走进郝氏农家院。管家罗惠兰女士热情招呼我走进餐厅参观。蒙古包内餐厅的设置充溢着蒙古族风情,平房之内的餐厅也挺豪华舒适。她说,这一段时间来旅游的人很多,农家院的生意也挺红火。嘎查内像这样的农家院还有好几家,生意都也不错。

走到嘎查村委会大院前,只见五星红旗在院子上空迎风飘扬。老支书郝来虎正在院墙前的缓坡上梳理年轻的松树林,现任支书刘党生则在上面的院子里来回巡视。进入院

尔圪壕嘎查村标大门

黄河西岸，我的第二家乡魅力准格尔

第三届鄂尔多斯美丽乡村旅游文化节暨准格尔旗2018那达慕大会开幕式主席台

内，只见几排整齐亮眼的平房檐下悬挂着村委会、支委会、卫生室、文化室、便民连锁超市等牌匾，形成一个为村民服务的综合区域。刘党生陪我进入"印象尔圪豪"展厅观览一番。尔圪壕嘎查村风热情、朴实是人们进入尔圪壕后的第一印象。

尔圪壕嘎查所在的布尔陶亥是准格尔旗唯一的苏木，位于准格尔旗西北部。北部是库布齐沙漠南缘，南部为梁峁山区。近年来，随着一项项惠民政策和民生项目的出台、实施，尔圪壕也在悄悄发生着变化。一幢幢各具特色的民居建筑，镶嵌在田园风光中，一条条黑白交错的村社路网，在密集的林带中勾勒出时代发展的脉络。随处可见的一户户农家乐，更是描绘着未来的乡村旅游蓝图。它不仅是生态建设带来的实惠，更是准旗美丽乡村的缩影。

走出展厅时，刘支书告诉我，尔圪壕嘎查还有一个内置金融机构，现在办得很有特色。这个内置金融是嘎查在原有扶贫互助社的基础上，与中国乡建院合作，由他和本村村民郝来虎、齐老生、满毛楞、王青山、郝永成、王海亮、樊常在、白希清等9人发起创立的一个新的互助社。它在增加农户收入和发展集体经济方面的作用不可小觑。利用这个平台，在有关章程指导下，本村范围不仅可以依法开展土地流转、房屋托管、资金互助服务，还可提供农业技术、购销、加工、运输、信息、养老、环保、乡村旅游、招商引资等生产生活服务。目前已吸纳社员152户。合作社内设有理事会、监事会，机制严密，制度健全。内置金融资金主要作用是，为在房屋或棚圈改造、产业发展、农家乐运营中资金不足的村民提供贷款。贷款的村民除须有村内熟人的社会资金提供担保外（三至五户联保），还必须以地权抵押，作为内置金融信用安全的基础保障。资金运作过程中产生的利息，30%用于村中养老事业，40%用于公积公益金，还有风险金10%和管理费20%（参与合作社日常管理人员的劳务费和误工补贴费）。

离开嘎查委大院，到几处鱼塘和湿地景区转了转。顺着塘边碎石路行走之间，只见鱼塘碧波荡漾，鱼儿欢蹦乱跳。踏上木栈道欣赏湿地景观，又是一片美丽风光。回望整个嘎查，绿色的树林，绿色的田园，绿色的红柳，所有绿色中都闪耀着这个嘎查的绿色青春。由于设计精巧合理，创意新颖科学，这改造建成的新嘎查，美观大方，疏密有致，确实是准格尔旗新农村的一个典范。

到尔圪壕观赏那达慕大会

2018年8月14日上午，天朗气清，阳光和煦。我和老伴、女儿、女婿再次驱车来到尔圪壕嘎查，观赏了第三届鄂尔多斯美丽乡村旅游文化节暨准格尔旗2018那达慕大会开幕式。这次规模宏大的旅游活动和体育盛事是由鄂尔多斯市旅游发展委员会、中共准格尔旗委员会和准格尔旗人民政府主办的。当我们在辽阔的尔圪壕草原下车后，一幅浓郁的民族风情画卷就立即在面前展开。整个视野之内，鲜花映眼，碧草丰茂，彩旗飘荡，人山人海，热闹非凡。开幕式开始后，大会现场奏响一曲曲和谐悦耳的民族欢歌。踏着振奋人心的音乐节奏，来自全旗各行、各业、各界、各民族的13个方阵的健儿们，依次迈着矫健的步伐进入会场。

文艺演出场面欢快、热烈、喜庆、吉祥，歌舞、男女声独唱、漫瀚调演唱、马头琴合奏等优秀节目，一个接一个纷纷呈现在观众面前。这些节目歌舞升平盛世，歌唱伟大的祖国，歌唱美丽的鄂尔多斯，歌唱富饶的准格尔，使得观者心醉神迷，不住地欢呼喝彩。正当悠扬的马头琴合奏声飘荡在辽阔的草原上之时，男女骑手们骑着一匹匹骏马从主席台前的跑道上不断飞驰而过。那变化多端、精彩纷呈的马背绝技，使所有在场的人看得目瞪口呆，叹为观止。

听说在开幕式后，除抢金夺银的体育竞技项目外，还有美丽乡村游，直升机低空体验，非遗美食大赛，乡村音乐节，啤酒节，篝火狂欢，夏令营，景区观光季，文化物资交流会，农家乐牧家乐评选等活动。十天的时间内，真可谓活动项目丰富多彩，活动形式令人振奋，整个准格尔旗都被浓郁的节日气氛所笼罩。

准格尔"三绝"

写到准格尔，就不能不写一下富有浓郁地域特色的三大绝活儿：漫瀚调山曲儿，驴肉碗托儿，姑娘媳妇儿。

首先应当谈到漫瀚调（山曲儿），因为这是准格尔旗最具乡土气息、最原汁原味的特色文化。漫瀚调，意思就是沙坡坡、沙梁梁上的小调。这种小调是蒙古族短调民歌和

奇付林、王慧萍等民间歌手常把漫瀚调唱给黄河母亲听

汉族唱法长期以来充分融合而成的一个独立的艺术表现形式，所以也叫蒙汉小调。调调里饱含着汉蒙人民团结和谐的情韵。过去，生活在这一带的汉蒙农牧民在沙沟沟、沙坡坡、沙梁梁上放牧劳作时，就即兴唱出了这粗犷、豪放、抒情的天籁。这些小调内容大部分是表达男女之间纯朴、执着的爱情，当然也不乏表现汉蒙团结、热爱生活、追求时尚的内容。诸如"小妹妹是我心上人，一阵阵不见满村村寻""黄河流凌凌抗凌，难活不过个人想人""三十里的明沙二十里的水，五十里的路上我来眊你。半个月我眊了你十五回，就因为眊你我跑成个罗圈腿"。

这种漫瀚小调在准格尔旗流行甚广，扎根甚深。不论农村乡镇，也无论男女老少，人人都会随口唱上个三句五句、十句八句。如果你漫步在薛家湾、沙圪堵、大路镇、龙口镇等地的街道上，高音喇叭播放的漫瀚调会不时震荡你的耳鼓膜："山丹丹开花满坡坡红，

2015年9月7日晚，第七届中国准格尔漫瀚调艺术节开幕式晚会上，"千人吟唱漫瀚调"节目场面震撼人心

香美的驴肉碗托儿

情哥哥进门满家家明……"（《二少爷招兵》）；漫步在农村乡间的小路上，牧人、农民隔山隔河对唱的山曲儿也会欢娱你的耳神爷："头一道圪梁梁二一道道那洼，三一道圪梁梁咱们双骑上那马……"（《二道圪梁》）；如果机会参加当地的各种宴会聚会，你会看到宴席中间，随时会有男女老少走上台，喊上几嗓子漫瀚调，来活跃气氛，娱乐人心。有时候，还说不定会邀请你上台和他们对上几曲《双山梁梁》呢。漫瀚调最常见的演唱方式是男女二人对唱。令人拍案叫绝的是，两个人对唱过程中，歌词均是即兴发挥，无论唱多长时间也不会重复。

由于当地政府一直以来很重视这种民间艺术形式的弘扬发展，演唱漫瀚调的民间艺人越来越多，名人名家也不断涌现。1964年，准格尔旗双山梁的张美蓉和西营子的奇二秃参加全国业余歌手大赛，首先把这种漫瀚小调唱到了北京。1986年，准格尔旗漫瀚调歌手王金娥参加伊克昭盟业余歌手大赛获一等奖。2003年1月，歌手奇付林再次把漫瀚调唱到北京；之后又唱到香港，并做客中央电视台《艺术人生》栏目。自1996年准格尔旗被文化部命名为"中国民间艺术（漫瀚调）之乡"以来，当地政府便从1997年起，每隔三年举办一次漫瀚调艺术节。这样，就使得老一代艺术家的演唱更加炉火纯青，新一代的年轻歌手也层出不穷。2008年，漫瀚调被确定为第二批国家级非物质文化遗产。现在，漫瀚调这朵民间艺术奇葩，不仅在黄河西岸的鄂尔多斯高原上越开越鲜艳，而且开到了长城内外、大江南北。2012年8月24日，我有幸观赏了准格尔旗第六届漫瀚调艺术节开幕式晚会。本地著名漫瀚调歌手奇付林、院文祥和国内著名歌唱家王宏伟、陈思思等同台献艺的精彩场面令观众掌声雷动；而央视著名主持人朱军、张蕾、纳森等人的到来也为晚会增色不少。

2015年9月7日晚上，准格尔旗政府在旗府所在地薛家湾镇准格尔广场，举办了第七届中国·准格尔漫瀚调艺术节之漫瀚调艺术大赛文艺晚会。晚会上，准格尔旗漫瀚调传承人、各行各业漫瀚调爱好者共计1186人一齐走上舞台，参与"千人吟唱漫瀚调"节目，吟唱了《打鱼划划》《黑召赖沟栽柳树》等漫瀚调传统经典段子。如此规模空前盛大的吟唱，震撼了现场所有观众，亲临现场的世界纪录协会认证官员当场为准格尔旗颁发了"世界最大规模群众吟唱漫瀚调活动世界纪录"证书。

说到驴肉碗托儿,就是把驴肉和碗托儿搅拌在一起做成的美食。在薛家湾镇等地,出售这种美食的铺面很多,而且常常被食客誉为上品。碗托儿是先将荞面加水搅拌成糊状,倒入多个小瓷碗中,再放进蒸笼里蒸熟成形。冷却后从小瓷碗中拔出一个个和碗形相似的托儿。食用时将托儿用刀划开,放上几块卤熟后切成片的驴肉,浇上用醋、芝麻、辣椒油、蒜泥、香油等佐料配成的蘸汤,就成为可口的美味佳肴了。俗话说:"天上龙肉,地上驴肉",色泽酱红的驴肉吃起来软烂爽口,香美鲜嫩。晶莹光亮的碗托儿吃起来精柔滑润,味道极好。另外,与驴肉碗托儿相似的小吃如面皮、粉皮、凉粉和麻辣串儿,在本地也是名品佳味。

如果你有机会到薛家湾待上几天,一定会对这里的姑娘媳妇儿们伸出大拇指。准格尔旗与山西、陕西为友邻,在黄河大峡谷老牛湾段有鸡鸣三市(内蒙古鄂尔多斯市、山西忻州市、陕西榆林市)之说,到了龙口段又有鸡鸣三省(内蒙古、山西、陕西)之说。常听人们说,河曲的闺女保德的枣,米脂的婆姨绥德的汉。我觉得这种说法尚不够全面,还要加上一句:"准格尔的姑娘清水河的蒜"。

说米脂的婆姨美,是因为那里是中国古代四大美人貂蝉的家乡,说河曲和准格尔的姑娘美,是因为这两个地方的姑娘同受黄河母亲甘甜乳汁的哺育,水色子好。在我的印象中,准格尔的姑娘不仅长得好看,而且秀外慧中,嘴甜手巧。

物华天宝、人杰地灵的准格尔,风光优美,民风淳厚。"山川之胜,游观之富",堪称鄂尔多斯高原上一道亮丽的风景线。

集宁寒窗三年

分别55年后的聚会

2018年7月24日上午,集宁师范学校1963届中师十七班部分老同学,按照事先的约定,分别从锡林郭勒、乌海、包头、呼和浩特、武川、和林等地乘坐各种交通工具,前往乌兰察布市集宁区,参加分别55年后的大聚会。中午12时,大家陆续到达文化路蒙亨蒙古包餐厅。分别半个世纪的老同学都由当初风华正茂的姑娘小伙,变成了老态龙钟的白发翁媪,不由让人顿生一种沧桑之感。有的还依稀记着当年的面貌,有的就干脆想不起对方的姓名来了,于是就出现了好一会儿"问姓惊初见,称名忆旧容"的场面。经过一段激动热烈的握手、拥抱后,方各就各位,一边大嚼着嫩而不腻的西苏旗手把肉,一边畅饮醇香的美酒聊起天来。饭罢,下榻附近的三星级天恒商务酒店。晚上,就在附近一家名叫"妈妈的厨房"的饭店用餐。

这次来集宁参加聚会的有17位同学:高珂、贺启文、王振东、乔万珍、谢录、周润

美丽的集宁

兰、刘秀清、李有富、孟凤英、王益民、张富、王保德、徐登旺、赵玺文、俎永发、张治、王林台。

25日上午8时30分，我们乘大巴顺绿荫迷眼、俏楼林立的三马路一路前行，前往集宁市三山两河旅游带之泉玉林风景区。驶过霸王河大桥，再东行10公里，在路边便看到一块书有"泉玉林水库"文字的标志牌。大巴北拐驶入一条小路前行一段，就见两旁林木更加茂盛葱郁。出林区后，即进入水库库区。

下车后，同学们三一群、两一伙相跟着到达景区中心。这片水域宽阔美丽，风景怡人，水面上木质栈道小桥纵横交错，漫步上面，倒影入水，甚是惬意。俯视水面，涟漪微微波动，天光云影徘徊，且时有鸟飞鱼跃，岸边大片芦苇青翠欲滴，视野之内美不胜收。同学们在栈道上且行且停，边赏景边谈笑风生，其乐融融，遇到景象绝美之处，还站到一起留个影，作为永恒的纪念。

老同学畅游集宁泉玉林风景区合影

游兴正酣，我不禁觉得，这里确是乌兰察布市民及游客休闲娱乐的一个好去处，不愧是集宁三山两河风光的精华之一。

听说库区周边环境原来脏乱差，市政府经过实施清洁小流域治理工程后，才变成了现在这样一道亮丽风景线。

在泉玉林景区游览尽兴后，乘车原路返回，前往霸王河景区。公路两旁满眼浓郁的绿色，使我不由一次次赞叹：这座城市的绿化工作竟做得如此出色。

行驶到霸王河大桥旁，停车小览。我和高珂、张智等抚栏远眺，只见流碧淌玉的河水在两道绿色长堤夹拥下，波涛汹涌从东而来，又从我们脚下澎湃激越向西而去。欣赏着这条碧波荡漾的河流,我想到了1962年在这里参加过的一次军事训练。那时我们还在集宁师范学校读书,作为备战,学校组织全体同学来这里军训了几天。结束时每人打了三发子弹,记得当时我的成绩还不错。

离开大桥后,径直来到霸王河瀑布广场。这座广场位于乌兰察布市霸王河东岸,依原山体经人工塑造而成,瀑面宽,落差大,天然形成磅礴之势。瀑布下泻时,似洪波决口,雷霆万钧,给人以恢宏壮丽的美感。

瀑布广场由两个瀑布群形成多级瀑布,从高处突然跌落而下,飞珠溅玉,蔚为大观。或似百幅白绫,摇曳空中;或似万斛明珠,从天而泻;或如喷雪奔雷,或如抛珠洒玉。其声如雷鸣轰天,其势如万马奔腾,震撼霸王河畔。飞泻的瀑布在阳光折射下,五光十色,晶莹夺目。观赏之中,感觉瀑布广场融形、色、声之美为一体,如玉龙下山,彩练悬空,晴雪飞滩,令人心旷神怡,流连忘返。

离开霸王河瀑布广场,西行前往霸王河欢乐世界。不一会儿,远远就看到人们所说的幸福象征——摩天轮。听说在这个98米高的摩天轮上,可以鸟瞰集宁全貌。

大家从有点儿像城堡的入口处进入里面漫步游览,发现这是一处集多种娱乐设施于一体的大型主题游乐场,里面的音乐喷泉广场、双层旋转木马、急流勇退、海盗船工、过山车等项目,都有很多人正在观赏玩耍。一看就明白,这是一处适于亲子出游、游客观赏的好地方,也是一处人人能享受到愉悦的欢乐世界。

中午时分,离开霸王河欢乐大世界,继续西行到附近市中心区的博源蓝海御华大酒店用午餐。这座位于集宁新区、市政府新址对面的酒店,东临霸王河,北接察哈尔东街,周围风景秀丽,外观巍峨高耸,气势不凡。我们进入本地区一家大型自助餐厅,享用了各种美味。饭罢,登上此楼高层眺望,新城宽阔的街道、亮丽的楼厦、绿色的草坪树木花坛,撩拨得人们眼花缭乱,神清气爽。

下午2时后,直接乘车从饭店出发,前往老虎山生态公园南区的集宁战役纪念馆参观。下车漫步游览,首先就见入口处一座五星红旗状雕塑上书有迟浩田将军手迹的"集宁战役红色纪念园"9个大字。接着在靠北的彩林中,又看见竖着这样12个红色大字:追寻红色文

老同学们在霸王河瀑布广场漫步赏玩

化，打造经典景区。在蒙绥政府纪念广场，乌兰夫、杨成武二位将军的铜像尤其显得威武高大。

漫步到集宁战役纪念馆前，首先触目的是顶额上中央军委原副主席迟浩田亲笔题写的馆名，那几个红色大字遒劲有力，金光闪闪。仔细端量，纪念馆外观不仅体现了现代建筑风格的简洁明快，更不失其蕴含的庄严肃穆之感。

进入馆内，把上下两层看了个遍，共有"抗战胜利""光复集宁""集宁争夺战""大同—集宁战役""解放集宁""支援前线""缅怀丰功

集宁霸王河欢乐世界入口

集宁战役纪念馆

伟绩"7个部分，每个部分都可歌可泣，感人至深。战役的整个过程，是通过1000多件遗物、照片、复制品、艺术品等，运用多种先进的陈展技术和富有感染力的艺术手段，生动地展现在人们面前的。

解放战争中，集宁是共产党和国民党在绥远境内争夺最激烈的重镇之一。贺龙、聂荣臻两位元帅遵照毛泽东和中央军委"针锋相对、寸土必争"的方针，令晋绥、晋察冀两军区所属部队协同作战，展开反对国民党抢占集宁等战略要地的斗争。

在纪念馆，我们观赏了一部演绎集宁战役的5D电影。影片生动地讲述了解放战争时期发生在集宁地区的三次战役，即1946年1月的集宁争夺战、1946年9月的大同—集宁战役和1948年9月的解放集宁战役。展演通过5D效果，向我们全景式展现了集宁战役的磅礴气势。观赏之中，我仿佛亲临战场一般，重温了革命先烈为解放集宁而做出巨大牺牲的革命历史。

接着观赏了一部片名为《美丽集宁》的5D电影。影片生动地展示了集宁区"三山

两河"、集宁战役红色纪念园及其他游览参观胜地美景及红色元素。其间的5D电影艺术语言,形象地介绍了近年来集宁在经济、政治、文化、建设等方面取得的巨大成就,让我们在了解集宁前世今生的同时,身临其境饱览了集宁美景,领略了祖国北疆的亮丽风光。在馆内,我们还看到了周恩来、马歇尔和张治中三人的合影以及蒋介石与夫人宋美龄和马歇尔的合影,这些都是与集宁战役有关的人物。

经阅读照片旁的文字说明得知,1946年3月1日,周恩来曾率军事协调部最高三人小组及其他将军亲临集宁前线视察。中共代表周恩来、美国代表马歇尔、国民党代表张治中,共同乘坐DC-3运输机(上有五星标志,表明是五星上将马歇尔的座机)于下午1时,从张家口飞往集宁。在集宁飞机场,贺龙被请到记者专机接受了采访。周恩来参加完小组会议后,回到中共方面召开会议。国民党借用记者专机开会。下午3时45分,最高三人小组从集宁机场起飞,于下午5时返回北平西郊机场。

馆内还塑有1946年9月争夺战中,绥蒙军区司令员姚喆、政治委员高克林等将军在老虎山山洞内指挥战役的塑像。展室内放有此次战役中缴获的国民党军官的摩托车,室外置有参加过此次战役的飞机、大炮等武器。

走出纪念馆,在一堵混凝土碑的前后两个立面前,分别塑有罗瑞卿、张宗逊、许光达以及杨成武、姚喆五位将军的铜像,顶上置有一把金光闪烁的冲锋号。将军园内一堵石墙上,塑有曾指挥和参与三次集宁战役、新中国成立后被授予少将以上军衔的所有将领雕像,杨成武、聂荣臻、贺龙、张宗逊、姚喆五位将军居中,左右塑有其他各位将军。离开将军园到达名人园,园内亦塑有与此次战役有关的周恩来、贺龙、聂荣臻、胡耀邦、罗瑞卿、杨成武、杨得志、许光达等多位名人铜像。

此纪念园的落成,对于缅怀革命先烈,发扬革命传统,弘扬爱国精神,教育激励后人,提升乌兰察布市的城市品位,都具有重要意义。还有很重要的一点,就是为老虎山这个红色旅游基地再添一景。

离开红色纪念园,便向西北方向的老虎山最高峰前进。沿途曲径通幽,宛转逶迤;高山流水,悦人

老虎山顶烈士纪念碑

耳目；亭台楼阁，各有风采；绿树浓郁，碧草丛生，山花烂漫，鸟鸣莺啭。途经乌龟山后，集宁战役后残留的几座碉堡、战壕坑道和战役指挥洞等，不时在杂草树丛中显现。登上老虎山最高峰时，一座20米高的革命烈士纪念碑巍然耸立面前，只见其顶天立地，高插苍穹，甚是雄奇。纪念碑正面镌刻着"人民英雄永垂不朽"8个毛体大字，金光闪烁。宽敞的广场周围，樟子松、油松等大树干壮体丰，枝叶繁茂。

此纪念碑是集宁市人民政府为纪念集宁战役中牺牲的革命烈士，于1960年竖起的。伫立于纪念碑山顶纵目四顾，视野之内重峦叠嶂，满目碧绿。西望卧龙山，北眺霸王河，美丽繁华的市区楼厦街面，尽收眼底，好不恰情悦目。虎山公园位于集宁新旧城区的接合部，海拔1447.5米，公园总面积近7平方公里米，因山形如虎卧而得名。

瞻仰拜谒过烈士纪念碑，北行下坡，就见有两尊虎石雕塑雄踞山顶，面北而蹲。其威猛之状，足以镇邪驱妖。

继续下行，到达老虎山北入口瀑布广场。经看广场地名碑文介绍得知，"集宁"系金代和元代路名，寓"集宁市繁荣安宁"之意。

集宁古城建于金章宗明昌三年（1192年），为蒙古草原与河北、山西等地商贸交易的市场。城内史迹斑布，五帝至夏商周代隶属古冀州、并州。秦汉及隋唐属雁门云中郡、云中定襄郡、单于都护府。元明时归河东山西道、大同府。清初为蒙古察哈尔正黄旗正红旗游牧地。民中改元（1912年）直隶归绥（今呼和浩特），民国三年（1914年）划归察哈尔特别区。民国八年（1919年）京绥铁路修至苏集，建平地泉车站（今集宁南站）。因四境灵通，商贾云集，人烟福聚，又扼京绥铁路中枢，遂成天然集市。为巩固边陲，发展经济，民国十年（1921年）国民政府在此成立平泉设治筹备处，贡城浚壕，建设衙署，开辟市场，建立学堂。未及一年，鳞次栉比，初显繁荣。

民国十一年（1922年）拟名平泉县，因与热河省所辖平泉县同名，故从古名，改为集宁招垦设治局。又两年（1924年）改为集宁县。集宁地处塞外要冲，自古为用兵之地。20世纪20年代始，先后有奉军、甘军、南军、冯玉祥部、日本侵略军、国民党傅作义部及人民解放军重兵驻守。

1948年9月27日，集宁获得最终解放。集宁县城区部分改为集宁市，归晋绥人民政府所辖。1949年，绥远和平解放，集宁市改为集宁城关镇，隶属绥远省。1951年改为平地泉镇，直属集宁专署。1956年，平地泉镇建制撤销，改为集宁市，与集宁县并存。1957年，集宁县制撤销，所辖区域分别划归集宁市、察右前旗、察右后旗。1958年，平地泉行政区撤销，转隶乌兰察布盟公署，集宁始成为乌兰察布盟盟府所在地。

新中国的成立开辟了集宁历史发展的新纪元，沐浴改革开放的春风，集宁经济社会发展风驰电掣，在跨入21世纪之初，迅速跻身于全国百强县。

2003年12月，经国务院批准，乌兰察布盟撤盟设市，原集宁市作为市府所在地，正式更名为乌兰察布市集宁区，成为一个面积约418平方公里，辖一镇二乡八个街道办事处，总人口32万，各民族聚居的地区级中心城市。2003年起，为适应乌兰察布撤盟设市，把集宁发展成为区域中心城市的目标，老虎山和白泉山合建为7平方公里的城中生态公园老虎山公园。饱受战火的老虎山，作为集宁历史变迁的见证，已从昔日的人防备战工程要地，成为生态建设的乐园，恰如一块镶嵌在集宁城中熠熠生辉的天然宝石，在建设新集宁的伟大征程中日渐璀璨。由于集宁城市环山而居，老虎山故为特有的城中山。2005年，虎山生态公园被评为AAA级旅游景区。2011年开始，公园对公园园路、文化广场、太极广场、团结广场、花台广场等配套工程进行了提升改造，将红色文化和景观绿化有机结合了起来。通过打造具有人文特色的建筑小品，进一步提升了公园的建设档次。随着功能的日臻完善，虎山公园已成为一张亮丽的城市名片。

老虎山北大门入口广场有一堵大型山石峭壁，有时从其顶部放水，就会有一巨大瀑布自上面冲下，非常壮观。

集宁新城之旅

离开老虎山北大门瀑布广场，即驱车前往新城游览。沿途公路两旁，最大的特点也是满眼的碧草绿树和鲜花。碧草绿树鲜花之中是漂亮的楼厦街道，街道上是川流不息的各种车辆和春风满面的行人。

我们首先到达颇具盛名的皮革城。漫步于皮件一条街，只见集宁国际皮革城一号楼

集宁国际皮革城

和二号楼并排矗立在马路旁边。楼前广场上，绿草鲜花掩映之中，停满各种车辆。进入里面，皮衣、箱包等皮革制品琳琅满目，各种颜色、各种风格的商品，能够满足每一个人的购买需求。在整个商场游览一番，使人感到这里不愧是中国北方最具规模的皮革批发零售交易中心。这里既是一个4A级旅游景区，又是一处五星级专业市场，还是一个优良的皮革产业综合服务平台，集购物、旅游、餐饮为一体。购物出来，在旁边的美食广场美美地饱餐一顿后，再到对面的香河家具城和奇石古玩市场开心地转了转，又得一番美好的情趣。

集宁国际皮草城作为一处现代化的皮革购物广场，吸引着周边的人们经常专门开车前来购买皮衣。几年来，这座皮革城可以说是赚足了人气。皮革产业迅猛发展，使集宁成为名扬四海的草原皮都。

离开皮革城北行至察哈尔东西街一带及附近，香辣渔村大楼、数码大厦、中国薯都大楼、乌兰察布体育馆等众多建筑设施，风格别致，外观美丽，处处愉悦着人们的耳目心神。再加宽敞漂亮的街道、春风满面的人群、运行有序的车流和不断入目的花草，整个集宁新城看上去，已经变成一位花枝招展的东方美人了。

车子驶过察哈尔西街乌兰察布市党政大楼后，右转北行，进入美丽的白泉山公园，接着一路长驱上山。公路两侧的山坡上，林木茂盛稠密。到达山顶的观景塔前，停车观赏市区南北的可餐秀色。视野之内，漫山遍野的森林，纷至沓来进入眼底，赏心悦目。

傍晚时分，来到白塔山公园北区防火观景塔继续游览观赏一番，并在塔前合影。整整一天，在这座清凉的草原之城放松了心情，在清新空气中愉悦了心灵。集宁区清凉舒爽的气候条件，被人们称为休闲度假避暑胜地。整整一天的游览之中，奇特壮美的自然风光，风格新颖的城市建筑，质朴纯真的同学之情，红色革命元素的人文展示，使得全体参与聚会的老同学心情无比舒畅和兴奋。

这次聚会，还有8位老同学携夫人参加。我们还特地抽时间去看望了生病的老同学李有富以及行动不便的王益民夫人。大家在这两位同学家中谈天说地，叙旧话新。淳厚真挚的同学情，激发了他们恢复健康的勇气和信心。

7月26日上午从李有富、刘秀清家走出来后，全体同学到附近的锦江之星大酒店，共同享用了美美的和光宴，不仅大饱了口福，还进一步加深了同学情。

寻访集宁师范学校旧址

7月27日早上起来，大家一起到蒙亨酒店用早餐。喝了奶茶，吃了奶酪，品尝了酸奶饼、奶豆腐、奶皮、奶块等奶食品。这诸多奶制品，均味道香美，口感不错。

餐后，我和当年的同窗好友乔万珍、高珂、张智、徐登旺一行5人前往集宁四中。坐落在乌兰察布市集宁区五马路中段的集宁四中，其前身是创建于1931年的绥远省立第二师范。1958年更名为集宁师范学校，1970年改建为集宁四中。

集宁四中

集宁四中的大操场

集宁体育场

1960年秋至1963年7月，我和我的许多学友们在这里度过了三年寒窗生活。时隔55年后再次来到这里，是为了探访母校旧址和遗迹，聆听一下历史的回音。

我们到达时，集宁四中正在维修校门。说明来意后，门卫同志热情而礼貌地让我们走了进去。首先看到的是校门里面的两块校门镇石。它们从1931年以来，已在这里静卧了整整88年。当年我们在集宁师范念学校书时，经常坐在这两块巨石上读书聊天，谈论理想。

接着迎接我们的是正楼东侧的三棵老杨树。据一直在这里工作的一位老校友讲，当年他们在这里读书时，就有这三棵杨树了。"现在我们老了，它们也老了。"听校友讲，下面这些绿树55前我们在这里读书时就存在。

风吹树叶，飒飒作响，似在向我们这些老朋友问好，又像在讲述我们走后这里发生过的一切事情。站在集宁四中的操场边，思绪纷纭。记得当年在这里读书时，操场好像也在这个位置。只不过，那时没有眼前这一大片绿茸茸的足球场。望着它，仿佛看到了当年风华正茂的我们，在跳箱上翻上翻下的情景,听到了当年同学们在跑道上疾步如飞的足音。

在集宁四中东北角的一处独立的旧院落内,有几栋破旧的房子。据学校一位姓王的副校长说,这几栋旧房子就是当年集宁师范的遗址。望着它们,我仿佛看到了当年同学们从这里进进出出的身影,仿佛听到从里面传出了琅琅的读书声。这位王副校长还告诉我们,四中的赵建民校长曾说,要把过去这些有纪念意义的东西很好地保存下来。

记得当年操场靠西是一栋大食堂。每到吃饭时,会有1500多人聚在这里,可热闹了。每次吃饭期间,总要组织一些音乐节目助兴,有几位同学上台或唱一曲,或来一段小提琴独奏等。那时恰遇国家三年困难时期,我们十七班好多同学每顿饭总是吃不饱,而幼师班的女同学却总是剩饭,于是我们就和幼师班女同学约定,等她们吃好之后,就和我们打招呼,我们派人轮流过去把她们剩下的饭端回来,给肚子补充一些。轮到我去那些女同学桌前端饭时,还总是有点儿不好意思。

集宁四中原集宁师范学校遗址

集宁四中校门镇石

那时每年秋天开学,学校总要组织全体同学到附近的农村去背圆白菜。背菜的地方有两个:一个是市区以西15公里的山岔口,一个是市区以南10公里的老羊圈,每天一遭。因为早上出发前老是吃不饱饭,所以有些同学背上菜往回返时,在半路上就躲到路旁的僻静地方偷啃圆白菜。还有一些同学因为饿,就借故不上课,躲在宿舍里偷吃其他同学从老家带来的炒面和干粮。偷吃圆白菜和炒面干粮的事儿后来被校领导发现后,就召开了一次全校师生大会。校长在大会上不仅严肃批评了相关同学,还当场宣布开除了十多位同学的学籍。

这几棵绿树，55年前我们在此读书时就存在

在集宁读书的三年生活确实也是艰苦的，首先是吃不饱。在学校吃不饱，想到外边补充补充也不太方便。当时进入市区之内的餐馆吃饭，必须持有公社级以上行政部门出具的餐证，否则人家是不会接待的。人们有时很想吃点儿东西了，就得到集宁南站一带花20多元钱买一斤熟土豆或胡萝卜。记得有一次晚上到集宁人民剧场看晚会，四顾剧场之内，看到很多人在拿着胡萝卜或煮土豆啃，挺有意思的。

集宁市坐落在著名的灰腾梁上，冬天特别冷。我和张智因为家中劳力少，家境比较贫困，衣服被褥都比较薄，晚上冻得不行，就把所有衣服都搭到被子上面，并用绳索把被子下边捆住，以免脚露出去。年年冬天，手脚上生满冻疮，直到来年春暖花开，冻疮才能痊愈。在集宁的三年寒窗生活，条件虽然艰苦，我们还是以乐观的态度顺利度过。

这次进入集宁师范旧址，原来大门里通道两旁的几处月亮门不见了。看着代之而起的高楼大厦，我倒真有点儿怀念它们。当年这里那些青砖垒砌、白灰勾缝筑起的月亮门，小巧玲珑，非常可爱。我们在这里读书时，常常三一群、五一伙从这些月亮门嘻嘻哈哈地进进出出。现在回想起来，觉得那是多么富有诗意啊！我是一个音乐爱好者，在集宁师范读书的三年中，一直是学校铜管乐队成员。我在乐队里负责拉小提琴，有时也打架子鼓。在民族乐队中，我是弹三弦的。当年集宁师范的铜管乐队在集宁市是很有名气的，常常受邀去各单位伴奏交际舞会。十七班除我外，还有吹黑管的李有富、拉手风琴的张富和吹小号的王益民。当时乐队负责人是比我们高一届的白廷佐，小号吹得很有水平。还有师智亮的二胡，也是演奏得呱呱叫。。

1963年7月，我们从集宁师范学校完成学业。领取毕业证后，同学们依依惜别，奔赴

环境美丽的乌兰察布高铁站

全区各地的教育岗位。我和大多数同学一样，在教育工作岗位上一直干到退休。

集宁师范三年的寒窗生活，虽然较苦较累，但我走出校门时，拿到了毕业证。就拿着这张毕业证，回到社会上就拿到了"铁饭碗"。从这点来说，我对原集宁师范学校、现在的集宁四中以及这所学校所在的集宁市，还是很有感情的。不仅很有感情，而且离开后还很怀念。

亲爱的集宁师范学校，你曾经为祖国的教育事业培养出很多优秀的人才，现在在你的旧址上建起的集宁四中，还在不断走出各式各样的优秀学子，集宁市也变得越来越美丽富有。衷心祝福你们，愿你们永远年轻而富有朝气！

离开集宁四中回到酒店，已是中午时分。伙食管理员周润兰把我们带到附近的七十二行民俗酒楼用餐，痛痛快快吃喝起来。下午就要分别了，大家品尝着美食，喝着美酒，还不时有几位老同学献上一段优美的清唱、讲上一个有趣的故事，一顿饭吃得津津有味，乐趣无穷。席间，大家还表达了参加此次聚会的高兴心情以及对再次相聚的期盼之心，最后依依不舍分别。

黄河大峡谷山西省偏头关一带风光

中国最美峡谷老牛湾风景区位于山西省偏关县万家寨镇，它是黄河入晋第一村。蒙晋陕黄河大峡谷从这里开始，黄土高原的沧桑地貌在这里得到突出体现。这里向来有"天下长城第一墩，一唱雄鸡鸣三县"的美誉。来到景区，看了这里的古堡、古楼、古渡、古栈道、古村落，我惊叹不已。特别是古村落，当置身其间的时候，一种古朴之风扑面而来。眼前处处错落有致的窑洞，都是用石头砌成，别有一番韵味。这些窑洞已经有几百年的历史了，居民住在里边，有一种冬暖夏凉的感觉。黄河两岸的石灰岩峭壁看上去怪石嶙峋、犬牙交错，实乃奇观异景也。据考古发掘和史料记载，老牛湾是黄河文明的发祥地之一，属新石器时代的仰韶文化。三国时期曹操北定中原曾征战至此，安营扎寨并构筑长城——藩篱，成为抵御敌人的屏障。

长城在这里沿陡峭突兀的山峦延伸，与黄河并行向南，似两条巨龙携手飞舞。老牛湾堡是古老的军事要塞，始建于明朝崇祯九年（1535年）。"兵备卢友竹建堡，堡周一百二十丈，高三丈五。"明成化三年（1467年），总兵王玺筑墙，东接滑石堡，西临黄河岸，距今已有500多年的历史。老牛湾境内长城共绵延约8公里，其结构有砖砌长城、石垒长城、夯土长城、石崖长城几种。老牛湾堡是明长城山西段的重要关隘，周长560多米。随着引黄入晋工程和万家寨水电站的兴建，老牛湾已经变成高峡平湖，碧波荡漾，舟楫往来，引人入胜。现在这里的人们引水灌溉，种花养鱼，开发旅游，日子过得越来越好。如今，老牛湾已经成为一个集休闲度假、养生和体验大

偏头关三关首御牌坊

黄河大峡谷山西省偏头关一带风光

自然的鬼斧神工为一体的好去处。

老牛湾墩又名望河楼、护水楼，建于明万历二十五年（1597年）。墩高22米，上建有垛口和楼橹。墩体正面有供士兵上下的绳体和通道，用它瞭望来自黄河的敌情，点燃狼烟向东、南两边的长城传递信息，被称为"天下第一墩"。偏头关位于偏关县黄河边，与宁武关、雁门关合称"三关"，因其地势东仰西伏，故名偏头关。"雄关鼎宁雁，山连紫塞长，地控黄河北，金城巩晋强。"这是古人对偏头关的赞誉。偏关历史悠久，地处黄河入晋南流之转弯处，为历代兵家争夺之地。早在春秋战国时期，这里就是战场，"赵武灵王略中山破林胡，取其地置儋林郡"。偏关秦汉属雁门，隋属马邑，唐置唐隆镇，名将尉迟敬德在关东建九龙寺。偏头关城形状不规则，东西长1100米，东、西、南三道城门均建有瓮城，城高10米处砌砖石，南门至西门一带，砖石大部犹存。西墙、北墙多为夯土墙，东部城墙已毁。明代除设置偏头关，在崇山峻岭的长城沿线及重要通道上建起堡城22座，有桦林堡、老牛湾堡、草垛山堡、老营堡、水泉堡等。这些堡城的边墙现多仅存夯土，唯地处黄河岸边的桦林堡地段，约30公里的边墙保存较好，全部包砖，高耸于河岸，甚为壮观。不管从哪个方向到老牛湾旅游，都必须要经过山西省偏关县万家寨镇。从该镇前穿过右拐，一路向东上坡到达入口处购门票进入。在山顶观景台向西俯视眺望，黄河峡谷乾坤湾和奇观壮景包子塔，会一齐进入视野之内，让人目不暇接。观赏一会儿，再沿山顶北行左转下坡，即到达老牛湾堡。这时即可近距离观赏长城、城堡、墩台及高峡平湖等美景古迹，令人流连忘返。

三面环水的山西省万家寨镇老牛湾堡

山西省河曲县西口古渡文笔镇风光

　　从准格尔旗龙口镇驱车东行，驶过碧流和丽楼相拥中的沿河公路，从美丽的榆树湾南拐，穿过连通蒙晋的黄河龙口大桥，即进入山西省河曲县境内。之后，右转向西继续一路奔驰。行驶到距河曲县城文笔镇15里的楼子营乡河湾村时，看到路北树一牌匾，上书"娘娘滩度假村欢迎您"。我和司机开玩笑说："既然人家欢迎，咱们就去看看。"说完，便右转下坡，向北直达景区。

　　在娘娘滩农家饭店前的广场停车后，一位年过花甲的老者迎了上来。他把我们领到一间简陋的办公室内坐下，一边劝茶，一边聊了起来。老者说他姓李，还说娘娘滩的人家都姓李，没外姓。当我问起原因时，他便饶有兴趣地介绍起来：当年汉高祖刘邦驾崩后，吕后专权，将薄妃贬到匈奴云中州。为使已身怀六甲的薄妃免受进一步的迫害，李广、李文、李功三位将军率领几十名剽悍武士保护其秘密出宫。行到黄河岸边时，望到河水中心有两座翠绿的小岛，隐蔽性挺好，风水不错，风光也极美，就渡过去住了下来。不久，薄妃的孩子在岛上出生，取名刘恒。薄妃怕吕后知道，就把他藏到上游不远处的另一座小岛上。八年后，吕后病死。汉开国大臣太尉周勃、右丞相陈平等伺机统兵入宫，将吕氏家族无论少长斩尽杀绝，迎接刘恒回朝登基继承皇位，史称汉文帝。

　　他说，当年刘恒登上帝位后，其母薄妃理所当然成了皇太后。汉文帝念及李广

河曲县文笔镇黄河大街古渡新韵牌坊

兄弟三人保其母子脱险之功，遂下旨赐岛上乡民李姓，一直延续至今。自那以后，人们就把薄妃当初避难时先到之岛叫作娘娘滩（现属河曲管），后来藏儿子之岛称为太子滩（现属准旗管）。说着，这位汉朝飞将军李广的后代，还自豪地诵出一首顺口溜：

> 九曲黄河十八弯，传奇莫过娘娘滩。
> 历经沧桑数千年，依然盘踞河中间。
> 将军后代守岛上，牢记圣命代代传。
> 拜得薄后圣母殿，福佑百姓美名传。

聊天间，看到桌上放有两本新书，便顺手拿来翻看。一本是由著名作家二月河作序，河曲县图书馆馆长刘喜才专著的长篇小说《娘娘滩传奇》，另一本是刘喜才和张家口著名散文作家席满华合作改编的同名影视文学剧本。看样子，河曲人是想通过这些文学作品让更多的人了解娘娘滩的神奇传说，了解母亲河边这片热土丰厚的文化历史底蕴。

在屋里聊了一会儿，老李领我们来到河边，登上一叶扁舟，他亲自掌舵，带我们向娘娘滩划去。下船上岸，沿碎石子铺就的环岛小路漫步，只见四面绿水环绕，波静如练。中间地势平坦而稍稍凸起，芦丛随风摇摆，疏林翠蔓如画。鲜花灼灼，芳草萋萋。渐行渐见良田美畴之内，茂盛的黍稷片片碧绿，长势良好。再往前走，则见"暖暖远人村，依依墟里烟"，同时也听到"狗吠深巷中，鸡鸣庭院间"。再往里走，就见"榆柳

河曲县西口古渡

荫后檐，桃李罗堂前"的村落中，人来人往，谈笑劳作，男女老少，并"怡然自乐"，真乃一处世外桃源也。途中看见一处古建筑废墟，老李说，这就是当年为薄太后所建圣殿遗址。走到小岛北端，刚才在北岸望到的那座砖石结构古代祠堂便赫然在目。进入里边观赏，几尊塑像俨然肃立，几幅壁画也清晰可观。从这些画面中可以看出，有些是描写当年薄后在岛上的生活情景的。

在娘娘滩游赏尽兴，乘船返回公路，继而驱车直达河曲县文笔镇西口古渡景区。西口古渡所在的文笔镇，是黄河东岸一个美丽的小镇。

美丽的河曲县城位于黄河大峡谷内蒙古、陕西和山西交界处，向来有"鸡鸣三县"之称。黄河水沿峡谷流到文笔镇附近时，河床变得宽阔起来，拐弯也多了起来，河曲之名由此而生。

站在古渡凭栏观赏，眼前的三只小舟相当漂亮，舱内还配有几排舒适的坐椅，当年河曲人走口外时肯定是坐不上这种船的。黄河也由于上游建起了万家寨水利枢纽和龙口水利枢纽两座拦河大坝，流到这里时水色碧绿得出奇，改变了自古以来"五百年一澄清"的说法。越过宽达1500多米的水面向河西眺望，对岸就是内蒙古准格尔旗的大口渡，靠下不太远处就是陕西省府谷县的大汕渡。当年晋北人、河曲人穿着破烂的衣裳，背着可怜的铺盖，就是从脚下这个渡口乘一叶扁舟，漂荡过波涛滚滚的黄河水面，到达对岸的那两个渡口，然后进入西口外（内蒙古中西部地区广大的黄土高原）谋生的。河曲人通过这个古渡到西口外谋生从明朝末年就开始了，一直到新中国成立前的500多年间从未间断过。这个晋北黄河之滨的边陲小县，历来土地贫瘠，再加十年九旱，自然灾害不断，常造成民谣中所说的"男人饿断腰，女人泪长流"的惨景。还有像"河

山西省河曲县西口古渡文笔镇风光

曲保德州，十年九不收。男人走口外，女人挖野菜"等民谣，都说明了饥寒交迫的生存环境迫使很多人流浪到西口外谋生。河曲人在从这个古渡坐船过河到西口外谋生的过程中，一对对年轻夫妻经历了一次次难舍难分又不得不舍、不得不分的感伤时刻。每当此时此刻，女的是"止不住伤心泪，一道一道往下流"，男的则是感觉到从此以后夫妻二人"天河隔在两头起，叫人泪淹心"。临别的时候，他们忽而"去意徘徊，别语愁难听"；忽而"执手相看泪眼，竟无语凝咽"，柔情缱绻，不忍离分。是啊，多情自古伤离别，更那堪，新婚正蜜月！

这种情况持续不断，久而久之，他们就自然而然唱出了表现这种离情别绪的天籁："哥哥你一定要走，小妹妹我也不强留。怀抱上梳头匣，我给哥哥梳一梳你的头……"在二人台《走西口》和河曲情歌《走西口》中，穷苦辛酸的河曲人把一句句情意缠绵的歌词用哀婉凄怨的旋律唱出来，不仅使听者从中深切体会到了"怎一个愁字了得"，还深切体会到了怎一个"情"字了得！

一曲《走西口》，自河曲人首先唱响后，之所以能够在蒙晋陕边界广大地区盛传不衰，并且红遍长城内外和大江南北，就是因为情歌中所表现出来的那种"直教生死相许"的人间真情是刻骨铭心的。这种真情即使是在生存条件极其恶劣和艰苦的情况下，也永远不会泯灭。我不禁想：这些河曲汉子走西口的时候，家中妻子有的送到大门口，有的送出村口，有的还会送到这西口古渡，但"送君千里，终有一别"，不管送到哪里，终究要离别。特别是那种饥寒交迫之下的离别，男人出去流浪谋生前程未卜，女人留下挖野菜充饥度日。双方一别就是相见无期，相互牵挂的离愁别绪自然是"剪不断，理还乱……别是一般滋味在心头"。

"玉莲我一十六岁正，刚和太春配成婚。苦对苦来根连根，恩爱似海深……正月配了婚，二月你出远门。早知道夫妻俩离分，何如当初不成亲。"刚过门的小媳妇看见心爱的男人执意要走，感伤和幽怨之情溢满字里行间。但是她的心里也很清楚，为了活下去，男人的此行是必须的。于是免不了对外出的亲人千叮咛万嘱咐，知心话儿总觉得安顿不够。此刻，我望着眼前的古渡和脚下奔腾不息的黄河水，耳边仿佛传来了幽怨凄婉的《西口情歌》旋律："走路走大路，你不要走小路。大路上人儿多，能给哥哥解忧愁。""坐船要坐船舱，你不要站船头。恐怕那风摆浪，把哥哥摆在河里头。""哥哥你走西口，小妹妹我实在难留。手拉着哥哥的手，送哥送到大门口。紧紧地拉着哥哥的袖，汪汪的泪水肚里流。只恨妹妹我不能跟你一起走，只盼哥哥你早回家门口。哥哥你走西口，小妹妹我苦在心头。这一走要去多少时候，盼你也要白了头。"

久久伫立于西口古渡，我不由得想象，那些可怜的河曲小媳妇们年复一年地把自己心爱的男人送到这里，又眼巴巴地看着他们坐着小船漂荡到对岸。直到一个个像黄河中的一滴滴水渗进鄂尔多斯高原的黄土地后，一定还站在岸边向西痴痴地眺望，真可谓望穿秋水啊！与心爱的男人分别后，回到自己的破窑烂院，心中的愁绪像一河黄水流淌不息，对爱人的思念又无时无刻不萦绕脑际。白天到外边刨野菜充饥，晚上回家一灯如豆，形影相伴，在凄凉中度日，于悲苦中等待，"冷冷清清，凄凄惨惨戚戚"……

在西口古渡游览了两个多小时，方驱车出景区牌楼，沿黄河大街返回。途经大街东端北侧纪念河曲籍元曲四大家之一白朴的公园时，下车走马观花游览了一番。之后，即驱车穿过黄河大桥，在鄂尔多斯高原上奔驰近两个小时，于傍晚时分返回住地薛家湾。

河曲县纪念元曲大家白朴的文笔塔

黄河壶口瀑布之游

2008年11月3日，我独自一人背包从住地煤城薛家湾出发，前往黄河壶口瀑布景区游览。

早8时，先乘长途汽车经过7个小时的行驶到达太原。晚上8时零3分，又乘4631次新空调列车南下，23时到达尧都临汾。在临汾火车站宾馆舒舒服服休息一晚后，4日上午7时乘长途汽车继续向目的地前进。

经过4个多小时的跋涉，行驶170多公里，于中午12时到达山西省吉县县城。下车后，随即上了一辆出租车，到达距此30多公里外的壶口瀑布景区。

当站在黄河西岸瀑布岩畔，一种雄阔壮美的景象便立即呈现在面前：奔腾呼啸的河水流到此处，骤然跃入深谷之中，溅起巨大的黄涛白浪，翻腾不息，并发出雷鸣般的声响。那浪涛的前面，还激起团团水雾，在阳光的照射下，显现出七彩长虹，耀眼悦目。仔细观察，深谷之口圆而阔，但大大窄于上游来水之面，且向下渐渐收缩，其形犹如一天造大壶。这一上宽下窄的天壶，听说落差达50米。天壶前方是一道深邃狭长的岩槽，河水下落壶底后，奋力挤出槽口，缩成细细的一股，继续前流。

唐代大诗人李白曾惊叹道："君不见黄河之水天上来，奔流到海不复回！"放荡不羁的黄河从青藏高原的雪山走出来后，突破千难万阻，穿越千山万岭，一路奔腾不息，

在黄河壶口瀑布观光留影

黄河壶口瀑布

不到大海誓不罢休。到达此处时,义无反顾地跃入深深的天壶之中。黄河在这上宽下窄的天壶中受到了束缚制约,前方出口又极为狭窄,一时走不出去,憋屈难耐,于是咆哮怒吼起来。激起的惊涛骇浪犹如满壶的开水沸腾翻滚,荡起的水雾烟云达数十丈之高,形成人间一大奇观壮景。

站在壶口岩畔,我久久俯视壶中黄色瀑布之壮美景象。由于上游来的水面宽而凶猛,并且骤然跃入深窄的壶中,强烈的惯性和极度的拥挤,不仅使壶中黄水翻腾呼啸不息,而且激起许多奇形怪状的浪柱涛峰和团团水雾烟云。那众多的浪柱涛峰此起彼伏,熙熙攘攘,非常热闹。团团水雾烟云之上,久久斜挂一条七彩分明的长虹,下贯谷底,上达天际,引人入胜。此情此景,真乃"水底有龙掀巨浪,岸旁无雨挂长虹"。

比起在国内其他地方见过的瀑布来,我觉得壶口瀑布自身的特点很突出。它不像中国第一大瀑布黄果树大瀑布那样从落差很高的绝壁上垂挂下来,不像中国第三大瀑布九寨沟诺日朗大瀑布那样从极宽的跨度上垂挂下来,也不像长白山大瀑布那样好似银河从九天倒挂下来;它只是在刚跃入壶中后,展示出一段窄窄的、弧形的、黄底白花的布帘,之后由于受到环境的制约,那瀑帘便再没有机会展开、垂下,而是在壶内不断地翻卷,以其独有的风姿给予世人强烈的美感和震撼。

壶口瀑布彩虹

《西厢记》故事发生地普救寺之游

我于2008年11月5日打早起来,从运城火车站广场,乘长途汽车前往永济市普救寺景区,下车即向普济寺山门走去。位于山西省南部黄河之滨的普救寺,因是《西厢记》爱情故事的发生地,而成为天下有情人向往的爱情圣地。上一段台阶,进入一个宽阔的广场,一片殿堂巍峨、古塔高耸的建筑群便呈现在眼前。建筑群坐北向南,依山而建,逐级拔高。最高处的莺莺塔直插苍穹,秀丽俊俏。信步向北走去,迎面便见一大型同心锁,上面镌刻"愿有情人终成眷属"八个红色凸体大字。黄底红字的同心锁映照在前面一心字形大理石台面上,像洁净的水一样清澈。继续北行,便是山门。正中门额上悬一匾,上书"普救寺"三个鎏金大字,是赵朴初先生亲笔所题。山门两侧有一副楹联,也是赵先生所题:普愿天下有情,都成菩提眷属。

进入山门,攀陡峭的石阶上行,经过大钟楼时,两侧立柱上那副楹联立刻引起我的注目:高标跨苍穹,百尺危楼独雄秀;钟声震寰宇,万念俱空悟世人。

穿过大钟楼,继续攀石阶而上,到达塔院回廊。信步进入里面,一座高塔耸立面前。由于其清秀挺拔,且又和元代王实甫杂剧《西厢记》爱情故事有紧密的联系,所以历代人们均称之为"莺莺塔"。塔下的回廊,就是当年张生和莺莺第一次"打照面"的地方。《西厢记》剧中写书生张君瑞从家乡西洛赴京城赶考途中,路经蒲州。在一客店住

普救寺同心锁

下后,便去游普救寺。当他"行过厨房西、法堂北、钟楼前面"并"登了宝塔,将回廊绕遍"的时候,恰遇"门掩重关萧寺中""闲愁万种"的崔莺莺在侍女红娘陪同下,也来到寺中散心。二人在东廊下打了个照面。张生见到这位"解舞腰肢娇又软,千般袅娜,万般旖旎"的女子后,便觉得好像是"南海水月观音现","似垂柳晚风前",弄得他顿时"意马心猿"。而崔莺莺虽然也看到了张生,也感觉到了张生对自己顾盼不已,却只是故意垂肩持花微笑,最后回顾张生,秋波一转而离开。这临别"秋波那一转",使张生更是产生了"不往京师去应举"的想法,终究在"塔院侧边西厢一间房"住了下来,《西厢记》经典爱情故事便由此展开。张生的风度、仪表以及对莺莺的顾盼不已,也使莺莺心慌意乱,致使她行至回廊拐弯时,急忙中摔倒并左手触地,那纤纤素手上满沾的香脂在地砖上留下了清晰的印迹。自那以后一千多年来,人们每当看到这块手印砖,就会想到"张生戏莺莺"这个美满甜蜜的爱情故事。我在塔基周围观赏一番,便向有一群人围着的地方走去。挤入里边,只见许多女青年正争先恐后地俯下身去,将自己的手伸开托在地上,并反复在一块砖上挪动重叠。听旁边的导游说,这就是当年留下崔莺莺手印的那块砖。女孩们这是将自己的手托在砖上,和莺莺留下的手印比试。想沾点儿福气,期盼自己也能找到像张生那样的称心夫婿。

普救寺后花园

剧中介绍，张生在西厢房住下后，由于老夫人治家森严，不让女儿随便出入，张生无法与莺莺见面。每日白天来到莺莺的住所前，面对"门掩着梨花深院，粉墙儿高似青天"，他"饿眼望将穿，馋口涎空咽"；晚上则是"睡不着如翻掌，少可有一万声长吁短叹，五千遍倒枕捶床"。一天正与长老闲聊，恰巧红娘进来。张生从红娘与长老的谈话中得知，二月十五晚上老夫人将在这里举行相国斋会。他想，那天莺莺肯定会随母而来，这可是个天赐的见面机会。于是急中生智，请求允许他到时也"备钱五千"，带一份斋，来此追荐已逝父母，得到长老同意。到了相国斋会那天，"众僧动法器"，香客挤满殿。真乃"法鼓金铎，二月春雷响殿角；钟声佛号，半天风雨洒松梢"，大雄宝殿十分热闹。当具有"倾国倾城貌"的莺莺出现在大殿上时，"恰便是檀口点樱桃，粉鼻儿倚琼瑶。淡白梨花面，轻盈杨柳腰。妖娆，满面儿扑堆着俏；苗条，一团儿全是娇"，这像"玉天仙离了碧霄"的绝世美人，使众僧看得目瞪口呆、神魂颠倒：老和尚在法座上凝神偷觎，主持法事的班首竟把法聪和尚的秃脑袋当作木鱼敲……"老的小的，村的俏的，没颠没倒"，出尽洋相。那张生呢，看着莺莺千娇百媚的模样，更是心绪缭乱，"心痒难挠"。当然，莺莺也趁此良机把张生仔细端量琢磨了一番："外像儿风流，青春年少；内性儿聪明，冠世才学。"如果说，头一次在塔院回廊打了个照面是崔张爱情的引子，那么那夜在大雄宝殿的相国斋会上，已奠定了这段美满姻缘的基础。此时，我不由把目光移到了大殿佛台上。那里供奉的三尊大型石雕佛像，大概就是崔张那次见面的佐证吧。

从大雄宝殿出来，到达一处幽静别致的院落前。院墙前竖立着张生和崔莺莺的古装彩色塑像，男的风流潇洒，女的端庄美丽。莺莺的右边竖一牌子，上书"爱情圣地普救寺留念"。一对一对的爱侣正争先恐后地双双站到张生和莺莺中间留影，期盼他们的爱情能像崔张那样美满和谐。小院的垂花门玲珑古朴，上悬"梨花深院"匾额，垂花门两侧楹联是"梨花院落溶溶月，柳絮池塘淡淡风"。

我知道，这座具有中国北方风格的三合小院，就是当年莺莺一家四口在普救寺寄居的地方。进入院内，先游览了老夫人住过的三楹北屋，继而来到莺莺和红娘曾住过的三间西厢房前。见东厢南侧一段墙下围着许多人，便也走了过去。但见墙下翠竹环抱之中，有一名曰太湖石的大石，墙外有一株杏树，其枝繁叶茂越墙而入。和在墙外崔张彩塑一样，也有许多青年爱侣一边念诵着"待月西厢下，迎风户半开，拂墙花影动，疑是玉人来"的诗句，一边争相在此留影。此情此景，使我想到，这里就是崔张二人第一次约会的地方。《西厢记》中介绍，张生请的同窗好友白马将军杜确大破孙飞虎后，崔母甚为感激，于是在此院设宴酬谢张生。但老夫人言而无信，在席间以莺莺已许配侄儿郑恒为借口，赖掉当初"但有退得贼兵的，将小姐与他为妻"的承诺，让张生与莺莺以兄妹相称，不肯将女儿嫁予张生。在这"月底西厢，变作了梦里南柯"的情况下，张生便害相思病卧床不起。后来还是红娘出谋划策，让张生在月下弹琴，挑动莺莺。在红娘的

普救寺内张生和崔莺莺的彩色塑像

安排下,当夜莺莺到花园内烧香赏月。听到红娘的咳嗽,张生弹起了情切切、意绵绵的《凤求凰》:"有美人兮,见之不忘。一日不见兮,思之如狂。凤飞翩翩兮,四海求凰。无奈佳人兮,不在东墙。张弦代语兮,欲诉衷肠。何时见许兮,慰我彷徨?愿言配德兮,携手相将。不得于飞兮,使我沦亡。"莺莺听了这词哀意切、"凄凄然如鹤唳天"的琴曲后,倍感伤情,"不觉泪下",于是打发红娘前去书斋院安慰一番。张生托红娘给莺莺带回一信,信后附一五言,表明相思深意:"相思恨转添,谩把瑶琴弄。乐事又逢春,芳心尔亦动。此情不可违,虚誉何须奉。莫负月华明,且怜花影重。"莺莺深解其意,当即回信暗示相会之意:"待月西厢下,迎风户半开。隔墙花影动,疑是玉人来。"张生乃饱学之才,知道这是叫他当晚月儿上来后,越墙过来,莺莺开门迎候。

张生在当晚月儿上来后,来到梨花深院,在这堵墙外碰到了红娘来迎接。红娘不让他从角门进去,以免使小姐怀疑是她指使来的,而让他"跳过这墙去",与莺莺会面。于是张生就攀着外边那棵杏树逾此墙而入,会见了莺莺。莺莺看见红娘在旁,有点儿不好意思,假装生气,把张生训斥一顿后离开。张生扫兴回到书斋,病情日笃。后莺莺听说张生自那晚后更是一病不起,趁母亲派红娘去探病之机,捎去一个药方。药方上这样写着:"休将闲事苦萦怀,取次摧残天赋才。不意当时完妾命,岂防今日作君灾?仰图厚德难从礼,谨奉新诗可当媒。寄于高唐休咏赋,今宵端的雨云来。"张生看后,知莺莺当晚必来,病即痊愈。果然深夜时分,莺莺潜出此梨花深院,到达书斋与张生欢聚,并私下订了终身。

看着东厢南侧墙下那丛生的翠竹,那块见证过崔张幽会的太湖石,那拂墙的杏枝,那争相拍照的情侣,我不由随众人反复吟诵着"待月西厢下……"的诗句,想象着张生当年攀树逾墙与莺莺相会的情景,想象着人间真情的可贵。

天下黄河第一楼——鹳雀楼

从普救寺广场下来,即乘一辆出租车前往鹳雀楼景区。车子向西一路行进,一会儿就到达黄河东岸的目的地。下车买门票进入,便远远望见鹳雀楼高耸于南面。随之,唐代诗人王之涣当年登此楼所赋的那首诗便浮现于脑际:"白日依山尽,黄河入海流。欲穷千里目,更上一层楼。"默诵着此诗,跨过一座建于碧池上的玉带小桥,进入宽阔的广场。偌大一座广场,全部用长方形釉面地砖铺成,纵横成行,整齐美观。广场周围绿树成荫,鲜花耀眼,再加上一块块由各种几何图形组成的草坪,显得开阔秀丽,景色宜人。顺着广场中央南行一会儿,到达高大宽阔的名楼基座前。向上望去,陡峭的台阶上除了有许多游人不断上下,还有一些工作人员正在清理卫生。宽大的基座上,鹳雀楼挺拔耸立,其外形三层四檐,檐飞角翘,古朴典雅,金碧辉煌,仿唐式建筑尽显大唐风采。整体看上去雄伟壮观,气势恢宏。楼顶两侧内弯的翘角,恰似一对翩翩欲飞的鹳雀,在碧空白云映衬下,栩栩如生。经看中共永济市委在基座前竖的《复建鹳雀楼碑记》得知,这是于2002年9月26日建成的新楼。王之涣等历代骚客文人曾经登览赋诗的那座楼早在元代初期就毁于战火。

众所周知,始建于北周(公元557—581年)的鹳雀楼是一座历史文化名楼。据《清一统志》记载,该楼旧址在山西蒲州(今永济市,唐时为河中府)西南,黄河东岸。因那时常有鹳雀在上面栖息,故有此名。北宋沈括

在山西省永济市黄河岸边的鹳雀楼前

在其《梦溪笔谈》中记述:"河中府鹳雀楼三层,前瞻中条(中条山),下瞰大河(黄河)。唐人留诗者甚多。"他还说,唐人登鹳雀楼留下的诗中,"惟李益、王之涣、畅当三篇,能状其景"。三人之诗,李益的一首七律传唱不广。畅当的《登鹳雀楼》一诗,全文如下:"迥临飞鸟上,高出世尘间。天势围平野,河流入断山。"虽不失为一首意境壮阔的名作,也传唱不广。唯王之涣一首堪称千古绝唱,妇孺皆知,对后世影响最大。自王诗问世以后,鹳雀楼即成为一座天下名楼。王诗也因此名楼而传唱不衰,成为天下名诗。可惜原鹳雀楼仅存七百余载,即因战乱从母亲河身边销声匿迹,着实令人叹惋。之后七百余载,正如《复建鹳雀楼碑记》所言:"……黄河水患,沉沙泛起;河床易道,故迹无踪。"许多游人吟着名诗,来到永济市区,黄河边上,"欲觅旧地,慕名而至,扫兴而归"。"鹳雀飞何处?名楼何时归?"成为历代来这里览胜的众多游人的渴盼。在这种情况下,山西省运城市、永济市两级政府以中国第六届旅游地学学术研讨会80位专家联名倡议为契机,决定重建鹳雀楼。"重建工程于1997年12月31日奠基,历经四年艰苦施工,工程告竣",使鹳雀楼重新耸立于黄河之滨,"立晋望秦,雄踞中州",再放光辉。"既续千古之文脉,又启百代之风骚"。这是山西省及运城、永济两市各级领导、各界人士以及广大人民群众为振兴黄河文化建立的丰功伟绩。

黄河鹳雀楼倒影入水美不胜收

从鹳雀楼顶远眺黄河

顺台阶而上,进入楼内,向上攀登,一口气到达顶端,开始穷千里之目,览风光之胜。扶栏眺望,晋南大地千里平畴沃野尽入视野之内，连绵起伏、雾霭笼罩的中条山和西岳华山犹如一道锦绣屏障在远方的地平线上横亘东西。在楼头转着观赏，到达王之涣铜像前。但见诗人正右手持笔高举，仰头凝视前方，陶醉在"白日依山尽，黄河入海流"的境界中。我来此处之时，还正值下午，不到"白日依山尽"的时候。顺着诗人的视线望去，在西斜的太阳照射下，西边的黄河水波涛滚滚从北而来，犹如一条银色的飘带，继续向南从中条山和西岳华山之断裂处穿过，转而向东，泻入大海。

心中装满名诗意境，登览历史名楼，更上一层又一层，直达最高处。虽不见鹳雀翩飞，但扶栏饱赏了祖国大好河山美景，此乐真乃无穷也。伫立楼头观赏尽兴后，信步下楼。在楼内还观看了介绍舜耕历山、大禹治水、嫘祖养蚕、武圣关公以及柳宗元、司马光、司空图等文化政治名人的雕塑、图片、文字资料。在永济出生或奋斗过的人们曾书写过光辉的篇章，他们和同一代人民共同创造了灿烂的黄河文化和河东文化。这些文化是中华五千年历史文明的重要组成部分。

从楼内出来，虽未到黄河蒲津渡遗址观赏1989年8月在那里出土的四头唐代开元大铁牛，但漫步到附近观赏了陈列在草坪中的四头铁牛模型，领略了一下大唐风采。听说那四头大铁牛每头重达451～721千克，是我国目前发现的重量最大、历史最久、工艺水平最高的珍贵文物，在国内外极为罕见。

观赏尽兴，离开景区，乘来时的车返回普救寺下，转乘3路公交车回到永济市区。晚餐时，进入火车站旁边一家饭店，在悠扬婉转的蒲州邦子音乐声中，品尝了当地美食牛肉饺子，喝了舜都美酒。

当晚7时33分，乘坐1165次快速列车正点离开永济，前往湖北宜昌。

鹳雀楼所在中条山一带风光

黄河流经晋陕界龙门口潼关风陵渡

　　1994年8月2日早7时，我离开陕西澄城，经合阳、韩城，于上午10时30分到达黄河西岸，著名的龙门口便呈现在眼前。从车窗向上游看，只见两岸高山耸立对峙，黄河水被挤在狭窄的深谷中，左弯右曲向下游湍急地流淌。到达龙门口时，河水冲出峡谷，河床陡然宽敞起来。相传远古时期此处两岸山峰连在一起，人力难以逾越。后来大禹治水至此时，伏羲氏赠送他一把上可量天、下可测地的玉尺，一方可算九州方圆、九河曲直的金简。大禹便用这两件宝物量出龙门的高低宽窄，算出土方工程，几天工夫，就凿开了这条水道，使天堑变通途。

　　据说每年暮春之时，成千上万条鲤鱼从各地的江河湖海云集于此，争先恐后要跳过龙门，可最终能跳过的只有72条。这72条鲤鱼跳过龙门后，立刻变成72条金龙，鳞光闪

黄河水冲出龙门口，河床变宽

黄河水冲出山西河津市龙门口后，在晋南平原上平缓东流

闪腾空而去。对于那些没有跳过龙门的鲤鱼，唐代大诗人李白曾写诗进行过形象的描绘："黄河三尺鲤，本在孟津居。点额不成龙，归来伴凡鱼。"

黄河东岸矗立着著名的龙门山，山间煤炭储量很大。向对岸望去，只见沿河峭壁下，公路上往返的煤车穿梭。车子通过公路大桥时，看见上游不远处还有一座铁路桥，一列火车正呼啸而过。过桥后，心有所动，不觉吟出下面的句子：

黄河龙门口公路铁路两座跨河大桥连通秦晋

"龙门开处水流闲，峭壁对峙逼云端。两道彩虹连秦晋，一条大河接地天。"

2019年7月16日上午，我们一家祖孙三代10口人，自驾两辆小轿车，游览了山西永济普救寺和鹳雀楼景区后，于下午5时许，驶过风陵渡黄河大桥进入陕西。经过潼关收费站后，长驱南下，晚上住在湖北省十堰市。

黄河小浪底水利枢纽及洛阳牡丹

  2019年7月27日上午9时30分,我们全家人自驾两辆车子,离武汉,过长江,风驰电掣一路北行。下午5时30分,到达河南省小浪底水利枢纽风景区。这个风景区位于洛阳市孟津县与济源市的交界处,地跨黄河南北两岸,为国家4A级景区。买好门票后,女儿陪我进入里面观赏。放眼四望,近处黄而略带乌色的河水波涛滚滚从峡谷中向东汹涌奔流而去,河床很宽。稍远处的大坝和进水塔等建筑巍然高耸,颇为壮观。由于正逢泄洪调沙,但见坝内蓄积的河水像两条粗壮的乌龙从两道闸门冲腾而出,在不远的前方溅起两堆巨大而空蒙的肥皂泡似的水雾。水雾忽起忽落,阳光把它们照耀得璀璨无比。

  听旁边的工作人员介绍,小浪底分四大精华景区:西霞湖、大坝湿地公园、张岭半

泄洪期间小浪底水利枢纽库区浊浪滔天

黄河小浪底水利枢纽及洛阳牡丹

河南洛阳小浪底水利枢纽大坝

天香国色洛阳牡丹

岛度假区和黄河三峡。此时，仔细观赏这黄河中游最后一段峡谷的出口，但见两岸山岳壁立连绵，中间满河黄滔滚滚向前。真实地体味着悠远深厚的历史文化，享受着优美的自然风光，其乐无穷也。举目眺望对岸大坝墙壁，"小浪底"三个大大的白色字体进入眼帘。虽然看见有一座铁索桥摇摇晃晃横跨两岸，但望着下面那翻腾湍急的浊浪，没有一个人敢从桥上通过。整个风景区依托工程文化，因山出秀，以水叫绝，挟大开大合之势，蕴婉约细腻之美，真乃一处旅游休闲娱乐佳地也。观赏良久，方依依不舍离去。出景区大门后，上车长驱北进，晚上下榻济源市宾馆。

听说小浪底水利枢纽工程自投运以来，已经发挥了巨大的社会效益、经济效益和生态效益，为保障黄河中下游人民生命财产安全、促进经济社会发展、保护生态与环境做出了重大贡献。

六朝古都、中国著名牡丹花城洛阳，横跨母亲河黄河南北两岸，是享誉中外的旅游城市。到洛阳不仅可观赏到商城遗址、东周王城遗址、隋唐洛阳城遗址等名胜古迹，还可欣赏到一年一度的"甲天下"牡丹盛会。

我曾两次前往洛阳观赏牡丹花会，每次都流连忘返。第一次去时因拿的是"傻瓜"相机，景虽好，但没拍到好照片。2006年4月22日上午，我拿着单反相机再次到达洛阳，走进国家牡丹园、王城花园等处，痛痛快快观赏了一整天。放眼望去，但见整座洛阳城内，到处是青绿的枝叶衬托着各种花色鲜艳的牡丹。就像一大片一大片的彩霞浮现在绿云之上，把名城古都装扮得美如西子。

黄河南岸的历史名城郑州

坐落在河南省中部、黄河南岸的郑州市,是一座历史文化名城。春秋时期为郑邑,隋朝开皇三年即为郑州治所,称郑州至今。之所以名为郑州,只因其地处古郑国境内。现在的郑州不仅是河南省政治、经济、文化中心,还是我国最大的铁路交通枢纽和闻名全国的商业城市。

由于郑州的发展缘于铁路的兴建,所以郑州的城市建设轨迹,一直以来就是以火车站为中心向四方拓展的。火车站周围也就成了城市中心和商业中心。

我曾三到郑州。每次从北京或太原乘火车、汽车前往郑州经过跨黄河大桥时,看着波涛汹涌的黄河水海海漫漫从中原大地流过,我总是被母亲河那种奔流到海不复回的宏伟气势所震撼。

记得第一次信步郑州街头,看到一些户外广告上出现"东方芝加哥"的字样时,我曾想,这里的人们已经把郑州打造成繁华的大都市了。

郑州黄河大桥

每次从郑州火车站下车,总是先看到那座高耸屹立的郑州大酒店。再往前走,正兴街、解放路一带,万博商城、中天商城、锦荣商贸城、郑州国际小商品城等高楼大厦,一座座比肩接踵出现在视野之内。再加茂盛整齐的梧桐街景树的点缀,就更彰显出这座城市的富贵气息和迷人风采。

郑州大酒店

每次到郑州,亚细亚商厦附近的"二七"广场是我必去的地方。广场之内耸立的"二七"纪念塔,是1971年为纪念当年京汉铁路大罢工而建。此塔共14层,高达60多米。底部3层塔座由汉白玉栏杆围绕,以上的11层塔体每层顶角均为仿古挑角飞檐。每层飞檐都覆盖着绿色琉璃瓦。塔顶建有钟楼,钟楼顶上直竖一红色五角星。总体看上去雄伟挺拔,气冲霄汉。

郑州"二七"广场和"二七"纪念塔

郑州花园口段黄河

畅游古都开封

黄河南岸的开封市，古称汴梁、汴京，是一座历史文化名城。春秋时期，郑庄公在此筑仓城，以开拓封疆之义，定名开封。游人到开封，首先联想到的就是东京汴梁城的杨家将、潘仁美、包文正、陈世美、秦香莲等，还有秋天满城的菊花。我曾两到开封，第一次是2004年10月30日。那天上午乘车先向北沿花园街行，很快进入惠济桥街西拐。不久又向宽阔的解放路北行，先后进入东大街、西大街、宋都御街。驶出长达400米的古色古香的宋都御街北口，过潘家湖，经龙亭北侧，到达杨家西湖北岸的天波杨府。

从潘家湖到杨家湖这段路上，望着这两池荡漾的湖水，我想到了北宋初期潘杨两家的生死较量。杨府门外一座混凝土长方形平台上，有一杨家将驱赶战车杀敌的雕塑，非常威武。演兵场门前的一丛菊花环绕之中，杨业挥刀杀敌的雕塑赫然耸立。杨家将是杨业夫妻及其儿女、孙子孙女、儿媳孙媳等人的总称。他们因在宋初英勇抗辽、精忠报国而流芳千古。

在演兵场门口附近，竖有潘仁美等几个奸臣形象的靶子。许多游客向他们射箭，以表达爱忠憎奸的感情。

进入府内，先后到中院东西配殿及回廊、天波门、西院等景点观赏一番，时时处处感受着强烈的爱国主义氛围。特别是"杨业发兵幽州救主""佘太君杨门点将"等几组彩塑，把杨家满门忠烈、不顾个人安危保卫国家的英雄气概表现得栩栩如生、淋漓尽致。据说，当年幽州一战，为了保卫仁宗皇帝不

开封市天波杨府演兵场

受辱，杨业及其长子、二儿、三儿、七儿均以身殉国，四儿也被辽人掳去，付出了极大代价。之后，杨业之子杨延昭（杨六郎）继续奉命镇守雁门关、宁武关、偏头关三大险关。男儿大部分血染疆场之后，杨门女将挑起了保家卫国的重任。

杨业之妻佘太君及其孙媳穆桂英先后接受朝廷之命数次挂帅出征，率领女儿、儿媳、孙媳等，奔赴边关奋勇杀敌。甚至丫鬟杨排风也披挂上阵，堪称巾帼英雄。

畅游开封府衙，领略人间正气

我第二次到开封，是2008年11月7日下午，结束长江三峡游后，于当晚6时26分，乘坐K50次列车正点离开宜昌，前往郑州。11月8日凌晨3时47分到达郑州站后，在候车大厅休息一会儿，又于凌晨4时52分乘K596次列车前往开封。一个多小时后到站，在候车大厅休息一会儿，天色才放亮。走出候车厅，在车站广场中央，一座由各种颜色的菊花组成的圆形花坛，就以其美丽的姿容向我宣示："你已来到美丽的菊城！"到附近一家饭馆吃过早点，便乘坐出租车前往开封府游览。

车子开出火车站广场，向西进入中山路南段，然后北折，一会儿便到达位于包公东湖北岸的开封府。众所周知，历史上的开封府是北宋时期的"天下首府"，当时名臣包拯曾做过开封府尹，以秉公执法、铁面无私著称于世。原址历经千余

开封市开封府正门

载，早已不存。现在的开封府是在原址上仿古而建，主要是为了纪念包拯。下车向北望去，高高的府门城楼就在视野之内。门额上"开封府"三个大字金光闪闪，两侧墙壁上一副红底金字的对联异常醒目：迎九州嘉宾共品南衙清风，邀四海贵客同赏大宋文化。府门两侧蹲两尊威武的石狮，石狮两侧靠墙分别塑起一堵由黄菊、紫菊、红菊、粉菊、白菊组成的厚厚的花墙，花墙上面又分别竖起五株花冠灿若繁星的大立菊。墙顶彩旗飘舞，垛口处又垂下数条菊带，像要和下面的立菊携起手来，很是诱人眼目、动人心扉。整座府门城楼看上去雄伟壮观，气势恢宏。买门票进入里面，古典建筑之中，满院是万紫千红的菊花，秋韵浓浓。在院内的建筑前，看到了北宋开封府印模型、包公断案铜像

包拯当年在开封府断案用的龙头、虎头、狗头铡

等。仪门右侧台阶前，有一面大鼓，我想这应是当年群众击鼓鸣冤和包拯击鼓升堂用的。仪门两侧那副楹联很引人注目：忠心昭日月力革弊政上书北阙，正气满乾坤严惩邪恶施德南衙。进入大堂，里面的布置再现了包拯当年断案的威严场面：大堂正面包公审案的座椅上方悬一匾，上书"正大光明"四个大字，其左右各横书着"勤政为民"和"清正廉明"的字样。这些内容不仅准确地概括了包拯当年行政执法的准则还对其后历代官吏的行政执法行为进行了规范。坐椅前边的大案上，放着惊堂木、印绶等物，大案前面摆放着包拯当年惩治贪官污吏和地痞流氓所用的龙头铡、虎头铡、狗头铡。这些物品的摆放，显示着法律的威严，令那些违法乱纪的人望之胆寒。许多游客穿上府内提供的包公戏装，或坐在案前试着审案，或站在三铡中间想象包拯当年铁面无私的办案作风。我也不例外，穿上戏服，戴上乌纱，扮一回"包龙图打坐在开封府"。当坐在案前，手拿惊堂木在案上边击边喊的时候；当踱下庭来，抚摸着龙头铡、虎头铡、狗头铡的时候，我想到了北宋时期威名四震的开封府。那时，府尹包拯扶正祛邪、刚正不阿的美名传遍天下。《宋史·包拯传》里有这样的记载："拯立朝刚毅，贵戚宦官为之敛手（不敢肆意妄为），闻者皆惮之（害怕他）。人以包拯笑比黄河清，童稚妇女，亦知其名，呼曰'包待制'（众所周知，黄河水清是难得一见的事情。包拯为人严峻方正，想从他脸上见到笑容，和想见到黄河水清一样难。当时开封市内，就连小孩妇女也都知道他的威严，不敢直呼其名，而称他'包待制'）。"《包拯传》还谈到，当时京城之内，人们纷纷传言："关节不到，有阎罗包老。"意思是说，包拯为人处事铁面无私，想要私下贿赂他，绝对办不到。看了这段记载，结合他在金殿上敢于直言进谏，弹劾皇帝叔丈张尧佐之史实，再看戏剧《明公断》中，包拯敢于把富贵后抛妻弃子、忘恩负义的驸马爷陈世美斩首，就丝毫不觉得夸张了。观赏罢开衙仪式，便打车离开封府，前往龙亭公园。

龙亭赏菊

车子穿越大街小巷的过程中，向两侧望去，只见商店、机关、居民住所门口，都摆放着各种颜色的盆菊。真可谓"香风十里动菊城","冲天香阵满开封",整座城市已是"秋丛绕舍似陶家"了!

作为我国传统名花,自古以开封养菊最盛。《东京梦华录》中就有这样的记载:"九月重阳,都下赏菊,有数种:其黄白色蕊若莲房,曰'万龄菊',粉红色曰'桃花菊',白面檀心曰'木香菊',黄色而圆者曰'金铃菊',纯白而大者曰'喜容菊',无处无之。酒家皆以菊花缚成洞户。"由此可见,开封养菊,在北宋时就闻名遐迩。从那时起,古都开封每逢重阳佳节,民间设花市赛菊,宫廷插菊花枝,挂菊花灯,开菊花会,饮菊花酒。花事之盛,在国内无与伦比。北宋之后,开封人这种养菊、赏菊、赛菊、菊会之风历代延续不衰,到明清时更炽。新中国成立后,这里不但成立了很有权威的菊花研究中心,而且建起了全国性的菊花栽培基地。每年重阳节前后,菊花满城,菊香冲天,开封人总要把古城装扮成一位披锦戴秀、青春焕发、举世瞩目的菊花姑娘。

这样看着想着,不知不觉之中,车子已穿过宋都御街,在一广场边停下来。下车向北走去,迎面便是一座高大华丽的牌坊。顶端红色横额上书有"中国开封第二十六届菊花花会"下边是"龙亭主展区欢迎您"几个小字。环绕牌坊底部,是一个用红、黄两色盆菊装饰的大花坛,非常耀眼。几位年轻的姑娘正在牌坊前轮流拍照,她们那甜美的笑容和鲜艳的花朵相互映照,景色格外亮丽。在售票窗口买了门票后,来到公园宫殿式的午门门楼前。门楼上悬一黄色匾额,上书"中国开封第二十六届菊花花会主会场"进入里面,一派万紫千红的景象便展现在视野之内。花展布置在潘杨二湖中间宽阔的通道上,主要以盆景为主,也有植于两侧池中的。汹涌的人潮在锦花绣海中涌动,进进出出,络绎不绝。人的笑容灿烂,花的颜色艳丽,真可谓人面映花花更鲜,花色照人人更丽。边走边看,两侧菊花举目皆是,开得袅袅娜娜,多姿多彩,鲜艳迷人。

玉带桥以南的通道,中轴线上隔不远就有一个典雅的盆菊造型:底部是一个用粉菊或紫菊组成的圆形花坛,上面托起一个黄色圆形花盘,花盘上是一个由绿叶和黄花组成的花环。中轴线东西两侧,菊花造型则是对称的。内侧全是一片片大小一致的长方形白菊花

造型独特的菊花花架

坛，紧靠白菊花坛的是与其等长的椭圆形花坛。坛内青松繁茂，松下或紫菊，或红菊，或粉菊……均鲜艳无比。紧靠椭圆形花坛外侧，又是一片片与之等长的长方形花坛。三个花坛组成一个整体，一片一片，左右对称，从午门直达玉带桥前。两侧湖边的树荫下，是由五彩缤纷的菊花组成的长条花带，像是给整条御道镶嵌的两道锦边。

走到玉带桥前，只见其南侧坡面上，以黄菊为主、红菊为辅，装饰成一个方形菊会会徽图案，光彩照人。步行至桥顶，下望北侧坡上也有一个方形花坛与之对称。在此游目环眺，但见潘、杨二湖水色波光清且涟漪，彩船画舫往来游弋。湖心亭下黄花环抱，曲槛桥上红蕊飘逸。几座水中小岛上竖着的鲜红鱼儿模型周围，也是披红挂彩，菊花在碧波之上卖弄风骚。小桥南北、两湖中间长达900多米的宽阔御道上，触目皆是菊花。菊花之中，万头攒动。众多游客那动态的五彩缤纷的服饰和那静态的万紫千红的菊丛有机地融合在一起，犹如一条动静和谐的彩色长河，又仿佛是飘荡在两湖碧波之上的锦绣飘带。

走下玉带桥，继续北行，颜色绚丽，造型美观，姿态各异的红菊、紫菊、白菊等争奇斗艳，争先恐后进入视野之内。在这浩大的菊海中，不管是池菊、坛菊、坪菊，还是艺菊、造型菊等，均多姿多彩，引人入胜。

走近龙亭大殿朝门，在古色古香的建筑前，看到一片巨大的花坪。花坪后面竖起一个以黄为主色调的花扇，犹如孔雀开屏一般。周围还装饰有许多花球、花塔等优美造型，再加上大红宫灯映衬，十分壮观。进入朝门，雄伟的龙亭大殿便完美展现于眼前。只见那大殿矗立在高高的台阶上，飞檐翘角，雕栏玉砌，金碧辉煌，壮丽无比。从御道直通大殿的72级台阶上，一片紫菊镶边、上下两头满是黄菊的长方形菊坛从顶端直铺下来，中间用红菊镶嵌而成的"菊会迎宾"四个大字赫然醒目。菊坛两边彩旗飘舞，上下人流摩肩接踵。拾级而上，进入大殿。但见里边彩绘的天花板，朱红色的围墙，菊黄色的帷幔，一派富贵气象。那位大宋开国皇帝赵匡胤"黄袍加身"，稳坐正面的龙椅之上。宫娥侍女陪侍身旁，文武百官分列左右，甚是威风。观其面容，龙颜大悦，我想也许是为正在举办的菊花花会而高兴呢。从大殿出来，伫立龙亭之前，向南望去，脚下的龙亭各个庭院，潘、杨两湖中间修长的御道上，到处是方形、圆形、塔形的菊花图案。这些图案或为立体的，或为平面的，和碧波清涟、红男绿女、仿古建筑融为一体，流光溢彩，美轮美奂，令人叹为观止。

在龙亭之前观赏尽兴后，步下"秋耀金花"的台阶，从"黄花秋意足"的公园后门走出。

泉城济南游

位于山东省中部的济南市，北滨黄河，南靠泰山。南宋著名婉约派词人李清照和豪放派爱国词人辛弃疾就出生在这里，济南是一座历史文化名城。因其地处济水之南，故而名曰"济南"。济南城内泉流丰富，据说有150多处，仅名泉就有72眼，因此济南又有"泉城"之美誉。有人说济南是"家家泉水，户户垂杨"；也有诗这样来描述她："四面荷花三面柳，一城山色半城湖。"

美丽的趵突泉公园

关于泉城济南，我曾去过多次。有两次是专门前去游览，有几次是陪儿子到"中国菜都"寿光拉菜路过。每次进入济南城，都要到趵突泉、大明湖等处转转。每当进入泉城广场附近的趵突泉公园，便觉泉声叮咚、清池映眼，丽亭绿树，尽入视野，使人舒心畅快。园内还有奇石耸立绿荫之中，形状奇特，纹理自然。

在园内漫步，漱玉泉、金线泉、卧牛泉、柳絮泉等众多名泉不时来到面前。漱玉泉喷出的水被精巧的石雕栏杆围成一池，池内北壁镶嵌"漱玉泉"刻石。站在池前，我想到宋代著名女词人李清照曾在此处掬水梳妆，面对池水填词吟诗的情景。站在金线泉边，

趵突泉风光

果然看到水面上有一条游动的水线，在太阳的照射下忽隐忽现，闪着金光。当看到汉白玉栏杆围护的柳絮泉时，那"泉沫纷繁，如絮飞舞"的美景使我们陶醉了好一阵子。

走过名泉群不一会儿，便到达绿柳掩映的趵突泉旁。泉池旁边有一朱柱金顶的亭子，额上悬有"观澜亭"的横匾。亭的左右分别竖着"趵突泉"和"第一泉"两块刻石。走进观澜亭，站在亭前的刻石前，扶着石栏，尽情欣赏起这"天下第一泉"来。只见泉池略呈方形，池水清澈透亮。三股清泉不断从下边喷涌而出，水面升起三堆白雪，浪花似银线珍珠般激射四溅，并发出闷雷般的响声。"泉源上奋，水涌如轮"，三股清泉喷出时，中心部分如同沸腾的急湍漩涡，喷突翻滚。水波向周围一轮一轮扩散，场景十分迷人。听旁边的人讲，此泉每秒钟能喷涌出1.6立方米的清水，水温常年保持在18℃左右，不愧济南"七十二名泉之冠"的称誉。

经咨询本地人得知，趵突泉闻名遐迩，誉满天下，是泉城济南的象征性标志，素有"游济南不游趵突泉不成游"之说。趵突泉与其附近的金线泉、漱玉泉、柳絮泉、马跑泉、皇华泉、卧牛泉、无忧泉等共同组成一个庞大的泉群，成为济南市一道亮丽独特的风景线。

离开趵突泉前行，过泺源堂往东北方向走一段，到达李清照纪念堂。纪念堂飞檐翘角，瘦柱曲廊，显得古朴典雅。正门额上书有"李清照纪念堂"6个大字，两边廊柱上还有楹联。进入院内，但见假山叠起，美石玲珑，鲜花灿烂，林木扶疏，流泉潺潺，好鸟相鸣，给人一种清幽之感。正厅之内，有一尊李清照的白色塑像，塑像后边的墙壁上有一副对联：金石录有几页闲情好梦，漱玉词积多年国恨离愁。

李清照纪念堂由南北两院组成。在另一处院落，前排房屋的廊柱也书有如上内容的楹联，里边同样竖立着李清照的白色塑像。再往里走则是易安旧居，墙壁上同样挂有她的画像和许多诗词条幅。

李清照诗、词、文兼长，而词的成就最高。由于她在作品中善于抒情，又描写细腻委婉，后人就把她归入婉约派词人之中。此时，许多优美的句段不断在我的脑际涌现出来："昨夜雨疏风骤，浓睡不消残酒。试问卷帘人，却道海棠依旧。知否？知否？应是绿肥红瘦。"写忆春之情；"常记溪亭日暮，沉醉不知归路。兴尽晚回舟，误入藕花深处。争渡，争渡，惊起一滩鸥鹭。"写热爱生活之情；"薄雾浓云愁永昼，瑞脑消金兽。佳节又重阳，玉枕纱厨，半夜凉初透。东篱把酒黄昏后，有暗香盈袖。莫道不销魂，帘卷西风，人比黄花瘦。"写闺中的寂寞离情；"红藕香残玉簟秋。轻解罗裳，独上兰舟。云中谁寄锦书来，雁字回时，月满西楼。花自飘零水自流。一种相思，两处闲愁。此情无计可消除，才下眉头，却上心头。"写刻骨的相思之情；"寻寻觅觅，冷冷清清，凄凄惨惨戚戚……这次第，怎一个愁字了得！"写国破、家亡、夫死之后那种凄凉愁苦的心情……

李清照是济南的清泉哺育出来的才女，是济南人的骄傲！

漫步大明湖畔

离开李清照纪念堂，从趵突泉公园北大门出来，前往北边的大明湖公园游览。大明湖是济南三大名胜之一，原名莲子湖，也叫西湖，到金代始称大明湖。从西门买票进入，到达湖边，只见沿岸遍植绿柳，万条碧丝下垂，在微风吹拂下，袅袅婷婷，柔情脉脉。水面清澈，碧波粼粼，许多鱼儿戏水弄波，绿荷红莲铺满其中。

大明湖由市内众多泉水汇流而成，平均水深2米左右。环绕湖周沿岸漫步，见到许多轩榭亭台，诸如小沧浪、汇波楼、历下亭、遐园等古建筑。这些古建筑用曲槛回廊连接起来，在湖水绿荫映衬下，古色古香，清幽静谧。

在西岸游览一会儿，乘船到达东岸，参观稼轩祠。景区入口的门楼额上书有"辛稼轩纪念祠"六个大字。进入里面，见院中竖一奇异龟石，并有辛弃疾铜像。厅内壁上悬有辛弃疾当年金戈铁马驰骋疆场的画像和许多诗词条幅。看着这些，我自然联想到了这位宋代爱国词人的身世及文韬武略，因而停留较长时间。辛弃疾，号稼轩，他一生以恢复为志，以功业自诩，却壮志难酬，"却将万字平戎策，换得东家种树书"，终老江南，至死也没有回到他的家乡。这样想着，耳边仿佛回响起他那慷慨激昂的词句："醉里挑灯看剑，梦回吹角连营。八百里分麾下炙，五十弦翻塞外声，沙场秋点兵……"

离开稼轩祠，肚子也饿了。于是踱进附近的大明湖饭店，品尝了济南名菜九转大肠、汤爆双脆以及风味小吃盘丝饼。

在泉城游赏"家家泉水，户户垂杨"的美好景致到下午4时多，方赶到长途汽车站乘车前往泰安，准备连夜登泰山观看日出。

美丽的济南市大明湖风光

神奇黄河入海口　壮美黄河三角洲

2016年4月18日上午,我陪老伴在北京301医院看过医生并配好三个月的用药,送她登上13时36分从北京站开往呼和浩特的K1177次列车后,我也随即乘坐14时25分从北京站发往山东东营的K1785次列车,前往黄河入海口。列车运行7个多小时,途经廊坊、天津、沧州、德州、滨州等地,于21时56分正点停靠东营南站。东营南站是一个新建站,除车站外,周围没有任何其他建筑。下车出站后,随即乘坐出租车行驶20多公里,到达东营市东城区,入住市政府附近东三路的酒店。下车时即和此出租车司机解师傅约定,次日早8时租他的车前往黄河口风景区游览,下午2时左右返回,租车费300元。在酒店舒舒服服睡了一宿,19日早7时到酒店旁边的鱼馆吃了黄河口焖鲫鱼。这焖鲫鱼是本地特色名吃,具有黄河口独家风味,吃起来爽口味美,令人回味无穷。刚刚饭罢,解师傅便来了,随即出发。车子出城后,沿着平展的混凝土公路快速前进。公路两旁绿树红花耀眼,胜利油田的采油机不断出现在视野之内。

8时45分,途经黄河口镇。经看路旁标志牌文字得知,这是一座中国生态经济强镇、全国环境优美乡镇、山东省宜居小镇、山东省最美乡村、省级文明镇。过黄河口镇不久,即到达山东黄河三角洲国家级自然保护区大汶流管理站。下车稍停,看到公路左边竖一不规则石碑,上面刻有"黄河三角洲国家地质公园"字样。经看有关牌匾文字介绍,得知这片三角洲国家自然保护区是中国暖温带保存最完整、最广阔、最年轻的湿地生态系统。同时得知,黄河经过长途跋涉,携带大量

黄河入海口到处可见成群的采油机

神奇黄河入海口　壮美黄河三角洲

黄河入海后河海相融气势

泥沙在这里沉积，年均造陆两万余亩，使这里成为共和国最年轻的土地。1992年10月，国务院批准建立黄河三角洲国家自然保护区，面积为15.3万公顷，就是为了保护黄河口新生湿地生态系统和在这里生存的珍稀濒危鸟类。进入大门里边，见路右有一座红顶朱柱的牌楼，牌楼下是一湖碧波荡漾的清水。湖边和牌楼呈直角竖一大型标语牌，上面除绘有美丽的湿地景观图，还书有"创建国家5A景区，共建和谐最美湿地"等红色大字。

上车再前行一分钟，便到达黄河口生态旅游区路门。按说在这里要花100元买门票，但我把身份证递给那位卖票姑娘看了后，她说70岁以上老人不必买票（我乘坐的出租车和司机进入景区也是不收费的）。

9时零5分，车子进入鸟岛广场。下车后，就见广场中央竖立的一座树干式结构体上，刻有"鸟岛"两个红色大字，并蹲有一对东方白鹳模型。经观看旁边标语牌文字得知，这个鸟岛坐落在黄河三角洲国家地质公园故道遗址上。广场周围是宽阔的芦苇荡，一池池清水在芦苇荡中间荡漾。听司机小解介绍，当年黄河从这里改道后，还遗留下大量的淡水，人们就把这些淡水造成了一片片人工湖。这座鸟岛是自然保护区中鸟类活动最集中的区域，是每年鸟类迁徙时集中休息和觅食的区域。鸟岛木栈道全长1220米，宽2.6米，分别采用俄罗斯樟子松防腐木及仿真木建造。木栈道建在鸟类常驻的水草肥美宁静处附近，可以借助望远镜观赏。这既有助于鸟类栖息环境的静谧，不打扰鸟类的正常生存状态，同时又为游客提供了较近的观鸟空间。

这块湿地号称20万亩湿地恢复区。湿地被称为"地球之肾""生命的摇篮"，与森林、海洋并称为全球三大生态系统类型。我从停车场步上木栈道，经拱桥、鸳鸯亭，到达观景平台。继而又过天鹅亭,到达另一观景平台。沿途观赏,有时可见众多鸟儿在水中嬉戏,有时可见在湖水和芦苇之间的沙滩上蹲着几只鸟儿,有时可见鸟儿在空中飞舞,一会儿又落到沙滩上或芦苇丛中,有时听到在水中或芦苇中有咕咕、唧唧、啾啾的鸣叫声传来,但左瞅右看不见其形。

在这里,既看到了国家一级保护鸟类丹顶鹤、白头鹤、白鹤、大鸨、东方白鹳、金雕、白尾海雕、中华秋沙鸭、遗鸥等,又看到了国家二级保护鸟类大天鹅、灰鹤、鸳鸯等。赤麻鸭又称黄鸭,主要栖息于开阔草原、湖泊、农田等环境中,以各种植物、昆虫、甲壳动物、蛙、虾为食物。繁殖期成对生活,非繁殖期以家族群和小群生活。性机警,人难以接近。目前世界总的种群数量约3万只,被列为濒危物种。

绿头野鸭是除番鸭之外所有家鸭的祖先,喜结群活动和群栖,常以数百乃至上千只集成大群集体迁徙,或集成百余只的鸭群越冬。食性广而杂,常以小鱼、小虾、甲壳类动物、昆虫以及植物的种子、茎叶,藻类和谷物等为食,有极高的营养价值和药用价值。每年春秋候鸟迁徙季节,常有数百万只鸟类来这里捕食栖息。这里由此成为东北亚内陆和环西太平洋鸟类迁徙的重要中转站、越冬栖息地和繁殖地,被国内外专家誉为珍禽的乐园、中国东方白鹳之乡、鸟类的国际机场。

到达芦苇深处的寻飞阁登顶眺望,但见四周茫茫芦苇荡中,鹳飞鹤翔,鹅鸣鸭叫,热闹非凡。从寻飞阁下来,顺次经仙鹤亭、白鹤亭、拱

黄河入海口到处有各种各样的鸟儿

黄河入海口风景区大门留影

桥等处，边走边观赏，不觉返回停车场。小解说，这是整个自然保护区中鸟类活动最集中的区域，是每年鸟类迁徙时集中休息和觅食的地方。

到达路北的天然柳林景区入口处，沿天然柳林木栈道观赏，但觉柳林茂密，枝叶随风飘荡，美丽无比。有时一丘绿柳，四周被水包围；有时岸柳葱茂，旁边碧波荡漾。放眼望去，水抱柳，柳傍水，绿柳清水，十分好看。登上木栈道内高高的观景台，平稳东流的黄河、1976年改道后形成的黄河故道以及2万亩天然柳林，尽收眼底，看着使人心旷神怡，胸怀无限开阔。听说这片赏心悦目的景观柳林，是黄河三角洲独有的、最具代表性的植物。小解说，这条观景栈道全长799米，宽2.6米，都是采用俄罗斯樟子松防腐木进

水中沙渚小鸟

水中天然柳林

黄河入海口留影

黄河三角洲国家地质公园地名碑

行铺设的。他还说,这里距老黄河口已经不远了。紧接着,到达路南的鸟类放飞区。这里出现一幢红色大房子,壁上标有"游客中心"字样。房子周围设有电瓶车换乘站、景观栈道、大雁放飞观赏区、鹤类放飞观赏区、鸳鸯岛、鸟类科普服务中心、鸟类表演台,也是一处看鸟的天地。

在这里,餐饮、购物中心等服务设施也应有尽有。

到达湿地公园时,进入原生态湿地航道码头(雁湖码头)。花50元钱,历时一个小时,乘观光游船游览一番。乘船穿梭于芦苇荡中,让人真正地亲近了湿地,体验了湿地,也了解了湿地的奥妙之处。

沿途,盐地碱蓬、柽柳和罗布麻随处可见。罗布麻又叫大叶白麻、野麻等,多生长在新疆塔里木河和孔雀河流域,罗布泊沙漠边缘盐碱地带也可见其身影,因而得名。

乘车前行时,还时而看见成片的野大豆。小解说,这是国家二级重点保护植物。本景区大约有6.5万亩,是我国沿海最大的新生湿地自然植被区。

由湿地公园南行一段,登上观河亭远望。汹涌东流的黄河、1976年改道后形成的黄河故道和两万亩天然柳林景观,又一次更清晰地进入视野之内。

接着进入位于黄河三角洲平原南部的1930至1950年黄河故道景区。虽然不在地质公园主园区内,但河流地貌及微地貌沉积机构仍然明显,具有较高的学术价值和美学价值。这一带在当年河流废弃后迅速沼泽化,因而芦苇茂盛,植被发育,水鸟栖息觅食于其中。广阔的沼泽内,数条小河穿流其间。由于小河道被大小不等的心滩隔开,小河网交织,形成典型的网状河环境。小河道中沉积的是粉沙,而心滩中沉积泥质粉沙并长满芦苇。在黄河入海口的广袤平原上,从景区南入口到黄河口游船码头,随处都可见的密密匝匝的芦苇,都是因黄河不断改道而形成的。这些丛生的芦苇大片大片地连接在一起,碧波荡漾,连绵不断。这里芦苇面积多达40余万亩,成为黄河入海口第一大自然景观,也黄河入海口独有的宏观巨景。

听说三角洲黄河故道景区植被主要受水分土壤含盐量、潜水水位与矿化度、地貌

神奇黄河入海口　壮美黄河三角洲

黄河入海口浮桥及码头

　　类型的制约以及人类活动的影响，木本植物很少，以草甸景观为主体。站在高处向北眺望故道景区，三角洲平原在发展演化过程中形成的各种河流沉积地貌景观、微地貌景观和海岸带附近的河口地貌景观尽收眼底。改道后遗留的网状河环境、反向水流、风成沉积、贝壳沙及古海岸线、黄河沉积剖面和强进蚀型平原、海积地貌等，也在视野之内。

　　在黄河故道地质遗迹景区，经看牌匾说明得知，1964年到1976年，黄河曾从灶刘屋子附近取道刁口河向北入海。1977年在灶刘屋子以东实施人工截流，迫使黄河改道刁口河向东南方向沿清水沟入海，故原河道被废弃。当地有关部门通过抽水机从现行河道中抽水，才使得故道中仍然保持终年流水，保证了农田灌溉和人畜饮用。

　　沿途观景过程中，还不时看到胜利油田大片大片的储油罐，有时还会看到多台采油机采油的场景。欣赏着采油机头一上一下辛勤采油的热闹景象，我仿佛看到地下的石油正源源不断地顺着管道流入地面上的储油罐。小解看到我兴致勃勃观赏的情景，就说："我们这里的人把这种采油机叫作磕头机。"

　　观赏了一会儿采油机采油场景后，过红地毯景区，来到远望楼前。从稍远处望去，灰色外立面的远望塔既像一艘扬帆远航的船，又像黄河的"黄"字的上部叠加。既寓意共和国扬启起航，又昭示着沧海桑田不断叠加延伸。因楼下为水塘沼泽，所以南北两侧都设置了长长的悬梯，供人使用。

　　踏着悬梯直达二楼，在游船售票处看到一则旅游公告：因今年黄河上游降水量大，来水量增加，入海口处泥沙沉积严重，拦门沙未能冲开，未能形成安全航道，所有船只不能到达河海分界线，请游客根据个人需求自行决定购票。落款是黄河口水上旅游专项整顿工作领导小组办公室。

看了此公告,进一步知道今天乘船到河海分界线观赏已无望,便乘电梯直上顶层。此处风力很大,吹得人摇摇晃晃,站不稳脚跟。用尽最大气力顶风到达顶部东端扶栏处向东远眺,黄河入海之奇观,便进入视野之内。眼前近处陆地上的一段,是黄色的河水和绿色的杂草交织的美景。往稍远处眺望,黄色的河水浩浩荡荡,也变成海了。海是渤海,河是黄河,大海里是黄蓝交织,脚下是共和国最年轻的土地,作为黄河母亲的儿子,我被黄河入海的壮观奇景深深吸引,陶醉其中。

　　这里是黄河入海的地方,中华民族的母亲河奔流万里,从这里注入渤海。雄浑的黄河与碧蓝的大海相拥,造就了河海交汇的旷世奇景。

　　到达新滩码头,见河畔石碑题一首金字古诗:"东观沧海共天长,西望九曲擎夕阳。两水蓝黄白云伴,千秋惠泽大无疆。"仔细玩赏一番后,在碑前河畔留了影,方依依不舍地离开。